歷代詞三百首

袁志堅 敬題

黄瑞云 选注

内容提要

　　本书是一本普及性读物,凡选录自唐代至清末词人一百一十五家词作三百馀篇。所选尽传统名篇。读者通过这些作品,可以了解我国一千多年来词的概貌及其发展轨迹。书的前言是一篇提纲挈领的词史,书中注释简明扼要,点评亦颇具特色,可作一般词话读。

黄瑞云

黄瑞云（1932—   ），别号黄黄山，教授。湖南娄氏人。1958年毕业于武汉大学中国语言文学系。先后在湖北工农中学、湖北教育学院、华中师范大学、湖北师范大学任教。1989年被评为"全国教育系统劳动模范""全国优秀教师"，获"人民教师奖章"。1991年荣获"中华人民共和国国务院政府特殊津贴"。

黄瑞云从事中国古典文学教学与研究，业馀进行文学创作，系中国作家协会会员。编著有《老子本原》、《论语本原》、《孟子本原》、《庄子本原》、《诗苑英华》(五卷)、《词苑英华》(上下卷)、《历代抒情小赋选》《历代绝妙词三百首》《中国古代寓言选》等书。参与主编《历代辞赋总汇》(两名副主编之一)。创作有《黄瑞云散文集》《长梦潇湘夜雨楼诗词集》《新诗集》《溪流集》《快活的答里·坎曼尔》《黄瑞云寓言》等书。

再版说明

1996年我把《历代词三百首》寄给中州古籍出版社的老朋友张弦生先生,时张先生已退休多年,仍亲自责编。他在原书名中加入"绝妙"二字,称为"历代绝妙词三百首",第二年一月即出版。小书颇受读者欢迎,因而多次加印。

残唐五代西蜀韦庄《菩萨蛮》五首,历来词选只录前一首或两首,我选的也不例外。后来我反复咏读,发现这五首词是词史上少有的联章,内容前后关联,极其精警。如此,将五首全部选录,并进行了翔实的论证。——本来这部小书,只是一般的普及性读物,已经出版就可以了,发现并选录了韦庄这五首联章,就有再出版的必要。时张弦生先生已年过八旬,我不便再烦扰他,如此寄给了另一位老朋友,宁波出版社袁志坚先生。志坚先生当即采纳,非常感激。

小书由俞静娴女士责编,静娴认真负责,而且极其严谨。她改正了书稿中不少错讹。李后主《浪淘沙》词中"金琐已沉埋",历来选家,包括我本人,都理解为"金琐钥"(琐,通锁),静娴改正,解为"金锁甲",即为典型的一例。所有校改,有根有据,确切无误。

  清样校定,兹敬请志坚先生题写书名,既为小书生色,更作为我们情谊永久的纪念。

黄瑞云
二〇二五年五一节
时年九十有四

目　次

前　言 ………………………………… 1

唐

李　白
　菩萨蛮（平林漠漠烟如织）………………… 23
　忆秦娥（箫声咽）………………………… 24

张志和
　渔歌子（西塞山前白鹭飞）………………… 26

刘禹锡
　竹枝 ……………………………………… 27
　　其一（山桃红花满上头）………………… 27
　　其二（瞿塘嘈嘈十二滩）………………… 28
　　其三（巫峡苍苍烟雨时）………………… 28
　　其四（山上层层桃李花）………………… 28
　竹枝（杨柳青青江水平）…………………… 29

杨柳枝（炀帝行宫汴水滨） ………………… 29
　　浪淘沙（八月涛声吼地来） ………………… 29
白居易
　　忆江南（江南好） …………………………… 30
　　竹枝 …………………………………………… 30
　　　其一（瞿塘峡口冷烟低） ………………… 30
　　　其二（竹枝苦怨怨何人） ………………… 31
　　长相思（汴水流） …………………………… 31
温庭筠
　　忆江南（梳洗罢） …………………………… 32
　　更漏子（玉炉香） …………………………… 32
皇甫松
　　梦江南 ………………………………………… 34
　　　其一（兰烬落） …………………………… 34
　　　其二（楼上寝） …………………………… 34

五　代

韦　庄
　　菩萨蛮 ………………………………………… 35
　　　其一（红楼别夜堪惆怅） ………………… 35
　　　其二（人人尽说江南好） ………………… 36
　　　其三（如今却忆江南乐） ………………… 36
　　　其四（劝君今夜须沉醉） ………………… 36
　　　其五（洛阳城里春光好） ………………… 37

荷叶杯 ·················· 39
  其一（绝代佳人难得）·········· 39
  其二（记得那年花下）·········· 40
女冠子 ·················· 41
  其一（四月十七）············ 41
  其二（昨夜夜半）············ 41

牛希济
生查子（春山烟欲收）············ 42

李 珣
南乡子 ·················· 43
  其一（乘彩舫）············· 43
  其二（倾绿蚁）············· 43
  其三（相见处）············· 44
  其四（携笼去）············· 44

欧阳炯
南乡子 ·················· 45
  其一（画舸停桡）············ 45
  其二（路入南中）············ 45
江城子（晚日金陵岸草平）·········· 46

鹿虔扆
临江仙（金锁重门荒苑静）·········· 47

冯延巳
鹊踏枝 ·················· 48
  其一（谁道闲情抛掷久）········· 48

其二（几日行云何处去） ……… 48
　　其三（庭院深深深几许） ……… 49
　　其四（六曲阑干偎碧树） ……… 49
　谒金门（风乍起） ……………… 50
　归自谣（江水碧） ……………… 50

李　璟
　摊破浣溪沙 …………………… 51
　　其一（手卷真珠上玉钩） ……… 51
　　其二（菡萏香销翠叶残） ……… 52

李　煜
　捣练子（深院静） ……………… 55
　乌夜啼（林花谢了春红） ……… 55
　子夜歌（人生愁恨何能免） …… 55
　浪淘沙（往事只堪哀） ………… 56
　虞美人（春花秋月何时了） …… 56
　浪淘沙（帘外雨潺潺） ………… 57
　乌夜啼（无言独上西楼） ……… 57

宋

范仲淹
　苏幕遮（碧云天） ……………… 58
　渔家傲（塞下秋来风景异） …… 59

晏　殊
　浣溪沙 …………………………… 60

  其一（一曲新词酒一杯） ………………………… 60
  其二（一向年光有限身） ………………………… 61
 踏莎行（小径红稀） ………………………………… 61
 蝶恋花（槛菊愁烟兰泣露） ………………………… 61

柳　永

 雨霖铃（寒蝉凄切） ………………………………… 64
 八声甘州（对潇潇暮雨洒江天） …………………… 64
 少年游（长安古道马迟迟） ………………………… 65
 凤栖梧（伫倚危楼风细细） ………………………… 66
 定风波慢（自春来惨绿愁红） ……………………… 66
 望海潮（东南形胜） ………………………………… 68

张　先

 一丛花（伤高怀远几时穷） ………………………… 70
 天仙子（水调数声持酒听） ………………………… 71
 菩萨蛮（哀筝一弄湘江曲） ………………………… 72

宋　祁

 玉楼春（东城渐觉风光好） ………………………… 73

欧阳修

 采桑子 ………………………………………………… 74
  其一（轻舟短棹西湖好） ………………………… 74
  其二（群芳过后西湖好） ………………………… 75
 踏莎行（候馆梅残） ………………………………… 75
 生查子（去年元夜时） ……………………………… 75
 玉楼春 ………………………………………………… 76

5

其一（尊前拟把归期说）……………… 76
　　其二（别后不知君远近）……………… 76
王安石
　　桂枝香（登临送目）…………………… 77
晏几道
　　临江仙（梦后楼台高锁）……………… 79
　　蝶恋花（醉别西楼醒不记）…………… 80
　　鹧鸪天（彩袖殷勤捧玉钟）…………… 80
苏　轼
　　少年游（去年相送）…………………… 82
　　江城子（十年生死两茫茫）…………… 83
　　水调歌头（明月几时有）……………… 84
　　念奴娇（大江东去）…………………… 85
　　临江仙（夜饮东坡醒复醉）…………… 86
　　水龙吟（似花还似非花）……………… 87
　　贺新郎（乳燕飞华屋）………………… 89
　　蝶恋花（花褪残红青杏小）…………… 90
秦　观
　　满庭芳（山抹微云）…………………… 92
　　望海潮（梅英疏淡）…………………… 93
　　江城子（西城杨柳弄春柔）…………… 95
　　鹧鸪天（枝上流莺和泪闻）…………… 96
　　浣溪沙（漠漠轻寒上小楼）…………… 96
　　鹊桥仙（纤云弄巧）…………………… 96

踏莎行（雾失楼台）································· 97

魏夫人

菩萨蛮（溪山掩映斜阳里）··························· 99

贺　铸

横塘路（凌波不过横塘路）··························· 100

张舜民

卖花声（木叶下君山）······························· 102

周邦彦

兰陵王（柳阴直）··································· 104

苏幕遮（燎沉香）··································· 105

满庭芳（风老莺雏）································· 106

蝶恋花（月皎惊乌栖不定）··························· 107

少年游（并刀如水）································· 108

西河（佳丽地）····································· 108

张元干

石州慢（雨急云飞）································· 111

贺新郎（曳杖危楼去）······························· 112

贺新郎（梦绕神州路）······························· 113

叶梦得

八声甘州（故都迷岸草）····························· 116

水调歌头（秋色渐将晚）····························· 118

陈与义

临江仙（忆昔午桥桥上饮）··························· 120

李清照

　　如梦令（常记溪亭日暮） …………… 123
　　如梦令（昨夜雨疏风骤） …………… 123
　　渔家傲（天接云涛连晓雾） …………… 123
　　一剪梅（红藕香残玉簟秋） …………… 124
　　醉花阴（薄雾浓云愁永昼） …………… 125
　　声声慢（寻寻觅觅） …………… 126
　　武陵春（风住尘香花已尽） …………… 126
　　永遇乐（落日熔金） …………… 127

岳　飞

　　满江红（怒发冲冠） …………… 129
　　满江红（遥望中原） …………… 130

朱敦儒

　　水龙吟（放船千里凌波去） …………… 132
　　临江仙（直自凤凰城破后） …………… 134
　　相见欢（金陵城上西楼） …………… 135

张孝祥

　　六州歌头（长淮望断） …………… 136
　　念奴娇（洞庭青草） …………… 138
　　浣溪沙（霜日明霄水蘸空） …………… 139

陆　游

　　鹊桥仙（茅檐人静） …………… 140
　　诉衷情（当年万里觅封侯） …………… 140

辛弃疾

水龙吟（楚天千里清秋）……………………… 143

菩萨蛮（郁孤台下清江水）…………………… 144

念奴娇（野棠花落）…………………………… 145

摸鱼儿（更能消）……………………………… 146

水龙吟（渡江天马南来）……………………… 148

八声甘州（故将军饮罢夜归来）……………… 150

祝英台近（宝钗分）…………………………… 151

青玉案（东风夜放花千树）…………………… 152

贺新郎（把酒长亭说）………………………… 153

破阵子（醉里挑灯看剑）……………………… 155

西江月（明月别枝惊鹊）……………………… 156

水龙吟（举头西北浮云）……………………… 157

贺新郎（绿树听鹈鴂）………………………… 159

永遇乐（千古江山）…………………………… 161

南乡子（何处望神州）………………………… 165

刘　过

沁园春（斗酒彘肩）…………………………… 166

姜　夔

扬州慢（淮左名都）…………………………… 169

踏莎行（燕燕轻盈）…………………………… 171

点绛唇（燕雁无心）…………………………… 171

鹧鸪天（肥水东流无尽期）…………………… 172

9

史达祖
双双燕(过春社了) ······ 173

朱淑真
蝶恋花(楼外垂杨千万缕) ······ 175

刘克庄
沁园春(何处相逢) ······ 177
贺新郎(北望神州路) ······ 178
玉楼春(年年跃马长安市) ······ 180

吴文英
八声甘州(渺空烟四远) ······ 183

邓 剡
念奴娇(水天空阔) ······ 185

徐君宝妻
满庭芳(汉上繁华) ······ 189

蒋 捷
一剪梅(一片春愁待酒浇) ······ 190

金

吴 激
人月圆(南朝千古伤心事) ······ 191
春从天上来(海角飘零) ······ 193
风流子(书剑忆游梁) ······ 194

蔡松年
大江东去(离骚痛饮) ······ 197

月华清（楼倚明河） ………………………… 202

刘 著
鹧鸪天（雪照山城玉指寒） ……………… 204

刘 迎
乌夜啼（离恨远萦杨柳） …………………… 205

赵 可
蓦山溪（云房西下） ………………………… 207

折元礼
望海潮（地雄河岳） ………………………… 208

邓千江
望海潮（云雷天堑） ………………………… 210

高 永
大江东去（闲登高阁） ……………………… 214

王 渥
水龙吟（短衣匹马清秋） …………………… 216

元好问
水调歌头（黄河九天上） …………………… 218

迈陂塘（问世间） …………………………… 219

迈陂塘（问莲根） …………………………… 220

水龙吟（少年射虎名豪） …………………… 221

临江仙（今古北邙山下路） ………………… 223

清平乐（离肠宛转） ………………………… 223

元

白 朴
夺锦标(孤影长嗟) …………………………………… 224
沁园春(独上遗台) …………………………………… 225

王 恽
点绛唇(杨柳青青) …………………………………… 228

刘 因
鹊桥仙(悠悠万古) …………………………………… 229
人月圆(自从谢病修花史) …………………………… 230
西江月(看竹何须问主) ……………………………… 231
南乡子(窗下络车声) ………………………………… 231
念奴娇(中原形势) …………………………………… 232

赵孟頫
虞美人(潮生潮落何时了) …………………………… 234
渔父词(渺渺烟波一叶舟) …………………………… 235

马致远
天净沙(枯藤老树昏鸦) ……………………………… 236

虞 集
风入松(画堂红袖倚清酣) …………………………… 237

张 埜
水龙吟(岭头一片青山) ……………………………… 242

萨都剌
满江红(六代繁华) …………………………………… 244

百字令（石头城上）······················· 245
　　木兰花慢（古徐州形胜）··················· 246
曾允元
　　点绛唇（一夜东风）······················· 248
许有壬
　　鹊桥仙（花香满院）······················· 249
张　翥
　　多丽（晚山青）··························· 250
　　摸鱼儿（涨西湖）························· 251
　　百字令（碧天向晚）······················· 252
　　踏莎行（芳草平沙）······················· 253

明

刘　基
　　水龙吟（鸡鸣风雨潇潇）··················· 254
　　沁园春（万里封侯）······················· 255
　　眼儿媚（萋萋芳草小楼西）················· 258
杨　基
　　夏初临（瘦绿添肥）······················· 259
文征明
　　满江红（拂拭残碑）······················· 261
陈　霆
　　踏莎行（流水孤村）······················· 263

杨 慎
临江仙(滚滚长江东逝水) ················· 264

王世贞
望江南(歌起处) ····················· 265

陈子龙
诉衷情(小桃枝下试罗裳) ················· 266
画堂春(轻阴池馆水平桥) ················· 266
醉桃源(朱阑清影下帘时) ················· 267
点绛唇(满眼韶华) ···················· 267
山花子(杨柳迷离晓雾中) ················· 267

清

李 雯
月中行(新丝轻染石榴红) ················· 269
菩萨蛮(蔷薇未洗胭脂雨) ················· 270

吴伟业
临江仙(落拓江湖常载酒) ················· 271
满江红(沽酒南徐) ···················· 272
贺新郎(万事催华发) ···················· 273

宋 琬
破阵子(拔地千盘深黑) ·················· 276

宋征舆
玉楼春(雕梁画栋原无数) ················· 277

王夫之
　　青玉案（桃花春水湘江渡）……………… 278

徐　灿
　　踏莎行（芳草才芽）………………………… 279
　　唐多令（玉笛摩清秋）……………………… 279

毛奇龄
　　南柯子（驿馆吹芦叶）……………………… 281

陈维崧
　　点绛唇（晴髻离离）………………………… 282
　　卜算子（风急楚天秋）……………………… 283
　　好事近（分手柳花天）……………………… 283
　　清平乐（檐前雨罢）………………………… 283
　　南乡子（秋色冷并刀）……………………… 284
　　虞美人（无聊笑捻花枝说）………………… 285
　　醉落魄（寒山几堵）………………………… 286
　　满江红（席帽聊萧）………………………… 286
　　贺新郎（战舰排江口）……………………… 288
　　贺新郎（掷帽悲歌发）……………………… 289
　　贺新郎（吴苑春如绣）……………………… 290

朱彝尊
　　桂殿秋（思往事）…………………………… 293
　　少年游（清溪一曲板桥斜）………………… 294
　　卖花声（衰柳白门湾）……………………… 295
　　解佩令（十年磨剑）………………………… 295

高阳台（桥影流虹） ················· 297

　　水龙吟（当年博浪金椎） ············· 298

屈大均

　　念奴娇（萧条如此） ················· 300

　　长亭怨（记烧烛） ··················· 301

彭孙遹

　　少年游（花底新声） ················· 303

王士禛

　　浣溪沙 ····························· 304

　　　其一（北郭青溪一带流） ··········· 304

　　　其二（白鸟朱荷引画桡） ··········· 305

曹贞吉

　　留客住（瘴云苦） ··················· 306

　　满庭芳（太华垂旒） ················· 307

　　贺新凉（咄汝青衫叟） ··············· 308

顾贞观

　　青玉案（天然一帧荆关画） ··········· 311

　　金缕曲（此恨君知否） ··············· 312

　　夜行船（为问郁然孤峙者） ··········· 314

　　金缕曲 ····························· 315

　　　其一（季子平安否） ··············· 315

　　　其二（我亦飘零久） ··············· 316

孔尚任

　　鹧鸪天（院静厨寒睡起迟） ··········· 318

纳兰性德

　　长相思（山一程）…………………………… 319

　　蝶恋花（今古河山无定据）………………… 319

　　蝶恋花 ………………………………………… 320

　　　其一（辛苦最怜天上月）………………… 320

　　　其二（眼底风光留不住）………………… 320

　　　其三（又到绿杨曾折处）………………… 321

　　　其四（萧瑟兰成看老去）………………… 321

　　菩萨蛮（问君何事轻离别）………………… 321

　　南乡子（泪咽却无声）……………………… 321

沈　雄

　　金明池（山上围棋）………………………… 323

厉　鹗

　　百字令（秋光今夜）………………………… 325

郑　燮

　　满江红 ………………………………………… 327

　　　其一（细雨轻雷）………………………… 327

　　　其二（麦浪翻风）………………………… 328

　　　其三（云淡风高）………………………… 328

　　　其四（老树槎枒）………………………… 329

左　辅

　　浪淘沙（水软橹声柔）……………………… 330

　　南浦（浔阳江上）…………………………… 330

张惠言
- 木兰花慢（尽飘零尽了） ……………………… 332
- 水调歌头 ……………………………………… 333
  - 其二（百年复几许） ……………………… 333
- 风流子（海风吹瘦骨） ……………………… 334

张 琦
- 南浦（惊回残梦） …………………………… 336

董士锡
- 虞美人（韶华争肯偎人住） ………………… 337

周 济
- 蝶恋花（柳絮年年三月暮） ………………… 338
- 蝶恋花（络纬啼秋啼不已） ………………… 338

周之琦
- 好事近 ………………………………………… 339
  - 其二（诗句夕阳山） ……………………… 339
- 惜红衣（汉渚羁愁） ………………………… 339

庄盘珠
- 踏莎行（晓月离亭） ………………………… 341

龚自珍
- 鹊踏枝（漠漠春芜春不住） ………………… 342
- 减字木兰花（人天无据） …………………… 342
- 人月圆（绿珠不爱珊瑚树） ………………… 342

项廷纪
- 绮罗香（帘影移香） ………………………… 345

陈　澧
　　百字令（江流千里） …………………………… 346
蒋春霖
　　唐多令（枫老树流丹） ………………………… 348
　　琵琶仙（天际归舟） …………………………… 348
张景祁
　　曲江秋（寒潮怒激） …………………………… 350
　　秋霁（盘岛浮螺） ……………………………… 352
庄　棫
　　蝶恋花 …………………………………………… 354
　　　其一（城上斜阳依绿树） ………………… 354
　　　其二（百丈游丝牵别院） ………………… 354
谭　献
　　蝶恋花 …………………………………………… 357
　　　其一（庭院深深人悄悄） ………………… 357
　　　其二（玉颊妆台人道瘦） ………………… 357
　　金缕曲（又指离亭树） ………………………… 358
王鹏运
　　点绛唇（抛尽榆钱） …………………………… 359
　　念奴娇（登临纵目） …………………………… 359
　　八声甘州（是男儿万里惯长征） ……………… 361
　　满江红（风帽尘衫） …………………………… 362
陈廷焯
　　蝶恋花（采采芙蓉秋已暮） …………………… 364

文廷式
    鹧鸪天（万感中年不自由）·················· 366

郑文焯
    玉楼春（梅花过了仍风雨）·················· 367

朱孝臧
    鹧鸪天（野水斜桥又一时）·················· 368

况周颐
    浣溪沙（惜起残红泪满衣）·················· 369

梁启超
    水调歌头（拍碎双玉斗）···················· 370
    金缕曲（瀚海飘流燕）······················ 371

王国维
    蝶恋花（昨夜梦中多少恨）·················· 374
    蝶恋花（百尺朱楼临大道）·················· 374
    蝶恋花（阅尽天涯离别苦）·················· 375

前　言

　　盛唐诗歌达到了中国诗史上的极致，诗人们创造了大量瑰丽的篇章。但艺术总是不会停滞的，人们永远会有新的追求。唐诗虽好，但它脱离了音乐，大多不便于歌唱。中国的诗艺，开头总是和音乐联在一起的，到后来就脱离音乐，成为一种独立的语言艺术。《诗》三百全是合乐的，到战国儒家引用和汉代学者研习，就只把它当作政治教材了。《楚辞》也是如此，开始无疑是用于歌唱的，到了汉代连诵读的人都难找到了。汉魏六朝乐府之用于歌唱是不言而喻的，发展为五七言徒诗就成了纯粹的语言艺术。唐代用于歌唱的主要是七言绝句。盛唐时代，西域少数民族的音乐传进中原，给内地音乐增添了新的活力，宫廷教坊和市井狭斜由此创作了大量新的乐曲，为后来曲子词的产生发展提供了音乐的基础。后来的词牌有那么多源于教坊乐曲，最能充分地说明这一情况。中唐时代的诗人刘禹锡、白居易等，吸取长江流域的民歌，如《竹枝词》《杨柳枝》《浪淘沙》之类，创造出新的艺术作品。它们的形式，似乎和七言绝句没有差别，但那情韵是新的。一种新型的诗歌体制曲子词,后来又简称为"词",就在这种背景下逐步形成,到了唐末就基本成熟,唐末温庭筠、韦庄,成为最早以词名家的作者。而当时民间曲子词更为繁盛,残存的敦煌曲子词如此之多就是明证。

残唐五代,中原地区战乱频仍,城市凋敝,词这种新生的诗艺,就在当时相对稳定的西蜀和南唐发展起来。西蜀继韦庄之后,产生了一大批词人。南唐词人的数量不如西蜀,但冯延巳、李后主都是杰出的词人。特别是李后主于唐亡入宋之后,以其超逸绝伦之才,抒其国破家亡之痛,写出了最为哀婉动人的作品,在中国词史上竖起了第一块丰碑。

由于词主要是在教坊妓馆、歌筵舞席上歌唱,离不开男女恋情、相思离别的内容,中唐诗人开垦的本来较为广阔的词坛,经过西蜀南唐词人们的耕耘,反而弄得非常狭窄了。历史上最早的两本词选叫作《花间集》和《尊前集》,"花间"与"尊前",准确地表述了那些词产生的环境,也制约了词的内容。明代王世贞说:"温飞卿所作词曰《金荃集》,唐人词有集曰《兰畹》,盖皆取其香而弱也。"(《弇州山人词评》)这种"香而弱"的词风,不仅笼罩了那个时代,而且对后世产生了极大的影响。

北宋词承五代风气。它们的主要作手都是高官大宦,需要用词来咏味其闲适自得的情趣,抒发其感时伤序的愁闷。他们没有李后主那样的亡国之痛,自然也没有他那种凄凉怨慕的思情。因此后主词反而没有太大的影响,同样是官僚词客的冯延巳就成为他们效法的典范,致使晏殊、欧阳修的词,同冯延巳之作,几至可以混同。晏、欧是这一时期的主角,在他们周围的一大群作者,如张先、宋祁、晏几道等人,也大体上具有这种词风。北宋人往往正襟危坐来写诗,用五七言诗来反映复杂的社会生活和表现严肃的思想感情,一到了酒筵歌席,同歌儿舞女们调笑的时候,就只有唱曲子了。"词为艳科"成了这种艺术的法规。

这一时期,于晏、欧之外独树一帜的只有大词人柳永。柳耆卿穷愁落魄,差不多一生都在市井狭斜里厮混。他了解那些歌儿舞女的生活,同她们有着真正的情谊,特别是熟悉她们的语言、她们的艺术。这种生活经历,使柳永成为北宋第一个大量创作长调和以俚语入词的作者。他善于用清丽自然的语言,描摹细腻的情感,刻画凄清的景物,状离别相思的情怨,写羁旅失意的哀愁。据说宋仁宗也喜爱柳永的曲子,而在民间更是"凡有井水饮处即能歌柳词"。可见在北宋前期,柳永是一个自天子至庶民无不知名的词人。论词的风格,柳永与晏、欧只是朝野之分,雅俗之别,实属于同一流派。

晏、欧、柳永的词风笼罩北宋前期达百年之久,其间范仲淹、王安石等曾试图以刚健的作品打开新的途径,但他们并不着力于词,因而影响不大。真正开辟新境,使晏、欧、柳永都为之逊色的是大文学家苏轼。苏东坡继欧阳修之后盟主文坛,散文和诗都为北宋魁首,在词艺上更开一代风气。他"以诗为词",凡诗所涉的内容,他都可以用词来表述。他的词豪纵恣肆,波涛万顷,"一洗绮罗香泽之态,摆脱绸缪宛转之度,使人登高望远,举首高歌,而逸怀浩气,超然乎尘垢之外"(胡寅《酒边词序》)。自东坡出,词坛自此有豪放和婉约的对垒;也自东坡出,词才不只是作为诗的附庸,而成为代表一个时代的艺术形态。

但是词"别是一家"(李清照语)的成见太深,词"以婉约为正"(王又华《古今词论》引明张綖语)的传统很难改变,即使东坡这样的旷世奇才也无法扭转乾坤。黄庭坚、晁补之、贺铸等虽是他的羽翼,但他们的成就都有限,而且他们也都未能忘情于刻红剪翠的歌吟。苏门成就最高的词人秦观,恰好是一个道地的婉约派。把柳永的缠绵加小晏的凄惋,用和雅清圆的语言表述出来,就成了秦少游。

稍后于秦观的周邦彦被清代周济奉为北宋"集大成"的词人。其实周邦彦只是集婉约派之成,与豪放词风是不相涉的。周邦彦前期的生活同柳永极为相似,他在音乐上的才能也可以和柳永相比。他精通音律,讲究词法,注重语言的典雅。他的词过分地追求形式,内容却相当苍白,远不如柳永自然,也不如柳词充实。任何艺术不讲求技巧和法则当然不行,但追求过分就会成为一种束缚,会使作品丧失自然的活力。周邦彦之于词正是如此。王国维称他"创调之才多,创意之才少",正是看到了周邦彦词内容的空虚。婉约派词经过晏、欧、柳永和秦观一系列的高峰,到周邦彦实际上已开始下坡了。

靖康二年(1127),金兵攻下汴京,虏徽钦二帝北去,中原相继沦陷。金兵的铁蹄,摧毁了北宋王朝,也震醒了词人们偎红依翠的迷梦。许多本写婉丽之作的词人,也都一改柔靡故态,写出了不少激扬振奋的篇章。张元干、叶梦得、朱敦儒等许多人,或狂呼怒吼,或慷慨悲歌,都在国家危难之际站了起来。"梦绕神州路,怅秋风,连营画角,故宫离黍。""谁似东山老,谈笑净胡沙!""回首妖氛未扫,问人间,英雄何处?"这样的词句,都是以往未曾听到过的声音。抗金名将岳飞在金戈铁马中一跃而起,直接喊出了"何日请缨提锐旅,一鞭直渡清河洛"的誓言。年青词人张孝祥远望长淮的莽然关塞,"忠愤气填膺,有泪如倾"!有宋第一号女词人李清照在南渡以后,也写了不少思怀故国、感叹乱离的词章。只是她受限于"词别是一家"理论和自身家破人亡的感触,词作中表现出满腔凄怨,不像其他爱国词人的作品那样激扬愤发。时代逼迫着诗人,时代也造就了艺术。漫天的烽火,使词真正冲破了旖旎温柔、凄悲戚怨的樊篱,第一次和国家民族的命运联系在一起。正是在这一背景下,产生了伟大的爱国词人辛弃疾。

辛稼轩的词,集中表现其恢复中原、统一祖国的宏愿,抒发其有志不得伸展的愤懑。他悬念北国人民遭受的苦难,揭露朝廷屈辱求和的行径。稼轩是有为的政治家和军事家,具有卓越的识见和过人的胆略,他在《美芹十论》《九议》等奏议中,翔实地分析了当时的形势,提出了切实可行的抗战方略。他在每次地方官任上都有相当大的实绩,显示了他的政治军事才能。他的创作是同他的主张和实践紧密相联的,同一般空泛的激昂慷慨完全不同。

词在辛稼轩的笔下得到了进一步的解放,如果说东坡"以诗为词",辛稼轩更是"以文为词"。他善于把散文化的句式剪裁入词,并且安排得自然妥帖,符合音律。他的词气势磅礴,内涵深厚,具有一种豪雄刚健的力量,没有丝毫柔靡的色彩,在词艺之林开辟了一个新的世界。辛稼轩驰骋有宋词坛，没有任何人可与匹敌，在词史上也是前无古人，后无来者。

伟大的爱国诗人陆游也善于作词，他把在诗里反复表现的内容，也揽入他的词里，是辛稼轩的重要词友。聚集在稼轩门下的许多词人，也都受他词风的影响，其中韩元吉、陈亮、刘过，都有相当大的成就。终有宋之世，这一流派始终没有陵迟，其中刘克庄、刘辰翁是最为杰出的作手。由苏东坡开辟的豪放一派，只有到了南宋，在爱国主义的旗帜之下，才真正形成一支巨大的队伍占领词坛。

同辛稼轩也有一定的交谊，年辈稍后的词人姜夔，走的是另一条路子。他颇有才华，特别精通音乐，但他一生为客，寄人篱下，似乎不太关心国家民族的命运。如此他远祧周邦彦而成为南宋婉约派的重要词人。姜白石重视格律，琢磨词藻，成就倒也不在周邦彦之下，且有自己的风格，足可以独自名家。白石词飘逸秀丽，蕴藉空灵，爱情作品尤为感人。辛稼轩同时之有姜白石，就像苏东坡门下之有秦少游。

姜白石在南宋后期有相当大的影响。他的后继者吴文英（号梦窗）、周密（号草窗）、王沂孙（号碧山）、张炎（号玉田）等人，进一步雕琢字词，考究音律，而内容往往空洞浮泛，甚至晦涩。由于特别重视格律，他们被称为格律派。南渡偏安经过几十年以后，统治者在江左一隅醉生梦死，词人们也因而逐渐麻木，"长安父老，新亭风景"，已不再使他们萦怀，他们又可以在狭窄的角落里浅斟低唱。吴文英等人的词正是这种社会背景下的产物。然而曾几何时，南国生灵又面临着另一场地塌天崩的惨祸,赵匡胤的不肖子孙们,终于连半壁江山也未能守住。蒙元的大军进入临安,"臣妾谢道清",六岁的儿皇帝,连同一大群帝子皇孙,全都做了俘虏。西湖的歌舞终于"休"了,也惊破了词人们"互相鼓吹春声于繁华世界"的梦幻。南宋灭亡的时候,周草窗、王碧山、张玉田等人都已人过中年,这些浪荡词人,回首那个幻灭了的繁华故国,也未免有几丝淡淡的哀愁;然而他们的词格已经僵化,即使国破家亡之后,也未能写出若何能激荡人心的作品。

格律派词人在当时颇有名气,后来更得到极高的评价。尹焕谓"求词于吾宋者,前有清真,后有梦窗"(《梦窗词叙》,黄升《花庵词选》引)。戈载称"白石之词,清气盘空,如野云孤飞,去留无迹,其高远峭拔之致,前无古人,后无来者,真词中之圣也"(《宋七家词选》)。这些评论竟然把他们放在柳永、秦观、苏东坡、辛稼轩之上。清代许多词论家都把格律派词人奉为楷模。一种艺术体裁发展下来,越过它的高峰以后,后来的作者往往会过分地追求形式而使之逐渐僵化。词兴于唐而盛于两宋,元明两代都不发达,号称词学中兴的清代也未能达到两宋的成就。清朝统治者的政治高压使清代文人不敢直面现实,因而也把词限制在狭窄的范围内,同样需要在格律音韵上追求,这就是周邦彦、吴文英在清代特别受到尊崇的原因。

纵观唐宋词五百年发展的历史,可以看出,唐代还只是词的酝酿阶段,即使到晚唐,词也不足与诗匹敌。温李齐名,实际上温庭筠的地位远不能同李商隐抗衡。到了五代,主要在西蜀和南唐,词就凌驾于诗而上之。五代没有杰出的诗人,而词人韦庄、冯延巳、李后主，却能够名垂青史。到了宋代，词也只与诗分庭抗礼，始终未能独霸艺坛。人们仍把诗作为反映广阔社会生活的艺术，只把词作为抒写特殊心曲的手段，这就大大限制了词的发展，使得词总被人看成"别是一家"。南渡以后虽有所改观，也未能完全改变这一局面。另一方面，由于宋诗在光焰万丈的唐诗后面显得苍白，因此宋词乃得以成为这个时代艺文的代表。由于词比诗更富有音乐性，诗是具有音乐美的语言艺术，受乐谱限制的词更能体现这一特点，因此宋代的歌人，不管是执红牙板的十七八女郎，还是按铜琵琶响铁绰板的关西大汉，唱的都是长短句，再没有人唱五七言诗了。从这个意义上讲，在一般宋人的心目中，词也是这个时代艺文的代表。

由于北宋王朝倾覆之后，中华大地出现了金源和南宋两个政权，南北对峙长达百年之久；在北宋高度繁荣的长短句也派分南北，花开两地。金源词虽不足与南宋抗衡，但同样是北宋词的继承和发展。因此在论述元词之前，有必要略微追溯，叙述一下金源词的概况。

女真原来文化相当落后，立国之初甚至没有文字。清人庄仲方在《金文雅》序中说："金初无文字也，自太祖得辽人韩昉而始言文。太宗入宋汴州，取经籍图书，宋宇文虚中、张斛、蔡松年、高士谈辈先后归之，而文字煟兴，然犹借才异代也。"这情况自然包括词的创作在内。金初的词人基本上都是由宋入金的。入金的途径主要是两条：一是羁留的南宋使节；二是南宋州郡的降顺之臣。吴激是羁留使臣的代表。他是宋臣吴栻的儿子，著名书画家米芾的女婿。这种渊源使他永远割不断故乡宗国的情感。即使在舞席歌筵、欢娱笑语之际,也掩抑不住内心的哀伤,一曲催人泪下的《人月圆》成为千古名作。蔡松年是降顺之臣的典型,北宋末年随父蔡靖以燕山府降金,在金国颇为得志,仕路亨通,官至右丞相。但他自知忝仕敌国并不光彩,这种矛盾的心境也微妙地体现在他的作品里。他总是不断地念着归卧故山的调子,正是为了掩盖他内心的矛盾。蔡松年的词在艺术上有一定的造诣,舒徐婉转,亦颇耐人寻味。他与吴激齐名,并称"吴蔡";其实他们的心理状态不同,艺术表现亦随之而异。

到第一代诗人词客成为过去,第二代就被认为是正宗的金代文人。金人萧贡曾说:"国初文士,如宇文太学、蔡丞相、吴深州之等,不可不谓之豪杰之士,然皆宋儒,难以国朝文派论之,故断以正甫为正传之宗,党竹溪次之,礼部闲闲公又次之。"正甫是蔡松年的儿子蔡珪,党竹溪即党怀英,礼部闲闲公是金国声望最高的赵秉文,他们被当作有金一代文人的代表。他们以诗名世,而诗艺平平。他们也都写词,成就同样不高。蔡珪存词仅一首,微不足道。党怀英年青时与辛稼轩同学,并称"辛党",后稼轩飞骑南渡,成为南宋伟大词人,党怀英安处北方,成就庸庸。其《鹧鸪天》词云:"天外事,两悠悠,不应也作可怜愁。开帘放入窥窗月,且尽新凉睡美休。"这样的作品,与可以动天地泣鬼神的稼轩词相比,真不啻虎啸龙吟之与秋蛩寒蚱。赵秉文诗学苏东坡,有一定的成就。他存词包括残缺不全的在内也仅仅十首,却有四首留有东坡的痕迹,也就谈不上赵秉文自己的面目。

最具金词特色的不是这些声名显赫的诗人,而或者是名不见经传的,如邓千江、折元礼,或者是虽有史可查而地位并不高的,如高永、王渥等人。他们留下的作品也极少,人仅一首,甚至词艺也并不精湛,但他们的作品语言明净,气体高华,喷薄出苍凉北国的豪侠之气,没有丝毫纤艳靡丽的色彩。中宵的孤鹤一鸣,最足发人深省;高原的独马长嘶,尤可动人心魄。他们的作品虽少,却是金源词坛最宏亮的声音。尔后大诗人元好问正与他们有着共同的呼息。

元好问是有金一代杰出的诗人,也是吴蔡之后唯一可称大家的词人。他的作品,不乏儿女情长之词,更有气薄风云之作,也写山林幽处,平凡生息,题材相当广泛,内容也颇深刻。元好问也得力于东坡,然器宇才华,自有差别。尽管元好问的成就,词不如诗,但在金源已是首屈一指。

现在我们再来话说元词。元代紧承南宋,词经过两宋的繁荣开始衰落,自然并未绝响。元初词坛有两类作者,营垒极为分明:一是统治集团内部的作手,一是金宋遗民中的词人。

蒙古开初文化非常落后,当他们强悍的骑兵挥舞着大刀长剑驰骋过欧亚大陆的时候,咆吼之声是够怕人的,但要他们吟诗作赋可是另一回事。落后的少数民族统治者都懂得,要统治中华,非借重汉人不可,元世祖对此尤有清醒的认识。因之蒙元统治集团内部的词人全是汉人,刘秉忠、张弘范是其中杰出的代表,他们的作品都很有特色。刘秉忠《木兰花慢·混一后赋》云:"望乾坤浩荡,曾际会,好风云。想汉鼎初成,唐基始建,生物如春。"张弘范《木兰花慢·征南》云:"混鱼龙人海,快一夕,起鲲鹏。驾万里长风,高掀北海,直入南溟。"这样的作品,确有一定的气魄。他们一个运筹帷幄,一个驰骋疆场,不仅为大元建国立下了汗马功劳,也都为它唱起了高亢的颂歌,其中张弘范尤有相当深厚的功力。但他们归根到底,还是为异族统治者歌功颂德,目的是"仰报九重圣德"(张弘范《木兰花慢》),而自身仍"良自愧,劣才微渺,圣恩洪厚"(张弘范《满江红》)。说到底是奴才的阿谀。张弘范曾无耻地狂叫过:"我军百万战袍红,尽是江南儿女血!"(《过江》)这样一个双手沾满人民鲜血的刽子手,我的选本自然不会给他提供篇幅。

提到遗民词人,人们自然会想到刘辰翁、蒋捷、周密、王沂孙、张炎等人。但由于他们在南宋词坛上的地位,通常把他们算作南宋词人。在元初,不属于张炎等人行列的遗民词人,我们简介白朴和刘因。

白朴于金源亡国的时候还不到八岁,随父执元好问得以长大,成人后徙居金陵,终身不肯仕元。白朴是杰出的杂剧作家,著有《墙头马上》《梧桐雨》等名剧。他不以词名,而所作的词却很有特色,表现出强烈的遗民情感,词中多有讽刺反语,语言浅易而风格清朗。他是散曲高手,小词亦有曲味,开元词曲化的先河。

刘因是元初杰出的词人。尽管刘因两次受到元世祖的征聘,但他先是"以母病辞归",后来又"以疾固辞",被元世祖称为"不召之臣",所以他仍然是一个遗民。刘因以理学家而兼诗人词客,他的诗词都写得真醇朴实,没有丝毫的理学气。刘因的诗往往委婉地表现其故国之思,却贯注着深沉的历史的反思和对统治者深刻的批判。他的词大多只写他隐居山野的生活。朴素自然,幽默风趣,成为刘因词突出的特点,而不与统治者合作的精神自在那诙谐的词句后面体现出来。五代北宋以来刻红剪翠的内容与刘因词差不多是绝缘的。

在元代极负盛名的诗人赵孟頫、虞集等人也都写词,但他们的作品除个别小令清新可诵外,没有多大的建树。

元代中叶杰出的词人是萨都剌,他是诗歌史上少数民族作手的杰出代表。萨都剌的诗清新秀逸,词也有这种特色。他的怀古词最为有名,深沉的感慨而以清雄奔放的语句出之,对前朝的往事不胜兴亡之感,同时表现了诗人轩昂的器宇、磊落的胸怀。读他的词,仿佛听俊爽而又深沉的音乐,很能启人遐想。

元代后期词人以张翥较为突出。张仲举善于用丰腴秾艳的词句,刻画杭州西湖一带美丽的湖光山色,反映自身悠游山水的情趣。但他的题材比较狭窄,堂庑不大,词中免不了饾饤词汇,堆砌典故。清代厉鹗跋《蜕岩词》云:仲举"诗文俱有源本,而词笔亦复俊雅不凡,足继白石、梅溪、草窗、玉田之后"。这段话说明了张翥词的渊源,系继承南宋后期格律派的衣钵,也揭示了张翥对清代浙西词派的影响,尽管浙西词派的大家成就超越了张翥。

明代的诗虽不如唐宋,但还是相当发达的,出了许多著名的诗人,而词艺却非常衰微,连元代都不如。它没有刘梦吉,没有萨都剌,甚至也没有张仲举,二百多年间,找不出一个杰出的词人。明初刘基、高启这些大诗人,写起词来,都未免浅露率易之嫌,缺乏浑厚沉着之致。

明人复古倾向非常严重,填词也常常因袭前人。把古人现成的诗句剪裁入词,只要镶嵌恰当,也别有情味,如周邦彦《西河·金陵怀古》、吴激《人月圆·宴北人张侍御家有感》都成为名作。但一般不宜因袭词的句子,而明人词往往将前人词中名句改头换面纳入自己的作品。这方面的例子可以随手拈来。如:

刘基《谒金门》:
　　风袅袅,吹绿一庭春草。
陈霆《踏莎行》:
　　流水孤村,荒城古道,槎牙老木乌鸢噪。
唐寅《一剪梅》:
　　雨打梨花深闭门,忘了青春,误了青春。
杨慎《临江仙》:
　　滚滚长江东逝水,浪花淘尽英雄。
李攀龙《长相思》:
　　秋风清,秋月明,叶叶梧桐槛外声,难教归梦成。
李天植《唐多令》:
　　新绿满沧洲,孤帆带远流,更甚人同倚南楼。

这些作品是常常被选家选录的名作,但我们读起来都会有似曾相识之感,明人多这样寄人篱下,抬不起自己的头来。苏东坡"大江东去"一语,从金到明,被词人们搬过来运过去,这"大江"到了他们手里似乎永远流不出去了。

直到明朝末年，词苑才重新复苏，以"云间三子"陈子龙、李雯、宋征舆为中心的云间词派崛起东南，明词才有了自己的名家。其中陈子龙更成就斐然。陈子龙是晚明一代英杰，他是抗清志士，又是文坛领袖。他的诗沉雄历练，特别是后期作品，苍凉激越，慷慨悲歌，最是动人心魄。他的词却远祧五代北宋，风格清新婉丽，绰约多姿。他继承前代诗词分界的传统，所以其诗如铮铮铁汉，而词如拈花少女，断然两种风格，清代沈雄《古今词话》称："大樽文宗西汉，诗轶三唐，苍劲之色，与节义相符。乃《湘真词》一集，风流婉丽如此。传称河南亮节，作字不胜罗绮；广平铁石，赋心偏爱梅花。吾于大樽益信。"陈子龙为故国献出了自己的生命，晚明也终于结束，他培育的大批词人随着世事的沧桑进入了下一个时代。故而龙榆生说："词学衰于明代，至子龙出，宗风大振，遂开三百年来词学中兴之盛。"

清代词的复兴，是词史上继五代的西蜀、南唐，北宋，南宋之后的第四个高潮。从南宋末年，跨越元明，词艺衰微达四百年之久。明季，当词苑刚刚复苏，便发生了大清代明的巨变，清初词的兴盛就在这种历史背景下产生。

由顺治朝进入康熙前期的词人，都是由明入清的。他们入清的时候，年龄都在三十岁上下，已是中年，各自带着不同的心态进入了一个新的时代。他们之中，有的是坚定的抗清志士，如王夫之、金堡，以及年辈稍后的屈大均。有的虽改仕新朝，精神上却始终留有对故国的怀思，如李雯、宋征舆，杰出的女词人徐灿也属于这个行列。有的被迫应召，却召来了无穷的悔恨，如吴伟业。不管谁何，这一代诗人词客的心上都带有沧桑巨变的伤痕。因此他们的作品,或者是慷慨的愤呼,或者是婉曲的沉吟,或者是沉痛的悔恨,都是真挚的心灵的悸动,也都能引起读者心弦的共振。在风格上,清初词人各具家数,却又有大体统一的清新明快的特色。

以陈维崧、朱彝尊、顾贞观、纳兰性德四大词人为代表的康熙时代为清词的极盛,词人辈出,异彩纷呈。陈维崧是有清第一豪放派词人。他是江苏宜兴人,宜兴古称阳羡,因而陈派词人被称为阳羡派。阳羡派词大力廓开词的领域,反对以词为小道,认为词有同于"为经为史",足以与杜甫歌行、西京乐府并立。这对传统上以婉约侧艳为正宗的词风是极大的冲击,在当时更是别开生面,令人耳目一新。陈维崧本人奔走四方,飘萍南北,随处歌吟啸傲,长调小令,随手拈来,便成佳作。其词"敢拈大题目,出大意义",风格飞扬腾越,慷慨激昂,波澜壮阔,气象万千。陈廷焯《白雨斋词话》谓"迦陵词气魄绝大,骨力绝遒,填词之富,古今无两。只是一发无馀,不及稼轩之浑厚沉郁。然在国初诸老中,不得不推为大手笔"。

与陈维崧齐名而词派阵营更大、影响更深的是朱彝尊。朱彝尊,浙江秀水人,朱派词人大多出于浙西,因而称为浙西词派。朱彝尊学问渊博,根柢深厚,他选辑唐、五代、北宋以来下逮元张翥之作为《词综》,奉为词学圭臬。他于词标举醇雅清空,推崇南宋,所谓"词至南宋而深",并以姜白石、张玉田作为模范。他在《静志居诗话》中说:"念倚声虽小道,当其为之,必崇尔雅,斥淫哇,极其能事,亦足以宣昭六义,鼓吹元音。"他甚至宣扬词只宜于宴嬉逸乐,歌咏太平。一反欧阳修

"诗穷而后工"的慨叹,朱彝尊倡言"欢愉之言易工"。这是一个顺应康熙盛世的词派。在阳羡派词人作品里的对于家国陵替、民生疾苦、时致深沉的感慨,在浙西派词中就很难听到。浙西词派势力庞大,致使清初百派分流,千花竞艳的局面日渐消失。朱彝尊本人的作品,确有不少醇雅清空的篇章,到浙西的末流往往流于空枵枯槁。朱彝尊与陈维崧曾合刻《朱陈村词》。谭献在《箧中词》中评论说:"锡鬯、其年出,而本朝词派始成。顾朱伤于碎,陈厌其率,流弊亦百年而渐变。锡鬯情深,其年笔重,固后人所难到。嘉庆以前,为二家牢笼者十居七八。"将两家作比较,更应该看到,陈激烈,朱平和;陈较多地涉笔广阔的社会生活,朱更多局限于个人的雅兴;陈带有在野的色彩,朱则易于为统治者所容纳。

顾贞观是独立于阳羡、浙西之外的词人。顾贞观不像陈维崧、朱彝尊倡导出如此之大的派别,但他的作品遗世独立,骎骎乎可以和陈朱争胜。顾氏高祖顾宪成是明代东林党的首领,父祖辈也都在东南卓著声望,"一门高尚",这种家世对贞观有极大的影响。他虽然也应过举,并曾两度进京,但与清统治者却保持着距离,脑子里还响着清初东南抗敌的馀音,晚年更筑室故山,不再出仕。顾贞观词不仅不受陈朱的笼络,甚至力求突出宋人的樊篱。他说"吾词独不落宋人圈襀,可信必传"。他创作态度严肃,题材广泛,既能创意,又能创格,词风沉郁隽永,不作绮罗芗泽之语。两支《金缕曲》成为千秋绝唱,其他作品也都经得起咀嚼。

另一独树旗帜的作者是纳兰性德,一位卓有成就的满族词人，纳兰词重返五代北宋之旧，是有清一代杰出的婉约派词人，是一个"清代的晏几道"。他以言情见长，少数作品写塞外风光，自然清隽。顾贞观《通志堂词序》谓其词"婉丽凄清，使读者哀乐不知所主，如听中宵梵呗，先凄惋而后喜悦"。王国维《人间词话》谓"纳兰容若以自然之眼观物，以自然之舌言情。此由初入中原，未染汉人风气，故能真切如此，北宋以来一人而已"。这些评论都能道出纳兰特色，评语亦别具一格。

康熙时期词苑繁荣，四大词人之外，他如毛奇龄之清新，屈大均之豪健，彭孙遹所谓"吹气如兰彭十郎"之艳丽，神韵派诗人王士禛之隽逸，更有同顾贞观一样主张独立的风格、反对优孟衣冠的曹贞吉，以《古今词话》出名、本人作品亦历练沉雄的沈雄，作者如林，名家辈出，致使康熙词坛臻于有清一代的极盛。

到康熙时代结束的时候，词坛突然空虚了。杰出的词人只有被称为浙西派中坚的厉鹗进入了雍正、乾隆时代，此外第一流的词人物故殆尽，连最年轻的纳兰容若也以三十二岁的盛年夭逝。清词的极盛随着康熙时代的结束而结束了。

雍正乾隆以至嘉庆、道光的词坛，表面上相当热闹，其实是并不发达的。常州词派出现了，人数众多，阵营庞大，他们把清词引向了一个新的阶段，却未能引出一个新的高潮。

常州词派的开山祖是张惠言兄弟。张惠言，江苏武进亦即常州人，生于乾隆二十六年（1761），嘉庆四年（1799）进士，与其弟张琦同编《词选》，树起常州词派的旗帜。张氏甥董士锡起来，被目为皋文正嫡。随后周济编《宋四家词选》及《词辨》，常州词派如此风靡天下。嘉庆以后的名家，大多越不出常州词派的范围，其影响一直波及现在，二百年间，绵延不断。

　　常州词派的纲领，大致体现在张惠言的《词选序》中，序云："传曰：意内而言外谓之词。其缘情造端，兴于微言以相感动，极命风谣里巷男女哀乐，以道贤人君子幽约怨悱不能自言之情，低徊要眇，以喻其致。盖《诗》之比兴变风之义，骚人之歌，则近之矣。"张氏的后继者周济在《宋四家词选目录序论》中更进一步说："夫词，非寄托不入，专寄托不出。一物一事，引而伸之，触类多通，驱心若游丝之罥飞英，含毫如郢斤之斫蝇翼，以无厚入有间。既习已，意感偶生，假类毕达，阅载千百，謦欬弗违，斯入矣。赋情独深，逐境必寤，酝酿日久，冥发妄中，虽铺叙平淡，摹缋浅近，而万感横集，五中无主，读其篇者，临渊窥鱼，意为鲂鲤；中宵惊电，罔识东西。赤子随母笑啼，乡人缘剧喜怒，抑可谓能出矣。"他们主张意内言外，强调比兴寄托。所谓比兴寄托，微言要妙，亦要出乎自然，过分强调、肆意追求，结果是作词走向隐曲晦涩，释词则趋于牵强附会。周济所说的"专寄托不出"，不是不要寄托，而是说作词开始要有意追求寄托，"非寄托不入"，达到了这一步，则要走向更高的境界，能随心所欲，意到笔随，无心于寄托而寄托自深。他在《介存斋论词杂著》中说："初学词求有寄托，有寄托则表里相宜，斐然成章。既成格调，求无寄托。无寄托则指事类情，仁者见仁，知者见知。"在这种理论指导下，常州词派的许多作品往往给人以恍惚迷离之感。常州派词人蒋兆兰说作词"宁晦无浅，宁涩无滑，宁生硬无甜熟"（《词说自序》）。无浅无滑无甜熟则是矣,宁晦涩宁生硬则走向了另一个极端。

清代是中国最后一个封建王朝,封建主义走向极端腐朽。清人入关之初,还表现出一定的生气,雍正乾隆以后即开始下坡,对思想的钳制日益严酷,惨毒的文字狱使知识分子不敢动弹,清初诗词的生动局面也就宣告结束。常州词派强调比兴寄托,走向隐晦艰涩,正是这种政治背景下的产物,同乾嘉时代知识分子要寻找隐蔽避难之所,如此极力钻研古书,音韵训诂之学因而特别发达,是同样的历史原因。封建主义强调封建礼教,人们要装得道貌岸然。封建社会愈是濒临崩溃,封建观念也就愈加走向极端,而词人们总要写男女恋情,嘲风弄月,两者不能并存。宣扬比兴寄托的常州词论恰好调和了这一矛盾。明明写的是男女恋情,他说是"伤心人别有怀抱",这样既不犯讳忌,又不伤风化,正好两全其"美"。本帙选了庄棫的《蝶恋花》,我在点评中引用了陈廷焯的评论,正是这种曲辩掩护的典型例证。常州词派之所以无限膨胀,这也是一个原因。终有清之世,常州词派的浓雾迄未消散,大大束缚了词的发展。常州词派形成之日,即清词走向衰微之时。

嘉庆、道光之际,常州词派之外,自然也有一些词人不受常派的牢笼,龚自珍就是极为杰出的一位。龚定庵以高明伉爽之才,嵚崎磊落之志,在诗坛词苑独树一帜。他以一己七尺之躯,直面整个社会的黑暗,敢于大声呼叫,若诗若词,就是他呼叫的记录。

顺治、康熙时期是清词的第一个阶段,雍、乾、嘉、道时期为第二个阶段,咸丰、同治时期以至清末为第三个阶段。这后一个时期词坛还是相当热闹的，较前的名家有蒋春霖、张景祁、庄棫、谭献和王鹏运，稍后有陈廷焯、文廷式、郑文焯、朱孝臧和况周颐等辈，其中以蒋春霖和王鹏运成就较大，王鹏运更是后期词坛的中心人物。这一大群词人，他们大都学识渊博，词学工力深厚，创作了大量篇章，也写有不少精湛的词话。但他们之中，除少数人如文廷式等外，大多在常州词风笼盖之下，这就大大制约了他们的成就。尽管常州词派宣称"以《国风》《离骚》之旨趣，铸温韦周辛之面目"（周济《味隽斋词》序），但实际他们脱不出南宋格律派词人的窠臼。试看谭献、陈廷焯等人对他们前后诸人的评价，总离不开姜白石、史梅溪、吴梦窗、王碧山、张玉田的范围，这与浙西浙人"家白石而户玉田"并无区别。晚清词人只是在南宋后期词人的庭院里低徊留连，充其量走到周邦彦的门口，没有人敢于闯进欧阳修、苏轼、辛弃疾的堂屋。词风的拘禁，严重地缚住了词人的手脚，像邓廷桢、林则徐等人，论人品是属于民族英雄之列的，他们行事也极有胆略，但他们写起词来，对抗敌卫国这样重大题材，也还是比来兴去，欲吐还吞，没有一点儿稼轩词那样的气魄。我常常费尽力气去读清中叶以后常州派词人的作品，仔细揣摩，尽可能进入他们的境界。但再回头一读北宋人作品，那艰苦得来的成果立即粉碎，差不多前功尽弃。宋人的作品仍是鲜活的花朵，而清代后期的作品只是纸扎的工艺而已。

　　清词结束的时候，有两位词人是应该提及的，那就是梁启超和王国维。梁启超是著名的维新派政治家，于诗词也是革新能手。同光后期之有梁任公，就如嘉道后期之有龚定庵。任公词以豪纵明快的语言,吐自己愤懑郁塞的胸怀。被常州词风长期迂塞的词坛,读任公词,不禁心胸为之一豁。晚清之有王国维,则如晚明之有陈子龙。陈子龙要使明代沉寂的词坛振作起来诚然很难,王国维要在清代热闹的词苑竖起营垒也非易事。王氏的《人间词话》是清代绝妙的词论著作。山阴樊志厚叙《人间词》云:"君之于词,于五代喜李后主、冯正中,于北宋喜永叔、子瞻、少游、美成,于南宋除稼轩、白石外,所嗜盖鲜矣。尤痛诋梦窗、玉田。谓梦窗砌字,玉田垒句;一雕琢,一敷衍。其病不同,而同归于浅薄。六百年来,词之不振,实自此始。"这实际是《人间词话》评论历代词人的概括,也是对清代浙西词派以来词宗南宋的拨乱反正。王国维自己的创作,远承北宋遗风,清新婉丽,哀感顽艳,是他自己词论的实践。

词起于唐代中叶,到晚唐而完全成熟,自五代北宋而至南宋,词达到全盛。"宋词"甚至成为这个时代代表性的文艺,大有气压宋诗之概。历元、明而稍衰,至清代又获得复兴。由于词是长短句,句式参差不齐,而有一定的韵律,迂回起伏,较之五七言诗更为灵活,便于歌唱,因而历千年而不衰。历代词人创作了大量的词章,成为中国古典文学重要的组成部分。但词自晚唐定型以后,大多用来写男女欢悦之情,离别相思之恨,春风秋月,香泽绮罗,成为传统的词风,词中往往表现哀伤凄惋的情调。宋朝人多用五七言诗来写严肃的题目,而用长短句来叙旖旎婉恋之情,幽闺夜月,别浦夕阳,舞榭歌台,灯红酒绿,便是填词谱曲的场合。中经苏东坡、辛弃疾等人大力开拓,但终未能改变词的整体局面,这就严重地限制了词所反映的生活领域，也制约了词的表现能力。清代中叶以后，也有不少词人想用词来反映邦国倾危的重大主题、面临危困的严酷现实，但传统的表现手法使得词已无能为力，清代词的繁茂，已是它最后一度芳菲，从此走到了尽头。新的文学形式取代旧的文学形式，是历史的必然。今后也还有人填词，正如还有人写五七言诗一样，但它们要占领文坛重领往日的风骚是不可能了。即使像毛泽东那样的巨人，他的以气势取胜的词气薄风云、震撼山岳，也无法挽回全局。"东风暗换年华"，五四运动的战鼓擂响了旷古空前的巨变，一派全新的艺圃繁花，将占领下一度的阳春。

本书是一本普及性读物，所选都是传统名篇。我期望通过寥寥三百篇作品，让一般读者也能了解我国一千多年来词的概貌及其发展轨迹。入选作品，要求内容充实，语言典雅，气体高华，艺术精湛；取婉约而斥猥俗淫靡之作，录豪放而非叫嚣粗犷之篇；于晦涩格讷但求格律之作则在所不取。或不无一得之见，自未免偏颇之论。加以水平所限，错误必多，幸望词界方家及广大读者不吝指正。

本书唐宋部分一九九一年曾以书名《唐宋词名作选》由中州古籍出版社出版。揽入本帙时，修正了已经发现的错误。现全稿付梓，得到中州古籍出版社领导特别是责编弦声先生的热情支持和帮助，谨表示衷心的感谢。

黄瑞云

一九九四年三月十九日

于黄石长梦潇湘夜雨楼

唐

李 白

李白(701—762),字太白,盛唐与杜甫齐名的伟大诗人。祖籍陇西成纪(今甘肃秦安县北),其先以罪徙西域,出生于中亚碎叶,五岁随父家于绵州(故居在今四川江油市)。二十五岁出峡东游,遍历大江南北。天宝初应玄宗召进入长安,供奉翰林,不久放回,漫游齐鲁。安史之乱发生,入永王璘幕府。永王失败,被长流夜郎,西行至巫山下遇赦东还。宝应元年(762)在当涂逝世,年六十二。有《李太白全集》。

菩萨蛮①

平林漠漠烟如织②,寒山一带伤心碧。暝色入高楼③,有人楼上愁。　　玉阶空伫立,宿鸟归飞急④。何处是归程?长亭连短亭⑤!

【注释】 ①菩萨蛮,词牌名,原是唐教坊曲名。原作"菩萨鬘"。据《杜阳杂编》,唐宣宗时,女蛮国来聘,见其高髻金冠,璎络被体,号菩萨蛮队,当时优人为制《菩萨蛮》曲。然崔令钦《教坊记》所载,开元时已有此曲。双调四十四字,上下阕均两仄韵转两平韵。词必按词牌填写。词牌,又称词调,只标示词的格律,即词谱,并非题目,一般不涉词的内容。唐五代词只标名词牌,北宋才逐渐再加题目,然仍有不加题目者。关于此词,宋僧文莹《湘山野录》卷上云:"此词不知何人写在鼎州沧水驿楼,复不知何人所撰。魏道辅泰见而爱之。后至长沙,得古集于子宣(曾布)内翰家,乃知李白所作。"南宋魏庆之《诗人玉屑》亦有此说。沧水驿,今湖南益阳沧水铺。②漠漠,迷蒙貌。 ③暝色,暮色。 ④玉阶,美石台阶。伫立,久立。宿鸟,回巢的鸟。 ⑤亭,大路边供行人休息的建筑。庾信《哀江南赋》:"十里五里,长亭短亭。"《海录碎事》:"十里一长亭,五里一短亭。"连,一作"更"。

忆秦娥①

箫声咽,秦娥梦断秦楼月②。秦楼月,年年柳色,霸陵伤别③。乐游原上清秋节,咸阳古道音尘绝④。音尘绝,西风残照,汉家陵阙⑤!

【注释】①忆秦娥,实即秦娥忆,据词意可知。词牌即由此词得名。双调四十六字,有仄韵、平韵两体,上下片都叠一韵。 ②秦娥,秦地女子。据传秦穆公女弄玉爱吹箫,嫁仙人箫史,后骑龙跨凤仙去。见《列仙传》。词以"箫声咽"开头,实用此典故。 ③霸陵,汉文帝陵墓,在今陕西西安市东,近有霸桥,自汉至唐均为行人送别之地。《雍录》:"汉世凡东出函潼,必自霸陵始,故赠行者于此折柳为别也。" ④乐游原,在今西安市南,地势高敞,古为长安登临游览之地。咸阳,秦代京城,今属陕西省。音尘,音信。 ⑤陵阙,帝王陵墓。阙,宫殿前的一种建筑物,上有楼观。

【点评】 这两首词收入李白集,历代词论家评价甚高。宋黄升《唐宋诸贤绝妙词选》称"《菩萨蛮》《忆秦娥》二词,为百代词曲之祖"。清刘熙载《艺概》谓"太白《菩萨蛮》《忆秦娥》两阕,足抵少陵《秋兴》八首"。然二词实非李白所作。词至中唐始渐有作者,大多自绝句脱胎。开元天宝时代不可能有如此成熟的词作。风格亦与太白不类。此唐以后人所作。词的艺术性确乎很高,语言提炼极精,富有音乐美感。词意蕴亦甚深厚。《菩萨蛮》有"何处是归程"之叹,《忆秦娥》有"秦娥梦断"之恨,然二词实深寓人生哀怨;"西风残照,汉家陵阙",更有无限兴亡之感,非只是游子思归、佳人怀远而已。论其造诣,仍不愧为"百代词曲之祖"。

张志和

张志和(732—774),字子同,金华(今属浙江)人。著《玄真子》,因以为号。《历代诗馀》卷二百十一引《乐府纪闻》:"张志和自称烟波钓徒。尝谒颜真卿于湖州,以舴艋敝,请更之,愿为浮家泛宅,往来苕霅间。作《渔歌子》词。"

渔歌子①

西塞山前白鹭飞,桃花流水鳜鱼肥②。青箬笠,绿蓑衣,斜风细雨不须归。

【注释】①渔歌子,张志和所创,即咏调名本意。单调二十七字,平韵。另有双调"渔歌子",五十字,仄韵。为唐教坊曲名,亦用作词牌,与此异。　②西塞山,在浙江湖州市西。鳜(guì)鱼,形体扁平,口大,鳞细,为美味名贵鱼类。

刘禹锡

　　刘禹锡(772—842),字梦得,洛阳人。唐德宗贞元九年(793)进士,登博学宏辞科,授监察御史。贞元末参与王叔文改革,反对宦官擅权和藩镇割据。王叔文败,贬朗州司马。在朗州十年,唯以吟咏自娱。宪宗元和十年(815)自武陵召还,复出为播州刺史,改连州,又徙夔州、和州。征还,历礼部郎中、汝州刺史,终太子宾客,分司东都。武宗会昌二年(842)卒,年七十一。刘禹锡是中唐名诗人。早年与柳宗元交厚,合称"刘柳";晚年与白居易唱酬,并称"刘白"。有《刘梦得文集》。

竹　枝①

其　一

　　山桃红花满上头,蜀江春水拍山流②。花红易衰似郎意,水流无限似侬愁③。

【注释】　①竹枝,即竹枝词,乐府近代曲名。原为夔州一带民歌,刘禹锡为作新词,写三峡民情风俗、男女恋情,亦曲折反映其遭受贬斥的抑郁心情。共九首,选四首。　②上头,指山上。蜀江,长江自四川至三峡段称蜀江。　③侬,我,女子自称。

其 二

瞿塘嘈嘈十二滩①,此中道路古来难。长恨人心不如水,等闲平地起波澜。

【注释】 ①瞿塘,长江三峡之一,西起重庆奉节,东至巫山大宁河口,两岸悬岩壁立,江流湍急,形势险峻。嘈嘈,急水流声。

其 三

巫峡苍苍烟雨时①,清猿啼在最高枝。个里愁人肠自断,由来不是此声悲。

【注释】 ①巫峡,长江三峡之一,西起重庆巫山大宁河口,东至湖北巴东官渡口,绵延四十公里。长江横切巫山,峡谷幽深曲折,两岸奇峰森列,有巫山十二峰,神女峰尤为奇丽。苍苍,深貌。

其 四

山上层层桃李花,云间烟火是人家。银钏金钗来负水,长刀短笠去烧畲①。

【注释】 ①烧畲(shē),烧榛种地。古代川东鄂西生产落后,刀耕火种,故烧畲要带长刀。末二句分别写女子负水,男子烧畲。

竹 枝

杨柳青青江水平,闻郎江上唱歌声。东边日出西边雨。道是无晴却有晴①。

【注释】 ①晴,与"情"音义双关。

杨柳枝①

炀帝行宫汴水滨②,数株残柳不胜春。晚来风起花如雪,飞入宫墙不见人。

【注释】 ①杨柳枝,乐府近代曲名,由南朝"折杨柳"演变而来,刘禹锡、白居易所作最为有名。 ②炀帝,即杨广,隋代皇帝,公元604年至618年在位,曾开运河,游江都,沿途都有行宫。行宫,京城外供帝王出行时居住的宫殿。汴水,古代黄河自荥阳分出狼汤渠至开封一段水流称汴水,隋开通济渠,由原汴水南移直达淮河,仍称汴水。

浪淘沙①

八月涛声吼地来,头高数丈触山回。须臾却入海门去,卷起沙堆似雪堆。

【注释】 ①浪淘沙,唐教坊曲名,刘禹锡、白居易用作词牌,开始都咏调名本意。

白居易

白居易(772—847),字乐天,晚号香山居士。祖籍太原,移居下邽(今陕西渭南东北),出生于新郑。唐德宗贞元十四年(798)进士,授秘书省校书郎。宪宗元和二年(807)任左拾遗兼左赞善大夫,因上表求缉刺杀宰相武元衡的凶手,得罪权贵,贬江州司马,量移忠州刺史。元和十四年(819)冬召还京师,拜司门员外郎,转主客郎中。历杭州、苏州刺史,官至刑部尚书。文宗开成元年(836),授太子少傅。宣宗大中元年(847)卒,年七十六。白居易是中唐大诗人,他和刘禹锡率先从民歌中吸取营养,创作从绝句脱胎的小词,对词的发展起了重要作用。其《忆江南》等小令是唐代最有情致的佳作。有《白香山全集》。

忆江南①

江南好,风景旧曾谙②。日出江花红胜火,春来江水绿如蓝③。能不忆江南!

【注释】 ①忆江南,唐教坊有"望江南"曲,白居易依其调作词,因名。单调二十七字,平韵。 ②谙,熟悉。 ③蓝,蓝色染料名,由蓝草提炼而成。

竹 枝

其 一

瞿塘峡口冷烟低,白帝城头月向西①。唱到竹枝声咽处,寒猿晴鸟一时啼。

【注释】 ①瞿塘峡口,即夔门,为瞿塘峡西口,形势极为险峻。白帝城,故城在今重庆奉节白帝山上,东汉初公孙述所筑,述自称白帝,因以为名。

其 二

竹枝苦怨怨何人,夜静山空歇又闻。蛮儿巴女齐声唱,愁煞江楼病使君①。

【注释】 ①江楼,一作"江南"。使君,诗人自指,时为忠州刺史。

长相思①

汴水流,泗水流,流到瓜州古渡头,吴山点点愁②。
思悠悠,恨悠悠③,恨到归时方始休,月明人倚楼!

【注释】 ①长相思,乐府杂曲歌辞名,亦唐教坊曲名,后用为词牌;多写男女久别思念之情。双调三十六字,平韵,上下片均叠一韵。 ②汴水,见刘禹锡《杨柳枝》词注②。泗水,源出山东泗水县蒙山南麓,四源并发,故名,南流注入淮河;全长一千馀里,为淮河下游第一大支流,故古代并称"淮泗"。瓜州,镇名,在江苏邗江区南,与镇江隔江斜对,为大运河入江处。吴山,泛指吴地的山。 ③悠悠,忧思貌。

温庭筠

温庭筠(812？—870？)，字飞卿，太原祁县(今山西祁县)人。唐宣宗大中初至京师，屡举不第。长于诗赋，能逐弦吹之音，为侧艳之词。徐商镇襄阳，署为巡官。商知政事，用为国子助教。商罢相，贬方城尉，再迁隋县尉，卒。庭筠诗与李商隐并称"温李"，成就远不及商隐；词与韦庄并称"温韦"，则各有千秋。庭筠年代先于韦庄，是唐末第一个以词名家者。其作品专写闺情，不仅为花间鼻祖，对后世词以婉约为宗影响亦甚大。刘熙载《艺概》谓"温飞卿词精妙绝人，然类不出乎绮怨"，确是的评。作品中不乏清新可诵的名句，整体却过于秾艳。王国维说："'画屏金鹧鸪'，飞卿语也，其词品似之。"若以其词句状其词品，"小山重叠金明灭"也许更为典型。词集名《金荃集》，已佚，后世有辑本。

忆江南

梳洗罢，独倚望江楼。过尽千帆皆不是，斜晖脉脉水悠悠①。肠断白蘋洲！

【注释】 ①斜晖，夕阳。脉脉，含情貌。

更漏子①

玉炉香，红蜡泪，偏照画堂秋思。眉翠薄②，鬓云残，夜长衾枕寒。　　梧桐树，三更雨，不道离情正苦③。一叶叶，一声声,空阶滴到明。

【注释】 ①更漏子,即因温庭筠词咏更漏得名,双调四十六字,上片两平韵、两仄韵;下片三仄韵、两平韵。 ②眉翠,以翠黛画眉。 ③不道,不知道,不理会。

皇甫松

皇甫松(生卒年不详),字子奇,睦州(今浙江建德市)人,唐代散文家皇甫湜之子。《花间集》录有松词十二首。

梦江南①

其 一

兰烬落,屏上暗红蕉②。闲梦江南梅熟日,夜船吹笛雨萧萧,人语驿边桥③。

【注释】 ①梦江南,即"忆江南",因词中有"闲梦江南"句,故名。二首都写夜深梦回故国的情景。 ②兰烬,灯花,以形似兰花,故称兰烬。屏,屏风。红蕉,指屏风上画的美人蕉。因灯光渐暗,故曰暗红蕉,谓夜色已深。 ③萧萧,雨声。驿,古代大路上所设的交通站。

其 二

楼上寝,残月下帘旌①。梦见秫陵惆怅事:桃花柳絮满江城,双髻坐吹笙②!

【注释】 ①帘旌,窗帷。 ②秫陵,古县名,江苏省南京市故称,治所位于今江苏省南京市江宁区秫陵街道。惆怅,感伤之貌。髻(jì),一种发型,头发挽束于头顶。双髻,代指美人。

韦 庄

韦庄(836—910),字端己,京兆杜陵(今陕西西安)人。唐僖宗广明元年(880)入长安。时黄巢下京师,庄著《秦妇吟》,被称为"秦妇吟秀才"。后携家至越,游踪遍历大江南北。昭宗景福二年(893),还京师,明年,第进士,授校书郎。后奉使入蜀,蜀主王建辟为掌书记,于成都浣花溪杜甫草堂遗址,结茅定居。唐哀帝天祐四年(907),唐亡,王建称帝,开国制诰多出庄手,拜左散骑常侍,官至吏部侍郎兼平章事。王建武成三年(910)卒,年七十五。韦庄与温庭筠齐名,称为"温韦"。温词秾艳,韦作较为疏朗自然,为蜀中巨擘,五代代表性词人。有《浣花词》。

菩萨蛮

其 一

红楼别夜堪惆怅,香灯半掩流苏帐①。残月出门时,美人和泪辞。　琵琶金翠羽,弦上黄莺语②。劝我早归家,绿窗人似花。

【注释】 ①流苏,用彩色丝线织的穗子。 ②金翠羽,指琵琶上的装饰。黄莺语,喻琵琶弹奏的声音。"劝我早归家,绿窗人似花",即"弦上黄莺语"传达出来的内涵。

其 二

人人尽说江南好,游人只合江南老①。春水碧于天,画船听雨眠。 垆边人似月,皓腕凝霜雪②。未老莫还乡,还乡须断肠③。

【注释】 ①只合,只应该。江南,泛指金陵苏杭等地。②垆(lú),酒店安放酒坛的土台。霜雪,喻美丽的皓腕。③须,一定会。"未老莫还乡",即"只合江南老"之意。

其 三

如今却忆江南乐,当时年少春衫薄。骑马倚斜桥,满楼红袖招。 翠屏金屈曲①,醉入花丛宿。此度见花枝,白头誓不归。

【注释】 ①翠屏,翡翠装饰的屏风。屈曲,指屏风折叠处的环纽。

其 四

劝君今夜须沉醉,尊前莫话明朝事。珍重主人心,酒深情亦深。 须愁春漏短,莫诉金杯满。遇酒且呵呵,人生能几何①。

【注释】 ①呵呵,高兴大笑声。这首都是酒店之人的劝说。中间插入"珍重主人心,酒深情亦深"二句感激主人情意的话。

其 五

洛阳城里春光好,洛阳才子他乡老①。柳暗魏王堤,此时心转迷②。　桃花春水渌,水上鸳鸯浴。凝恨对残晖,忆君君不知!

【注释】①洛阳才子,即末句中的"君"。馀详点评。②魏王堤,在洛阳旧城西南。唐代洛水过皇城端门,在旌善坊北水溢为池,唐太宗赐魏王李泰。有堤与洛水相隔,称魏王堤。迷,迷乱惆怅。

【点评】 五代词人集中,往往一题下有作品多首,各首之间,大多没有内在联系。韦庄《菩萨蛮》五首却为一组,内容前后关联。韦庄于唐僖宗广明元年(880)入长安,适黄巢攻下京师,庄奔洛阳,于中和间避地江南,遍历金陵苏杭等地,达十年之久。这是创作这组词的时代背景。

五首词的时间坐标,在"劝君今夜须沉醉"一章,即第四章。在韦庄游历江南后期的某个夜间,词人在友人(词中的"主人")的酒筵之上回首这一段经历,词即在这种情态下产生。

首章"红楼别夜堪惆怅",回忆当年在洛阳辞别"美人"

的情景。二、三两章叙述游历江南的生活。"人人尽说江南好""春水碧于天"以下六句,即"人人尽说"的内容。"未老莫还乡,还乡须断肠",是由于中原战乱的缘故,反映出作者感到战乱没有尽头,也间接表达出对清平的期盼。"如今却忆江南乐"章,立足现在回忆当年的情事。"白头誓不归",亦即"未老莫还乡"之意。四章是今夜酒筵之上"主人"对词人宽慰之辞。"劝君今夜须沉醉,尊前莫话明朝事","须愁春漏短,莫诉金杯满。遇酒且呵呵,人生能几何",全是"主人"的话。词人回忆往事,一定也说了不少"明朝事",故"主人"如此劝说。一至四章,主人公都是词人自己("劝君"一章也由词人叙述)。最后"洛阳城里春光好"章,主角转为洛阳"美人"。由"洛阳城里"知其身在洛阳。此与首章呼应,可以推知其为当年"劝我早归家"的"美人"。这一章是为洛阳美人设辞,遥想美人对词人自己的怀思。首章云"劝我早归家,绿窗人似花",是转述美人送别之辞;末章"凝恨对残晖,忆君君不知",是设想美人现时相思的情态:前后遥相呼应。

李白《清平调》三章内容紧密相连,是词史上最早的联章。刘禹锡、白居易的《竹枝词》《柳枝词》等以及敦煌曲子词中,也有两三章前后内容相关者,但不紧密。韦庄这组词前后内容紧密相关,是李白《清平调》以后,思想最深微、词艺最精彩的联章。

这组词确乎宛转曲折,表述方式较为独特。但结合词人的经历,摸准词人的思情脉络,还是可以把组词内容了解清楚的。然而一到猜谜词论家张惠言手里,经他一"索隐",便越索越隐,变得迷蒙不可捉摸了。张氏在他的《词选》中说"此词盖留蜀后寄意之作",说"红楼别夜堪惆怅"章"言奉使之志,本欲速归"。说"人人尽说江南好"章是"述蜀人劝留之辞",还说"江南即指蜀"。韦庄奉使入蜀见王建,王建据成都,经张惠言大笔一挥,成都竟变成了"江南"!末章"洛阳城里春光好",张惠言说"此章致思唐之意"。韦庄应感谢张惠言大人的恩赐,使他成了唐室的忠臣!张惠言竟然把"凝恨对残晖,忆君君不知",说成是韦端己夫子自道,把"忆君"的"君"指定是李唐皇帝!——一组深婉清丽的词,经张惠言一番撕裂,便成了一团乱麻,毫无头绪,使读者如入五里雾中,不知所以!索隐家之信口雌黄,该是何等荒唐!

荷叶杯①

其 一

绝代佳人难得,倾国②,花下见无期。一双愁黛远山眉③,不忍更思惟。　　闲掩翠屏金凤④,残梦,罗幕画堂空。碧天无路信难通,惆怅旧房栊⑤!

【注释】　①荷叶杯,唐教坊曲名,后用为词牌,双调五十字,上下片均先两仄韵转三平韵。另有单调"荷叶杯",二十三字。荷叶杯本为酒器之名。　②"绝代佳人"二句,《汉书·孝武李夫人传》载:李延年欲以妹进汉武帝,因为武帝歌曰:"北方有佳人,绝世而独立。一顾倾人城,再顾倾人国。宁不知倾城与倾国,佳人难再得!"　③黛,画眉用青色颜料。

愁黛,即愁眉。　④翠屏,见韦庄《菩萨蛮》其三词注①。金凤,指屏风上画的金凤。古代以屏风掩隔寝卧,故词中写寝梦常写到屏风。　⑤碧天无路,谓佳人隔绝,通信极难。房栊,窗户。

其　二

记得那年花下,深夜,初识谢娘时①:水堂西面画帘垂,携手暗相期。　惆怅晓莺残月,相别,从此隔音尘。如今俱是异乡人,相见更无因!

【注释】　①谢娘,美女的代称。东晋谢安侄女谢道韫有文才,为王凝之妻,后因称才女为谢娘。白居易《代谢好答崔员外》诗有"青娥小谢娘,白发老崔郎"句,谢好为妓女,后因称妓女亦曰谢娘。

【点评】《荷叶杯》二首和下面《女冠子》二首所涉内容,必系端己曾与一恋人被迫分手,而后音信难通,词作即对伊人的思念。《历代诗馀》引杨湜《古今词话》,谓"庄有宠人,姿质艳丽,兼善词翰。建闻之,托以教内人为词,强夺去。庄追念悒怏,作《荷叶杯》《小重山》词,情意凄怨。人相传播,盛行于时"。揆诸情事,与词意切合。然据夏承焘《韦端己年谱》,考定庄留蜀之时,年已七十左右,杨湜所记,未必可信。且端己在蜀,极受尊宠,位至平章,似不应有宠人被夺之事。因而此词本事,已不可考。

女冠子①

其 一

四月十七,正是去年今日,别君时。忍泪佯低面,含羞半敛眉。　　不知魂已断,空有梦相随。除却天边月,没人知②。

【注释】　①女冠子,唐教坊曲名,后用为词牌。双调四十一字,上片五句两仄韵、两平韵,下片四句两平韵。唐代女道士戴黄冠。古代妇女本无冠,凡有冠者必为女道士,因而"女冠"成为女道士的代称。此词起初多咏女道士,因称"女冠子"。柳永展此词为长调一百十一字,仄韵,与此异。　②第一首用女方口气。

其 二

昨夜夜半,枕上分明梦见,语多时,依旧桃花面,频低柳叶眉。　　半羞还半喜,欲去又依依。觉来知是梦,不胜悲①!

【注释】　①第二首用男方口气。

【点评】　端己此等词,用口语述说,真率自然,句句从肺腑中流出。除却民间作品,词人中无有第二家。

牛希济

牛希济(生卒年不详),陇西(今甘肃东南部)人,蜀后主王衍时,累官翰林学士,御史中丞。后唐李嗣源灭蜀,拜雍州节度副使。《花间集》收有牛希济词十一首。

生查子①

春山烟欲收,天澹稀星小。残月脸边明,别泪临清晓。

语已多,情未了,回首犹重道:记得绿罗裙,处处怜芳草②!

【注释】 ①生查子,原唐教坊曲名,后用为词牌。双调四十一字,仄韵。 ②"记得"二句,语本江总妻《赋庭草》:"雨过草芊芊,连云锁南陌。门前君试看,是妾罗裙色。"

李 珣

李珣(855？—930？)，字德润，先世本波斯人，家梓州(今四川三台县)。事前蜀王衍，蜀亡不仕。有《琼瑶集》，今佚。《花间集》录珣词三十七首，《全唐诗》录五十四首。

南乡子①

其 一

乘彩舫，过莲塘，棹歌惊起睡鸳鸯②。游女带香偎伴笑，争窈窕，竞折团荷遮晚照③。

【注释】 ①南乡子，原唐教坊曲名，后用作词牌，多写南方风物。单调二十八字或三十字，先用两平韵，再转三仄韵。另有双调五十六字或五十四字、五十八字，平韵。　②彩舫，结彩小船。棹，桨。　③偎伴，偎靠游伴。窈窕(yǎo tiǎo)，美好貌。

其 二

倾绿蚁，泛红螺，闲邀女伴簇笙歌①。避暑信船轻浪里②，闲游戏，夹岸荔枝红蘸水。

【注释】 ①绿蚁，未过滤的酒，面上浮起来的绿色泡沫，此即代指酒。白居易《问刘十九》诗："绿蚁新醅酒，红泥小火炉。晚来天欲雪，能饮一杯无？"泛，漫溢。红螺，红色螺壳酒杯。簇,簇拥。　②信,任随。

其　三

相见处,晚晴天,刺桐花下越台前①。暗里回眸深属意,遗双翠,骑象背人先过水②。

【注释】　①刺桐,落叶乔木,枝上有黑色棘刺。花有橙红、紫红等色。越台,越王台。汉代南越王赵佗所筑,故址在今广州市越秀山上。　②属(zhǔ)意,表示情意。双翠,一双翠羽,指头饰。

其　四

携笼去,采菱归,碧波风起雨霏霏①。趁岸小船齐棹急,罗衣湿,出向桄榔树下立②。

【注释】　①霏霏,雨细密之貌。　②趁岸,向岸靠近。齐棹急,一齐迅速划桨。桄榔(guāng láng),常绿乔木,棕榈科,树干外包有纤维鞘。羽状复叶,丛生于茎端。小叶多数,呈线形。产于热带和亚热带。开花时割开花序所流出的液汁,可蒸发成砂糖。棕毛可制绳索。

【点评】　李珣所作《南乡子》共十七阕。珣为蜀人,而《南乡子》所写却为诗词中难得一见的东粤风光,词人必有旅游岭外的生活经历。

欧阳炯

欧阳炯(896—971),益州华阳(今四川成都)人。少仕前蜀王衍,为中书舍人。后唐灭蜀,随王衍至洛阳。孟知祥镇成都,炯复入蜀,累迁门下侍郎,兼户部尚书平章事。后蜀亡,又随孟知祥归宋,为散骑常侍。宋太祖开宝四年(971)卒,年七十六。《花间集》收炯词十七首,《尊前集》收三十一首,《全唐诗》收四十八首。

南乡子

其 一

画舸停桡,槿花篱外竹横桥①。水上游人沙上女,回顾,笑指芭蕉林里住。

【注释】 ①画舸,有彩饰的船。桡(ráo),桨。槿,落叶灌木,高七八尺,花有红、白、紫诸色,叶多齿牙,多种于庭园篱落。

其 二

路入南中,桄榔叶暗蓼花红①。两岸人家微雨后,收红豆,树底纤纤抬素手②。

【注释】 ①蓼,草本植物,开红花。 ②红豆,又名相思子,为相思树所结种子,古代常用以表示爱情。王维《红豆》

诗:"红豆生南国,春来发几枝?愿君多采撷,此物最相思。"纤纤,形容手美。《古诗》:"娥娥红粉妆,纤纤出素手。"

江城子①

晚日金陵岸草平②,落霞明,水无情。六代繁华③,暗逐逝波声。空有姑苏台上月,如西子镜照江城④!

【注释】 ①江城子,即由此词写江城得名。又名"江神子""水晶帘"。单调三十六字,平韵。 ②金陵,战国时楚威王七年(前333)灭越后置金陵邑,地在今南京清凉山。秦始皇三十七年(前210)改名秣陵,治所在今江宁县南秣陵关。东汉献帝建安十七年(212),孙权自京口徙治于此,改名建业,移治今南京。晋武帝太康元年(280)灭吴,复改名秣陵。太康三年(282)分淮水(秦淮河)南为秣陵,北为建邺。晋愍帝建兴元年(313),为避愍帝讳改名建康。在南朝史籍中建业、建康并用。后人歌咏常用金陵代指南京。 ③六代,三国吴、东晋及南朝宋、齐、梁、陈,均都于建康(今南京),历史上称为六朝。 ④姑苏台,春秋时吴王夫差所建,故址在今江苏苏州市西南姑苏山上。西子,即西施,古代有名美女,为吴王夫差所宠爱。词中江城指南京,姑苏离南京甚远,诗人用典,信手拈来,不计较地望。

鹿虔扆

鹿虔扆(yǐ)(生卒年不详),后蜀时登进士第,累官学士,广政间(约938—950)出为永泰军节度使,进检校太尉,加太保。蜀亡不仕。《花间集》收虔扆词六首。

临江仙①

金锁重门荒苑静,绮窗愁对秋空②。翠华一去寂无踪③。玉楼歌吹④,声断已随风。　　烟月不知人事改,夜阑还照深宫。藕花相向野塘中。暗伤亡国,清露泣香红!

【注释】　①临江仙,唐教坊曲名,后用为词牌。原曲多用以咏水仙,故名。双调五十八字或六十字,平韵。　②苑,帝王游乐的园林。绮窗,有镂空花纹的窗户。　③翠华,用翠羽装饰的旗子,帝王仪仗所用;此用以代指皇帝车驾。④玉楼,指宫中楼阁。吹,鼓吹,指用鼓、钲、箫、笳等乐器合奏的乐曲。

冯延巳

冯延巳(sì)(904—960),字正中,广陵(今江苏扬州)人。南唐李昪以为秘书郎,累迁驾部郎中,元帅府掌书记。元宗李璟保大四年(946),自中书侍郎拜平章事,出镇抚州。及再入相,元宗以庶政委之。罢为宫傅。建隆元年(960)卒,年五十七。是年,赵匡胤建立宋朝。冯延巳为五代大词人,较之温庭筠、韦庄成就更高,工力也更深厚。王国维谓"冯正中词,虽不失五代风格,而堂庑特大,开北宋一代风气"(《人间词话》)。有《阳春集》。

鹊踏枝①

其 一

谁道闲情抛掷久②,每到春来,惆怅还依旧。日日花前常病酒,不辞镜里朱颜瘦。　　河畔青芜堤上柳③,为问新愁,何事年年有?独立小桥风满袖,平林新月人归后。

【注释】　①鹊踏枝,又名"蝶恋花"。双调六十字,仄韵。　②闲情,实指爱情。　③青芜,丛生的青草。

其 二

几日行云何处去①?忘了归来,不道春将暮。百草千花寒食路,香车系在谁家树②?　　泪眼倚楼频独语:双燕飞来,陌上相逢否?撩乱春愁如柳絮,悠悠梦里无寻处③!

【注释】 ①行云,比喻在外冶游的男子,主人公指其丈夫。 ②寒食,节日名,清明前一二日。据传春秋晋文公为悼念被焚而死的介之推,于这一天禁火寒食。香车,指丈夫的车。 ③撩乱,纷乱。悠悠,久长之貌。

其 三

庭院深深深几许?杨柳堆烟,帘幕无重数。玉勒雕鞍游冶处,楼高不见章台路①。 雨横风狂三月暮②,门掩黄昏,无计留春住。泪眼问花花不语,乱红飞过秋千去③。

【注释】 ①勒,马勒。玉勒雕鞍,代指华丽的车马。章台,汉长安章台下街名,后用作冶游之地的代称。 ②横(hèng),凶狠。 ③乱红,指飞花。

其 四

六曲阑干偎碧树,杨柳风轻,展尽黄金缕①。谁把钿筝移玉柱,穿帘海燕双飞去②。 满眼游丝兼落絮,红杏开时,一霎清明雨。浓睡觉来莺乱语,惊残好梦无寻处。

【注释】 ①偎,紧靠着。黄金缕,指初春的柳丝。 ②钿筝,用金翠宝石装饰的筝。玉柱,支弦的码子。二句谓弹筝惊飞双燕。

【点评】 冯延巳《鹊踏枝》凡十四阕,并佳,而以此四阕为最。然此四阕均又见于欧阳修《六一词》。盖冯、欧词风相近,集中作品多有相混者。

谒金门①

风乍起,吹皱一池春水。闲引鸳鸯香径里,手挼红杏蕊②。

斗鸭阑干独倚,碧玉搔头斜坠③。终日望君君不至,举头闻鹊喜④。

【注释】 ①谒金门,唐教坊曲名,后用作词牌。又名"空相忆"。双调四十五字,仄韵。 ②挼(ruó),轻轻搓揉。③碧玉搔头,碧玉制的搔头。搔头,即簪。 ④闻鹊喜,俗以喜鹊叫将有喜事,故闻而高兴。

【点评】 马令《南唐书》卷二十一:"元宗乐府辞云'小楼吹彻玉笙寒',延巳有'风乍起,吹皱一池春水'之句,皆为警册。元宗尝戏延巳曰:'吹皱一池春水,干卿何事?'延巳曰:'未如陛下小楼吹彻玉笙寒。'元宗悦。"

归自谣①

江水碧②,江上何人吹玉笛?扁舟远送潇湘客。芦花千里霜月白,伤行色,明朝便是关山隔。

【注释】 ①归自谣,双调三十四字,仄韵。《全唐诗》作"归国谣",非是。另有"归国谣"(谣,一作遥),双调四十二字或四十三字,仄韵。 ②江水,一作"寒山",非是。

李 璟

李璟(916—961),字伯玉,徐州(今江苏徐州)人。李昇长子,李昇建南唐,封吴王,累迁太尉、中书令、诸道元帅、录尚书事,改封齐王。升元七年(943)嗣位,改元保大,在位十九年,宋太祖建隆二年(961)卒,年四十六。庙号元宗,世称中主。传世词仅四首。

摊破浣溪沙①

其 一

手卷真珠上玉钩,依前春恨锁重楼②。风里落花谁是主?思悠悠③! 青鸟不传云外信,丁香空结雨中愁④。回首绿波三楚暮,接天流⑤。

【注释】 ①浣溪沙,唐教坊曲名,后用为词牌,又作"浣溪纱""浣纱溪"。浣纱溪,水名,即若耶溪,在浙江绍兴南,传为西施浣纱之地,疑原咏西施事。中主所用较一般上下片都七字三句者各多一个三字句,故曰"摊破浣溪沙"。凡破开词牌原来句法,称为"摊破"。 ②真珠,即珍珠,此指珍珠帘,一本作"珠帘"。玉钩,指帘钩。依前,依旧。 ③悠悠,忧思长貌。 ④青鸟,传说中为西王母传信的神鸟。《山海经·大荒西经》:"西有王母之山……有三青鸟,赤首黑目。"郭璞注:"皆西王母使。"《艺文类聚》卷九十一引《汉武故事》:"七月七日,上于承华殿斋,正中忽有一青鸟从西方来,集殿前。上问东方朔。朔曰:'此西王母欲来也。'有顷,王母至。有二青鸟如乌,挟持王母旁。"后用以代指传递情书的使者。李商隐《无题》诗:"蓬山此去无多路,青鸟殷勤为探看。"丁香,常绿乔木,夏季开花。古诗中常以丁香的蓓蕾作为愁心的象征。李商隐《代赠》诗:"芭蕉不展丁香结,同向春风各自愁。" ⑤三楚,泛指楚地。一本作"春色"。接天流,杜审言《登襄阳城》:"楚山横地出,汉水接天回。"

其 二

菡萏香销翠叶残,西风愁起绿波间①。还与韶光共憔悴,不堪看②! 细雨梦回鸡塞远,小楼吹彻玉笙寒③。多少泪珠何限恨④,倚阑干。

【注释】 ①菡萏(hàn dàn),即荷花。绿波,一作"碧波"。 ②韶光,美好时光。一作"容光",似更佳。紧承上文,见秋荷零落,风物与我容光一样憔悴,故"不堪看"。③鸡塞,即鸡鹿塞。《汉书·匈奴传下》:"汉遣长乐卫尉高昌侯董忠、车骑都尉韩昌,将骑万六千,又发边郡士马以千数,送单于出朔方鸡鹿塞。"地在今陕西省榆林市横山区西。代指边远地区。鸡塞远,一本作"清漏永"。笙,管乐器名,由十三管组成。 ④多少泪珠何限恨,一本作"簌簌泪珠多少恨"。

【点评】 胡仔《苕溪渔隐丛话》引《雪浪斋日记》载王安石论及此词。荆公问山谷:"作小词,曾看李后主词否?"云:"曾看。"荆公云:"何处最好?"山谷以"一江春水向东流"为对。

荆公云:"未若'细雨梦回鸡塞远,小楼吹彻玉笙寒'最好。"(王安石误记此为李后主词)王国维《人间词话》则曰:"南唐中主词'菡萏香销翠叶残,西风愁起绿波间',大有'众芳芜秽、美人迟暮'之感。乃古今独赏其'细雨梦回鸡塞远,小楼吹彻玉笙寒',故知解人正不易得。"王氏从比兴角度看"菡萏"二句,固言之成理;然"细雨"二句写永日梦回境界,极为真切,赏此二句,未必不是解人。

李 煜

李煜(937—978),字重光,初名从嘉,别号莲峰居士,中主第六子。文献太子卒,以尚书令知政事,居东宫。元宗十九年(961)立为太子,七月嗣位,在位十五年。宋太祖开宝八年(975),宋将曹彬攻破金陵,煜出降,明年至汴京,封违命侯。宋太宗太平兴国三年(978)七月七日,被药死,年四十二。世称后主。《全唐诗》录后主词三十四阕。

王鹏运云:"莲峰居士词,超逸绝伦,虚灵在骨。芝兰空谷,未足比其芳华;笙鹤瑶天,讵能方兹清怨?后起之秀,格调气韵之间,或月日至,得十一于千百。若小晏,若徽庙,其殆庶几。断代南渡,嗣音阒然。盖闲气所钟,以谓词中之帝,当之无愧色矣。"(《半塘老人遗稿》)王国维曰:"词至李后主而眼界始大,感慨遂深,遂变伶工之词而为士大夫之词。"(《人间词话》)后主词分前后两期。亡国以前,写宫廷生活,述爱情缱绻,感情固亦真挚,然内容毕竟不够深厚。国亡以后,词中回首平生,追怀故国,备极沉痛,最足感人。后主写爱情虽极坦露而不猥俗,写哀思虽极凄惋而不衰飒;格调高华,别具空灵蕴藉之美。诗是语言的乐曲,李后主最擅掌握语言的音响,自然明净,玉润珠圆,如天乐雍容,人间无从追索,诚不愧为词中皇帝。后主是五代最杰出的词人,论其语言音韵之美,即两宋大家亦无有过之者。

捣练子①

深院静,小庭空,断续寒砧断续风②。无奈夜长人不寐,数声和月到帘栊③。

【注释】 ①捣练子,单调二十七字,平韵。另一体双调三十八字,亦平韵。练,白绢。绢帛需经捣洗才能制衣,词牌即由咏捣练得名。 ②砧,捣衣石,此指捣衣声。 ③帘栊,有竹帘的格子窗。

乌夜啼①

林花谢了春红,太匆匆,无奈朝来寒雨晚来风! 胭脂泪,相留醉,几时重?自是人生长恨水长东!

【注释】 ①乌夜啼,唐教坊曲名,后用为词牌。双调三十六字,上片三平韵,下片两仄韵、两平韵。另有四十七字"乌夜啼",双调,平韵,与此异。

子夜歌①

人生愁恨何能免?销魂独我情何限②!故国梦重归,觉来双泪垂。 高楼谁与上?长记秋晴望。往事已成空,还如一梦中!

【注释】 ①子夜歌,即"菩萨蛮"。南朝乐府吴声歌曲有《子夜歌》,《宋书·乐志》谓"有女子名子夜,造此声"。多写男女恋情。　②销魂，思绪或感情激动至不能自已，仿佛心灵都被融化。

浪淘沙①

往事只堪哀，对景难排②。秋风庭院藓侵阶。一行珠帘闲不卷③，终日谁来！　金琐已沉埋，壮气蒿莱④！晚凉天净月华开。想得玉楼瑶殿影，空照秦淮⑤！

【注释】　①浪淘沙，刘禹锡、白居易"浪淘沙"均咏调名本意，句式与七言绝句无异。李煜另创新声，双调五十四字，平韵。又名"卖花声"。另有"浪淘沙慢"，双调一百三十三字，入声韵。　②排，排遣。　③一行，一作"一桁"。　④金琐，即金锁甲，一种缧以金钱的细铠。《全唐诗》《词综》《历代诗馀》并作"金剑已沉埋"，较好理解。蒿莱，两种草本植物。地荒则长蒿莱，此用作消沉之意。　⑤秦淮，指金陵城秦淮河。

虞美人①

春花秋月何时了，往事知多少！小楼昨夜又东风，故国不堪回首月明中！　雕阑玉砌应犹在，只是朱颜改②。问君能有几多愁③？恰似一江春水向东流！

【注释】　①虞美人，唐教坊曲名，取项羽所宠虞姬得名，后用为词牌。双调五十六字，上下片均两仄韵转两平韵。②雕阑玉砌，雕绘的阑干，如玉的石阶，代指宫殿。朱颜，青春的容颜。　③问君,设问,实即问自己。

浪淘沙

　　帘外雨潺潺,春意阑珊①。罗衾不耐五更寒。梦里不知身是客②,一晌贪欢。　　独自莫凭阑,无限江山!别时容易见时难③。流水落花春去也,天上人间④?

　　【注释】①潺潺,雨声。阑珊(lán shān),衰残貌。　②客,身为俘虏,不便明言,故只称客。　③"别时"句,本曹丕《燕歌行》:"别日何易会日难。"颜之推《颜氏家训》:"别易会难,古人所重。"　④"流水"二句,言春光消逝,在天上抑或人间?

乌夜啼

　　无言独上西楼,月如钩,寂寞梧桐深院锁清秋。　　剪不断,理还乱,是离愁,别是一般滋味在心头①!

　　【注释】①"别是一般滋味在心头",一作"别是一番滋味在心头"。

宋

范仲淹

范仲淹(989—1052),字希文,其先邠(今陕西省彬州市)人,徙居苏州吴县(今江苏苏州)。宋真宗大中祥符八年(1015)进士,仕至枢密副使、参知政事。以资政殿大学士为陕西四路宣抚使,知邠州,抵御西夏。为将号令严明,爱抚士卒。对边疆少数民族亦能诚心相待。宋仁宗皇祐四年(1052)卒,年六十四,谥文正。

范仲淹是北宋著名政治家,又有军事才能,兼长于文辞。所作《岳阳楼记》为宋代散文杰作,"先天下之忧而忧,后天下之乐而乐"的名言对后世颇有影响。存词仅五首,慷慨悲凉,开豪放派先河。有《范文正公全集》。

苏幕遮①

碧云天,黄叶地,秋色连波,波上寒烟翠。山映斜阳天接水,芳草无情,更在斜阳外。　　黯乡魂,追旅思,夜夜除非,好梦留人睡②。明月楼高休独倚,酒入愁肠,化作相思泪。

【注释】 ①苏幕遮,唐教坊曲名,原为西北少数民族乐曲。唐张说《苏摩遮》诗:"摩遮本出海西胡。"宋王明清《挥麈录》:"妇人戴油帽,谓之苏莫遮。"双调六十二字,仄韵。②黯,黯然,伤神之貌。追,追踪。旅思,旅途情思。

渔家傲①

塞下秋来风景异,衡阳雁去无留意②。四面边声连角起,千嶂里,长烟落日孤城闭③。　　浊酒一杯家万里,燕然未勒归无计④。羌管悠悠霜满地⑤,人不寐,将军白发征夫泪。

【注释】 ①渔家傲,此调原当系咏渔家,故名;现存最早的作品即本篇。双调六十二字,仄韵。　②塞,边塞。衡阳,在湖南省南部,据传秋雁南飞,到衡阳而还。　③边声,指边地各种声音,如牧马嘶鸣、朔风呼啸之类。角,军中号角。嶂,直立如屏障的山峰。　④燕然,山名,即今蒙古杭爱山。勒,刻,指刻石纪功。东汉窦宪北击匈奴,"登燕然山,去塞三千馀里,刻石纪功"而还。见《后汉书·窦宪传》。　⑤羌管,出自羌人的管乐器,即羌笛。悠悠,指笛声悠扬。

晏 殊

晏殊(991—1055),字同叔,抚州临川(今江西抚州)人。年少时以神童荐,宋真宗召见,赐同进士出身,擢秘书省正字,累官至枢密使,进同中书门下平章事。仁宗庆历中,拜集贤殿学士,同平章事,兼枢密使。仁宗至和二年(1055)卒,年六十五,谥元献。殊官高位显,爱重贤才,乐于提拔后进,范仲淹、韩琦、富弼等并出其门。其词上承五代,尤爱冯延巳词,风流蕴藉,音调谐调,内容多不出酒筵歌席富贵闲情,对北宋词坛颇有影响。有《珠玉词》。

浣溪沙

其 一

一曲新词酒一杯,去年天气旧亭台,夕阳西下几时回?
无可奈何花落去,似曾相识燕归来,小园香径独徘徊。

【点评】 此词只是留连光景而已,以其中"无可奈何"一联,构思工巧而极为有名。据传,晏过扬州,遇江都尉王琪。"同步池上。时春晚,已有落花。晏云:'每得句,书墙壁间,或弥年未尝强对。且如"无可奈何花落去"至今未能对也。'王应声曰:'似曾相识燕归来。'自此辟置馆职。"(《渔隐丛话》引《复斋漫录》)又,《词林纪事》卷三载:"元献尚有《示张寺丞、王校勘》七律一首:'上巳清明假未开,小园幽径独徘徊。春寒不定斑斑雨,宿醉难禁滟滟杯。无可奈何花落去,似曾相识燕归来。梁园赋客多风味,莫惜青钱万选才。'中三句与此同,只易一字。细玩'无可奈何'一联,情致缠绵,音调谐婉,的是倚声家语;若作七律,未免软弱矣。"

其 二

一向年光有限身,等闲离别易销魂①。酒筵歌席莫辞频。
满目山河空念远,落花风雨更伤春,不如怜取眼前人②。

【注释】 ①一向,即一会儿。等闲,平常,普通。 ②眼前人,指酒筵歌席的歌妓。元稹《会真记》崔莺莺答张生诗:"弃置今何道,当时且自亲。还将旧来意,怜取眼前人。"

踏莎行①

小径红稀,芳郊绿遍,高台树色阴阴见②。春风不解禁杨花,濛濛乱扑行人面。 翠叶藏莺,朱帘隔燕,炉香静逐游丝转③。一场愁梦酒醒时,斜阳却照深深院。

【注释】 ①踏莎行,又名"柳长春""喜朝天"。双调五十八字,仄韵。 ②红稀,花多零落。绿遍,草已长深。阴阴,幽暗貌。见(xiàn),显现。 ③游丝,室内安静,炉香不受干扰,故缓缓上升如游丝飘转。

蝶恋花

槛菊愁烟兰泣露,罗幕轻寒,燕子双飞去①。明月不谙离别苦,斜光到晓穿朱户②。　　昨夜西风凋碧树,独上高楼,望尽天涯路。欲寄彩笺兼尺素③,山长水阔知何处!

【注释】 ①槛,栏干。罗幕,丝织帷幕,窗帘之类。②不谙,不理解。斜光,指西斜的月光。　③彩笺、尺素,均指书信。

柳　永

柳永(987？—1053？)[①],字耆卿,初名三变,崇安(今福建崇安县)人。《词林纪事》谓柳永为宋仁宗景祐元年(1034)进士。《能改斋漫录》载:"进士柳三变好为淫冶讴歌之曲。尝有《鹤冲天》词云:'忍把浮名,换了浅斟低唱!'及临轩放榜,(仁宗)特落之,曰:'此人风前月下,好去浅斟低唱,何要浮名,且填词去!'三变由此自称'奉旨填词'。后改名永,方得磨勘转官。"一生仕宦极不得意,历馀杭令,盐场大使,终屯田员外郎,世称柳屯田。终潦倒以死。

北宋著名词人多为高官显宦,惟柳永沉沦下僚,致留连市井狭邪,出入歌楼舞榭,故其词多近俚俗。叶梦得《避暑录话》记"教坊乐工,每得新腔,必求永为词,始行于世"。因而柳词流播极广,深得民众欢迎。"凡有井水饮处,即能歌柳词"。柳永于发展慢词长调,有很大贡献。所作内容多为男女恋情,羁旅愁思;沉醉于绮罗香泽,销魂于凄怨别离。柳永善于描摹细腻的思情,刻画凄丽的光景,独立自成家数,为北宋一大词人。有《乐章集》。

【注释】　①唐圭璋《柳永事迹新证》推测柳永约生于宋太宗雍熙四年(987),卒于宋仁宗皇祐五年(1053)。则其年代大体与晏殊同时,而早于张先、宋祁、欧阳修等人。

雨霖铃[①]

寒蝉凄切,对长亭晚,骤雨初歇。都门帐饮无绪[②],留恋处、兰舟催发。执手相看泪眼,竟无语凝噎[③]。念去去、千里烟波,暮霭沉沉楚天阔! 多情自古伤离别,更那堪冷落清秋节! 今宵酒醒何处,杨柳岸、晓风残月。此去经年,应是良辰好景虚设。便纵有千种风情[④],更与何人说?

【注释】 ①雨霖铃,原为唐教坊曲名,据传安禄山之乱,唐玄宗逃亡入蜀,时霖雨连日,栈道中闻空谷铃声,悼念杨妃,遂作此曲。张祜有《雨霖铃》绝句。后用作词牌名。双调一百零二字,仄韵。现存作品以柳永本篇为最早,亦最有名。 ②都门,京城门外。北宋京城在汴京(今河南开封)。帐饮,在郊外设帐,置酒饯行。无绪,无情无绪,心乱之貌。 ③凝噎,因悲伤而气结声阻,说不出话。 ④风情,风流情意。

八声甘州[①]

对潇潇暮雨洒江天[②],一番洗清秋。渐霜风凄紧,关河冷落,残照当楼。是处红衰翠减,苒苒物华休[③]。惟有长江水,无语东流。 不忍登高临远,望故乡渺邈,归思难收[④]。叹年来踪迹,何事苦淹留[⑤]? 想佳人妆楼颙望,误几回天际识归舟[⑥]。争知我、倚阑干处,正恁凝愁[⑦]!

【注释】 ①八声甘州,又名"甘州"。甘州,州名,西魏改西凉州为甘州,由甘峻山得名,治所在今甘肃张掖。地近西陲,故"甘州"当为西来乐曲,为唐大曲之名,后用作词牌。调用八韵,故称"八声甘州"。由柳词中有"对潇潇暮雨洒江天"句,故又名"潇潇雨"。双调九十七字,平韵。以柳永本篇为最早。　②潇潇,雨势急骤之貌,亦雨声。　③是处,处处,到处。红衰翠减,红花零落,绿叶凋残。李商隐《赠荷花》诗:"此荷此叶常相映,翠减红衰愁杀人!"苒苒,渐进之貌。物华,指花草树木。休,指凋残。　④临,自高处向下望。渺邈,遥远貌。归思,回家的念头。　⑤踪迹,行踪,此实指艰难的遭遇。淹留,滞留。　⑥妆楼,梳妆楼,指妇女所居之楼。颙(yóng)望,抬头凝望。"误几回"句,活用谢朓《之宣城郡出新林浦向板桥》诗"天际识归舟"与温庭筠《忆江南》词"过尽千帆皆不是"句。　⑦争,怎。恁(nèn),如此。凝愁,结愁不解。

【点评】《雨霖铃》《八声甘州》为柳词名作,幽怨深沉,写景别具特色,觉凄清冷落中亦有其美;盖凄悲的情感与凄凉的景物两相契合,更能动人心魄。"今宵酒醒何处,杨柳岸、晓风残月",非亲历此境界者不能道。"霜风凄紧,关河冷落,残照当楼",苏东坡谓"此语于诗句不减唐人高处"。(赵令畤《侯鲭录》)《八声甘州》似只写临望故国,怀念佳人,然人生失意之感,实贯串全篇。

少年游①

长安古道马迟迟,高柳乱蝉嘶。夕阳岛外,秋风原上,目断四天垂。　归云一去无踪迹,何处是前期②?狎兴生疏,酒徒萧索,不似去年时③。

【注释】①少年游,由晏殊词"长似少年时"句得名。双调五十字,平韵。 ②归云,喻离去的人。前期,未来相会之期。 ③狎兴,游冶之兴。萧索,冷落之貌。

【点评】"夕阳岛外,秋风原上,目断四天垂",写出北国郊原景象,登临远望,至为空阔。

凤栖梧①

伫倚危楼风细细,望极春愁,黯黯生天际②。草色烟光残照里,无言谁会凭阑意? 拟把疏狂图一醉,对酒当歌,强乐还无味③。衣带渐宽终不悔④,为伊消得人憔悴。

【注释】①凤栖梧,即"蝶恋花"。 ②伫,久立。倚,靠着。危楼,高楼。黯黯,黯然感伤。 ③拟把,打算。疏狂,散漫狂放。对酒当歌,"对"与"当"同义。曹操《短歌行》:"对酒当歌,人生几何?"强乐,勉强欢娱。 ④衣带渐宽,指因思念而消瘦。《古诗十九首》:"相去日以远,衣带日以缓。"

定风波慢①

自春来惨绿愁红,芳心是事可可②。日上花梢,莺穿柳带,犹压香衾卧。暖酥消,腻云亸,终日厌厌倦梳裹③。无那,恨薄情一去,音书无个④。 早知恁么,悔当初,不把雕鞍锁⑤。向鸡窗、只与蛮笺象管,拘束教吟课⑥。镇相随⑦,莫抛躲。针线闲拈伴伊坐,和我,免使年少光阴虚过。

【注释】 ①定风波,唐教坊曲名,后用作词牌。慢,指曲调舒缓。慢词多为长调,但不等于长调。 ②惨绿愁红,绿,绿叶;红,红花。因心情苦闷,故看到红花绿叶亦觉愁惨。是事可可,什么事都无不可。 ③暖酥消,肌肤消瘦。腻云亸,头发散乱。亸(duǒ),下垂貌。厌厌,精神不振之貌。 ④无那,即无奈,无可奈何。薄情,薄情郎。 ⑤恁(nèn)么,这样。雕鞍锁,锁住雕鞍,即阻止远行。 ⑥鸡窗,即书室。《艺文类聚》卷九十一引《幽明录》:"晋兖州刺史沛国宋处宗尝买得一长鸣鸡,爱养甚至,恒笼著窗间。鸡遂作人语,与处宗谈论,极有言智,终日不辍。处宗因此言巧大进。"此本无稽之谈,后人遂以"鸡窗"代指书室。罗隐《题袁溪张逸人所居》诗:"鸡窗夜静开书卷,鱼槛春深展钓丝。"蛮笺象管,纸和笔。蛮笺,古代蜀中所产彩色纸。象管,象牙笔管。吟课,作吟咏功课。 ⑦镇相随,犹总相随。

【点评】 此柳永俚词代表作,写爱情细腻而直率,不似晏、欧委婉含蓄。然亦不妨有此一格。"衣带渐宽终不悔,为伊消得人憔悴",亦属此类。据传柳永见晏殊。"晏公曰:'贤俊作曲子么?'三变曰:'只如相公亦作曲子。'公曰:'殊虽作曲子,不曾道"绣线慵拈伴伊坐"!'柳遂退。"(《宋艳》卷五引张舜民《画墁录》)所传未必可靠,但晏词典雅,柳词较近俚俗,确是事实。然"绣线慵拈伴伊坐",较之"奴为出来难,教郎恣意怜"、"眼色暗相钩,秋波横欲流"(李后主词),有大小巫之别。我们正不必厚彼薄此。欧阳修、黄山谷有些词描绘之露骨,较柳词实有过之而无不及。

望海潮①

东南形胜,三吴都会,钱塘自古繁华②。烟柳画桥,风帘翠幕,参差十万人家③。云树绕堤沙。怒涛卷霜雪,天堑无涯④。市列珠玑,户盈罗绮⑤,竞豪奢。　　重湖叠巘清嘉⑥。有三秋桂子⑦,十里荷花。羌管弄晴,菱歌泛夜,嬉嬉钓叟莲娃⑧。千骑拥高牙,乘醉听箫鼓,吟赏烟霞⑨。异日图将好景,归去凤池夸⑩。

【注释】　①望海潮,据罗大经《鹤林玉露》,柳永为友人孙何帅钱塘,作此词赠之。词调当即柳永所创,以钱塘可以观潮,故名"望海潮"。双调一百零七字,平韵。　②形胜,地理形势优越,亦泛指山川胜迹。三吴,古代称吴兴、吴郡、会稽为三吴,亦泛指吴地。三,一作"江"。都会,大城市。钱塘,今浙江杭州市。　③风帘翠幕,挡风帘子,绿色帷幕。参差,指房屋高低不齐。《西湖老人繁胜录》:"回头看城内山上,人家层层迭迭,观宇楼台,参差如花落仙宫。"可为此句注脚。④霜雪,指白色浪花。天堑(qiàn),天然险阻,此指钱塘江。无涯,无边。　⑤"市列"二句:珠玑,珠宝。珠之不圆者称玑。罗绮,绫罗绸缎。句中"市"与"户","珠玑"与"罗绮",并互文。谓街市、人家都摆满了各种珍贵物品。　⑥重湖,指西湖有外湖、里湖。叠巘(yǎn),重叠的山峦。清嘉,清秀佳丽。　⑦三秋,阴历九月。　⑧嬉嬉,耍戏笑乐,欢欣之貌。钓叟,垂钓老者。莲娃,采莲姑娘。　⑨千骑,古乐府《陌上桑》:"东方千馀骑,夫婿居上头。"谓太守随从千骑。高牙,军前大旗。千骑拥高牙,指大官出行,此即指钱塘守孙何。箫鼓,军乐。烟霞,风光景物。"千骑"以下五句,表赠送祝颂之意。　⑩异日,他日。图将,描画出来。凤池,凤凰池,中书省所在地,唐宋时中书省掌管朝廷机要,此即代指朝廷。归去凤池夸,意谓孙何他日将召回朝廷,荣任高位。

【点评】　柳永词多写恋情羁旅,惟此词描绘都会繁华。笔下风光明丽,气象恢宏,一洗愁苦凄凉之状;不仅在柳词中难得,即在唐宋词中亦属仅见。赠送之作,不道友情交谊,却极力铺张形胜风光。词上片写钱塘繁盛,下片写西湖嘉丽,只在末尾点出祝颂之意,章法亦颇独特。《鹤林玉露》还载:"此词流播,金主亮闻歌,欣然有慕于'三秋桂子,十里荷花',遂起投鞭渡江之志。"完颜亮南侵,未必如此简单,但亦可见此词流播之广。

张　先

张先(990—1078),字子野,乌程(今浙江湖州)人。宋仁宗天圣八年(1030)进士。晏殊为京兆尹,辟为通判,历官都官郎中。晚年优游乡里,往来于杭州、吴兴间。宋神宗元丰元年(1078)卒,年八十九。张先与柳永同时,然享高龄,其卒已在欧阳修之后。魏庆之《诗人玉屑》引晁无咎说:"张子野与柳耆卿齐名,而时以子野不及耆卿。然子野韵高,是耆卿所乏处。"晁氏以"韵高"许张先,然总的成就远不及柳永。有《张子野词》。

一丛花①

伤高怀远几时穷②,无物似情浓。离愁正引千丝乱③,更东陌飞絮濛濛。嘶骑渐遥④,征尘不断,何处认郎踪?　　双鸳池沼水溶溶,南北小桡通⑤。梯横画阁黄昏后,又还是斜月帘栊。沉恨细思,不如桃杏,犹解嫁东风。

【注释】　①一丛花,双调七十八字,平韵。　②伤高,一作"伤春"。穷,穷尽。　③引,招致。丝,游丝,此指思绪。　④骑(jì),名词,指马。嘶骑,即嘶马。　⑤溶溶,水流荡漾貌。桡,桨,代指船。一作"桥"。

【点评】　范公偁《过庭录》:"张子野《一丛花》词云:'不如桃杏,犹解嫁东风。'欧阳永叔尤爱之。子野谒永叔,永叔倒屣迎之,曰:'此乃"桃杏嫁东风"郎中。'"

天仙子① 春恨②

水调数声持酒听③,午醉醒来愁未醒。送春春去几时回?临晚镜,伤流景,往事后期空记省④。　　沙上并禽池上暝⑤,云破月来花弄影。重重帘幕密遮灯,风不定,人初静,明日落红应满径。

【注释】 ①天仙子,唐教坊曲名,来自西域,本名"万斯年",后用作词牌。双调六十八字,仄韵。　②春恨,题一本作"时为嘉禾小倅,以病眠不赴府会",似与词意不相切合,嘉禾,今浙江嘉兴。倅(cuì),副职。此小倅即小官之意。张先于宋仁宗庆历元年(1041)为嘉禾判官,时年五十二岁。③水调,曲调名。《隋唐嘉话》:"炀帝凿汴河,自制水调歌。"④流景,流年,光景。杜牧《代吴兴妓春初寄薛军事》诗:"自悲临晓镜,谁与惜流年。"后期,后会的期约。　⑤并禽,成双的鸟,当指鸳鸯。

【点评】 刘攽《贡父诗话》:"欧阳文忠公见张安陆,迎谓曰:'好,云破月来花弄影!'"胡仔《苕溪渔隐丛话》引《古今诗话》:"有客谓张子野曰:'人皆谓公张三中,即心中事,眼中泪,意中人也。'子野曰:'何不目之为张三影?'客不晓。公曰:'云破月来花弄影;娇柔懒起,帘压卷花影;柳径无人,堕风絮无影。此余平生所得意也。'"

张先善用"影"字。《木兰花·乙卯吴兴寒食》云:"中庭月色正清明,无数杨花过无影。"朱彝尊谓:"在世所传'三影'之上。"又《青门引》云:"楼头画角风吹醒,入夜重门静。那堪更被明月,隔墙送过秋千影。"

菩萨蛮

哀筝一弄湘江曲①,声声写尽湘波绿。纤指十三弦,细将幽恨传。　　当筵秋水慢,玉柱斜飞雁②。弹到断肠时,春山眉黛低③。

【注释】　①筝,弦乐器,有十三弦。此咏弹筝人词。②秋水,指弹筝女的眼神。白居易《咏筝》诗:"双眸剪秋水,十指剥春葱。"秋水慢,指弹筝女全神贯注,眼神凝视。玉柱,支弦柱。斜飞雁,筝柱斜斜排列如一行飞雁。张先《生查子》词亦云:"雁柱十三弦,一一春莺语。"　③春山,即指眉黛。黛,画眉用青色颜料。

宋 祁

宋祁(998—1061),字子京,安州安陆(今湖北安陆市)人,徙居开封之雍丘(今河南杞县)。与兄宋庠同举进士,人称"二宋"。历翰林学士,史馆修撰,与欧阳修共修《新唐书》。书成,拜翰林学士承旨。宋仁宗嘉祐六年(1061)卒,年六十四,谥景文。传词六首。

玉楼春①

东城渐觉风光好,縠绉波纹迎客棹②。绿杨烟外晓寒轻。红杏枝头春意闹。　　浮生长恨欢娱少,肯爱千金轻一笑③?为君持酒劝斜阳,且向花间留晚照④。

【注释】　①玉楼春,又名"木兰花"。双调七言八句,仄韵。　②縠(hú)绉,绉纱,喻水波。棹,桨。　③浮生,浮泛的人生。肯爱,岂肯吝惜。　④花间留晚照,语本李商隐《写意》"日向花间留返照"句。

【点评】　胡仔《苕溪渔隐丛话》引《遁斋闲览》:张子野郎中,以乐章擅名一时。宋子京尚书奇其才,先往见之,遣将命者谓曰:"尚书欲见'云破月来花弄影'郎中!"子野屏后呼曰:"得非'红杏枝头春意闹'尚书耶?"遂出,置酒,甚欢。盖二人所举,皆其警策也。王国维《人间词话》曰:"红杏枝头春意闹,著一'闹'字而境界全出。云破月来花弄影,著一'弄'字而境界全出矣。"

欧阳修

欧阳修(1007—1072),字永叔,晚年自号六一居士,庐陵(今江西吉安)人。四岁而孤,由寡母教养成人。勤奋好学,尤酷爱韩愈古文。宋仁宗天圣八年(1030)进士,调西京推官。官至枢密副使,参知政事。宋神宗熙宁四年(1071),以太子少师致仕,五年卒,年六十六,谥文忠。

欧阳修是北宋杰出文学家、史学家,当时的文坛领袖,王安石、曾巩、苏轼兄弟并出其门。与宋祁合修《新唐书》,并独撰《新五代史》。散文在宋代与王安石、苏轼鼎足。诗亦自成一家。词风深致婉丽,颇得力于冯延巳,与晏殊并称"晏欧"。有《欧阳文忠集》,词集称《六一词》。

采桑子①

其 一

轻舟短棹西湖好,绿水逶迤②,芳草长堤,隐隐笙歌处处随。　　无风水面琉璃滑,不觉船移,微动涟漪③,惊起沙禽掠岸飞。

【注释】 ①采桑子,唐教坊大曲有"采桑",后用为词牌,又名"丑奴儿"。双调四十四字,平韵。欧阳修有颍州西湖《采桑子》十首。西湖,在今安徽省阜阳市西北,颍水合诸水汇流处,风光秀丽。今已堙塞。　　②逶迤(wēi yí),曲折绵延。　　③涟漪(yī),波纹。《诗经·魏风·伐檀》:"河水清且涟漪。""漪"本系虚词,此与"涟"组合用为波纹之意。

其 二

群芳过后西湖好,狼藉残红,飞絮濛濛,垂柳阑干尽日风①。　　笙歌散尽游人去,始觉春空,垂下帘栊②,双燕归来细雨中。

【注释】　①芳,花。狼藉,散乱貌。残红,指落花。濛濛,迷蒙之貌。　②帘栊,垂帘窗户。

踏莎行

候馆梅残,溪桥柳细,草薰风暖摇征辔①。离愁渐远渐无穷,迢迢不断如春水②。　　寸寸柔肠,盈盈粉泪,楼高莫近危阑倚③。平芜尽处是春山④,行人更在春山外。

【注释】　①候馆,客舍。《周礼·地官·遗人》:"市有候馆。"草薰风暖,江淹《别赋》:"闺中风暖,陌上草薰。"薰,香。辔,马缰。　②迢迢,遥远貌。　③盈盈,仪态美好之貌。《古诗十九首》:"盈盈楼上女,皎皎当窗牖。"　④平芜,平坦的草地。

生查子

去年元夜时,花市灯如昼①。月上柳梢头,人约黄昏后。今年元夜时,月与灯依旧。不见去年人,泪湿春衫袖②。

【注释】 ①元夜,元宵,阴历正月十五日。自唐代以来,元宵观灯,故又称灯节。昼,白天。　②湿,一作"满"。

玉楼春

其　一

尊前拟把归期说,未语春容先惨咽。人生自是有情痴,此恨不关风与月。　离歌且莫翻新阕,一曲能教肠寸结。直须看尽洛城花,始共春风容易别。

【点评】 王国维《人间词话》:"永叔'人间自是有情痴,此恨不关风与月'、'直须看尽洛城花,始共春风容易别',于豪放之中,有沉着之致,所以尤高。"

其　二

别后不知君远近,触目凄凉多少闷。渐行渐远渐无书,水阔鱼沉何处问①?　夜深风竹敲秋韵②,万叶千声皆是恨。故欹单枕梦中寻,梦又不成灯又烬③。

【注释】 ①鱼,古乐府《饮马长城窟行》:"客从远方来,遗我双鲤鱼。呼儿烹鲤鱼,中有尺素书。"双鲤鱼本指有底有盖的鱼形木函,中藏书信,此即以鱼代指书信。鱼沉,指书信未曾寄到。　②秋韵,秋声。　③故,特地。欹,斜靠着。烬,灯花。

王安石

王安石(1021—1086),字介甫,抚州临川(今江西抚州)人。少好读书,善为文辞,友生曾巩携以示欧阳修,为欧阳修所赏识。宋仁宗庆历二年(1042)擢进士上第。王安石是宋代著名的政治改革家。嘉祐三年(1058)上万言书,主张变法。神宗熙宁二年(1069)任参知政事,明年,拜同中书门下平章事,厉行变法,受到保守派的激烈反对。熙宁七年罢。八年复相,屡谢病,出判江宁府。元丰二年(1079)拜左仆射,封荆国公。晚年退居金陵,自号半山老人。哲宗元祐元年(1086)卒,年六十六。王安石是北宋杰出的文学家:散文与欧阳修、苏轼齐名;诗亦自成一家;词不多作,传世仅二十馀首,然一洗五代以来绮靡旧习,独立于晏、欧之外而独树一帜。有《临川集》,附《临川先生歌曲》。

桂枝香① 金陵怀古

登临送目,正故国晚秋,天气初肃②。千里澄江似练,翠峰如簇③。归帆去棹残阳里,背西风,酒旗斜矗④。彩舟云淡,星河鹭起,画图难足⑤。　念往昔、繁华竞逐⑥。叹门外楼头,悲恨相续⑦。千古凭高对此,漫嗟荣辱。六朝旧事随流水⑧,但寒烟芳草凝绿。至今商女,时时犹唱,后庭遗曲⑨。

【注释】①桂枝香,又名"疏帘淡月"。双调一百零一字,仄韵。以王安石本篇最有名。《历代诗馀》引《古今词话》:

"金陵怀古,诸公寄调桂枝香者三十馀家,惟王介甫为绝唱。" ②故国,指金陵,南朝旧都,今南京。肃,缩也,万物收缩,此用为萧索之意。《礼记·月令》:孟秋之月"天地初肃"。 ③澄江似练,大江澄澈如同素练。江,指长江。练,白绢。谢朓《晚登三山还望京邑》诗:"馀霞散成绮,澄江静如练。"簇,攒聚。一说,簇,同"镞",箭头,形容山峰尖峭。 ④归帆去棹,来往的船。归、来。帆、棹,互文,并指船。斜矗,斜斜竖着。 ⑤"彩舟"三句:此以天河喻长江,远望彩舟如在云端,天河中白鹭高飞。南京西南长江中有白鹭洲,诗人活用洲名。 ⑥竞逐,竞相追逐。 ⑦"叹门外楼头"二句,用陈亡故事。门,指朱雀门。楼,指结绮阁。隋开皇九年(589),隋军围建业。陈后主与宠妃张丽华在结绮阁寻欢作乐,隋将韩擒虎破朱雀门而入,陈后主、张丽华并为所擒。杜牧《台城曲》:"门外韩擒虎,楼头张丽华。"此虽用陈亡故事,实概括六代兴亡,故云"悲恨相续"。 ⑧六朝,三国吴,东晋,南朝宋、齐、梁、陈,并都建业,史称六朝。 ⑨商女,歌女。后庭遗曲,陈后主曾作歌曲《玉树后庭花》。其词曰:"玉树后庭花,花开不复久。"杜牧《秦淮夜泊》诗:"商女不知亡国恨,隔江犹唱后庭花。"

晏几道

晏几道(1038—1110),字叔原,晏殊第七子。虽出身贵介公子,仕宦并不得意,仅得"监颍昌府许田镇"。年未至即乞身,退居京城赐第。父子齐名,称"大小晏"。小晏"工于言情",所作词全系歌楼舞榭之离合悲欢,然参合自身失意的哀愁,故读来亦颇真切感人。有《小山词》。

临江仙

梦后楼台高锁,酒醒帘幕低垂①。去年春恨却来时②。落花人独立,微雨燕双飞。　记得小蘋初见,两重心字罗衣③。琵琶弦上说相思④。当时明月在,曾照彩云归⑤。

【注释】　①"梦后楼台"二句:楼台帘幕,必为往日与伊人相会之地;今梦后酒醒,而伊人不在,只见楼台高锁,帘幕低垂,往事如烟,所以倍加惆怅。　②去年春恨,当指去年相聚而又相离之恨。却来,再次涌上心头。　③小蘋,歌女名。两重心字罗衣,罗衣上有重迭的心字图案。欧阳修《好女儿令》:"一身绣出,两同心字,浅浅金黄。""心字"还含有心心相印的双关之意。　④"琵琶"句,通过琵琶来述说相思之情。　⑤彩云,喻小蘋。李白《宫中行乐词》:"只愁歌舞散,化作彩云飞。"

【点评】　晏几道《小山词跋》:"始时沈十二廉叔、陈十君龙家有莲、鸿、蘋、云,品清讴娱客。每得一解,即以草授诸儿,吾三人持酒听之,为一笑乐。已而君龙疾废卧家,廉叔下世。昔之狂篇醉句,遂与两家歌儿酒使俱流转于人间。"本词中点出小蘋,当即跋中所述的蘋儿。

五代翁宏《春残》诗云:"又是春残也,如何出翠帏?落花人独立,微雨燕双飞。"晏几道把后二句全摄入词中,竟成为名句,在原诗中却默默无闻。杨柳枝不过尔尔,一入观音大士净瓶,便活力无边。

蝶恋花

醉别西楼醒不记,春梦秋云①,聚散真容易。斜月半窗还少睡,画屏闲展吴山翠②。　　衣上酒痕诗里字,点点行行,总是凄凉意。红烛自怜无好计,夜寒空替人垂泪③。

【注释】　①春梦秋云,喻聚散真容易。白居易《花非花》词:"来如春梦不多时,去似朝云无觅处。"　②吴山翠,指画屏上图画。"斜月"二句,写别后寂寞。　③"红烛"二句,本杜牧《赠别》诗:"蜡烛有心还惜别,替人垂泪到天明。"

鹧鸪天①

彩袖殷勤捧玉钟②,当年拚却醉颜红。舞低杨柳楼心月,歌尽桃花扇底风③。　　从别后,忆相逢,几回魂梦与君同④。今宵剩把银釭照,犹恐相逢是梦中⑤。

【注释】　①鹧鸪天,双调五十五字,平韵。　②玉钟,一种酒杯。　　③"舞低"句,谓歌舞的时间已久,月已西沉。"歌尽"句,谓唱的歌曲甚多。桃花扇,绘有桃花的歌扇,系歌舞道具。上片回忆当年。　　④忆,想到。同,相会。　　⑤剩,尽。银釭,银灯。下片写再次相逢时惊疑之状。

【点评】　全词系歌女口气。作伊人语,倍觉情深。注家或解为作者自身语气,非是。

苏 轼

苏轼(1036—1101),字子瞻,眉州眉山(今四川眉山)人。与父苏洵、弟苏辙,称为"三苏"。宋仁宗嘉祐二年(1057)进士,为主司欧阳修所赏识。通判杭州,知密州、徐州、湖州。宋神宗元丰二年(1079)七月,御史李定、舒亶、何正言,告发其诗讪谤朝政,逮赴御史台狱,贬黄州团练副使。在黄州筑室东坡,因自号东坡居士。哲宗立,复朝奉郎,知登州。累迁翰林学士,知杭州,召为吏部尚书,改翰林承旨,出知颍州。绍圣元年(1094),贬惠州。居三年,又贬琼州别驾。徽宗立,移廉州。建中靖国元年(1101)卒于常州,年六十六。

苏轼为宋代大文学家,继欧阳修盟主文坛。黄庭坚、秦观、晁补之、张耒、陈师道,并游其门。散文与唐韩愈、柳宗元,宋欧阳修、王安石,可谓"唐宋五大家"(明人有唐宋八大家之称,然八家中苏洵、苏辙、曾巩,实不足与五家抗衡);诗与黄庭坚并称"苏黄";词与南宋辛弃疾并号"苏辛"。北宋词承五代馀风,自晏氏父子、欧阳修、柳永,多写男女情恋,离别相思,以婉约擅场。至东坡出,乃扩大境界,诸如咏怀吊古,羁旅道途,怀人咏物,无不揽入。所作恣肆豪迈,清雄奔放,为豪放词代表词人。有《东坡七集》。

少年游

润州作,代人寄远。①

去年相送,馀杭门外②,飞雪似杨花。今年春尽,杨花似雪,犹不见还家。　　对酒卷帘邀明月③,风露透窗纱。恰似姮娥怜双燕④,分明照、画梁斜。

【注释】　①润州,今江苏镇江市。词作于润州,思妇实在馀杭,观词中"去年相送,馀杭门外"可知。宋神宗熙宁四年(1071),东坡通判杭州,时年三十六,词即此时所作。此托为思妇之辞。　②馀杭,今浙江杭州。　③"对酒"句,本李白《月下独酌》诗"举杯邀明月"句。　④姮娥,即嫦娥,传为后羿之妻,因偷服不死之药而飞升入月,为月神;此代指月光。

【点评】　《诗·小雅·采薇》:"昔我往矣,杨柳依依;今我来思,雨雪霏霏。"晋谢玄称为诗中佳句。本词上片实本于此而时令相反。东坡善学古人,不着痕迹。

江城子　乙卯正月二十日夜记梦①

十年生死两茫茫,不思量,自难忘。千里孤坟,无处话凄凉。纵使相逢应不识,尘满面,鬓如霜②。　　夜来幽梦忽还乡,小轩窗,正梳妆。相顾无言,惟有泪千行。料得年年肠断处,明月夜,短松冈③。

【注释】　①乙卯,宋神宗熙宁八年(1075),东坡四十岁,时知密州(今山东诸城)。此悼念亡妻之作。东坡《亡妻王氏墓志铭》:"治平二年(1065)五月丁亥,赵郡苏轼之妻卒于京师。……其明年六月壬午,葬于眉之东北彭山县安镇乡可龙里。"自英宗治平二年至神宗熙宁八年,时过十年,故词云"十年生死"。密州至眉,相距千里,故词云"千里孤坟"。　②"尘满面"二句,诗人写自身奔走道路,形容憔悴。白居易《王昭君》诗:"满面胡沙满鬓风,眉销残黛脸销红。"　③"料得"三句,写亡妻坟墓的凄凉景象。孟棨《本事诗》,记唐开元时幽州衙将张某妻孔氏,死后忽自冢中出,题诗赠其夫云:"欲知肠断处,明月照孤坟。"

水调歌头①

丙辰中秋,欢饮达旦,大醉,作此篇,兼怀子由。②

明月几时有?把酒问青天③。不知天上宫阙,今夕是何年。我欲乘风归去,惟恐琼楼玉宇④,高处不胜寒。起舞弄清影,何似在人间⑤。　转朱阁,低绮户,照无眠⑥。不应有恨,何事长向别时圆?人有悲欢离合,月有阴晴圆缺,此事古难全。但愿人长久,千里共婵娟⑦!

【注释】　①水调歌头,据传隋炀帝开汴河,曾制《水调歌》,唐人演为大曲,用大曲歌头,成为词牌。双调九十五字,平韵;上下片中两上六字句兼押仄韵,如本词的"去、宇"与"合、缺"。　②丙辰,宋神宗熙宁九年(1076),东坡四十一岁,时知密州。子由,即苏辙,东坡之弟,时在齐州(今山东济南)。　③"明月"二句,李白《把酒问月》诗:"青天有月来几时,我今停杯一问之。"　④琼楼玉宇,即上文天上宫阙,指月宫。《酉阳杂俎》前集卷二:"翟天师名乾祐,峡中人。""曾于江岸,与弟子数十玩月。或曰:'此中竟何有?'翟笑曰:'可随我指观。'弟子中两人见月规半天,琼楼金阙满焉。数息间,不复见。"《云笈七签》:"太微之所馆,天帝之玉宇也。" ⑤起舞弄清影,李白《月下独酌》:"我歌月徘徊,我舞影零乱。"何似在人间,哪里像在人间。 ⑥朱阁,朱红楼阁。绮户,雕花窗户。"转朱阁"三句,谓月光转过了朱楼,低射入绮户,照得人无眠。 ⑦婵娟,美好貌,此代指月亮。孟郊《婵娟篇》:"月婵娟,真可怜。"许浑《怀江南同志》:"唯应洞庭月,万里共婵娟。"

念奴娇① 赤壁怀古②

大江东去,浪淘尽、千古风流人物。故垒西边,人道是、三国周郎赤壁③。乱石崩云,惊涛裂岸,卷起千堆雪④。江山如画,一时多少豪杰! 遥想公瑾当年,小乔初嫁了,雄姿英发⑤。羽扇纶巾,谈笑间、强虏灰飞烟灭⑥。故国神游,多情应笑我,早生华发。人生如梦,一尊还酹江月⑦。

【注释】 ①念奴娇,唐天宝中有歌女名念奴,歌喉宛转,音调高亢,后因以其名字作词牌。以东坡本篇最有名,因亦名"大江东去""酹江月",又因其正一百字,故又名"百字令"。双调,仄韵,例用入声韵;亦有用平韵者。 ②赤壁,汉献帝建安十三年(208),曹操率大军南下,征讨刘备与孙权,孙刘联军抵抗,大败曹军于赤壁。赤壁战场今属湖北赤壁市(原名蒲圻县),在大江南岸。东坡所咏为黄冈赤壁,在大江北岸,黄冈城西,今称东坡赤壁。一说此地即孙曹大战之赤壁战场。词作于宋神宗元丰五年壬戌(1082),时东坡因乌台诗案贬为黄州团练副使,年四十七岁。　③故垒,古代营垒。人道是,人们传说是。周郎,即周瑜(175—210),字公瑾,庐江舒县(今安徽舒城)人。三国东吴名将,赤壁之战中为东吴都督,与鲁肃坚决主战,并指挥吴军大破曹兵,时年仅三十四岁,人称周郎。　④"乱石崩云,惊涛裂岸",一本作"乱石穿空,惊涛拍岸"。千堆雪,指浪花。　⑤小乔,乔玄有二女,并有国色,大乔嫁孙策,小乔嫁周瑜,事在建安三年(198),距赤壁战时已有十年,词云"初嫁",是故意为英雄刷色。英发,英姿焕发。　⑥纶(guān)巾,青丝头巾。羽扇纶巾是魏晋时儒将装束,此指周瑜。谈笑间,言其从容镇定。强虏,犹强敌,指曹军。一作"樯橹",指曹军的船舰。赤壁战中,吴军用火攻,焚毁曹军船舰,致使曹军惨败。　⑦故国神游,谓周瑜英灵重游故地。华发,花白的头发。酹(lèi),浇酒祭奠。酹江月,指对江月祭奠周瑜。

【点评】《历代诗馀》引俞文豹《吹剑录》:东坡在玉堂日,有幕士善歌。因问:"我词何如柳七?"对曰:"柳郎中词,只合十七八女郎,执红牙板,歌'杨柳岸,晓风残月'。学士词,须关西大汉,铜琵琶,铁绰板,唱'大江东去'。"东坡为之绝倒。

临江仙

壬戌九月,雪堂夜饮,醉归临皋作。①

夜饮东坡醒复醉,归来仿佛三更②。家童鼻息已雷鸣。敲门都不应,倚杖听江声。　　长恨此身非我有,何时忘却营营③?夜阑风静縠纹平④。小舟从此逝,江海寄馀生。

【注释】　①雪堂,苏轼在黄州东坡所筑堂名。临皋,在黄冈城南,苏轼有寓于此。　②东坡,在黄冈城东,本黄州营房荒地,苏轼来黄次年(元丰四年,1081年),开垦筑室于此,并以为号。仿佛,似乎是,估量之词。　③营营,来往奔忙之貌。"长恨"二句,谓身为世务所迫,来往奔忙,恨身非己有。　④夜阑,夜深。縠,绉纱。縠纹,指江上波纹。

【点评】　"倚杖听江声",引起无限的人生感慨。受尽人间的各种羁绊,特别是官场的颠簸,诗人希望得到解脱。"长恨此身非我有,何时忘却营营?"是东坡痛苦挣扎的呻吟,是追求解放的呼喊。词句是深刻的,希望却渺茫。他永远不可能小舟远逝,永远只能以他的呻吟呼喊,赢得后世读者的共鸣。

水龙吟① 次韵章质夫杨花词②

似花还似非花,也无人惜从教坠③。抛家傍路,思量却是,无情有思④。萦损柔肠,困酣娇眼,欲开还闭⑤。梦随风万里,寻郎去处,又还被,莺呼起⑥。　　不恨此花飞尽,恨西园,落红难缀⑦。晓来雨过,遗踪何在,一池萍碎⑧。春色三分,二分尘土,一分流水⑨。细看来,不是杨花,点点是,离人泪。

【注释】　①水龙吟,又名"龙吟曲",双调一百零二字,仄韵。　②次韵,按别人作原韵和作。章质夫,章楶(jié),字质夫,浦城(今福建浦城县)人,宋英宗治平二年(1065)进士,历官吏部郎中,同知枢密院事,曾与苏轼同官京师。所作杨花词,当时颇为传颂。词作于宋哲宗元祐二年(1087),东坡五十二岁,时在京任翰林学士。　　③从教坠,随它飘落。④无情有思,杜甫《白丝行》:"落絮游丝亦有情,随风照日宜轻举。"韩愈《晚春》诗:"杨花榆荚无才思,惟解漫天作雪飞。"词中并反用其意,谓杨花看似无情,实有愁思。　　⑤萦,牵挂,萦绕。娇眼,指柳眼,柳叶初生如人眼,故称柳眼。三句以拟人手法写柳,又暗寓一愁思困倦的思妇。　　⑥"梦随风"四句,写思妇对远方情人的怀念。唐金昌绪《春怨》诗:"打起黄莺儿,莫教枝上啼。啼时惊妾梦,不得到辽西。"　　⑦落红,落花。缀,连接。落红难缀,指飞花落地,再难接上枝头。⑧遗踪,留下的踪迹,此指雨后杨花。一池萍碎,作者自注:"杨花落水为浮萍,验之信然。"古人误以为杨花入水化为浮萍,东坡也信以为真。　　⑨春色,即指杨花。谓杨花三分之二化为尘土,三分之一飘落水中。

【点评】 章楶《水龙吟·柳花》云:"燕忙莺懒花残,正堤上柳花飘坠。轻飞点画青林,谁道全无才思?闲趁游丝,静临深院,日长门闭。傍珠帘散漫,垂垂欲下,依前被,风扶起。

兰帐玉人睡觉,怪春衣,雪沾琼缀。绣床渐满,香球无数,才圆却碎。时见蜂儿,仰黏轻粉,鱼吞池水。望章台路杳,金鞍游荡,有盈盈泪。"

宋魏庆之《诗人玉屑》云:"章质夫咏杨花词,东坡和之。晁叔用以为:'东坡如王嫱、西施,净洗却面,与天下妇人斗好,质夫岂可比哉?'是则然矣。余以为质夫词中所谓'傍珠帘散漫,垂垂欲下,依前被,风扶起',亦可谓曲尽杨花妙处。东坡所和虽高,恐未能及。诗人议论不公如此!"到王国维《人间词话》又云:"东坡《水龙吟》咏杨花,和韵而似原唱;章质夫词,原唱而似和韵:才之不可强也如是!"

章词写得确实不错,两相比较,毕竟还是晁冲之、王国维看法更确。章词所咏,重在杨花本身。上片着力描写,颇能抓住杨花形态。下片就"玉人"眼中写出,牵"玉人"情思者少。苏词上片似写杨花,又似写思妇。下片写思妇感触,又紧扣杨花。此等境界,最难描摹。刘熙载《艺概》云:"东坡《水龙吟》,起云'似花还似非花',此句可作全词评语,盖不离不即也。"最能道出东坡此等词特色。

贺新郎①

乳燕飞华屋,悄无人,桐阴转午,晚凉新浴②。手弄生绡白团扇,扇手一时似玉③。渐困倚,孤眠清熟。帘外谁来推绣户,枉教人,梦断瑶台曲④。又却是,风敲竹! 石榴半吐红巾蹙,待浮花浪蕊都尽,伴君幽独⑤。秾艳一枝细看取,芳心千重似束⑥。又恐被,西风惊绿。若待得君来向此,花前对酒不忍触。共粉泪,两簌簌⑦。

【注释】 ①贺新郎,又名"贺新凉""乳燕飞""金缕曲"。双调一百十六字。此词作于宋哲宗元祐五年(1090)杭州太守任上,东坡时年五十五岁。 ②乳燕,小燕子。华屋,华美的屋宇。飞华屋，宋赵彦卫《云麓漫钞》谓曾见其真迹，乃"栖华屋"。词写悄静境界，似以"栖"字为确。　③生绡白团扇，生丝制的团扇。扇手一时似玉，扇子与女子的手都白净如玉。《世说新语·容止》载，王衍"恒捉白玉柄麈尾，与手都无分别。"　④瑶台，传为神仙所居之所。曲，深处。瑶台曲，此用以喻梦中与情人相会之地。唐李益《竹窗闻风》诗："开门复动竹，疑是玉人来。"词用其意。　⑤蹙，皱缩。"石榴"句，谓榴花半吐，如红巾紧束。白居易《题孤山寺山石榴花示诸僧众》诗："山榴花似结红巾。"浮花浪蕊，指颜色艳丽，花期短暂的桃李等花卉。韩愈《杏花》诗："浮花浪蕊镇长有，才开还落瘴雾中。"词中又暗喻各色风流女子，语意双关。　⑥秾艳，茂盛美丽。看取，看，"取"字助词。芳心千重似束，指复瓣榴花。此句亦语意双关。　⑦粉泪，指女子的眼泪。簌簌，纷纷下落之貌。两簌簌，粉泪与榴花共落。元稹《连昌宫词》："风动落花红簌簌。"

【点评】 词上阕写思妇困倦怀人之状，下阕似专咏榴花，然仍紧扣思妇心情。"待浮花浪蕊都尽，伴君幽独。秾艳一枝细看取，芳心千重似束。"写榴花绝妙，又曲尽思妇心境，花与人密不可分。此与杨花词同一机杼。写此等境界，惟东坡擅场，他人未敢角逐。

蝶恋花

花褪残红青杏小①，燕子飞时，绿水人家绕。枝上柳绵吹又少，天涯何处无芳草②！　墙里秋千墙外道，墙外行人，墙里佳人笑。笑渐不闻声渐悄,多情却被无情恼③。

【注释】 ①花褪残红,指春花落尽,已入初夏。褪,减色。 ②柳绵,柳絮。天涯何处无芳草,句意谓春天过后,芳草绿遍天涯,又暗喻人间到处有情感的追求。由此过渡到下片。 ③下片写墙外行人对墙内佳人的思慕。多情,指墙外行人。无情,指墙内佳人。

秦 观

秦观(1049—1100),字少游,一字太虚,别号淮海居士,扬州高邮人。宋神宗元丰八年(1085)进士,除蔡州教授。哲宗元祐二年(1087),苏轼以"贤良方正"举荐少游,元祐五年,始召入京师,除太学博士,迁正字,兼国史院编修。绍圣初,坐党籍,出为杭州通判,贬监处州酒税,又徙郴州,继编管横州,又徙雷州。徽宗立,复宣德郎,还至藤州去世。年五十二。秦少游与黄庭坚、张耒、晁补之,并称"苏门四学士",少游词尤为东坡所重。然所作承晏欧遗风,尤与柳永相近,而较为蕴藉含蓄,为婉约派重要词人。作品多写男女恋情,人生惆怅,极悱恻缠绵之至,诚凄惋动人而颇伤柔弱。有《淮海词》。

满庭芳①

山抹微云,天粘衰草,画角声断谯门②。暂停征棹,聊共引离尊③。多少蓬莱旧事,空回首,烟霭纷纷④。斜阳外,寒鸦数点,流水绕孤村⑤。　销魂,当此际,香囊暗解,罗带轻分⑥。谩赢得青楼薄幸名存⑦。此去何时见也?襟袖上,空惹啼痕。伤情处,高城望断,灯火已黄昏。

【注释】 ①满庭芳,又名"满庭霜",双调九十五字,平韵。少游于元丰二年(1079)省亲至会稽,与郡守程公辟相得甚欢,岁暮离越,词即作于此时。时少游三十一岁。此留别歌妓之词。　②画角,军用号角,外施彩绘,故称画角。谯门,即谯楼,建于城门处;下为门,上为楼。　③征棹,行舟。离尊,送别的酒。尊,酒器。　④蓬莱,会稽楼阁之名。蓬莱旧事,指与歌妓的恋情。胡仔《苕溪渔隐丛话》引《艺苑雌黄》:"程公辟守会稽,少游客焉,馆之蓬莱阁。一日席上有所悦,自尔眷眷不能忘情。因赋长短句,所谓'多少蓬莱旧事,空回首,烟霭纷纷'是也。"少游《别程公辟给事》诗有"回首蓬莱梦寐中"之句,可供参证。　⑤"寒鸦"二句,本隋炀帝诗"寒鸦飞数点,流水绕孤村"。　⑥销魂,感情激动至不能自已,似心魂亦为之销融。此际,指离别之际。香囊暗解,罗带轻分,均用以赠别。　⑦谩,徒然。青楼,妓院。薄幸,薄情。杜牧《遣怀》诗:"十年一觉扬州梦,赢得青楼薄幸名。"

望海潮①

梅英疏淡,冰澌溶泄,东风暗换年华②。金谷俊游,铜驼巷陌,新晴细履平沙③。长记误随车④。正絮翻蝶舞,芳思交加⑤。柳下桃蹊⑥,乱分春色到人家。　西园夜饮鸣笳,有华灯碍月,飞盖妨花⑦。兰苑未空,行人渐老,重来是事堪嗟⑧。烟暝酒旗斜。但倚楼极目,时见栖鸦。无奈归心,暗随流水到天涯。

【注释】　①秦观由哲宗元祐五年(1090)初召到京师,除太学博士,迁正字;元祐八年(1093),迁国史院编修,授宣德郎,与苏轼、黄庭坚等过从甚密,"西园雅集"当亦在其时(见注⑦)。八年九月,高太后崩,哲宗亲政,新派上台,苏轼等并被贬谪。明年,即绍圣元年(1094),三月,少游亦出为杭州通判,词即作于此时,时年四十六岁。此词或本题作"洛阳怀古",非是。词中仅金谷、铜驼用洛阳典故,实写汴京,更无怀古内容。　②梅英,梅花。澌(sī),流冰。"梅英"三句,写梅花渐落,河冰解冻,严冬已尽,新春来到。　③金谷,即金谷园,在洛阳东北金谷涧中,晋代石崇所筑名园,以豪华著称。铜驼,铜铸骆驼。《太平御览》卷一五八引陆机《洛阳记》:"洛阳有铜驼街。汉铸铜驼二枚,在宫南四会道相对。"徐陵《洛阳道》诗:"东门向金马,南陌接铜驼。"刘禹锡《杨柳枝》词:"金谷园中莺乱飞,铜驼陌上好风吹。"履,踏。此用洛阳典故,实回忆汴京胜游。　④误随车,误跟上别人的车子,此必指女性之车。韩愈《嘲少年》诗:"只知闲信马,不觉误随车。"　⑤芳思(sì),由春色而引起的情思。　⑥蹊,路。柳下桃蹊,下与蹊互文,或柳下,或桃蹊。唐王涯《游春词》:"经过柳陌与桃蹊。"　⑦西园,汴京王诜延客燕游之所。王诜,字晋卿,尚英宗次女魏国大长公主,好文学之士,苏轼、黄庭坚、秦少游、陈师道、张耒、晁补之等相过从。宋李伯时有《西园雅集图》。此词下片,盖绍圣元年(1094)春,少游离京之前写自己重到西园的感慨。鸣笳,吹起胡笳。盖,车篷,代指车。"西园"三句写重来所见西园夜游景象。　⑧兰苑,即指西园。行人,作者自指。是事,一切事,事事。"兰苑"三句,写往时园苑依旧繁华,而自身年华渐老。

【点评】　上片写往昔春日京郊的冶游,下片写重到西园的感触。"重来是事堪嗟",是全词着意所在。词所写内容实甚平常,作者善于描述内心活动,政治上的失意,人生的哀感,自在字里行间流露出来。少游有句云:"有情芍药含春泪,无力蔷薇卧晓枝。"有情芍药,无力蔷薇,正是少游词格。

江城子

西城杨柳弄春柔,动离忧,泪难收①。犹记多情曾为系归舟②。碧野朱桥当日事,人不见,水空流③。　　韶华不为少年留,恨悠悠,几时休④?飞絮落花时候一登楼⑤。便做春江都是泪,流不尽,许多愁⑥。

【注释】　①西城杨柳,指汴京城西金门池上的杨柳。孟元老《东京梦华录》卷七载金门池之东岸,"临水近墙,皆垂杨"。元祐七年(1092)春三月上巳,秦少游曾偕文士多人宴集其地。此亦绍圣元年(1094)春贬后之作。动离忧,此因杨柳春柔而触发往日的离忧,即下句"犹记多情曾为系归舟"。②系归舟,指情人曾系归舟。　③碧野朱桥当日事,即指当日别时曾系归舟,而今人不见,但有水空流。　④韶华,美好的春光。"恨悠悠,几时休",语用白居易《长相思》词:"思悠悠,恨悠悠,恨到归时方始休,月明人倚楼。"　⑤飞絮落花时候,即上片杨柳弄春柔之时。　⑥"便做春江"三句,翻用李后主词"问君能有几多愁,恰似一江春水向东流"句意。

鹧鸪天

枝上流莺和泪闻,新啼痕间旧啼痕。一春鱼雁无消息①,千里关山劳梦魂。　　无一语,对芳尊,安排肠断到黄昏。甫能炙得灯儿了,雨打梨花深闭门②。

【注释】　①鱼雁,指书信。　②甫能,犹方才。"雨打梨花"句,语本唐刘方平《春怨》诗:"寂寞空庭春欲晚,梨花满地不开门。"李重元有《忆王孙》词:"萋萋芳草忆王孙,柳外楼高空断魂,杜宇声声不忍闻。欲黄昏,雨打梨花深闭门。"少游盖袭用李句。(《忆王孙》亦作秦观词。然李重元此词有春、夏、秋、冬四首,此第一首,当为李作。)

【点评】　此春闺思妇之词,然寂寞思怀,全系少游心境。

浣溪沙

漠漠轻寒上小楼,晓阴无赖似穷秋,淡烟流水画屏幽①。自在飞花轻似梦,无边丝雨细如愁,宝帘闲挂小银钩。

【注释】　①漠漠,弥漫之貌。无赖,无聊,可厌。穷秋,晚秋。淡烟流水,指屏风上画境。

【点评】　漠漠轻寒,晓阴无赖,大好春光而有似穷秋。飞花似梦,细雨如愁,主人公惆怅之情,自在言外。

鹊桥仙①

纤云弄巧,飞星传恨,银汉迢迢暗度②。金凤玉露一相逢③,便胜却人间无数。　　柔情似水,佳期如梦,忍顾鹊桥归路④。两情若是久长时,又岂在朝朝暮暮。

【注释】 ①鹊桥仙,即牛郎织女。据传牛女于七月七日架鹊桥渡天河相会,此词即咏其事。词牌亦由此词得名。又名"金风玉露相逢曲""广寒秋"。双调五十六字。宗懔《荆楚岁时记》:"七月七日,为牵牛织女聚会之夜,是夕人家妇女结彩缕穿七孔针或以金银鍮石为针,陈几筵酒脯瓜果于庭中以乞巧。" ②纤云弄巧,纤薄的云彩巧织花样。七夕为乞巧节,"巧"字暗含此意。飞星传恨,天河中飞星传牛女相思之情。银汉,天河。迢迢,遥远貌。暗度,指牛女渡河相会。③金风玉露,本于李商隐《辛未七夕》诗:"由来碧落银河畔,可要金风玉露时。" ④忍顾,岂忍看,即不忍看。

踏莎行①

雾失楼台,月迷津渡,桃源望断无寻处②。可堪孤馆闭春寒,杜鹃声里斜阳暮。　　驿寄梅花,鱼传尺素,砌成此恨无重数③。郴江幸自绕郴山,为谁流下潇湘去④?

【注释】 ①此宋哲宗绍圣四年(1097)诗人谪居郴州时所作,时年四十九岁。郴州,在今湖南东南部。 ②津渡,渡口。桃源,陶渊明《桃花源记》,写晋太元中,武陵渔人误入桃花源。其中人"自云先世避秦时乱,率妻子邑人来此绝境,遂与外人间隔"。渔人停数日辞去。后再往寻求,遂迷不复得路。"雾失楼台"三句,写实景,亦暗喻避世桃源无有寻处。诗人因在湖南,故用桃源故事。　③驿寄梅花,用南朝陆凯寄梅花故事。《荆州记》:"陆凯与范晔为友,在江南寄梅花一枝诣长安与晔。并赠诗云:'折梅逢驿使,寄与陇头人。江南无所有,聊赠一枝春。'"鱼传尺素,用古乐府:"客从远方来,遗我双鲤鱼。呼儿烹鲤鱼,中有尺素书。"砌,堆积。寄梅花,传尺素,牵动无限情思,自悲身世,故曰砌成此恨无重数。④郴江,郴州水名,北流入耒水,再入湘江。郴山,郴州之山。潇湘,潇水北流至零陵与湘水合,称潇湘。水自北流,叹自身贬逐,未得北归。

【点评】　杜鹃声里,雾月潇湘,本系美丽的春光,但都因诗人的心境而蒙上凄厉的色彩。迁逐之情,身世之感,无不跃然纸上。王国维所谓"有我之境,以我观物,故物皆著我之色彩",秦观此词最为典型。

魏夫人

魏夫人(生卒年不详),襄阳人,曾布之妻。《词林纪事》载朱熹云:"本朝妇人能文者,唯魏夫人及李易安二人而已。"曾布(1036—1107),字子宣,南丰(今江西南丰)人。宋仁宗嘉祐进士,为王安石所信用,后又调和新旧两派。历任英宗、神宗、哲宗、徽宗朝,官至尚书右仆射。后被蔡京排挤,贬死润州。

菩萨蛮

溪山掩映斜阳里,楼台影动鸳鸯起。隔岸两三家,出墙红杏花。　　绿杨堤下路,早晚溪边去。三见柳绵飞,离人犹未归。

贺　铸

贺铸(1052—1125),字方回,卫州(今河南汲县)人。据称博学强记,工于语言,且有侠气,好议论时事。平生仕宦甚不得意。哲宗元祐中,李清臣执政,授泗州通判,又倅太平州。晚年退居苏州,自称唐代贺知章之后。知章晚归镜湖,又名庆湖,因自号庆湖遗老。徽宗宣和七年(1125)卒于常州,年七十四。贺铸词题材较为多样,反映生活面亦较宽,好锻炼字句,造语间亦新奇。然颇嫌做作,炼字太过而趋于硬塞。故王国维《人间词话》谓:"北宋名家,以方回为最次。其词如历下、新城之诗,非不华赡,惜少真味。"有《东山词》。

横塘路[①]

凌波不过横塘路,但目送,芳尘去[②]。锦瑟华年谁与度?月楼花院,琐窗朱户,只有春知处[③]。　碧云冉冉蘅皋暮,彩笔新题断肠句[④]。若问闲愁都几许?一川烟草,满城风絮,梅子黄时雨[⑤]!

【注释】①横塘路,即"青玉案"。贺铸爱将自己作品中词语为词牌另起新名。"青玉案",取张衡《四愁诗》中"何以报之青玉案"句得名。双调六十七字,仄韵。　②凌波,语本曹植《洛神赋》:"凌波微步,罗袜生尘。"原系形容美人步履轻盈,此即代指美人步履。横塘,地名,在苏州胥门外九里。龚明之《中吴纪闻》:"铸有小筑在姑苏盘门外十馀里,地名横塘,方回往来于其间。"芳尘,即由"罗袜生尘"一语而来,代指美人行迹。"凌波"三句,写望见美人轻盈走过,却不到横塘,徒望见其芳尘远去。　　③锦瑟华年,犹言美好年华。语本李商隐《锦瑟》诗:"锦瑟无端五十弦,一弦一柱思华年。"琐窗,雕花窗户。"锦瑟"句为美人言,谓美好年华谁与度过。下文"月楼花院,琐窗朱户",即指美人所居之地,但只有春知处,意即不知其所在,亦不知其谁与度,思念之辞。　　④冉冉,舒缓流动之貌。蘅皋,长有香草的水边高地。《洛神赋》:"尔乃税驾乎蘅皋。"江淹《休上人怨别》诗:"日暮碧云合,佳人殊未来。"彩笔,笔之美称。"碧云"二句,谓待美人不至,思念之切,故提彩笔为题断肠句。　　⑤若问,一作"试问"。一川,犹言满地。梅子黄时雨,初夏梅子黄熟,时多阴雨,称黄梅雨。

【点评】　贺铸此词极为有名,黄庭坚为之赋诗,称"解道江南断肠句,只今惟有贺方回"。词内容实甚平常,无非写对一女子的无端思念。惟造句修辞较为新颖,后四句犹有特色。周少隐《竹坡老人诗话》谓:"贺方回尝作青玉案词,有'梅子黄时雨'之句,人皆服其工,士大夫谓之'贺梅子'。"

张舜民

张舜民,字芸叟,邠州(今陕西省彬州市)人。宋英宗治平二年(1065)进士。哲宗元祐初,除监察御史。徽宗朝,以龙图阁待制知同州。坐元祐党,贬商州。自号浮休居士,又号矴斋。有《画墁集》。今存词仅四首。

卖花声　题岳阳楼①

木叶下君山,空水漫漫②。十分斟酒敛芳颜③。不是渭城西去客,休唱阳关④。　　醉袖抚危栏,天淡云闲。何人此路得生还?回首夕阳红尽处,应是长安⑤!

【注释】　①卖花声,即"浪淘沙"。岳阳楼,在今湖南岳阳城西洞庭湖畔。张舜民《郴行录》:"辛卯,登岳阳楼。"此宋神宗元丰六年(1083),张舜民贬湖南郴州经岳阳时作。　②君山,在洞庭湖中,与岳阳楼相对。《楚辞·九歌·湘夫人》:"洞庭波兮木叶下。"空水,天空与水面。漫漫,广无际涯之貌。　③十分斟酒,把酒斟满。敛芳颜,即正容,表示肃敬。指歌女正容上前斟酒。　④"不是"二句:王维《送元二使安西》诗:"渭城朝雨浥轻尘,客舍青青柳色新。劝君更尽一杯酒,西出阳关无故人。"此诗又称《渭城曲》,亦曰《阳关》。诗人谓自己不是西出渭城,因教休唱阳关。此强为宽解之辞,实正是自伤贬谪远去。　⑤"回首"二句,白居易《题岳阳楼》诗:"夕阳红处近长安。"此借用其语。长安,今陕西西安,唐代首都,此代指汴京。

周邦彦

周邦彦（1056—1121），字美成，号清真，钱塘（今杭州）人。其早年生活与柳永颇相似，《宋史》称其"疏隽少检，不为州里推重，而博涉百家之书"。元丰初游京师，献《汴都赋》，为宋神宗所赏识，拔为太学正。出为庐州教授，溧水县令，还为国子主簿。哲宗时历校书郎、考功员外郎、卫尉宗正少卿等职。徽宗朝拜秘书监，进徽猷阁待制，提举大晟府，为朝廷谱制词曲。后出知顺昌府，徙处州。宣和三年（1121）卒，年六十六。

清真承晏、欧、柳永、秦观词风，被认为是北宋婉约派词之集大成者，历代词论家大多对他有很高的评价。任何艺术发展到高峰以后，如果不另辟蹊径，则往往趋于精工而逐步丧失活力，清真正是北宋婉约词发展到高峰以后的词人。他是音乐家，能自度曲，词极精工典丽，而真情实感不如隆宋诸家。他的词题材多与柳永相近，但不如柳永自然。刘熙载《艺概》说："周美成词，或称其无美不备。余谓论词莫先于品。美成词信富艳精工，只是当不得一个贞字。"王国维《人间词话》谓："美成深远之致，不及欧秦，唯言情体物，穷极工巧，故不失为第一流之作者。但惟创调之才多，创意之才少耳。"又谓"词之雅郑，在神不在貌。永叔、少游，虽作艳语，终有品格，方之美成，便有淑女与倡伎之别。"这些评论最中清真要害。婉约派词，美成而后，南宋惟姜夔以其清空秀雅之词作最后一振，此外便无大家。

美成词号《片玉集》，又名《清真集》。

兰陵王① 柳

柳阴直,烟里丝丝弄碧。隋堤上,曾见几番,拂水飘绵送行色②。登临望故国,谁识,京华倦客③?长亭路,年去岁来,应折柔条过千尺④。　　闲寻旧踪迹,又酒趁哀弦,灯照离席。梨花榆火催寒食⑤。愁一箭风快,半篙波暖,回头迢递便数驿,望人在天北⑥。　　凄恻,恨堆积。渐别浦萦回,津堠岑寂,斜阳冉冉春无极⑦。念月榭携手,露桥闻笛。沉思前事,似梦里,泪暗滴⑧。

【注释】①兰陵王,北齐兰陵王高长恭勇武善战,而容貌姣好,自以为不能使敌人畏惧,常戴面具出阵。齐人因作舞乐《兰陵王入阵曲》,模拟其勇武之姿。唐教坊称此乐舞为"大面",亦称"兰陵王",宋代用作词牌名。三段一百三十字或一百三十一字。以周邦彦此篇最为有名。　②"柳阴直"五句写柳。隋堤,隋代开通济渠,沿汴河两岸筑堤,故称隋堤。堤上多种杨柳。　③"登临望故国"三句,写登临心绪。故国,故乡。京华,京师,指汴京。京华倦客,作者自称。　④柔条,指柳条。古人折柳送行人。"应折柔条过千尺",与上文"曾见几番,拂水飘绵送行色"呼应,又引出下文送别内容。　⑤"闲寻旧踪迹"四句写送别。"梨花"句点明时间。旧俗以冬至后一百五日为寒食节,寒食后一二日为清明节。寒食节不举火,物均寒食,故名。榆火,古人钻木取火,春取榆柳之火。《周礼·夏官·司爟》:"四时变国火,以救时疾。"郑玄注:"春取榆柳之火。"后世以榆柳为薪举火,也称榆火。《云笈七签》:

"清明一日取榆柳作薪煮食,名曰换新火,以取一年之利。"⑥"愁一箭风快"四句代离人设辞,然缺乏必要的交代。迢递(tiáo dì),远貌。驿,驿站。人,指送行者。　⑦"凄恻"五句,写送者送别后惆怅心情。别浦,送别的水边。萦回,指水波回转。津堠,指送别之地的设施。冉冉,舒缓渐进之貌。⑧"念月榭携手"五句,回忆与离人往日缠绵情事。

【点评】 此周邦彦代表作之一,当时即极出名。毛开《樵隐笔录》载:"绍兴初,都下盛行周清真咏柳《兰陵王慢》,西楼南瓦皆歌之,谓之'渭城三叠'。"词风直承柳永,极尽缠绵宛转情致。咏柳而关合别情,结构安排亦颇具匠心,古今评论家无不赞赏。然此词实有其不足。姑不论内容不出羁旅别情旧套,即叙事抒情亦欠周严。第一段写倦客登临,后文却重在述说离别,两者究非一事。第二段既说"闲寻",则并非着意;而下文着意别离,则本来送行,绝非偶然闲逛。"愁一箭风快,半篙波暖,回头迢递便数驿,望人在天北",全是行者语气,而末段"渐别浦萦回,津堠岑寂,斜阳冉冉春无极",又无疑为送者心情。全词形象亦不统一:明说"京华倦客",即作者自身无疑。而末段"念月榭携手,露桥闻笛。沉思前事,似梦里,泪暗滴",则颇似歌妓身份。古今论者虽极力赞许,然为送行之作,抑告别之词;送者行者,究为谁何,论说不一。慑于清真之名,人们从不怀疑词本身亦有欠缺,而只是各执一偏,纠葛不清。

苏幕遮

燎沉香,消溽暑①。鸟雀呼晴,侵晓窥檐语②。叶上初阳乾宿雨,水面清圆,一一风荷举。　　故乡遥,何日去?家住吴门,久作长安旅③!五月渔郎相忆否:小楫轻舟,梦入芙蓉浦④。

【注释】　①燎,燃着。沉香,落叶亚乔木,木为名贵薰香料,能沉于水,故名沉水香。溽暑,盛夏闷热。　②侵晓,破晓。　③吴门,本苏州别称,词中用以指作者家乡钱塘。作者《锁阳台·忆钱塘》词云"梦魂迢递,长到吴门"可证。长安,此代指汴京。　④芙蓉,荷花。浦,江湖水浅之处。

【点评】　此京师夏日怀念故乡之作,看到汴京的荷花而想念故乡的荷浦。王国维特赏"叶上初阳乾宿雨,水面清圆,一一风荷举"之句,谓"真能得荷之神理"。

满庭芳　夏日溧水无想山作①

风老莺雏,雨肥梅子,午阴嘉树清圆②。地卑山近,衣润费炉烟。人静乌鸢自乐,小桥外、新绿溅溅③。凭阑久,黄芦苦竹,拟泛九江船④。　　年年,如社燕,飘流瀚海,来寄修椽⑤。且莫思身外,长近尊前⑥。憔悴江南倦客,不堪听、急管繁弦⑦。歌筵畔,先安簟枕,容我醉时眠⑧。

【注释】　①溧水,今江苏省南京市溧水区。周邦彦于宋哲宗元祐八年至绍圣三年(1093—1096)为溧水令。无想山,溧水山名。　②"风老莺雏"三句,点出春末夏初时令风光。风老莺雏,仿杜牧《赴京初入汴口晓景即事先寄兵部李郎中》诗:"风蒲燕雏老。"雨肥梅子,用杜甫《陪郑广文游何将军山林》诗:"红绽雨肥梅。"午阴嘉树清圆,本刘禹锡《昼居池上亭独吟》:"日午树阴正。"　③乌莺,乌鸦。陈元龙注引杜甫诗"人静乌莺乐"(今本杜集中无此句)。溅溅,水流之貌。　④"黄芦苦竹"二句:九江,今江西九江市。白居易谪九江司马,作《琵琶行》,有"住近湓城地低湿,黄芦苦竹绕宅生"句。　⑤社燕,燕子春社时来,秋社时去,故称社燕。瀚海,浩瀚之海,与通常称沙漠为瀚海者异。修椽,屋檐下的长椽子,燕子于此作巢。　⑥身外,功名利禄等身外之物。尊,酒杯。"且莫思身外"二句,语本杜甫《绝句漫兴》:"莫思身外无穷事,且尽生前有限杯。"　⑦江南倦客,作者自指。管,箫笛类管乐器。弦,琴瑟类弦乐器。　⑧簟枕,枕席。

【点评】　词写久宦的厌倦,失意的苦闷,状初夏江南景色,均颇有特色。好句多有来源,随手拈来,自然无迹,亦清真手段。

蝶恋花　早行

月皎惊乌栖不定,更漏将阑,辘轳牵金井①。唤起两眸清炯炯②,泪花落枕红绵冷。　执手霜风吹鬓影,去意徊徨③,别语愁难听。楼上阑干横斗柄④,露寒人远鸡相应。

【注释】　①月皎惊乌栖不定,由于月光明亮,使乌鸦栖息不稳,暗喻人亦未曾安睡。庾信《就蒲州刺史乞酒》诗:"乌寒栖不定。"更漏,古人以漏壶滴水计时。阑,尽。更漏将阑,即天将亮。辘轳,井上绞水的滑车。金井,井之美称。天将亮,有人早起汲水,绞车滑动。　②眸,眼珠。炯炯,明亮貌。

此写眼光凝注惊疑之状。　③徊徨,彷徨犹疑之貌。一作"徘徊"。　④阑干,横斜貌。斗,北斗七星。斗柄,指北斗第五星至第七星,突出如斗柄。古乐府《善哉行》:"月落参横,北斗阑干。"

少年游　感旧

并刀如水,吴盐胜雪,纤指破新橙①。锦幄初温,兽香不断,相对坐吹笙②。　低声问:"向谁行宿,城上已三更? 马滑霜浓,不如休去,直是少人行③!"

【注释】　①并刀,古代并州刀剪锋利。并州,今山西太原。吴盐,吴地所产细盐。李白《梁园吟》:"吴盐如花皎白雪。"纤指,女子纤巧的手指。破,剖开。　②幄,帐。兽香,兽形香炉升起的烟香。　③直是,已是,就是。

【点评】　感旧,感念少年时狭邪旧事,此柳永词常见题材。周济《宋四家词选》:"此亦本色佳制也。本色至此便足,再过一分,便入山谷恶道矣。"本色佳制,特指其写恋情大胆细腻,但措词委婉,尚不至于鄙俗。

西　河　金陵怀古①

佳丽地②,南朝盛事谁记? 山围故国,绕清江,髻鬟对起③。怒涛寂寞打孤城,风樯遥度天际④。　断崖树,犹倒倚,莫愁艇子曾系⑤。空馀旧迹。郁苍苍⑥,雾沉半垒。夜深月过女墙来,伤心东望淮水⑦。　酒旗戏鼓甚处市? 想依稀,王谢邻里⑧。燕子不知何世,向寻常巷陌人家相对,如说兴亡斜阳里⑨。

【注释】 ①西河,三段一百零五字,仄韵。金陵,今南京市。 ②佳丽地,即指金陵。谢朓《入朝曲》:"江南佳丽地,金陵帝王州。" ③故国,谓金陵为六朝故都。髻鬟,妇女发型,此喻指两岸青山。 ④风樯,风帆。樯,桅杆。 ⑤断崖,陡峭的山崖。莫愁,传为南朝歌女之名。乐府《莫愁乐》:"莫愁在何处?莫愁石城西。艇子打两桨,催送莫愁来。"《唐书·乐志》:"莫愁乐者,出于石城乐。石城有女子名莫愁,善歌谣。"石城在今湖北钟祥市,地有莫愁湖。唐宋诗词中误以石城为石头城,如此莫愁东移金陵,故今南京亦有莫愁湖。 ⑥郁苍苍,指雾中山树浓郁青苍。曹植《赠白马王彪》诗:"山树郁苍苍。" ⑦女墙,城上矮墙。淮水,指秦淮河。词中"山围故国"以下诸句,隐括刘禹锡《金陵五题·石头城》诗:"山围故国周遭在,潮打空城寂寞回。淮水东边旧时月,夜深还过女墙来!" ⑧王谢,指东晋王氏谢氏。王导佐晋元帝建立东晋,有"王与马,共天下"之称。谢安相孝武帝,抵御苻秦,安定江南,兄弟子侄并居重位。两姓并为东晋、南朝大姓。 ⑨下片隐括刘禹锡《乌衣巷》诗:"朱雀桥边野草花,乌衣巷口夕阳斜。旧时王谢堂前燕,飞入寻常百姓家。"

【点评】《西河》是周美成怀古名作,以善于隐括前人诗句,而浑然一体,不露痕迹,颇得词论家们赞赏。词艺则确乎巧妙,然真情实感毕竟不足。看词句,只见前代诗人在周美成笔下奔走;论思维,则周美成未免为前人奴仆。

张元干

张元干(1091—1170?),字仲宗,自号芦川居士,长乐(今福建省福州市长乐区)人。钦宗靖康元年(1126)曾为李纲行营属官。绍兴初官至将作少监。秦桧当权,弃官而归。晚年寓居三山(今属福建)。卒于孝宗乾道间,已年近八十。

宋代豪放派词人以苏辛为代表。张元干上继东坡而下开稼轩,是承先启后的人物,正是因为他跨越了两个时代。周必大《益公题跋》谓张元干"在政和、宣和间已有能乐府声"。那正是周邦彦独擅词坛的时代,但他们风神各异。毛晋《芦川词跋》谓"芦川词,人称其长于悲愤。及读花庵、草堂所选,又极妩秀之致,真堪与片玉、白石并垂不朽。"《四库全书总目·〈芦川词〉提要》以《贺新郎》二阕为集中压卷,谓"其词慷慨悲凉,数百年后,尚想其抑塞磊落之气。然其他作,则多清丽婉转,与秦观、周邦彦可以肩随。"这些评论并不完全正确。芦川词即使是前期"清丽婉转"之作,亦喷薄出清雄俊爽之气,与秦的感伤、周之密丽,以及后来姜之凄怨,都不相同。南渡以后,张元干面对破碎的河山,忠义愤发,慷慨悲歌,是南宋初期最为激越的声音。其词艺亦已炉火纯青,既激扬嫖怒,又历练沉着。代表作《贺新郎》二阕,是南渡爱国豪词的第一通怒吼。翻开了词史上新的一页。有《芦川词》。

石州慢①

己酉秋吴兴舟中。②

雨急云飞,鳖然惊散③,暮天凉月。谁家疏柳低迷④,几点流萤明灭。夜帆风驶,满湖烟水苍茫,菰蒲零乱秋声咽⑤。梦断酒醒时,倚危樯清绝⑥。　　心折,长庚光怒:群盗纵横,逆胡猖獗⑦。欲挽天河,一洗中原膏血⑧。两宫何处⑨?塞垣只隔长江,唾壶空击悲歌缺⑩。万里想龙沙,泣孤臣吴越⑪!

【注释】　①石州慢,又名"石州引""柳色黄"。双调一百零二字,仄韵。　②己酉,宋高宗建炎三年(1129)。吴兴,今浙江湖州。是年金兵大举南侵,宋高宗自扬州渡江南逃,长江以北完全失守。词即诗人南奔吴兴舟中所作。　③鳖然,很快掠过。　④低迷,迷茫之貌。　⑤苍茫,茫无际涯之貌。菰蒲,两种水生草本植物。秋声咽,指风动菰蒲萧瑟。　⑥危樯,高耸的桅杆。　⑦心折,令人心惊。江淹《别赋》:"使人意夺神骇,心折骨惊。"长庚,即金星。群盗,指趁机作乱的叛贼,如刘豫等人。逆胡,指金人。猖獗,猖狂骄纵。　⑧天河,银河。杜甫《洗兵马》:"安得壮士挽天河,净洗甲兵长不用。"中原膏血,指中原人民大量死亡,血沃原野。　⑨两宫,指宋徽宗、钦宗。靖康二年(1127),金兵下汴京,虏徽、钦二帝北去。　⑩塞垣,边城、边塞。北方边塞原甚遥远,今中原沦陷,长江即成了边塞。唾壶空击,刘义庆《世说新语·豪爽》:"王处仲(王敦)每酒后,辄咏'老骥伏枥,志在千里;烈士暮年,壮心不已'。以如意打唾壶,壶口尽缺。"

⑪龙沙,《后汉书·班超传赞》:"定远慷慨,专功西遐;坦步葱雪,咫尺龙沙。"李贤注:"葱岭雪山,白龙堆沙漠也。"此泛指塞外。想龙沙,即想徽、钦二帝北行道路。孤臣,词人自指。吴越,泛指江浙,此即指吴兴。

贺新郎 寄李伯纪丞相①

曳杖危楼去,斗垂天,沧波万顷,月流烟渚②。扫尽浮云风不定,未放扁舟夜渡。宿雁落寒芦深处。怅望关河空吊影,正人间鼻息鸣鼍鼓③。谁伴我,醉中舞④? 十年一梦扬州路⑤。倚高寒,愁生故国,气吞骄虏⑥。要斩楼兰三尺剑,遗恨琵琶旧语,谩暗涩铜华尘土⑦。唤取谪仙平章看,过苕溪尚许垂纶否⑧?风浩荡,欲飞举⑨!

【注释】 ①李伯纪丞相,李纲(1083—1140),字伯纪,邵武(今属福建)人,宋代抗金名臣。靖康二年,金兵侵围汴京,以尚书右丞任亲征行营使,坚主抗战,反对迁都,为主和派所排挤。高宗即位后为丞相,整军经武,力图恢复,执政仅七十天即被罢官。绍兴八年(1138),宋金和议定局,高宗向金拜表称臣,李纲上书反对无效。是年十一月,张元干以此词寄李纲,表示对他的支持和钦敬。 ②危楼,高楼。斗垂天,北斗星高垂于天际。烟渚,笼罩着雾气的洲渚。 ③鼻息鸣鼍鼓,鼾声像鼍鼓一样响。鼍鼓,鼍皮所制的鼓。"怅望关河"二句,有黑夜沉沉,众人皆醉之意。 ④"谁伴我"二句,有非君莫与为伴之意。暗用祖逖、刘琨故事。西晋末祖逖与刘琨都有志恢复中原,尝同被共寝,夜半闻鸡声,即起舞剑。见《晋书·祖逖传》。　　⑤十年一梦扬州路,建炎元年(1127),宋高宗在南京(今河南商丘)称帝,以李纲为相,图谋恢复。金兵南侵,高宗匆匆逃往扬州,不久又渡江南逃。建炎三年(1129),金兵占领扬州,到张元干作此词,已有十年。十年一梦扬州,字面用杜牧《遣怀》诗"十年一觉扬州梦"句,取义完全不同。　　⑥高寒,即指危楼,既高且寒。词本苏轼《水调歌头》"惟恐琼楼玉宇,高处不胜寒"。故国,指沦于金人的中原地区。骄虏,指金人。　　⑦"要斩楼兰"句:楼兰,汉代西域国名,故址在今新疆罗布泊西。汉昭帝元凤四年(前77),傅介子出使西域,以计斩楼兰王安归,以功封侯。见《汉书·傅常郑甘陈段传》。"遗恨琵琶"句,用王昭君事,喻朝廷屈辱求和。据传王昭君被迫出塞和亲,马上弹琵琶。琵琶曲中有《昭君怨》。杜甫《咏怀古迹》诗:"千载琵琶作胡语,分明怨恨曲中论。"谩,徒然。暗涩铜华,指剑上长了铜锈,变暗变涩。尘土,亦指铜锈成土。三句意谓,抗金志士欲奋身杀敌,无奈朝廷屈辱求和,使志士的宝剑徒生铜锈,无用武之地。⑧谪仙,唐贺知章称李白为谪仙人,此代指李白。平章,评论。苕溪,源出浙西天目山,流经吴兴注入太湖。垂纶,垂钓。纶,钓丝。二句意谓,试请谪仙评论,国家如此危急,过苕溪尚许平安垂钓否?　　⑨"风浩荡,欲飞举",与上片危楼怅望呼应。

贺新郎　送胡邦衡待制赴新州①

梦绕神州路,怅秋风,连营画角,故宫离黍②。底事昆仑倾砥柱,九地黄流乱注③?聚万落千村狐兔④!天意从来高难问,况人情老易悲难诉⑤!更南浦,送君去⑥! 凉生岸柳催残暑,耿斜河⑦,疏星淡月,断云微度。万里江山知何处,回首对床夜语⑧。雁不到,书成谁与⑨?目尽青天怀今古,肯儿曹恩怨相尔汝⑩?举大白,听金缕⑪!

【注释】 ①胡邦衡待制,胡铨(1102—1180),字邦衡,号澹庵,庐陵(今江西吉安)人。宋高宗朝,官枢密院编修。绍兴八年(1138),秦桧再入相,遣王伦为计议使,与金国议和。胡铨坚决反对,上书请斩王伦、秦桧、孙近。疏入,贬福州签判。绍兴十二年(1142),又予除名,送新州编管。新州,今广东新兴县。张元干作此词送行。 ②神州,通常称中国,此特指中原地区。怅,哀伤。画角,有彩饰的军中号角。故宫,指北宋首都汴京(今河南开封)的宫殿。离黍,《诗·王风·黍离》:"彼黍离离,彼稷之苗。行迈靡靡,中心摇摇。"诗序谓:"黍离,闵宗周也。周大夫行役至于宗周,过故宗庙宫室,尽为禾黍,闵周室之颠覆,彷徨不忍去而作是诗也。"后世常用"黍离""离黍"表示故国之思。 ③底事,何事,为什么。昆仑倾砥柱,《神异经》:"昆仑之山,有铜柱焉,其高入天,所谓天柱也。"《淮南子·天文训》:"昔者共工与颛顼争为帝,怒而触不周之山,天柱折,地维绝。"(黄河三门峡中有小石岛称中流砥柱,然"昆仑倾砥柱"需用上引二典始能讲通,与三门峡砥柱石无关。)九地,九州之地,遍地。黄流乱注,黄河泛滥。二句喻金兵南下,中原沦陷。 ④狐兔,指金人。

⑤"天意"二句,谓统治者的意图无法理解,而人生易老,悲哀难以申诉,实即对宋高宗的屈辱求和表示愤慨。此二句化用杜甫《暮春江陵送马大卿公恩命追赴阙下》诗:"天意高难问,人情老易悲。"　⑥南浦,泛指送别之地。江淹《别赋》:"送君南浦,伤如之何!"　⑦耿,明亮。斜河,指天河。　⑧万里江山知何处,谓胡铨远谪,江山万里,知身向何方。回首对床夜语,谓回想往日相聚之时。韦应物《示全真元常》诗:"宁知风雨夜,复此对床眠。"白居易《雨中招张司业宿》诗:"能来同宿否?听雨对床眠。"　⑨"雁不到"二句:古人谓鸿雁传书,今新州极远,雁所不到,纵书成亦无可托付,音讯难通。⑩"目尽青天"二句,为鼓励胡铨之语,谓眼光需越过寥阔的空间与长远的时间,因此无须作儿女之态。"儿曹恩怨"语本韩愈《听颖师弹琴》诗:"昵昵儿女语,恩怨相尔汝。"　⑪大白,大酒杯。金缕,即贺新郎,此曲又名"金缕曲"。

【点评】"梦绕神州路",是整个南宋一代爱国诗人的创作主题和促使他们发扬蹈厉的精神境界。

叶梦得

叶梦得(1077—1148),字少蕴,苏州吴县(今江苏苏州)人。宋哲宗绍圣四年(1097)进士,官至龙图阁直学士,知汝州、蔡州,移帅颍昌府。南渡后两任江东安抚大使,兼知建康府。颇致力于防务及军饷供应,是主战派大臣。绍兴十八年(1148)卒,年七十二。

叶梦得与张元干同时,经历了北宋灭亡的重大变故,其词风转变亦颇相同,都在晚年才大放光辉。关注《题石林词》谓"其词婉丽,绰有温、李之风。晚年落其华而实之,能于简淡时出雄杰,合处不减靖节、东坡之妙"。冯煦《宋六十一家词选例言》谓:"所著《石林诗话》,阴抑苏、黄,而其词顾挹苏氏之馀波,岂此道与所问学固多歧出耶?"评论家们都注意到了苏词对叶梦得的影响。叶的作品不像张元干那样慷慨激烈而较为婉转深沉。有《石林词》。

八声甘州　寿阳楼八公山作①

故都迷岸草,望长淮,依然绕孤城②。想乌衣年少,芝兰秀发,戈戟云横③。坐看骄兵南渡,沸浪骇奔鲸④。转盼东流水⑤,一顾功成。　　千岁八公山下,尚断崖草木,遥拥峥嵘⑥。漫云涛吞吐⑦,无处问豪英。信劳生空成今古,笑我来何事怆遗情⑧?东山老,可堪岁晚,独听桓筝⑨?

【注释】　①寿阳,即寿春,东晋曾名寿阳,今安徽寿县。

晋孝武帝太元八年（383），前秦苻坚率九十万大军南侵。晋宰相谢安命谢玄等率北府兵迎战，在洛涧大破秦军前哨。苻坚登寿阳城望晋军，"见晋军部阵严整，又望八公山上草木，皆以为晋兵"，怃然始有惧色。之后谢玄等大败秦兵于淝水。词即咏此古迹，当作于绍兴三年（1133），时叶梦得任江东安抚大使兼知建康府并寿春等六州安抚使。当时金兵南逼，中原都已沦陷，怀古思今，笔下自别有感慨。　②故都，即指寿春，战国时楚考烈王迁都于此，仍名郢。长淮，淮河。　③乌衣年少，指谢玄等人。东晋王导、谢安等大族家居建康乌衣巷（在今南京市东南），人称乌衣子弟。淝水之战中，谢安弟谢石，侄谢玄、子谢琰等，建立功勋，时都尚年轻。芝兰，香草，比喻佳子弟。《晋书·谢安传》："安尝戒约子侄，因曰：'子弟亦何豫人事，而正欲使其佳？'诸人莫有言者。玄答曰：'譬如芝兰玉树，欲使其生于庭阶耳。'"秀发，茂盛。语本《诗经·大雅·生民》"实发实秀"。芝兰秀发，喻谢玄等风华卓茂。戈戟云横，亦喻谢玄等才能俊异。《晋书·裴楷传》，裴楷谓见钟会"如观武库森森，但见矛戟在前"。自亦可联系所统晋军部伍严整，戈戟如云。　④骄兵，指苻坚的军队。苻坚自恃兵多，曾自夸"以吾之众旅，投鞭于江，足断其流"。奔鲸，喻苻坚。谢朓《和王著作融八公山》诗："长蛇固能剪，奔鲸自此曝。"李善注："奔鲸，喻坚也。"　⑤转眄，回头看。　⑥千岁，概而言之，淝水之战至作者制此词约七百五十余年。断崖，陡峭的山崖。峥嵘，山峻高貌，代指高山。　⑦漫，徒然。　⑧信，诚然。劳生，劳苦的人生。怆，感伤。遗情指思怀往事。　⑨东山老,指谢安。桓筝,《晋书·桓伊传》载:谢安晚年为孝武帝所忌,渐见疏远。帝召桓伊宴饮,谢安侍坐。桓伊为抚筝而歌《怨诗》曰:"为君既不易,为臣良独难。忠信事不显,乃有见疑患。周旦佐文武,金縢功不刊。推心辅王政,二叔反流言。"声节慷慨,俯仰可观。谢安泣下沾襟,帝亦甚有愧色。词写谢安晚年境遇,作者亦自抒其感慨。

水调歌头

秋色渐将晚,霜信报黄花①。小窗低户深映,微路绕欹斜②。为问山公何事,坐看流年轻度,拚却鬓双华③?徙倚望沧海④,天净水明霞。　念平昔⑤,空飘荡,遍天涯。归来三径重扫⑥,松竹本吾家。却恨悲风时起,冉冉云间新雁,边马怨胡笳⑦。谁似东山老,谈笑净胡沙⑧!

【注释】①霜信报黄花,实即黄花报霜信,黄花开罢,霜节即到。　②"小窗"句,连上句理解,即黄花深映小窗低户。微路,小路。欹斜,曲折斜行。　③山公,指晋代山简,字季伦,永嘉时任征南将军,都督荆、湘、交、广四州军事,镇襄阳。好饮酒,人称山公。见《晋书·山简传》。作者用以自指。鬓双华,两鬓花白。　④徙倚(xǐ yǐ),徘徊貌。　⑤平昔,犹平生,往日。　⑥三径,陶渊明《归去来辞》:"三径就荒,松竹犹存。"　⑦悲风,寒风。冉冉,舒缓渐进之貌。胡笳,一种管乐器,古代北方少数民族所用。"却恨"三句,写悲风时起,见北雁南归,想到北边外敌侵扰,正边马嘶鸣,胡笳互起。

⑧"谁似"二句：东晋谢安，字安石，曾隐居会稽东山。后出任宰相，淝水之战时，他镇定指挥，战胜苻秦百万大军。李白《永王东巡歌》："但用东山谢安石，为君谈笑净胡沙。"句意谓有谁能似谢安石，能够谈笑净胡沙。

【点评】"徙倚望沧海，天净水明霞"，平静中有大不平静，个中蕴涵有无限沉思。下片即宛转回环道出："念平昔，空飘荡，遍天涯"，叹往日年华虚度。"归来三径重扫"二句，强作自慰之语。"却恨悲风时起"三句，属外敌侵凌，中原涂炭，不得自己。"谁似东山老，谈笑净胡沙"，希望有人能北净胡沙，实自身有志不能伸展的慨叹。

陈与义

陈与义(1090—1138),字去非,号简斋,洛阳(今河南洛阳)人。登宋徽宗政和三年(1113)第,官太学博士。金人陷汴京,避乱襄汉,转湖湘,逾岭峤。绍兴元年(1131),迁中书舍人,拜吏部侍郎,官至参知政事。绍兴八年(1138)卒,年四十九。陈与义是南渡之际有名诗人,后期多感叹家国之作。有《简斋诗集》,附《无住词》十八首。

临江仙　夜登小阁忆洛中旧游

忆昔午桥桥上饮①,坐中多是豪英。长沟流月去无声。杏花疏影里,吹笛到天明。　　二十馀年如一梦,此身虽在堪惊。闲登小阁看新晴②。古今多少事,渔唱起三更!

【注释】　①午桥,在洛阳。《新唐书·裴度传》载,裴度晚年居洛阳,在午桥作别墅,与白居易、刘禹锡诗酒悠游,即其地。《大清一统志·河南府》:"午桥庄在洛阳县南十里。"②新晴。雨后新晴,此指夜晴。

【点评】　此陈与义南来以后回忆年青时洛中旧事。"二十馀年如一梦",此中饱含着山河破碎之恨,身世流离之悲。可惜诗人只是慨叹而已,较之张元干的慷慨愤呼,似不可比拟。

词中"杏花疏影里,吹笛到天明"二句,为历代评论家所激赏。以刘熙载分析最为中肯。刘云:"此因仰承'忆昔',俯注'一梦',故此二句不觉豪酣,转成怅惋,所谓好在句外者也。倘谓现在如此,则骇甚矣。"杏花疏影里,吹笛到天明,境界原甚美好;而事后回思,更使人神往;况饱历乱离之后,追思往日,自更令人魂销肠断。所谓"转成怅惋"者,即由于此。

李清照

李清照(1084—1151以后),号易安居士,济南(今山东济南)人。父李格非,礼部员外郎。清照年十八,适诸城赵明诚,夫妻感情甚笃。明诚为金石学家,著《金石录》。明诚知青州、莱州,易安均从行。靖康二年(1127),明诚奔母丧于金陵,半弃所藏。其年十二月,金人陷青州,火其书十余屋。建炎二年(1128),明诚起知江宁府。三年,明诚罢,将家于赣水。四月,高宗如江宁,诏明诚知湖州。明诚赴行在,感暑病疟,八月病卒。绍兴元年(1131),易安流亡至越,二年至杭,作《金石录后序》,时年五十有一。晚年流寓金华,凄悲穷戚,卒时已年过七十。

宋词通常分为婉约、豪放两派,但只是大体而言,并不能笼盖所有词人。人们通常把李清照归为婉约一派,其实并不完全准确。李清照前期有些词,如《如梦令》《渔家傲》等,写得相当豪迈。她抒写爱情的词,表现了这位女性词人发自内心的爱,既率真又含蓄,与柳永、周邦彦等歌楼舞馆的歌吟完全不同。南渡以后,清照饱尝颠沛流离的困苦与凄怆,词也就集中写她国破家亡的悲伤与哀思,令人不忍卒读。易安词语言极富创造性,常以日常口语入词,而又自然典雅,无牵合痕迹。南宋没有人继承这一传统,后来更逐渐趋于雕琢,实在令人遗憾。李清照作为女词人,不仅在宋代首屈一指,即在整个中国诗史上也是无人可比的。有《漱玉词》,为后人辑本。

如梦令①

常记溪亭日暮,沉醉不知归路。兴尽晚回舟,误入藕花深处。争渡,争渡,惊起一行鸥鹭。

【注释】 ①如梦令,即"忆仙姿",传为后唐庄宗自制曲,由词中有"如梦如梦,残月落花烟重",因亦称"如梦令"。单调三十三字,仄韵。

如梦令

昨夜雨疏风骤,浓睡不消残酒。试问卷帘人①,却道"海棠依旧"。"知否,知否,应是绿肥红瘦②?"

【注释】 ①卷帘人,当指侍女。 ②绿肥红瘦,谓绿叶多了,红花少了。

渔家傲

天接云涛连晓雾,星河欲转千帆舞①。仿佛梦魂归帝所②。闻天语,殷勤问我归何处? 我报路长嗟日暮,学诗谩有惊人句③。九万里风鹏正举,风休住,蓬舟吹取三山去④!

【注释】 ①星河,银河。 ②帝所,天帝所居之地。③报,回答。嗟,叹。路长嗟日暮,《楚辞·离骚》:"欲少留此灵琐兮,日忽忽其将暮。""路漫漫其修远兮,吾将上下而求索。"学诗谩有惊人句,杜甫《江上值水如海势聊短述》:"为人性僻耽佳句,语不惊人死不休。" ④九万里风鹏正举,《庄子·逍遥游》:"北冥有鱼,其名为鲲。鲲之大不知其几千里也。化而为鸟,其名为鹏。""鹏之徙于南冥也,水击三千里,抟扶摇而上者九万里。"蓬舟,张帆的船。三山,传为海上三神山,即蓬莱、方丈、瀛洲。《史记·封禅书》:"自威、宣、燕昭使人入海,求蓬莱、方丈、瀛洲。此三神山者,其传在勃海中,去人不远,患且至则船风引而去。盖尝有至者,诸仙人及不死之药皆在焉。其物禽兽尽白,而黄金银为宫阙。"

【点评】 此梦天词,极为豪迈奔放,表现出词人对理想的追求,是宋词中极其罕见的作品。

一剪梅①

红藕香残玉簟秋②,轻解罗裳,独上兰舟。云中谁寄锦书来?雁字回时,月满西楼。　　花自飘零水自流,一种相思,两处闲愁。此情无计可消除,才下眉头,却上心头③。

【注释】 ①一剪梅,由周邦彦词"一剪梅花万样娇"得名,又因易安此词而称为"玉簟秋"。双调六十字,平韵。　　②红藕,荷花。玉簟,清凉的席子。秋,秋凉。　　③"才下"二句,刚刚展开眉头,心里又重新想起。范仲淹《御街行》:"都来此事,眉间心上,无计相回避。"

【点评】 元伊世珍《琅嬛记》卷中:"赵明诚、易安结缡未久,明诚即负笈远游,易安殊不忍别,觅锦帕,书一剪梅词以送之。"揣词意,当是别后寄赠之作。

醉花阴①

薄雾浓云愁永昼,瑞脑消金兽②。佳节又重阳,玉枕纱厨,半夜凉初透③。　　东篱把酒黄昏后,有暗香盈袖④。莫道不消魂,帘卷西风,人比黄花瘦⑤。

【注释】　①醉花阴,双调五十二字,仄韵,以李清照此词最为有名。　②瑞脑,香名。段成式《酉阳杂俎》:"天宝末,交趾贡龙脑,如蝉蚕形。波斯言老龙脑树节方有。禁中呼为瑞龙脑。上唯赐贵妃十枚,香气彻十余步。"金兽,指兽形铜香炉。瑞脑消金兽,即瑞脑消于金兽。　③重阳,阴历九月九日为重阳节。玉枕,枕之美称。纱厨,纱帐。　④东篱,陶渊明《饮酒》诗:"采菊东篱下,悠然见南山。"暗香,指菊花香气。　⑤黄花,菊花。

【点评】《琅嬛记》:"易安以重阳醉花阴词函致明诚。明诚叹赏,自愧弗逮,务欲胜之,一切谢客,忘食废寝者三日夜,得五十阕,杂易安作以示友人陆德夫。德夫玩之再三,曰:'只三句绝佳。'明诚诘之,答曰:'莫道不消魂,帘卷西风,人比黄花瘦。'政易安作也。"三句之所以"绝佳",在于比喻贴切新巧,既适于时令,又切合人物,特别是增强了形象的美。

评论家们多赞赏下片,其实本词上片亦颇有情致。"薄雾浓云愁永昼,瑞脑消金兽",写出了夫君不在的寂寞。"佳节又重阳,玉枕纱厨,半夜凉初透",正是夫妻好会良宵,词语极其含蓄,意在言外;与"低声问,向谁行宿,城上已三更",又自有闺阁青楼之别。

声声慢①

寻寻觅觅,冷冷清清,凄凄惨惨戚戚②。乍暖还寒时候,最难将息③。三杯两盏淡酒,怎敌他,晚来风急!雁过也,正伤心,却是旧时相识。　　满地黄花堆积,憔悴损,如今有谁堪摘!守着窗儿,独自怎生得黑?梧桐更兼细雨,到黄昏点点滴滴。这次第④,怎一个愁字了得?

【注释】①声声慢,双调九十七字,亦有九十九字者;仄韵,例用入声,亦有用平韵者。以李清照本词最有名。　②寻寻觅觅,心情如有所失之貌。戚戚,忧貌。　③将息,调养、休息之意。　④这次第,犹言这情形,这光景。

【点评】《声声慢》为易安后期名作。归雁黄花,梧桐细雨,一片深秋的景色,衬出作者内心的无限凄怆,"守着窗儿,独自怎生得黑?"其寂寞凄凉之状,令人不堪卒读。词的语言极有特色。开头连用十四个叠字,把内心的愁苦吐露无遗,造句甚奇,却不觉做作,后人仿造无一成功之作。运用口语,而无损其典雅工稳,无凑合痕迹,在有宋词人中最为奇崛。

武陵春①

风住尘香花已尽②,日晚倦梳头。物是人非事事休,欲语泪先流。　　闻说双溪春尚好③,也拟泛轻舟。只恐双溪舴艋舟④,载不动,许多愁。

【注释】　①武陵春,通常双调四十八字,易安所作下片末句多一字,平韵。　②尘香,花落成尘,故尘土亦香。③双溪,水名,在浙江金华境。　④舴艋(zé měng)舟,形似蚱蜢的小舟。

【点评】 此易安晚年流寓金华时所作。

永遇乐①

落日熔金,暮云合璧,人在何处②? 染柳烟浓,吹梅笛怨③,春意知几许? 元宵佳节,融和天气,次第岂无风雨④? 来相召,香车宝马,谢他酒朋诗侣。　　中州盛日,闺门多暇,记得偏重三五⑤。铺翠冠儿,捻金雪柳,簇带争济楚⑥。如今憔悴,风鬟雾鬓⑦,怕见夜间出去。不如向帘儿底下,听人笑语。

【注释】 ①永遇乐(lè),双调一百零四字,仄韵,南宋有用平韵者。　②落日熔金,指夕阳照在水面如熔化金属。廖世美《好事近》词:"落日水熔金。"璧,玉器。　③吹梅笛怨,笛有《梅花落》曲。　④次第,接着,转眼。　⑤中州,此指北宋首都汴京(今开封市)。偏重三五,特别重视元宵。[重,音须读阳平。平去二声义本相通。我师胡芝湘先生说,此"重"字为重复之意,特指宋徽宗政和六年(1116)闰正月。见解可谓独到,然亦只备一说。]　⑥铺翠冠儿,粘贴翡翠的帽子。《乐府雅词·拾遗》卷下载无名氏《南歌子》:"戴顶烧香铺翠小冠儿。"捻金雪柳,用金线捻丝的头上装饰。周密《武林旧事》卷二:"元夕节物,妇人皆戴珠翠、闹娥、玉梅、雪柳、菩提叶、灯球。"陈元靓《岁时广记》引《岁时杂记》:"都城仕女有神戴灯球,灯笼大如枣栗,加珠茸之类。又卖玉梅、雪梅、雪柳、菩提叶及蛾蜂儿等,皆缯楮为之。"又引古词云:"金铺翠,蛾毛巧,是工夫不少。闹蛾儿拣了蜂儿卖,卖雪柳,宫梅好。"簇带,密密插戴。济楚,整齐美丽。　　⑦风鬟雾鬓,指鬓发散乱。

岳 飞

岳飞(1103—1142),字鹏举,相州汤阴(今河南汤阴)人,南宋抗金名将。世业农耕,家贫好学。宣和四年(1122)应募投军,旋隶属宗泽留守开封,甚得宗泽赏识。高宗时屡破金兵,以恢复为己任,反对和议。绍兴十年(1140)大败金兵于郾城。秦桧以岳飞不死,则和议不成。绍兴十一年冬十二月二十九日(1142年1月27日)以"莫须有"罪名被杀害,年仅三十九岁。孝宗时,诏复岳飞官爵,谥武穆。岳飞为一代奇才,不仅善于用兵,且善文辞,所作诗、词、散文,均自抒怀抱,慷慨激昂,忠义奋发,惜传作不多。

满江红①

怒发冲冠,凭阑处,潇潇雨歇②。抬望眼,仰天长啸,壮怀激烈。三十功名尘与土,八千里路云和月③。莫等闲④,白了少年头,空悲切。　　靖康耻⑤,犹未雪;臣子恨,何时灭。驾长车踏破,贺兰山缺⑥。壮志饥餐胡虏肉,笑谈渴饮匈奴血⑦。待从头收拾旧山河,朝天阙⑧。

【注释】　①满江红,双调九十三字,仄韵,例用入声韵,以岳飞此阕最有名。姜夔创有平韵"满江红"。　　②怒发冲冠,形容盛怒之极。《史记·廉颇蔺相如列传》:"相如因持璧却立,倚柱,怒发上冲冠。"凭,倚靠。潇潇,雨声。　　③三十功名尘与土,言三十年华,功名微不足道;岳飞所谓功名,指抵御敌人,恢复国土,建功立业。八千里路云和月,言转战数千里,道路极尽艰辛。　　④等闲,轻易,随便。　　⑤靖康耻,指宋钦宗靖康二年(1127),金兵攻破汴京,虏徽、钦二帝北去,中原相继沦陷。　　⑥贺兰山,在宁夏西北边境和内蒙古接界处。山形遥望如骏马,"贺兰"蒙语为骏马之意。此泛指金人边境。缺,山口。　　⑦胡虏,匈奴,并指金统治者。⑧天阙,指皇帝宫殿。

满江红　登黄鹤楼有感①

　　遥望中原,荒烟外,许多城郭。想当年,花遮柳护,凤楼龙阁②。万岁山前珠翠绕,蓬壶殿里笙歌作③。到而今铁骑满郊畿,风尘恶④!　　兵安在?膏锋锷⑤。民安在?填沟壑。叹江山如故,千村寥落⑥。何日请缨提锐旅,一鞭直渡清河洛⑦。却归来再续汉阳游,骑黄鹤。

【注释】①黄鹤楼,故址原在武昌蛇山黄鹄矶头,今武汉长江大桥武昌桥头。始建于孙吴黄武二年(223),历代多次重建。武汉长江大桥建成后,移建于蛇山上,为武汉名胜。宋高宗绍兴六年(1136),岳飞曾驻军鄂州,即今湖北武昌,今武昌蛇山上有岳飞像碑亭。　　②凤楼龙阁,指汴京皇宫楼阁。③万岁山,一名艮岳,宋徽宗政和年间建于汴京北隅。《续资治通鉴》卷九十四载:万岁山"周十馀里,运四方奇花异石置其中,千岩万壑,麋鹿成群,楼观台殿,不可胜计"。蓬壶殿,指汴京宫殿,汴京有蓬莱殿。　　④铁骑,指金兵。郊畿,指汴京城郊。畿,京师管辖之地。风尘,喻战乱。　⑤膏,血污。锋锷,指刀剑。　⑥寥落,稀少荒凉之貌。　⑦请缨,《汉书·终军传》:"南越与汉和亲,乃遣军使南越,说其王,欲令入朝,比内诸侯。军自请:'愿受长缨,必羁南越王而致之阙下。'"缨,长绳。此以"请缨"为请命之意。提锐旅,统帅精锐部队。河洛,黄河与洛水。清河洛,意即恢复中原。

【点评】　诗艺贵真。岳武穆《满江红》二阕,直是狂怒愤呼,其破敌恢复之志,吐露无遗,即在南渡爱国豪词中亦独树一帜,无可比拟。粗犷之极而不觉其率露,激烈之极而不觉其叫嚣,即在其感情真挚故也。

朱敦儒

朱敦儒(1081—1159),字希真,洛阳(今河南洛阳)人。早年以布衣而"有朝野之望"。避乱客南雄州。绍兴二年(1132),诏赴行在,赐进士出身,为秘书省正字,俄兼兵部侍郎,迁两浙东路提点刑狱。绍兴十九年(1149)上疏请归,许之。后秦桧当国,除敦儒鸿胪少卿。桧死之后,敦儒亦废。晚居嘉禾以终,卒年七十九。朱敦儒词多抒写其闲适之趣,然南渡以后,感时念乱,不无家国之恨。"万里东风,国破山河落照红。"(《减字木兰花》)"万里烟尘,回首中原泪满巾!"(《采桑子》)这些词句,深切感人,我们不必因其和秦桧的关系而加以否定。所作词旨明畅,语句清新,其才华器宇,方之张元干自不足,拟之叶梦得似有馀。有《樵歌》三卷,又名《太平樵唱》。

水龙吟

放船千里凌波去,略为吴山留顾①。云屯水府,涛随神女,九江东注②。北客翩然③,壮心偏感,年华将暮。念伊嵩旧隐,巢由故友,南柯梦,遽如许④! 回首妖氛未扫,问人间、英雄何处⑤?奇谋报国,可怜无用,尘昏白羽⑥!铁锁横江,锦帆冲浪,孙郎良苦⑦!但愁敲桂棹,悲吟梁父,泪流如雨⑧!

【注释】 ①吴山,泛指吴地的山。 ②"云屯"三句,"云"与"涛"互文备义,如云之涛。水府,水神所住之地。神女,江上女神。宋玉《神女赋》《高唐赋》都写到巫山神女,此系泛指,不可拘泥。九江,指大江。九,言其为众水所汇。③北客,作者自指。翩然,轻举之貌。一作"苍颜"。　　④伊,伊阙山,在今河南洛阳市南。嵩,嵩山,在今河南登封市北。巢由,巢父和许由,据传为尧时隐士,喻故山旧友。南柯梦,唐李公佐《南柯太守传》叙淳于棼梦至槐安国,国王妻以公主,任为南柯太守,在郡二十馀年,备极荣华,后因公主亡故,罢任还京,被王遣回本里。醒后方知是一场梦。遽,急遽,迅速。如许,如此。"念伊嵩"四句,回思往日生活,同游旧友,如南柯一梦,竟然如此迅急。此北宋沦亡之后,作者流离南国,故感慨至为深沉。　　⑤妖氛,指金人入侵,中原沦陷。"问人间,英雄何处?"叹息人间没有英雄,实自寓怀才不遇、有志难伸之意,观下三句可知。　　⑥白羽,白羽箭。有箭未能用以射敌,而一任灰尘昏暗。张孝祥《六州歌头》云:"念腰间箭,匣中剑,空埃蠹,竟何成!"用意正同。一说,白羽,指白羽扇,如诸葛亮以白羽扇指挥战争。尘昏白羽,即未能用以指挥,亦通。"奇谋"三句,言欲以奇谋报国,可怜不被任用,故一任尘昏白羽。　　⑦"铁锁"三句:据传晋武帝派王濬率水军东下伐吴,东吴用铁锁链横断江面,欲以阻挡晋军楼船。晋军用火烧断铁锁,东下建业,吴主孙皓投降。见《资治通鉴》卷八十一。锦帆,船的美称。孙郎,指孙皓。良苦,谓用心良苦。此以孙吴喻南宋。"孙郎良苦",貌似同情,实为讽刺,以其消极防御,未免于灭亡。暗含谴责南宋统治者未能积极御敌之意。　　⑧"愁敲桂棹"三句,主语是诗人自我。桂棹,桨的美称。梁父，据传诸葛亮好为《梁父吟》。作者隐以诸葛自比。

临江仙

直自凤凰城破后，擘钗破镜分飞①。天涯海角信音稀。梦回辽海北，魂断玉关西②。　　月解重圆星解聚，如何不见人归？今春还听杜鹃啼③。年年看塞雁，一十四番回④！

【注释】①直自，自从。凤凰城，指京城。凤凰城破，指靖康二年(1127)金兵攻破汴京，北宋灭亡。擘(bò)钗破镜，爱人在乱离中分别时擘断金钗，破开铜镜，各留一半作纪念，并作为他日会合时的信物。擘钗，白居易《长恨歌》："钗留一股合一扇，钗擘黄金合分钿。"破镜，孟棨《本事诗》载：南朝陈将亡时，驸马徐德言预料妻乐昌公主将被人虏去，乃破一铜镜，各执一半。并约定倘若被迫分离，将来在正月十五日卖镜于市，以相探讯。陈亡，公主为杨素所得。徐德言至京城，正月十五日遇一人叫卖破镜，与所藏半镜相合。遂题诗云："镜与人俱去，镜归人未归。无复姮娥影，空留明月辉！"公主得诗，悲泣不食。杨素知之，召德言还其妻，使回江南终老。②辽海，辽河。玉关，玉门关。并泛指塞外。　③杜鹃，即子规，常于春夜啼鸣，其啼声似作"不如归去"。　④"年年"二句：塞雁，雁自北方边塞飞来，故称塞雁。传雁可传书，见塞雁南来，因盼远人音讯。一十四番回，则词当作于绍兴十年(1140)。

【点评】本词所写，为靖康之难后，一对夫妻被迫分离的悲剧。爱人被虏北去,主人公流落天涯,盼望了一十四年而依然不见人归。南渡之际,反映国破家亡之痛的词作甚多,而写出如此沉痛悲剧者却罕见,是否诗人自身的遭遇则不得而知。古代评论家喜欢将恋情附会君国,因此或谓"如何不见人归"为怀念徽、钦二帝,实属不伦不类。今人或谓此写乱离中广大人民的遭遇。其实写个体不比写群体意义差小,刻画典型的价值是远过于泛泛叙述的。

相见欢①

金陵城上西楼②,倚清秋,万里夕阳垂地大江流。中原乱,簪缨散③,几时收?试倩悲风吹泪过扬州④!

【注释】 ①相见欢,又名"乌夜啼"。 ②金陵,今南京市。 ③簪,插发的首饰。缨,系帽的丝绳。指贵族帽饰,因亦代指官家世族。 ④倩,请,托。扬州,在江北,北人南下金陵多经扬州,此时却常受金人侵扰。

张孝祥

张孝祥(1132—1169),字安国,号于湖居士,历阳乌江(今安徽和县)人。绍兴二十四年(1154)进士,廷试第一。遭秦桧诬陷下狱。桧死,任秘书省正字。孝宗隆兴元年(1163),由张浚举荐,任中书舍人,直学士院兼都督府参赞军事,继又代张浚任建康留守,为集贤殿修撰,知静江府,广南西路经略安抚使,知潭州,徙知荆南湖北路安抚使。筑守金堤,免除荆州水患。乾道五年(1169)卒,年仅三十八岁。张孝祥坚持主战,反对隆兴和议。其平生气宇遭际,颇类稼轩;所作词豪迈奋激,慷慨悲歌,亦与稼轩相类。奈何弃世太早,使天假之年,南宋词坛,或不让稼轩独步。有《于湖词》。

六州歌头①

长淮望断,关塞莽然平②。征尘暗,霜风劲,悄边声,黯销凝③!追想当年事,殆天数,非人力④。洙泗上,弦歌地,亦膻腥⑤。隔水毡乡,落日牛羊下,区脱纵横⑥。看名王宵猎,骑火一川明⑦。笳鼓悲鸣,遣人惊⑧。　　念腰间箭,匣中剑,空埃蠹,竟何成⑨!时易失,心徒壮,岁将零⑩。渺神京,干羽方怀远,静烽燧,且休兵⑪。冠盖使,纷驰骛,若为情⑫!闻道中原遗老,常南望,翠葆霓旌⑬。使行人到此,忠愤气填膺,有泪如倾⑭。

【注释】 ①六州歌头,本鼓吹曲词,后用为词牌。六州,原指唐西边伊、凉、甘、石、氏、渭,每州各有歌曲,统名六州。

歌头即引歌。双调一百四十三字,通常用平韵。现存词以贺铸"少年侠气"一阕为最早,而以张孝祥此阕最有名。 ②长淮,指淮河。莽然,荒莽苍茫之貌。 ③"征尘暗"四句,写边境荒凉寂静。"悄边声,黯销凝",边声静寂,一切都黯然销凝。因朝廷屈辱求和,故边境寂静无声。 ④当年事,指靖康二年(1127)金兵攻破汴京,虏徽、钦二帝北去,中原沦陷。殆,或许是。"殆天数,非人力",愤激之辞,实为统治者腐败无能、抵抗不力所致。 ⑤洙泗,洙水与泗水,均流经曲阜,为孔子讲学之地。弦歌,指孔子弦歌设教。膻腥,牛羊气味,指被敌人践躏。 ⑥毡,北方少数民族所住毡毛帐篷。毡乡,指敌人居地。区(ōu)脱,本匈奴作侦察用的土室,此借指金人哨所。 ⑦名王,《汉书·宣帝纪》:"匈奴单于遣名王奉献。"颜师古注:"名王者,谓有大名,以别诸小王也。"此指金人将帅。宵猎,夜猎。骑火,骑兵手执火炬。 ⑧遣,使。 ⑨埃蠹,尘封虫蛀。"念腰间箭"四句,谓统治者屈辱求和,壮士无用武之地。 ⑩岁将零,一年将尽,谓年光虚度。 ⑪渺,遥远。神京,指南宋首都临安,今杭州。干羽,盾与雉尾,舞者所执舞具。《尚书·大禹谟》:"苗民逆命。""帝(舜)乃诞敷文德,舞干羽于两阶。七旬,有苗格。"此处指文德教化。怀远,安抚远方。烽燧,古代边疆有战事,于高台上举烽燧报警。黑夜举火叫烽,白天升烟叫燧。静烽燧,即不举烽燧。"渺神京"四句,谴责南宋朝廷屈辱求和。实指正在进行投降活动,却称之为"干羽方怀远",语含讽刺。 ⑫冠盖使,指赴金求和的使臣。冠盖,冠服和车盖。纷驰骛,纷纷匆忙奔走。若为情,何为以情。　⑬中原遗老,中原沦陷区人民。翠葆,以羽毛装饰的车盖。霓旌,彩旗。指皇帝车驾仪仗。范成大《州桥》诗:"州桥南北是天街,父老年年等驾回。忍泪失声询使者,几时真有六军来?"陆游《秋夜将晓出篱门迎凉有感》诗:"遗民泪尽胡尘里,南望王师又一年!"都与词中"闻道中原遗老,常南望,翠葆霓旌"意思相同。　⑭忠愤气填膺,忠愤之气充满胸膛。倾,倾泻。

【点评】　宋孝宗隆兴元年(1163),宋北伐军在符离溃败,主和派又重新得势,与金国通使议和。张孝祥"忠愤气填膺",写下了这一不朽名篇。词前段追索北宋的沦亡,描绘了沦陷区敌骑骄横的境况。后段陈述抗战将士们欲战不能、年光虚度的悲愤,痛斥统治者屈辱投降的可耻行径,远怀沦陷区人民盼望恢复的心情。全词节奏短促急骤,音调悲壮深沉,如江涛汹涌,波澜起伏。据传张孝祥在建康留守席上作此词,"张魏公(浚)读之,罢席而入。"(《历代诗馀》引《朝野遗记》)这位主战派将领自然同样悲愤,故不忍卒听。

念奴娇　过洞庭①

洞庭青草②,近中秋,更无一点风色。玉鉴琼田三万顷③,著我扁舟一叶。素月分辉,明河共影,表里俱澄澈④。悠然心会⑤,妙处难与君说。　　应念岭表经年,孤光自照,肝胆皆冰雪⑥。短发萧骚襟袖冷,稳泛沧浪空阔⑦。尽吸西江,细斟北斗,万象为宾客⑧。扣舷独啸,不知今夕何夕⑨!

【注释】 ①洞庭,湖名,在湖南北部。此宋孝宗乾道二年(1166)张孝祥被谗,罢广南西路经略安抚使,自桂林北归,过洞庭所作。 ②青草,洞庭湖靠岳阳部分别名青草湖。③玉鉴,玉镜。一作"玉界"。琼,美玉。 ④明河,银河。影,影映,指天河影映湖底。表里,里外,指天空湖底。澄澈,清明洞澈。 ⑤悠然,自得之貌。 ⑥岭表,五岭之外,今广东广西。孤光,指自身心底的光明,亦即操守、信念。注家多谓指月亮,非是。肝胆皆冰雪,谓心地光明磊落,玉洁冰清。 ⑦萧骚,稀疏貌。沧浪,水波浩渺之貌,此即指湖水。⑧吸,一作"挹",掬取。西江,西来的大江。北斗,星座名,由七星组成,其形如斗。《楚辞·九歌·东君》:"援北斗兮酌酒浆。"万象,宇宙万物。 ⑨啸,歌啸。一作"笑","啸"字更响。今夕何夕,《诗经·唐风·绸缪》:"今夕何夕,见此良人。"苏轼《念奴娇·中秋》:"起舞徘徊风露下,今夕不知何夕!"

浣溪沙　荆州约马举先登城楼观塞①

霜日明霄水蘸空,鸣鞘声里绣旗红,澹烟衰草有无中②。
万里中原烽火北,一尊浊酒戍楼东,酒阑挥泪向悲风③!

【注释】 ①荆州,今属湖北。张孝祥于乾道四年(1168)任荆南湖北路安抚使,驻荆州,词即作于此时。马举先,其人不详。观塞,犹言望边。 ②霜日,秋日。明霄,爽朗的天空。鞘,鞭鞘。鸣鞘,即响鞭。 ③戍楼,军队戍守的城楼。阑,尽。

陆 游

陆游(1125—1210),字务观,越州山阴(今浙江绍兴)人。绍兴中应试礼部,为秦桧所黜。孝宗即位,赐进士出身,曾任建康、隆兴通判,后又通判夔州。乾道八年(1172)入川陕宣抚使王炎幕府,为炎陈进取之策。范成大帅蜀,以游为参议官。以文字交,不拘礼法。人讥其放,因自号放翁。累迁江西常平提举,知严州。官至宝章阁待制。宋宁宗嘉定三年(1210)卒,年八十六。陆游是南宋伟大诗人,诗风雄浑豪放,表现出强烈的爱国感情和对沦陷区人民的关切。与范成大、杨万里并称南宋三大诗人,其成就却远在范杨之上。词亦多写其爱国情怀,与辛稼轩风格差近。有《陆放翁全集》。

鹊桥仙 夜闻杜鹃①

茅檐人静,蓬窗灯暗,春晚连江夜雨。林莺巢燕总无声,但月夜常啼杜宇。　　催成清泪,惊残孤梦,又拣深枝飞去。故山犹自不堪听,况半世飘然羁旅②!

【注释】 ①杜鹃,见朱敦儒《临江仙》词注③。传为古代蜀帝杜宇之魂所化,故又称杜宇。　　②羁旅,客居异乡。

诉衷情①

当年万里觅封侯,匹马戍梁州②。关河梦断何处,尘暗旧貂裘③。　　胡未灭,鬓先秋,泪空流。此生谁料,心在天山,身老沧洲④!

【注释】 ①诉衷情,唐教坊曲名,后用为词牌。有单调、双调两种。单调三十三字,平仄韵互用。双调有四十一、四十四、四十五字三体,平韵。 ②觅封侯,寻找建功立业以取封侯的机会。指上前线抵抗敌人以立功名。梁州,今陕西、汉中一带。陆游四十八岁时曾在汉中川陕宣抚使署任职。 ③梦断,梦醒。何处,谓梦中不知何处。其《夜游宫》词云:"雪晓清笳乱起,梦游处,不知何地。"与此亦同。尘暗旧貂裘,语本《战国策·秦策》:"(苏秦)说秦王,书十上而说不行,黑貂之裘弊,黄金百斤尽,资用乏绝,去秦而归。" ④天山,在今新疆。汉代祁连山亦称天山,"祁连"即匈奴语"天"之意。此泛指边塞。沧洲,水边洲渚,指江湖退居之地。

辛弃疾

辛弃疾(1140—1207),字幼安,自号稼轩,历城(今山东济南)人。南宋初,耿京聚义山东,抵抗金兵,弃疾为掌书记,劝京决策南向。绍兴三十二年(1162),耿京命弃疾奉表归宋,高宗于建康召见。归时叛贼张安国杀耿京降金,辛弃疾率五十骑突入金营,缚安国以归。时年方二十三岁。南归后历任湖北、江西、湖南、福建、浙东安抚使等职。所在有政绩,采取积极措施,招抚流亡,训练军队,奖励耕战,注意安定民生,打击贪污豪强。辛弃疾坚决主张抗金,在《美芹十论》《九议》等奏疏中,分析当时形势,提出抗敌措施,驳斥投降谬论;要求加强战备,激励士气,以便收复失地,统一中国。他的抗金建议,均未被采纳,并多次受到主和派的打击,长期闲居江西上饶等地。宁宗开禧三年(1207)去世,年六十八。

作为词人的辛弃疾与苏轼并称"苏辛",是豪放派的代表。苏轼把词从被晏欧等人束缚得非常狭窄的范围里解放出来,以其清雄奔放的笔调,写其抑塞磊落的情怀,拓展了词的境界,增强了词的表现力。南渡以后,词人们面对国破家亡的现实,将词同国家民族的命运联系起来,辛弃疾正是这一派词人中的主帅。他在张元干、张孝祥等人开辟的基础上大力开拓,用他的如椽大笔,抒写其力图恢复的热情,倾诉其壮志难酬的悲愤,对统治者屈辱投降的行径进行揭露和批判。他也有不少作品,歌颂了祖国的河山,反映了人民的生活。其词慷慨悲壮,笔力雄厚。古代诗词消极悲沉者多,稼轩词却大多昂扬奋发。单此一着,在宋代各家中即无人可比。刘克庄序《稼轩词》,谓"公所作大声镗鞳,小声铿鍧,横绝六合,扫空万古,自有苍生所未见。其秾纤绵密者,亦不在小晏、秦郎之下。"是极为得当的评价。辛弃疾较陆游年轻十五岁,两人有深厚的交谊,他们在坚决抗金问题上有着共同的认识。陆游的诗,辛弃疾的词,是南宋文坛的双璧。"陆辛"并驾,是两位永远光耀史册的伟大的文学家。有《稼轩词》。

水龙吟 登建康赏心亭①

楚天千里清秋,水随天去秋无际。遥岑远目,献愁供恨,玉簪螺髻②。落日楼头,断鸿声里,江南游子,把吴钩看了,阑干拍遍,无人会,登临意③! 休说鲈鱼堪脍,尽西风,季鹰归未④?求田问舍,怕应羞见,刘郎才气⑤。可惜流年,忧愁风雨,树犹如此⑥!倩何人唤取,红巾翠袖,揾英雄泪⑦?

【注释】 ①建康,今江苏南京。赏心亭,《景定建康志》:"赏心亭在下水门之城上,下临秦淮,尽观览之胜。"词作于宋孝宗淳熙元年(1174),稼轩三十五岁,时任江东安抚使兼建康留守叶衡参议官。 ②遥岑,远山。岑,尖而高的山。远目,远望。远望江北群山,时受敌人蹂躏,故云"献愁供恨"。玉簪螺髻,均状远山形象。韩愈《送桂州严大夫同用南字》诗:"江作青罗带,山如碧玉簪。"皮日休《太湖诗·缥缈峰》诗:"似将青螺髻,撒在明月中。"三句如不限于声韵,则应作"远目遥岑,玉簪螺髻,献愁供恨"。 ③江南游子,作者自指。

吴钩,吴地所产宝刀。会,理解。　　④休说,不要说。鲈鱼,吴地名贵鱼类。脍,细切鱼、肉。《世说新语·识鉴》:"张季鹰辟齐王东曹掾,在洛,见秋风起,因思吴中菰菜羹鲈鱼脍,曰:'人生贵得适意尔,何能羁宦数千里以要名爵!'遂命驾便归。"张季鹰,即张翰。　　⑤求田问舍,买田置屋,为个人打算,过安居生活。《三国志·陈登传》:"许汜与刘备并在荆州牧刘表坐,表与备共论天下人。汜曰:'陈元龙湖海之士,豪气不除。'……备问汜:'君言豪,宁有事耶?'汜曰:'昔遭乱过下邳,见元龙,元龙无客主之意:久不相与语,自上大床卧,使客卧下床。'备曰:'君有国士之名,今天下大乱,帝王失所,望君忧国忘家,有救世之意;而君求田问舍,言无可采,是元龙所讳也,何缘当与君语!如小人,欲卧百尺楼上,卧君于地,何但上下床之间耶!'"刘郎,指刘备。　　⑥流年,如流水年华。忧愁风雨,实指为国家危难而忧虑。树犹如此,《世说新语·言语》:"桓公北征,经金城,见前为琅琊时种柳皆已十围,慨然曰:'木犹如此,人何以堪!'攀枝执条,泫然流泪。"庾信《枯树赋》引作"树犹如此"。　　⑦倩,请。红巾翠袖,代指美人。揾,擦。

【点评】"落日楼头,断鸿声里,江南游子,把吴钩看了,阑干拍遍,无人会,登临意!"一气而下,情辞激烈至不能自已。"登临意"即在下片倾吐而出。

菩萨蛮　书江西造口壁①

郁孤台下清江水②,中间多少行人泪?西北望长安③,可怜无数山! 青山遮不住,毕竟东流去。江晚正愁予,山深闻鹧鸪。

【注释】 ①造口,今江西万安县西南六十里,有皂口溪。造口,即皂口。词作于宋孝宗淳熙三年(1176),时稼轩为江西提点刑狱,年三十七。稼轩于淳熙二年赴江西任,三年秋杪调京西转运判官。词中有"山深闻鹧鸪",自当作于三年春暮。 ②郁孤台,在江西赣县西南,下临赣江。《赣州府志》:"郁孤台,一名贺兰山。隆阜郁然孤峙,故名。"清江水,清清的江水,指赣江。 ③长安,指北宋故都汴京。

【点评】 此词深厚凝重,所谓沉郁顿挫者是也。"江晚正愁予,山深闻鹧鸪",读之令人入无限沉思。

念奴娇 书东流村壁①

野棠花落②,又匆匆,过了清明时节。划地东风欺客梦,一枕云屏寒怯③。曲岸持觞④,垂杨系马,此地曾轻别。楼空人去,旧游飞燕能说⑤? 闻道绮陌东头,行人曾见,帘底纤纤月⑥。旧恨春江流不尽,新恨云山千叠⑦。料得明朝,尊前重见,镜里花难折⑧。也应惊问,近来多少华发?

【注释】 ①东流,池州东流县,今安徽东至。淳熙五年(1178),稼轩由江西安抚使召为大理少卿,途经东流作,时年三十九岁。 ②野棠,一作"野塘"。 ③划地,依然、依旧之意。一枕,犹言一觉。云屏,云母屏风。屏风为遮蔽之具,一觉醒来,见云母屏风,觉有寒意。　④觞,酒器。曲岸持觞,即曲岸饮酒饯别。　⑤楼空人去,用苏轼《永遇乐·彭城夜宿燕子楼》词"燕子楼空,佳人何在,空锁楼中燕"句意。　⑥帘底,帘里。纤纤月,指美女的秀眉,因代指美女。刘孝威《奉和逐凉》诗:"月纤张敞画。"罗虬《比红儿》诗:"初月纤纤映碧池,池波不动独看时。凝情尽日君知否,真似红儿罢舞眉。"　⑦新恨,旧恨,指离别之恨,相思之恨,实际内涵自然更多。　⑧镜里花难折,年华老去,往事杳然,如镜里之花,不可攀折。"尊前重见",是假定语气。

【点评】《书东流村壁》系稼轩名作,古今评论者虽多,然本事实不可知。就词面看,只是写曾经和一对恋人离别,重经旧地,引起无限思念;亦自伤年华老去,往事不可重来。然词意婉转深沉,或别有寄托。词的格调俊逸清新而不掩其豪纵本色,无丝毫秦、柳气息。

摸鱼儿①

淳熙己亥,自湖北漕移湖南,同官王正之置酒小山亭,为赋。②

更能消③,几番风雨,匆匆春又归去!惜春长怕花开早,何况落红无数。春且住!见说道,天涯芳草无归路④。怨春不语,算只有殷勤,画檐蛛网,尽日惹飞絮。　长门事,准拟佳期又误,蛾眉曾有人妒⑤。千金纵买相如赋,脉脉此情谁诉⑥?君莫舞!君不见玉环飞燕皆尘土⑦!闲愁最苦⑧。休去倚危阑⑨,斜阳正在,烟柳断肠处!

【注释】 ①摸鱼儿,唐教坊曲名,后用作词牌。晁补之所作首二句为"买陂塘,旋栽杨柳",故又名"买陂塘""陂塘柳"。双调一百十六字,仄韵。 ②淳熙己亥,宋孝宗淳熙六年(1179)。漕,漕司,即转运使,掌管财赋及粮食转运等事务。是年稼轩四十岁,由湖北转运副使调任湖南转运副使。同官,同僚。王正之,王正己,字正之。 ③消,禁受。④见说道,听说。"天涯"句,谓天涯尽是芳草,春天已无归路。此留春之语。下句"怨春不语",实谓春天还是归去了。⑤"长门事"三句:长门,汉宫名。《文选·长门赋序》:"孝武皇帝陈皇后,时得幸,颇妒,别在长门宫,愁闷悲思,闻蜀郡成都司马相如天下工为文,奉黄金百斤,为相如、文君取酒,因于解悲愁之辞。而相如为文以悟主上,陈皇后复得亲幸。"(按,《汉书·司马相如传》和《外戚传》都无陈皇后请司马相如作赋事,陈皇后废后亦未能再得亲幸,此赋盖后人创作。)准拟,将要约定。佳期,约会之期。蛾眉,飞蛾的触须,纤美匀称,喻美人的眉毛,因亦代指美人。《楚辞·离骚》:"众女疾予之蛾眉兮,谣诼谓予以善淫。"曾,乃。 ⑥脉脉,眉目含情貌。"千金"二句,即使花千金买得相如的赋,皇帝的情意还是无法转移。故脉脉含情,能向谁倾诉呢? ⑦玉环,即杨贵妃,为唐玄宗所宠爱。安禄山叛乱,玄宗奔蜀,至马嵬坡,军士杀杨国忠,迫玄宗缢杀杨妃。见陈鸿《长恨歌传》《新唐书·后妃传》。飞燕,即赵飞燕,汉成帝宠妃,后废为庶人,自杀。见《汉书·外戚传》。玉环、飞燕都受宠爱,又都善妒,皆不得善终,尽为尘土。　⑧闲愁,实是深愁。　⑨危阑,高楼的阑干。一作"危楼"。

【点评】 本篇全用比兴。上片惜春已去,留春不住,怨春不语,似是写实,实以春光归去暗喻国势倾危。下片写自身遭遇,忠直之士,不得进用,反见谗害,"蛾眉曾有人妒"。随后又警告谗贼小人,"玉环飞燕皆尘土"。然大局似已无可挽回,"斜阳正在,烟柳断肠处",国家已一片昏暮景象。本篇序为"淳熙己亥,自湖北漕移湖南,同官王正之置酒小山亭,为赋",然词与其意,几似不着边际,其寄托之意,固甚明显。《念奴娇》《摸鱼儿》皆稼轩力作,回肠九转,寓意深微,较之纯用慷慨激昂,直抒胸臆,更高一着。稼轩熟谙典籍,词语典实,信手拈来,横陈竖放,皆成文章。然用典过多,用笔太曲,又成为一病。

水龙吟　甲辰岁寿韩南涧尚书①

渡江天马南来,几人真是经纶手②?长安父老,新亭风景,可怜依旧③!夷甫诸人,神州沉陆,几曾回首④?算平戎万里⑤,功名本是,真儒事,公知否?　况有文章山斗,对桐阴,满庭清昼⑥。当年堕地,而今试看,风云奔走⑦。绿野风烟,平泉草木,东山歌酒⑧。待他年整顿,乾坤事了,为先生寿⑨。

【注释】 ①甲辰岁,宋孝宗淳熙十一年(1184),时稼轩在上饶家居。韩南涧,即韩元吉(1118—1187),字无咎,号南涧,许昌(今河南许昌)人,官至吏部尚书,时亦寓居上饶。是年稼轩四十五岁,韩元吉已六十七岁。　②渡江天马南来,《晋书·元帝纪》:"太安之际,童谣云:'五马浮渡江,一马化为龙。'……王室沦覆,帝与西阳、汝南、南顿、彭城五王获济,而帝竟登大位焉。"此指宋室南渡。经纶手,治理国家的能手。　　③长安父老,指汴京与中原沦陷区的人民。《晋书·桓温传》:桓温北伐,进至霸上。"耆老感泣曰:'不图今日复见官军!'"新亭风景,《世说新语·言语》:"过江诸人,每至美日,辄相邀新亭,藉卉饮宴。周侯中坐而叹曰:'风景不殊,正自有山河之异!'皆相视流泪。唯王丞相愀然变色曰:'当共勠力王室,克复神州,何至作楚囚相对!'"新亭,一名劳劳亭,三国吴时建,在今南京市南。周侯,周顗。王丞相,王导。三句谓中原父老盼望恢复,士大夫们感慨山河,却依然如故。　　④夷甫,西晋王衍,字夷甫,曾任中书令、尚书令、司徒、司空、太尉等要职,崇尚清谈,荒废政务。神州,指中原地区。沉陆,即陆沉,指被敌人占领。几曾,何尝。《世说新语·轻诋》:桓温北伐,"与诸僚属登平乘楼眺瞩中原,慨然曰:'遂使神州陆沉,百年丘墟,王夷甫诸人不得不任其责!'"三句谴责朝廷大臣只谋私利,忽视中原沦丧。　　⑤平戎,平定外敌,指北伐。　　⑥山斗,泰山北斗。《新唐书·韩愈传》:"自愈没,其言大行,学者仰之如泰山北斗。"此言韩元吉文章高迈,学问丰富。桐阴,此称颂韩元吉家世。北宋有两韩氏并盛:一为相州韩氏,有宰相韩琦;一为颍川韩氏,元吉所出。颍川韩氏京师第门前多植桐树,称"桐木韩家"。韩元吉有《桐阴旧话》,记其家世旧事。　　⑦堕地,指出生。风云奔走,喻其能当大任,奋发有为。　　⑧绿野,唐宰相裴度别墅之名。《新唐书·裴度传》：裴度于洛阳"午桥作别墅，具燠馆凉台，号绿野堂，激波其下，度野服萧散，与白居易、刘禹锡为文章，把酒穷昼夜相欢，不问人间事"。平泉，唐宰相李德裕所建庄名。《剧谈录》："李德裕东都平泉庄，去洛城三十里，卉木台榭，若造仙府。"东山，东晋谢安曾隐居会稽东山（今浙江上虞市西南）。《晋书·谢安传》："谢安寓居会稽……虽放情丘壑，然每游赏，必以妓女从。" ⑨"待他年整顿，乾坤事了"，指恢复中原，治理国家。杜甫《洗兵马》："二三豪俊为时出，整顿乾坤济时了。"黄庭坚《病起荆江亭即事》："十分整顿乾坤了，复辟归来道更尊。"

【点评】 词写得忠义愤发，豪气纵横，对友人的鼓励，一片殷情，跃然纸上。然只是借祝寿的酒杯，浇诗人内心的块垒。时韩南涧已届高龄，三年后即下世，"整顿乾坤"已不是他的事。词中用典虽活泼自如，得心应手，然毕竟太多，几至堆磊不下。

八声甘州

夜读《李广传》，不能寐，因念晁楚老、杨民瞻，约同居山间，戏用李广事，赋以寄之。①

故将军饮罢夜归来，长亭解雕鞍。恨灞陵醉尉，匆匆未识，桃李无言②。射虎山横一骑，裂石响惊弦。落魄封侯事③，岁晚田园。　谁向桑麻杜曲，要短衣匹马，移住南山。看风流慷慨，谈笑过残年④。汉开边，功名万里，甚当时健者也曾闲⑤？纱窗外，斜风细雨，一阵轻寒！

【注释】 ①李广传,即《史记·李将军列传》。李广,陇西成纪人,西汉名将,骁勇善战,多次与匈奴作战,为边郡守将,然不得封侯。元狩四年(前119),随大将军卫青击匈奴,以失道受责,自杀。晁楚老、杨民瞻,稼轩在上饶的友人。此稼轩家居上饶时所作。 ②"故将军"五句:《史记·李将军列传》:"广家与故颍阴侯孙屏野居蓝田南山中,射猎,尝夜从一骑出,从人田间饮。还至霸陵亭。霸陵尉醉,呵止广。广骑曰:'故李将军。'尉曰:'今将军尚不得夜行,何乃故也!'止广宿亭下。"桃李无言,是《李将军传赞》中语。太史公曰:"余睹李将军,悛悛如鄙人,口不能道辞;及死之日,天下知与不知,皆为尽哀,彼其忠实心诚,信于士大夫也。谚曰:'桃李不言,下自成蹊。'此言虽小,可以谕大也。"此即用以代指李广。 ③落魄,失意。李广击匈奴,大小数十战,然不得封侯。 ④"谁向"五句,化用杜甫《曲江》诗:"自断此生休问天,杜曲幸有桑麻田。故将移住南山边。短衣匹马随李广,看射猛虎终残年。" ⑤闲,闲置。"汉开边"三句,言汉代开边,英雄有用武之地,为何像李广这样的健者也曾闲置。言外之意,当今统治者毫无能为,向敌人屈膝,不图恢复,英雄闲置自无足怪。语中无限感慨。

祝英台近① 晚春

宝钗分,桃叶渡,烟柳暗南浦②。怕上层楼③,十日九风雨。断肠片片飞红,都无人管;更谁劝,啼莺声住④。 鬓边觑,试把花卜归期,才簪又重数⑤。罗帐灯昏,哽咽梦中语:是他春带愁来,春归何处,却不解,带将愁去⑥!

【注释】 ①祝英台近,双调七十七字,有平韵、仄韵两体。又名"宝钗分",即由稼轩此词得名。 ②宝钗分,恋人离别时分钗留念。梁陆罩《闺怨》诗:"自怜断带日,偏恨分钗时。"白居易《长恨歌》:"钗留一股合一扇,钗擘黄金合分钿。"桃叶渡,在南京秦淮河和青溪合流处,传为东晋王献之送妾桃叶之处。《隋书·五行志》:"陈时盛歌王献之桃叶之词曰:'桃叶复桃叶,渡江不用楫。但渡无所苦,我自迎接汝。'"南浦,泛指送别之地。 ③层楼,高楼。 ④飞红,飞花。更谁劝,啼莺声住,一本作"倩谁唤,流莺声住"。 ⑤"鬓边觑"三句,看到鬓边所插鲜花,即用花占卜,卜完插上,才插上又取下再数一遍。觑(qù),斜看。簪,插。 ⑥"是他春带愁来"以下四句,即哽咽梦中语。

【点评】 题曰"晚春",实闺怨词。此婉约词人常用题材,稼轩大笔写来另有特色。清沈谦《填词杂说》曰:"稼轩词以激扬奋厉为工,至'宝钗分,桃叶渡'一曲,昵狎温柔,魂销意尽,才人伎俩,真不可测。昔人论画云'能寸人豆马,可作千丈松。'知言哉!"

青玉案 元夕①

东风夜放花千树,更吹落,星如雨②。宝马雕车香满路,凤箫声动,玉壶光转,一夜鱼龙舞③。　蛾儿雪柳黄金缕,笑语盈盈暗香去④。众里寻他千百度,蓦然回首,那人却在,灯火阑珊处⑤。

【注释】 ①青玉案,参见贺铸《横塘路》词注①。元夕,阴历正月十五日为上元,晚上称元夕、元宵,亦称元夜。民俗于元夕大张灯火,故又称灯节。 ②花千树、星如雨,均形容灯之多。唐苏味道《正月十五夜》诗:"火树银花合,星桥铁锁开。"吴自牧《梦粱录·元宵》:"诸营班院于法不得与夜游,各以竹竿出灯球于半空,远睹若飞星。" ③凤箫,箫之美称。玉壶,亦指灯。周密《武陵旧事·元夕》:"灯之品极多,每以苏灯为最。""福州所进,则纯用白玉,晃耀夺目,如清冰玉壶,爽彻心目。"鱼龙,指鱼形龙形的灯。夏竦《奉和御制上元观灯》诗:"鱼龙漫衍六街呈,金锁通宵启玉京。""宝坊月皎龙灯淡,紫馆风微鹤焰平。" ④蛾儿雪柳黄金缕,皆妇女头上饰物。见李清照《永遇乐》词注⑥。盈盈,笑貌。 ⑤蓦然,忽然。阑珊,零落稀少。

【点评】《青玉案》写元夕,颇别致。上片极力铺写灯火之盛,人众之欢。下片却写追索一位不预众人欢乐的恋人,全词景观尽在追索者眼中写出。论者多谓此词别有寄托,亦众人皆醉我独醒之意。梁启超云:"自怜幽独,伤心人别有怀抱。"(见梁令娴《艺蘅馆词选》)

贺新郎

陈同父自东阳来过余,留十日,与之同游鹅湖;且会朱晦庵于紫溪,不至,飘然东归。既别之明日,余意中殊恋恋,复欲追路,至鹭鸶林,则雪深泥滑,不得前矣。独饮方村,怅然久之,颇恨挽留之不遂也。夜半投宿吴氏泉湖四望楼,闻邻笛悲甚,为赋《贺新郎》以见意。又五日,同父书来索词,心所同然者如此,可发千里一笑。①

把酒长亭说:看渊明,风流酷似,卧龙诸葛②。何处飞来林间鹊,蹙踏松梢残雪。要破帽多添华发。剩水残山无态度,被疏梅料理成风月③。两三雁,也萧瑟④。　佳人重约还轻别⑤。怅清江,天寒不渡,水深冰合。路断车轮生四角,此地行人销骨⑥。问谁使君来愁绝?铸就而今相思错,料当初,费尽人间铁⑦。长夜笛,莫吹裂!

【注释】①陈同父,陈亮(1143—1194),字同父,婺州永康(今浙江永康)人,稼轩好友,亦辛派词人,同样坚决主张抗战,反对和议,而一生颇为落魄。光宗绍熙四年(1193)进士第一,授金书建康府通判厅,未至官即卒,年五十二。东阳,今属浙江。过,探访。鹅湖,在江西铅山县东北,为当地名胜。且会,将会,拟会。朱晦庵,即朱熹(1130—1200),字元晦,号晦庵,徽州婺源(今江西婺源)人,南宋著名理学家。紫溪,在江西铅山县南四十里。鹭鸶林,其地未详。方村,疑当为"荒村"。陈同父访稼轩在淳熙十五年(1188)岁杪,时稼轩年四十九,陈同父四十六岁。　②渊明,东晋诗人陶渊明。卧龙诸葛,汉末诸葛亮隐居隆中,人称卧龙。二句引陈同父语意,以诗人隐居,故比之陶渊明;而胸怀谋略,有恢复壮志,又酷似卧龙诸葛。语中既包含着陈同父对稼轩的评价,然亦是诗人的自负。　③剩水残山,指冬天山水凋枯,亦暗寓山河破碎之意。料理,安排,装饰。　④萧瑟,凄凉貌。　⑤佳人,指陈同父。　⑥路断车轮生四角,因雪深,车轮冻结,像生了四角不能转动,即序所云"雪深泥滑,不得前矣"。陆龟蒙《古意》:"愿得双车轮,一夜生四角。"销骨,犹销魂至骨,言极其神伤。孟郊《答韩愈李观别因献张徐州》诗:"富别愁在颜,贫别愁销骨。"　⑦错,本指错刀(钱币之名),借用作错误之错。唐末,天雄节度使罗绍威,联合朱温击溃魏博牙兵,朱温所部在魏州留居半年,耗尽魏州的积蓄,罗绍威力量因此削弱。罗绍威很后悔,说:"合六州四十三县铁,不能为此错也。"见《资治通鉴》卷二六五。

破阵子① 为陈同甫赋壮词以寄之

醉里挑灯看剑,梦回吹角连营。八百里分麾下炙,五十弦翻塞外声,沙场秋点兵②。　马作的卢飞快,弓如霹雳弦惊③。了却君王天下事,赢得生前身后名,可怜白发生!

【注释】①破阵子,唐教坊曲名,后用作词牌,为唐大乐"破阵乐"中的一遍。双调六十二字,平韵。　②八百里,指部队营幕分布极广,相连八百里。一说,此用王恺、王济故事,八百里为牛名。《世说新语·汰侈》:"王君夫有牛,名八百里䭾,常莹其蹄角。王武子语君夫:'我射不如卿,今指赌卿牛,以千万对之。'君夫既恃手快,且谓骏物无有杀理,便相然可,令武子先射。武子一起便破的,却据胡床,叱左右:'速探牛心来！'须臾炙至，一脔便去。"王君夫，即王恺。王武子，即王济。麾下，主帅旗麾之下，即部下。炙，烤肉。五十弦，古瑟五十弦。《汉书·郊祀志》："泰帝使素女鼓五十弦瑟。"李商隐《锦瑟》诗："锦瑟无端五十弦。"　③的卢，骏马名。《三国志·蜀志·先主传》裴松之注引《世语》："备屯樊城，刘表礼焉，惮其为人，不甚信用。曾请备宴会，蒯越、蔡瑁欲因会取备。备觉之，伪如厕，潜遁出。所乘马名的卢。骑的卢走。堕襄阳城西檀溪水中，溺不得出。备急曰：'的卢，今日厄矣，可努力！'的卢乃一踊三丈，遂得过。"《世说新语·德行》："庾公（庾亮）乘马有的卢。"刘孝标注引伯乐《相马经》："马白额入口至齿者，名曰榆雁，一名的卢。"霹雳，震雷声，形容弓弦响。《南史·曹景宗传》，景宗谓所亲曰："我昔在乡里，骑快马如龙，与少年辈数十骑，拓弓弦作霹雳声，箭如饿鸱叫……此乐使人忘死，不知老之将至。"《北史·长孙晟传》载：长孙晟善射，突厥降官说，突厥人"闻其弓声，谓为霹雳；见其走马，称为闪电"。

【点评】　词所写全是一片幻想，寄托其抗击外敌、恢复中原的雄心。最后一句才落到现实，仿佛一声长叹，无限感伤。

西江月① 夜行黄沙道中②

明月别枝惊鹊③，清风半夜鸣蝉。稻花香里说丰年，听取蛙声一片。　七八个星天外，两三点雨山前。旧时茅店社林边④，路转溪桥忽见。

【注释】 ①西江月,唐教坊曲名,后用为词牌,又名"步虚词"。双调五十字。上下片都两平韵转仄韵,例须同部。②黄沙,即黄沙岭。《上饶县志》:"黄沙岭在县西四十里乾元乡,高约十五丈。" ③别枝,犹言那边枝上。苏轼《杭州牡丹》诗:"月明惊鹊未安枝。" ④社林,土地庙前的林子。

【点评】 本词所写时间为阴历下弦后半夜,到下片则已到黎明。信手拈来,毫不费力。上下片末二句均系倒装,正语为"听取一片蛙声,稻花香里说丰年","溪桥路转,忽见旧时茅店社林边。"

水龙吟　过南剑双溪楼①

举头西北浮云,倚天万里须长剑②。人言此地,夜深长见,斗牛光焰③。我觉山高,潭空水冷,月明星淡。待燃犀下看,凭栏却怕,风雷怒,鱼龙惨④。　　峡束苍江对起,过危楼,欲飞还敛⑤。元龙老矣,不妨高卧,冰壶凉簟⑥。千古兴亡,百年悲笑,一时登览。问何人又卸,片帆沙岸,系斜阳缆⑦?

【注释】 ①南剑,州名,南唐曰剑州,宋改称南剑州,今福建南平市。双溪楼,因剑溪和樵川二水汇合而得名。王象之《舆地纪胜·南剑州》:南平风景"冠绝于他郡,剑溪环其左,樵川带其右,二水交流,汇为澄潭,是为宝剑化龙之津"。稼轩于光宗绍熙三年(1192)为福建提点刑狱;四年,迁太府卿,秋,知福州,兼福建安抚大使;五年(1194)七月罢。词当作于此时,是年稼轩五十五岁。 ②西北浮云,浮云遮蔽西北,喻中原沦陷。曹丕《杂诗》:"西北有浮云,亭亭如车盖。"

倚天万里须长剑,传为宋玉《大言赋》:"方地为车,圆天为盖,长剑耿耿倚天外。"此因剑溪而联想到宝剑。 ③"人言此地"三句:《晋书·张华传》载,西晋张华见东南斗牛之间有紫气,因问豫章人雷焕,焕言"是宝剑之精上彻于天"。张华问在何郡,雷焕说在丰城。张华因补雷焕为丰城令,使求宝剑。焕于丰城狱屋基掘得双剑,一曰龙泉,一曰太阿。焕以一剑送张华,自留一剑。张华被害后,其剑失所在。"焕卒,子华为州从事,持剑行经延平津,剑忽于腰间跃出堕水。使人没水取之,不见剑,但见两龙各长数丈,蟠萦有文章,没者惧而反。"延平津,即剑溪,亦即所谓"宝剑化龙之津"。斗牛,斗宿牛宿两星座。斗牛光焰,谓光焰上冲牛斗。 ④燃犀,点燃犀角,传犀角点燃可以照妖。《晋书·温峤传》载:温峤平苏峻反,"至牛渚矶,水深不可测。世云其下多怪物。峤遂毁犀角而照之。须臾见水族覆火,奇形异状,或乘马车著赤衣者。" ⑤"峡束苍江"三句,谓两岸山崖,似若飞腾却又敛住。杜甫《秋日夔府咏怀》诗:"峡束苍江起,岩排古树圆。" ⑥元龙,汉末陈登,字元龙。参见《水龙吟·登建康赏心亭》词注⑤。⑦何人,实指自己。三句意谓应尽快回去,为何又卸片帆沙岸,在此迟留!

【点评】 宋孝宗淳熙元年(1174),辛稼轩登建康赏心亭,作《水龙吟》云:"休说鲈鱼堪脍,尽西风,季鹰归未?求田问舍,怕应羞见,刘郎才气。"时正当盛年,亟思奋发有为。经过二十年的折腾,于宋光宗绍熙五年(1194)登南剑双溪楼,再作《水龙吟》,竟说"元龙老矣,不妨高卧,冰壶凉簟"。虽是激愤之词,心情毕竟大异当年。岁月虚掷,英雄迟暮,可胜慨叹。

贺新郎

别茂嘉十二弟①。鹈鴂杜鹃实两种,见《离骚补注》。

绿树听鹈鴂,更那堪,鹧鸪声住,杜鹃声切②。啼到春归无啼处,苦恨芳菲都歇③。算未抵,人间离别④。马上琵琶关塞黑,更长门,翠辇辞金阙⑤。看燕燕,送归妾⑥。　将军百战身名裂,向河梁,回头万里,故人长绝⑦。易水萧萧西风冷,满座衣冠似雪。正壮士,悲歌未彻⑧。啼鸟还知如许恨,料不啼清泪长啼血⑨。谁共我,醉明月!

【注释】　①茂嘉十二弟,刘过有《沁园春·送辛稼轩弟赴桂林官》词。邓广铭按:"茂嘉事迹仅见此二词中。"据岳珂《桯史》,嘉泰三年癸亥(1203),稼轩招刘过入幕,时稼轩起知绍兴府兼浙东安抚使,年六十四。　②"绿树听鹈鴂"四句:鹈鴂、鹧鸪、杜鹃,皆鸟名。《楚辞·离骚》:"恐鹈鴂之先鸣兮,使夫百草为之不芳。"洪兴祖补注引《禽经》云:"巂周,子规也。江介曰子规,蜀右曰杜宇。又曰鹈鴂,鸣而草衰。注云:鹈鴂,《尔雅》谓之鹎,《左传》谓之伯赵。然则子规、鹈鴂,二物也。"据上注,鹈鴂即伯劳。　③芳菲都歇,杜鹃等春末夏初啼鸣,时春花将尽,故曰芳菲都歇。　④"算未抵,人间离别",谓春鸟悲鸣,芳菲都歇,但未抵人间离别。此句承上启下,以下即铺写人间离别。　⑤"马上琵琶"三句,用王昭君出塞事。王昭君,名嫱,南郡秭归人(昭君故里今属湖北兴山县),汉元帝宫女,后赐匈奴呼韩邪单于为阏氏。见《汉书·元帝纪》及《匈奴传》。据传昭君出塞于马上弹琵琶。杜甫《咏怀古迹》诗:"千载琵琶作胡语,分明怨恨曲中论。"长门,汉宫名。汉武帝陈皇后失宠,退居长门宫。此处谓王昭君自冷宫出而辞别汉阙,虽用长门宫名而非用陈皇后事。翠辇,翠羽装饰的宫车。 ⑥"看燕燕"二句,用卫庄姜送归妾事。《诗经·邶风·燕燕》:"燕燕于飞,差池其羽。之子于归,远送于野。瞻望弗及,泣涕如雨。"诗序谓"燕燕,卫庄姜送归妾也"。据《左传》隐公三年、四年纪事,卫庄公妻庄姜无子,以陈女戴妫之子完为己子,庄公死,完即位,为州吁所杀。诗序谓完被杀后,戴妫被迫归陈,庄姜作诗送之。(按,《燕燕》一诗,按其内容,为卫君送妹远嫁之诗,诗序之说并不可靠,宋人犹据以为说,故稼轩用之。) ⑦"将军百战"四句,用李陵别苏武事。李陵为汉名将李广之孙,天汉二年(前99)率步卒五千出击匈奴,兵败投降。时苏武使匈奴被羁留在北海上牧羊。李陵曾往劝降,苏武坚贞不屈。后汉与匈奴和好,苏武得以归汉,李陵为置酒为别。见《汉书·苏建传》。河梁,桥。《文选·李陵〈与苏武诗〉》:"携手上河梁,游子暮何之!" ⑧"易水萧萧"四句,用荆轲事。荆轲受燕太子丹恩遇,出使秦国,欲刺秦王。临发,太子丹及宾客皆白衣冠送之易水上。"高渐离击筑,荆轲和而歌,为变徵之声,士皆垂泪涕泣。又前而歌曰:'风萧萧兮易水寒,壮士一去兮不复还!'复为羽声慷慨,士皆瞋目,发尽上指冠。于是荆轲就车而去,终已不顾。"萧萧,风声。壮士,指荆轲。未彻,未尽。 ⑨"啼鸟还知如许恨"二句,照应开头鹈鴂、鹧鸪、杜鹃等句。此假定语气,谓啼鸟倘若能理解离别之恨,料不啼清泪长啼血。如许恨,离别之恨。

【点评】 辛稼轩《贺新郎·送茂嘉十二弟》是一篇词中别赋。词中罗列送别典实,上片写远嫁的宫女,永别的归妾,下片写失败的将军,誓死的刺客;前后用啼鸟关合;而涉别茂嘉十二弟者仅"谁共我,醉明月"六字。结构极为奇特。稼轩此等词才气纵横,豪宕感激,虽有似文字游戏而读之仍令人魂悸魄动。

永遇乐　京口北固亭怀古①

千古江山,英雄无觅,孙仲谋处②。舞榭歌台,风流总被,雨打风吹去。斜阳草树,寻常巷陌,人道寄奴曾住③。想当年,金戈铁马,气吞万里如虎。　　元嘉草草,封狼居胥,赢得仓皇北顾④。四十三年,望中犹记,烽火扬州路⑤。可堪回首,佛狸祠下,一片神鸦社鼓⑥。凭谁问,廉颇老矣,尚能饭否⑦?

【注释】 ①京口,今江苏镇江。《元和郡县志》:"孙权自吴徙治丹徒,号曰京城。后徙建业,于此置京口镇。"北固亭,《读史方舆纪要》:北固山在(镇江)城北一里,下临长江,三面滨水,回岭斗绝,势最险固。晋蔡谟起楼其上,以贮军实,谢安复营葺之,即所谓北固楼,亦曰北固亭。梁大同十年(544),武帝改名北顾。此词宋宁宗开禧元年(1205)作,时稼轩知镇江府,年六十六。　　②孙仲谋,三国吴主孙权,字仲谋,都建业。京口镇即由孙权始建。　　③寄奴，南朝宋武帝刘裕，字德舆，小字寄奴。自其高祖随晋元帝渡江，即居丹徒县之京口里。刘裕出身平民，东晋末屡立战功，曾出师北伐，灭南燕、后燕、后秦，一度收复洛阳、长安，故稼轩加以赞许。　　④"元嘉草草"三句：元嘉，南朝宋文帝年号。草草，匆促草率。狼居胥，一名狼山，在今内蒙古西北部。汉武帝元狩四年（前119），遣卫青、霍去病率大军出击匈奴，封狼居胥山而还。见《史记·霍去病传》。南朝宋文帝欲北伐中原，彭城太守王玄谟屡陈北伐之策。宋文帝曰："观玄谟所陈，令人有封狼居胥意。"元嘉二十七年（450）发大军北伐，王玄谟主力大败于滑台。见《南史·王玄谟传》《资治通鉴·宋文帝元嘉二十七年》。仓皇北顾，宋文帝有诗云："惆怅惧迁逝，北顾涕交流。"（此文帝元嘉七年诗，稼轩灵活运用。）此三句虽用元嘉故事，实指宋孝宗隆兴元年（1163）宋军北伐失败，详后附录。⑤"四十三年"三句：自隆兴元年五月符离溃败，至稼轩开禧元年（1205）镇京口，正四十三年。在符离之败前一年，即高宗绍兴三十二年（1162）正月，稼轩奉耿京命，奉表南归。高宗召见，授右承务郎。闰二月，耿京为张安国等所杀，稼轩缚安国献俘行在，改差江阴签判。隆兴元年，稼轩在江阴签判任，张浚北伐与符离之败，均所亲见，故曰"四十三年，望中犹记，烽火扬州路"。　　⑥"可堪回首"三句：佛狸，魏太武帝拓跋焘小字。元嘉二十七年，太武帝率军追击王玄谟，驻军长江北岸瓜步山（今江苏六合东南），在山上修建行宫，后来成为佛狸祠。神鸦，吃祠神祭品的乌鸦。社鼓，社日祭神的鼓声。

⑦"凭谁问"三句：廉颇，战国赵名将，因受谗毁去赵居梁。廉颇去后，"赵以数困于秦兵，赵王思复得廉颇，廉颇亦思复用于赵。赵王使使者视廉颇尚可用否。廉颇之仇郭开多与使者金，令毁之。赵使者既见廉颇。廉颇为之一饭斗米，肉十斤，被甲上马，以示尚可用。赵使者还报王曰：'廉将军虽老，尚善饭。然与臣坐顷之，三遗矢矣。'赵王以为老，遂不召。"见《史记·廉颇蔺相如列传》。此诗人以廉颇自比，慨叹不被进用。

附：说辛稼轩《永遇乐·京口北固亭怀古》

《永遇乐·京口北固亭怀古》下片云："元嘉草草，封狼居胥，赢得仓皇北顾。"注家都谓此指南朝宋文帝元嘉二十七年使王玄谟北伐。玄谟每陈北伐之策，文帝曰："观玄谟所陈，令人有封狼居胥意。"结果筹划失当，大败于滑台。词接下三句云："四十三年，望中犹记，烽火扬州路。"注家都谓稼轩于绍兴三十二年（1162）率众南归，至开禧元年（1205）之出守京口，恰为四十三年。前者于注释为有据，后者亦大体符合稼轩行事。

问题在于，由感叹元嘉北伐失利，怎么一下跳到了他自己四十三年前的经历？两者有什么联系？对于非常注重结构的辛稼轩，这种无联系的跳跃是不可理解的。

按，"元嘉草草"三句，虽用元嘉故事，实指宋孝宗隆兴元年（1163）的北伐。据《宋史》，孝宗即位，张浚力主北伐。隆兴元年正月，张浚进枢密使，都督江淮东西路军马，但与史浩战和异议。四月，张浚命邵宏渊帅师次盱眙，命李显忠帅师次定远。五月，李显忠渡淮，克灵璧。邵宏渊攻虹县不下，李显忠使降兵招降之,二将因此不和。朝廷中史浩因出兵前未预闻,辞去相职。李显忠与金人战于宿州,邵宏渊不援,显忠失利。金人再攻宿州,李显忠大败之。但殿前统制官张顺通等七人、统领官十二人,以二将不和率先逃跑。五月甲寅,李显忠、邵宏渊大溃于符离。张浚在盱眙闻败报,渡淮入泗洲,安抚将士,遂还扬州。这就是"元嘉草草,封狼居胥"的宋代现实。辛弃疾当然不是反对北伐,而是反对"草草",以免"仓皇"。

下文"四十三年,望中犹记,烽火扬州路"即指张浚北伐。自隆兴元年(1163)到开禧元年(1205),古人虚算,正四十三年。稼轩于先一年奉耿京命南归,擒叛贼张安国献俘行在,署江阴签判。诗人这些经历,自亦可涵盖在词里。但扬州路上的烽火,主要指张浚北伐及其失败,词意才衔接得上。

自符离之败到稼轩作此词时,四十三年间,宋廷屈辱求和,再无重大的军事行动。故诗人慨叹:"可堪回首,佛狸祠下,一片神鸦社鼓!"此三句字面上又和元嘉北伐关合,而实谓人们似已麻木,忘记了国家的耻辱,针对的无疑是眼前的现实。而诗人自己已届暮年,犹未能一展恢复的宏图。是年三月,还"坐缪举",受到"降两官"的处分。他因此发出"凭谁问,廉颇老矣,尚能饭否"的长叹。如此理解,似较旧说词意贯通。

稼轩此词豪放而沉着,内容亦颇深厚。而通篇典故连串,是其不足。当时年仅二十三岁的岳珂即当面批评他用事过多,稼轩自己也认为他的批评"实中予痼"(见岳珂《桯史》)。

南乡子　登京口北固亭有怀

何处望神州？满眼风光北固楼。千古兴亡多少事？悠悠,不尽长江滚滚流①！　　年少万兜鍪,坐断东南战未休②。天下英雄谁敌手？曹刘,生子当如孙仲谋③！

【注释】　①悠悠,长远貌。"不尽"句,用杜甫《登高》诗"不尽长江滚滚来"句。　②年少,指孙权,孙权十九岁即为吴主。兜鍪,头盔,代指兵士。断,犹"垄断"之断,占据。③"天下英雄"二句,《三国志·蜀志·先主传》载曹操曾对刘备说:"今天下英雄,惟使君与操耳,本初之徒不足数也。"此化用其语,谓天下英雄谁为孙权敌手,答曰:曹刘。"生子"句,《三国志·吴主传》裴松之注引《吴历》,曹操与孙权战于濡须,见孙权舟船、器仗、军伍整肃,喟然叹曰:"生子当如孙仲谋,刘景升儿子若豚犬耳！"

【点评】　对滚滚长江,慨叹千古兴亡,实为慨叹现实。满眼风光在望,神州却未能恢复。"生子当如孙仲谋",实感叹宋朝廷无有如孙仲谋者；"刘景升儿子若豚犬耳",诗人意中,亦当云当世统治者若豚犬耳！

刘 过

刘过(1154—1206),字改之,号龙洲道人,吉州太和(今江西泰和县)人。他力主北伐,多次上书朝廷,提出恢复中原的方略,均不被采纳;多次应举,也都未中;长期流浪江湖,晚年与辛稼轩过从,甚得稼轩称赏。后寓居昆山,先稼轩一年去世,年五十三。所作词粗犷豪放,痛快淋漓,大多感慨时局,鼓吹抗战,抒发其愤懑不平之气。有《龙洲词》。

沁园春①

风雪中欲诣稼轩,久寓湖上,未能一往,因赋此词以自解。②

斗酒彘肩,风雨渡江,岂不快哉③!被香山居士,约林和靖,与坡仙老,驾勒吾回④。坡谓"西湖,正如西子,浓抹淡妆临照台"⑤。二公者,皆掉头不顾,只管传杯。　　白言"天竺去来,图画里,峥嵘楼阁开。爱纵横二涧,东西水绕;两峰南北,高下云堆⑥"。逋曰"不然,暗香浮动,不若孤山先访梅。须晴去,访稼轩未晚,且此徘徊⑦。"

【注释】①沁园春,东汉明帝女沁水公主之园名沁园,后为窦宪所夺,后世也泛称公主园林为沁园,此词牌由此得名。双调一百十四字,平韵。　　②此词作于宋宁宗嘉泰三年癸亥(1203),时稼轩起知绍兴府兼浙东安抚使。岳珂《桯史》卷二:"嘉泰癸亥岁,改之在中都,时辛稼轩弃疾帅越,闻其名,遣介招之,适以事不及行,作书归辂者,因效辛体赋《沁园春》

一词,并缄往,下笔便逼真。其词曰'斗酒彘肩'云云。辛得之大喜,致馈数百千,竟邀之去。馆燕弥月,酬唱亹亹,皆似之,愈喜。垂别,赒之千缗,曰:'以是为求田资。'改之归,竟荡于酒,不问也。"是年稼轩年六十四,改之年五十。题目一本作"寄辛承旨,时承旨招,不赴"。稼轩进枢密院承旨在宁宗开禧三年(1207),时改之已死,稼轩亦未受命即卒,此题系后人所改。　　③彘肩,猪肘子。渡江,指自杭州渡钱塘江至绍兴。④香山居士,唐白居易,晚年自号香山居士。他曾为杭州刺史。林和靖,林逋,字君复,隐居孤山二十年,以种梅养鹤著称,卒后谥曰和靖先生。坡仙老,即苏轼,自号东坡居士,曾两任杭州刺史。驾勒吾回,即勒吾驾回。　　⑤"坡谓"三句,化用苏轼《饮湖上初晴后雨》诗:"水光潋滟晴方好,山色空蒙雨亦奇。欲把西湖比西子,淡妆浓抹总相宜。"照台,镜台。⑥"白言"七句,亦化用白居易诗句。天竺,西湖寺名。白居易《春题湖上》诗:"湖上春来似画图。"又,《寄韬光禅师》:"东涧水流西涧水,南山云起北山云。"西湖灵隐有东西两涧,西湖附近有南高峰、北高峰。　　⑦"逋曰"六句,暗香浮动,林逋《梅花》诗:"疏影横斜水清浅,暗香浮动月黄昏。"孤山,西湖中山名,以梅花著名。须,待。徘徊,流连。

【点评】　寄稼轩即仿稼轩风格,然并不落稼轩窠臼。题材体制均甚奇特。全篇如同散文而自然合律。化用三人诗句,最是幽默风趣。是宋词难得有的诙谐作品。

刘过

姜　夔

姜夔(1155—1221?),字尧章,号白石道人,饶州鄱阳(今江西鄱阳)人。年青时流寓汉阳、长沙等地。萧德藻爱其词,妻以兄子。白石多才多艺,能诗善书,尤擅长音乐。他一生为客,与范成大、杨万里、辛弃疾等都有交谊,中年以后依张镃达十年之久。晚居西湖以终。

宋代词坛,婉约派在北宋极为繁盛,经过兵火的冲击,南宋前期差不多销声匿迹了,到姜白石才又最后一振。白石一生,只是一个风流清客。他的词以其洒脱清空的语言,抒其凄怆哀婉的怀抱,风神潇洒,空灵蕴藉;然论其内涵,却颇嫌虚弱。抒写爱情的词是白石集中上乘之作,诚如胡云翼所说,白石的爱情词"不同于柳、黄、秦、周,他的词和浮艳的情调完全无缘,没有丝毫猥亵的成分,而是一种永不能忘的情爱的追忆"。然白石的笔永远离不开个人狭窄的范围,缺乏辛稼轩那种纵贯古今、胸怀祖国的境界。家国之恨,时代之悲,在他的笔下亦间有触及,然往往一掠而过。"小红低唱我吹箫"是姜白石的人生象征,也是他的诗词品格。姜白石特别重视格律,为了迁就形式,不惜使内容空泛甚至晦涩。像《暗香》《疏影》那样的有名作品,也未免给人以扑朔迷离之感。他的后继者吴文英、周密、王沂孙、张炎辈,被人们称之为格律派,由追求形式而走向雕琢晦涩,他们虽也名噪一时,却少有动人心魄的作品。姜白石也是颇有成就的诗人,他的抒情写景的小诗,轻灵秀逸,在范、杨、陆之外别树一帜。有《白石道人歌曲》《白石道人诗集》。

扬州慢

淳熙丙申至日,予过维扬。夜雪初霁,荠麦弥望。入其城,则四顾萧条,寒水自碧,暮色渐起,戍角悲吟。予怀怆然,感慨今昔,因自度此曲。千岩老人以为有黍离之悲也。①

淮左名都,竹西佳处,解鞍少驻初程②。过春风十里③,尽荠麦青青。自胡马窥江去后,废池乔木,犹厌言兵④。渐黄昏,清角吹寒,都在空城。　　杜郎俊赏,算而今,重到须惊⑤。纵豆蔻词工,青楼梦好,难赋深情⑥。二十四桥仍在⑦,波心荡,冷月无声。念桥边红药⑧,年年知为谁生!

【注释】　①扬州慢,白石自度曲,双调九十八字,平韵。淳熙丙申至日,宋孝宗淳熙三年(1176)冬至日,时白石约二十二岁。维扬,即扬州。千岩老人,萧德藻,字东夫,长乐(今福建省福州市长乐区)人,晚年居福州,自号千岩老人。他很赏识姜夔,以其侄女妻之。黍离之悲,见张元干《贺新郎·送胡邦衡待制赴新州》词注②。夏承焘按:"白石淳熙十三年丙午始从德藻游,在作此词后之十年;此词小序末句,盖后来所增。"　②淮左,宋置淮南东路和淮南西路,淮南东路称淮左,古人以江东为左。竹西,杜牧《题扬州禅智寺》诗:"谁知竹西路,歌吹是扬州。"后人因于禅智寺左建竹西寺。③春风十里,杜牧《赠别》诗:"娉娉袅袅十三馀,豆蔻梢头二月初。春风十里扬州路,卷上珠帘总不如。"词作于冬日,此指往日繁华的街道。　　④胡马窥江,指金人南侵。郑文焯校《白石道人歌曲》云:"绍兴三十年,完颜亮南寇,江淮军败,中外震骇。亮寻为其臣下杀于瓜州。此词作于淳熙三年,寇平已十有六年,而景物萧条,依依有废池乔木之感。"兵,指兵祸,金兵蹂躏之祸。　　⑤杜郎,唐代诗人杜牧。唐文宗大和七年(833)为淮南节度使牛僧孺掌书记,官于扬州。俊赏,风流逸兴;杜牧在扬州颇有游冶艳情,并有诗作多首。算,就算,系假定语气。　　⑥纵,即使。豆蔻词工,见前注③。豆蔻,多年生常绿草本植物,全形似芭蕉,叶片细长,初夏开淡黄色花朵;杜牧诗中以豆蔻花喻少女。青楼梦好,杜牧《遣怀》诗:"落魄江湖载酒行,楚腰纤细掌中轻。十年一觉扬州梦,赢得青楼薄幸名。"　　⑦二十四桥,扬州在唐代极为繁华,城中有桥二十四座,北宋时尚有七座。"二十四桥仍在",并非纪实。见沈括《补笔谈》卷三。杜牧《寄扬州韩绰判官》:"青山隐隐水迢迢,秋尽江南草未凋。二十四桥明月夜,玉人何处教吹箫?"　　⑧红药,芍药。《能改斋漫录·芍药谱》:"扬州芍药,名于天下,非特以多为夸也,其敷腴盛大而纤丽巧密,皆他州所不及。"

【点评】　白石存词,以此篇为最早,亦以此篇压卷,以其能反映扬州遭金人兵燹后的惨象,表现出对敌人之愤恨,留下了苦难时代的印记,是一篇词中的《芜城赋》。下片集中用杜牧冶游扬州的典实,虽情词俊逸,而格调低沉,削弱了所谓黍离之悲的严肃意义,较之辛稼轩的奋呼怒吼,自有云雁泽凫之别。

踏莎行

自沔东来,丁未元日至金陵,江上感梦而作。①

燕燕轻盈,莺莺娇软,分明又向华胥见②。夜长争得薄情知,春初早被相思染③。　　别后书辞,别时针线,离魂暗逐郎行远。淮南皓月冷千山,冥冥归去无人管④。

【注释】　①沔,州名,今湖北省武汉市蔡甸区。姜夔早岁流寓于此。丁未元日,宋孝宗淳熙十四年(1187)元旦。时白石约三十三岁。金陵,今南京。　②燕燕、莺莺,均指梦里恋人。苏轼《张子野年八十五尚闻买妾,述古令作诗》:"诗人老去莺莺在,公子归来燕燕忙。"为此语所本。轻盈,言其体态,娇软,状其语音;前后互文。华胥,梦中。《列子·黄帝》:"黄帝昼寝而梦,游于华胥氏之国。"据夏承焘考证,白石年青时于合肥有所遇,其人系勾栏中姐妹二人,集中多有相思怀念之作。此词梦中所谓燕燕、莺莺,即影合肥二女。　③"夜长"二句,转述梦中恋人诉说相思之情。　④淮南,指合肥,宋属淮南路。冥冥,指寂寞的夜间。末二句醒后追念恋女离魂于夜中寂寞归去,无人管领。

点绛唇

丁未冬,过吴松作。①

燕雁无心②,太湖西畔随云去。数峰清苦,商略黄昏雨③。　　第四桥边,拟共天随住④。今何许? 凭阑怀古,残柳参差舞。

【注释】 ①点绛唇,双调四十一字,仄韵。吴松,即吴淞,今江苏吴江。 ②燕(yān)雁,燕地南归的雁群。 ③清苦,凄清之貌。商略,酝酿、准备之意。 ④第四桥边,即吴江城外之甘泉桥。《苏州府志》:"甘泉桥一名第四桥,以泉品居第四也。"天随,唐陆龟蒙,字鲁望,自号天随子,隐居松江甫里,常泛舟太湖,被称为江湖散人。姜夔于陆氏极为景仰,其《三高祠》诗云:"沉思只羡天随子,蓑笠寒江过一生。"《除夜自石湖归苕溪》诗云:"三生定是陆天随,又向吴淞作客归。"下句"凭阑怀古"即怀天随子。

鹧鸪天 元夕有所梦①

肥水东流无尽期②,当初不合种相思。梦中未比丹青见③,暗里忽惊山鸟啼。 春未绿,鬓先丝,人间别久不成悲④。谁教岁岁红莲夜⑤,两处沉吟各自知。

【注释】 ①此词作于宋宁宗庆元三年(1197),亦怀念合肥恋人之作。夏承焘笺:"白石怀人各词,此首记时地最显,时白石四十馀岁,距合肥初遇,已二十馀年矣。" ②肥水,源出安徽合肥西南紫蓬山,北流三十里分而为二,其一东流经合肥入巢湖,其一西北流至寿州入淮。 ③丹青,指画像。句意谓梦中所见不如画像真切。 ④春未绿,时尚在元夕,故春尚未绿。鬓先丝,鬓发已有白丝。人间别久不成悲,其实更有深刻的悲哀在。 ⑤红莲,谓灯。欧阳修《蓦山溪·元夕》词:"纤手染香罗,剪红莲满城开遍。"

史达祖

史达祖(生卒年不详),字邦卿,号梅溪,汴(今河南开封)人。他是韩侂胄的亲信,为韩撰拟文书。韩侂胄败后,史亦受黥刑。所作词以咏物擅长。有《梅溪词》。

双双燕① 咏燕

过春社了,度帘幕中间,去年尘冷②。差池欲住,试入旧巢相并③。还相雕梁藻井④,又软语,商量不定。飘然快拂花梢,翠羽分开红影。　芳径,芹泥雨润⑤。爱贴地争飞,竞夸轻俊。红楼归晚,看足柳昏花暝。应自栖香正稳,便忘了天涯芳信⑥。愁损翠黛双蛾⑦,日日画阑独凭。

【注释】 ①双双燕,此史达祖自度曲,词咏双燕,即以为名。双调九十八字或九十六字,仄韵。　②春社,祭祀土神之日为社日,分春社和秋社。立春后第五个戊日为春社。《岁时广记·二社日》:"立春后五戊为春社,立秋后五戊为秋社。"晏殊《破阵子》词:"燕子来时新社,梨花落后清明。"度,过,此指飞进。　③差池,不齐貌,此指双燕翻飞或高或低。《诗·邶风·燕燕》:"燕燕于飞,差池其羽。""差池欲住"二句,指双燕上下翻飞,似欲住去年旧巢。　④相,细看。藻井,有画饰的天花板。　⑤芹泥,香泥。杜甫《徐步》诗:"芹泥随燕嘴。"　⑥"应自栖香正稳"二句,谓双燕一定是在巢里睡得香甜。便忘了天涯芳信,即忘了给闺中人传递远人音讯。("便忘了天涯芳信"句欠周严,表意不畅。) ⑦翠黛,画眉用青黑颜色。双蛾,双眉。此句一本少二字,作"愁损玉人"。

【点评】 写春归双燕轻盈活泼之状,尽态极妍,一派春情荡漾。结尾处点出一位观察者;双燕翻飞,两情燕婉,全由思妇眼中得来,并引起思妇对远人的怀念。组织亦颇有特色。

朱淑真

朱淑真(生卒年不详),号幽栖居士,钱塘(今属浙江杭州)女子。工诗词,嫁为市井民妻,郁郁不得志以殁。词集名曰《断肠词》。

蝶恋花

楼外垂杨千万缕,欲系青春,少住春还去。犹自风前飘柳絮,随春且看归何处? 绿满山川闻杜宇,便做无情,莫也愁人意。把酒送春春不语,黄昏却下潇潇雨。

【点评】 一代才人,厄于身世。使稍得舒展,其清华才气,未必在易安之下!

刘克庄

刘克庄(1187—1269),字潜夫,号后村,莆田(今福建省莆田市)人。以荫补入仕。为建阳令时,因所作《落梅》诗中有"东君谬掌花权柄,却忌孤高不主张"句,被诬为讪谤权臣,由此病废十年。宋理宗时赐同进士出身。他前后四次在朝,为时都甚短暂。官至秘阁修撰,出为福建提刑,以龙图阁学士致仕。宋度宗咸淳五年(1269)卒,年八十三。

豪放派词人刘克庄,是辛稼轩的重要后续。他念念不忘西北神州,眼光所及,甚至比辛稼轩更为广阔。《忆秦娥》词云:"浙河西面边声悄,淮河北去炊烟少。炊烟少,宣和宫殿,冷烟衰草。"不忘君国,也牵挂着南北人民的苦难。特别是对北国的抗战义军和南方的造反民众,其同情与仁爱的心肠,为词史上所少见。《贺新郎·送陈子华赴真州》词云:"记得太行山百万,曾入宗爷驾驭。今把作握蛇骑虎!君去京东豪杰喜,想投戈下拜真吾父。"《满江红·送宋惠父入江西幕》词云:"溪峒事,听侬说:龚遂外,无长策。便献俘非勇,纳降非怯。帐下健儿休尽锐,草间赤子俱求活。"这些见解都极为卓越,是他人作品里听不到的。他的词奔放流畅,挥洒自如。以散文句式入词,在词中大发议论,更是后村词的重要特色。所作词慷慨激烈,较稼轩更甚,但有些作品过于率直。深厚沉着,堂庑规模,当然不能和稼轩相并。有《后村大全集》。

沁园春　梦孚若①

何处相逢,登宝钗楼,访铜雀台②。唤厨人斫就,东溟鲸脍;圉人呈罢,西极龙媒③。天下英雄,使君与操,馀子谁堪共酒杯④!车千两,载燕南赵北,剑客奇才⑤。　　饮酣画鼓如雷,谁信被晨鸡轻唤回⑥。叹年光过尽,功名未立;书生老去,机会方来。使李将军,遇高皇帝,万户侯何足道哉⑦!披衣起,但凄凉感旧,慷慨生哀!

【注释】　①孚若,方信孺(1177—1222),字孚若,莆田人,为刘克庄同乡好友。他曾三次使金,抗节不屈。屡官大理丞,淮东转运判官,知真州,转承仕郎。宋宁宗嘉定十五年(1222)卒,年仅四十六岁。《宋史》有传。　　②宝钗楼,宋时咸阳酒楼,传为汉代始建。陆游《对酒》诗:"但恨宝钗楼,胡沙隔咸阳!"自注"宝钗楼,咸阳旗亭也"。旗亭,酒楼。铜雀台,曹操所建台名,故址在今河北临漳县西南古邺城西北隅。两处都在沦陷区内,诗人未曾到过,因他念念不忘中原,故梦中登览。　　③东溟,东海。鲸,泛指大鱼,鲸脍,鱼片。圉人,养马之官。西极龙媒,西域产骏马。《汉书·礼乐志》:"天马徕,从西极。""天马徕,龙之媒。"颜师古注引应劭曰:"言天马者,乃神龙之类。今天马已来,此龙必至之效也。"④"天下英雄"三句,《三国志·先主传》载,曹操曾谓刘备曰:"今天下英雄,唯使君与操耳。本初之徒,不足数也。"此用以代指孚若与诗人,此系孚若语气。　　⑤剑客奇才,《汉书·李广传附李陵》载,李陵自请曰:"臣所将屯边者,皆荆楚勇士,奇材剑客也。" ⑥"饮酣"二句,谓梦中击鼓助兴,饮酒正酣,却谁知被晨鸡唤醒。画鼓,鼓上有画饰者。一作"鼻息",非是,是妄人所改。 ⑦李将军,李广。《史记·李将军列传》:汉文帝谓李广曰:"惜乎子不遇时!如令子当高帝时,万户侯何足道哉!""叹年光过尽"以下七句,为孚若慨叹,自然也包括作者自身的感受。

【点评】 上片全写梦境,纵横激宕,充满了恢复中原的幻想。孚若的英风豪气,亦全在梦中显现。下片写梦醒后的悲哀。一声鸡唱,从美丽的梦中突然回到了凄凉的现实中。对故友的怀思,对现实的愤慨,国家的命运,个人的遭际,吐露无遗,读之令人心魂震悼!

贺新郎　送陈子华赴真州①

北望神州路,试平章这场公事,怎生分付②?记得太行山百万,曾入宗爷驾驭③。今把作握蛇骑虎④。君去京东豪杰喜,想投戈下拜真吾父⑤。谈笑里,定齐鲁⑥。　　两河萧瑟惟狐兔⑦。问当年,祖生去后,有人来否⑧?多少新亭挥泪客,谁梦中原块土⑨!算事业须由人做⑩。应笑书生心胆怯,向车中闭置如新妇⑪。空目送,塞鸿去⑫!

【注释】 ①陈子华,陈韡,字子华,宋理宗宝庆三年(1227),以仓部员外郎知真州兼淮南东路提点刑狱。后村以词送行。真州,今江苏仪征。题一作"送陈真州子华"。 ②平章,评论,筹划。这场公事,指如何联络各地义军,光复神州;

由上下文可知。怎生分付,怎么对待,怎么进行。　③"记得太行山"二句,中原沦陷以后,中原地区人民纷纷组织义军,抗击金人。宗泽为东京留守,努力同他们联络,约以共同抗金,效忠宋室。熊克《中兴小纪》:"自靖康以来,中原之民不从金者,于太行山相保聚。"《宋史·宗泽传》:"王善者,河东巨寇也,拥众七十万,车万乘,欲据京城。泽单骑驰往善营,泣谓之曰:'朝廷当危难之时,使有如公一二辈,岂复有敌患乎!今日乃汝立功之秋,不可失也。'善感泣曰:'敢不效力!'遂解甲降。杨进号没角牛,兵三十万。王再兴、李贵、王大郎等各拥众数万,往来京西、淮南、河南北,侵略为患。泽遣人谕以祸福,悉招降之。"　④今把作握蛇骑虎,谓统治者对义军感到恐惧,不加信任。握住蛇不敢放开,骑上虎背不敢下来,都是最危险的事。《魏书·彭城王传》:"咸阳王禧疑勰为变……谓勰曰:'汝非但辛勤,亦危险至极。'勰恨之,对曰:'兄识高年长,故知有夷险。彦和握蛇骑虎,不觉艰难。'"彦和,彭城王勰字。　⑤"君去京东"二句,京东,汴京以东,今山东、河南东部和江苏北部地区,宋属京东路。豪杰,指当地义军。想投戈下拜真吾父,料想义军将真诚投奔。唐代宗时,仆固怀恩勾结回纥等内侵。郭子仪率数十骑,免胄入回纥,以大义责之。回纥士兵均投戈下拜,曰:"果吾父也!"即誓好如初。见《新唐书·郭子仪传》。宋绍兴时,张用在江西起事,岳飞以书晓谕。张用得书曰:"真吾父也!"即投降。见《宋史·岳飞传》。("想投戈下拜真吾父"句有语病,表意不明畅。)　⑥齐鲁,今山东地区。　⑦两河,黄河两岸,河南河北,亦即中原地区。萧瑟,萧条荒芜。狐兔,指敌人。句意与张元干《贺新郎·送胡邦衡待制赴新州》"底事昆仑倾砥柱,九地黄流乱注?聚万落千村狐兔"句同。　⑧祖生,即祖逖,东晋爱国名将,曾率军北伐,击败石勒,收复豫州等地。此借指宗泽、岳飞等抗金名将。　⑨新亭挥泪客,参见辛弃疾《水龙吟·甲辰岁寿韩南涧尚书》词注③。二句谓当时士大夫只知道唏嘘感叹,没有力量采取行动,收复中原。　⑩算事业须由人做,此鼓励陈子华有所作为之辞。　⑪书生,作者自指。车中闭置如新妇,南朝梁名将曹景宗性急躁,曾曰:"今来扬州作贵人,动转不得。路行开车幔,小人辄言不可。闭置车中,如三日新妇。遭此邑邑,使人无气。"见《梁书·曹景宗传》。二句作自嘲语,以反衬陈子华勇于任事。(此二句稍弱,冲淡了全词氛围。)　⑫塞鸿,北飞鸿雁,喻陈子华。嵇康《赠秀才入军》诗:"目送归鸿,手挥五弦。"

玉楼春　戏呈林节推乡兄①

年年跃马长安市,客舍似家家似寄②。青钱换酒日无何,红烛呼卢宵不寐③。　易挑锦妇机中字,难得玉人心下事④。男儿西北有神州,莫滴水西桥畔泪⑤!

【注释】　①节推,节度推官。题一作"戏林推"。　②长安,京城的代称,此指临安,今杭州市。客舍似家家似寄,谓客居时多,回家时少。寄,寄寓,客舍。　③日无何,每天什么正事也不干。《汉书·袁盎传》:袁盎"能日饮,无何"。颜师古

注:"无何,言更无馀事。"呼卢,赌博。古代博具有五木,相当于后世骰子。一子两面,一面涂黑画牛犊,一面涂白画雉。掷子时,五子皆黑,叫卢。四黑一白,叫雉。依次而下,叫枭,叫犍。其中卢采最高,雉次之。故赌博称为呼卢唤雉,或曰呼卢。见宋程大昌《演繁露》。 ④"易挑"二句,挑,指刺绣。锦妇,织锦之妇。《晋书·窦滔妻苏氏传》:"窦滔妻苏氏,始平人也,名蕙,字若兰,善属文。滔,苻坚时为秦州刺史,被徙流沙。苏氏思之,织锦为回文旋图诗以赠滔。宛转循环以读之,词甚凄惋。"锦妇,此处泛指妇女,不必指妻子。二句谓要得妇女们的"锦字"易,得她们的真心难。此对一般歌儿妓女而言,且为游戏之语。林节推必爱出入青楼瓦舍,故加以劝告。⑤西北有神州,指沦于金人的中原大地。水西桥,由"年年跃马长安市"句推测,此水西桥当在临安,必为狭斜之地。

【点评】 林节推必豪纵不羁之士,诗人因同乡关系,故加以劝告和鼓励。虽系游戏之笔,亦不忘西北神州,自是刘后村本色。

吴文英

吴文英(生卒年不详),字君特,号梦窗,四明(今浙江省宁波市)人。宋理宗绍定(1228—1233)中入苏州仓幕;景定(1260—1264)时,受知于丞相吴潜,常往来于苏杭间。有《梦窗词》。

吴文英也是一名文词清客,生平与姜白石颇相近似,词作也继承白石而更有所发展,成为南宋后期格律派的典型代表。沈义父《乐府指迷》引述梦窗等人的词论说:"盖音律欲其协,不协则成长短之诗;下字欲其雅,不雅则近乎缠令之体;用字不可太露,露则直突而无深长之味;发意不可太高,高则狂怪而失柔婉之意。思此则知所以为难。"在这种理论指导之下,他的词也就极力在格律音韵词句上追求,以至于走向雕琢晦涩。黄升《花庵词选》引尹焕《梦窗词叙》云:"求词于吾宋,前有清真,后有梦窗。"把清真、梦窗作为宋词的代表,自是格律派词论的观点。就追求形式而论,清真、梦窗确有相同之处;然论其成就,则梦窗不足以望清真项背,两者是不能相提并论的。一种艺术形式越过高峰以后,倘无质的变化则必然走向僵化。词盛于两宋,群峰迭起,到南宋后期已是强弩之末,吴文英辈词论词风的产生,正是这种艺术逐渐僵化的表现。尔后词的发展,再未能达到两宋的繁盛,这种僵化模式也就会自然地得到推崇;这是清代许多词论家极力颂扬梦窗词的原因。

八声甘州　灵岩陪庾幕诸公游①

渺空烟四远,是何年,青天坠长星②?幻苍崖云树,名娃金屋,残霸宫城③。箭径酸风射眼,腻水染花腥④。时靸双鸳响,廊叶秋声⑤。　　宫里吴王沉醉,倩五湖倦客,独钓醒醒⑥。问苍天无语,华发奈山青。水涵空,阑干高处,送乱鸦斜日落渔汀⑦。连呼酒,上琴台去,秋与云平⑧。

【注释】　①灵岩,山名,在江苏苏州市西,天平山之南。范成大《吴郡志》:灵岩山,即古石鼓山,在吴县西三十里,上有吴馆娃宫、琴台、响屧廊,山前十里有采香径。庾幕,仓台幕僚。　②渺,远貌。四远,四望寥廓。是何年,青天坠长星,意谓灵崖系天上落星而成。　③幻,幻化,化作。"幻"字贯串"苍崖云树,名娃金屋,残霸宫城"。名娃,美女,指西施。金屋,汉武帝少时,姑母长公主欲以女阿娇配帝。问曰:"阿娇好否?"曰:"好,欲得阿娇,当作金屋贮之。"见《汉武故事》。此指馆娃宫。残霸,指吴王夫差。他曾打败越王勾践,并北上争霸中原,后来失败,故称残霸。　④箭径,即采香径。《吴郡志》:"采香泾在香山之傍,小溪也。吴王种香于香山,使美人泛舟于溪以采香。今自灵岩望之,一水直如矢,故俗又名箭泾。"据此,径当作"泾"。酸风射眼,冷风刺眼。李贺《金铜仙人辞汉歌》:"东关酸风射眸子。"腻水,脂粉水。花腥,花香。杜牧《阿房宫赋》:"渭流涨腻,弃脂水也。"　⑤靸(sǎ),拖鞋,此动词。双鸳,妇女的绣鞋。响,响屧廊,《吴郡志》:"响屧廊在灵岩山寺。相传吴王令西施辈步屧,廊虚而响,故名。"

屐,木屐。二句谓现时仿佛听到西施辈步屐的声响,原来是满廊落叶的秋声。　　⑥吴王,指吴王夫差,荒于酒色,终为越王勾践所灭。倩,请,此用作请看、试看之意。五湖倦客,指江湖隐士。《吴越春秋》载范蠡曾佐越王勾践灭吴,功成之后,"乘扁舟,出三江入五湖,人莫知其所适"。然此系泛指。三句谓当年宫里吴王荒于酒色,试看泛舟五湖的隐士,他是极其清醒的。意即富贵荒淫者得祸,退处江湖者得福。　　⑦水涵空,远水像涵容天空。温庭筠《春江花月夜词》:"千里涵空澄水魂。"渔汀,水边捕鱼之地。　　⑧琴台,在灵岩山上。秋与云平,与首句"渺空烟四远"呼应。

【点评】　登览兴亡,感慨无限,结尾作一豪语,为全词一振。"连呼酒,上琴台去,秋与云平",平淡然而豪迈,为梦窗名句。

邓 剡

邓剡(1232—1303),字光荐,号中斋。一说,名光荐,字中甫,吉州庐陵(今江西吉安)人。宋理宗景定三年(1262)进士。临安陷后,转徙海南,进行抗元斗争。官至礼部侍郎。宋帝赵昺祥兴二年(1279,元世祖至元十六年),崖山兵败,光荐投海未死,被俘,与文天祥一同北遣,至南京放还。有《中斋集》。

念奴娇　驿中言别①

水天空阔,恨东风,不惜世间英物②。蜀鸟吴花残照里,忍见荒城颓壁③!铜雀春情,金人秋泪,此恨凭谁雪④?堂堂剑气,斗牛空认奇杰⑤!　那信江海馀生,南行万里,不放扁舟发⑥。正为鸥盟留醉眼,细看涛生云灭⑦。睨柱吞嬴,回旗走懿,千古冲冠发⑧。伴人无寐,秦淮应是孤月⑨。

【注释】　①此词见于文天祥《指南录》,题作《驿中言别友人作》,一直以为是文天祥所作。经近人考订,此系文天祥和邓光荐被俘北遣,至金陵,邓光荐放还,乃作此词送别天祥。天祥录入《指南录》,并注明"驿中言别,友人作"。天祥有和作,见附录。驿,指金陵驿馆。　②恨东风,不惜世间英物,犹言天不助英雄,指文天祥抗元失败。三国赤壁之战中,周瑜用火攻曹操。"时东南风急,火烈风猛,船行如箭,烧尽北船,延及岸上营落。"见《通鉴》卷六十五。后人认为天助周瑜。词意谓文天祥却未得如此机缘。英物,犹英杰。《晋书·桓温传》载,桓温出生后不久,温峤闻其啼声,曰:"真英物也。"惜,一本作"借"。　③蜀鸟,即杜鹃,传为蜀帝杜宇之魂所化,故称蜀鸟。吴花,吴地的花。李白《登金陵凤凰台》诗:"吴宫花草埋幽径。"忍见,岂忍见。二句写宋亡后金陵的破败景象。　④铜雀,铜雀台,见刘克庄《沁园春·梦孚若》词注②。据传曹操南征,欲虏东吴大小二乔置之铜雀台。大乔,孙策夫人;小乔,周瑜之妻。杜牧《赤壁》诗:"东风不与周郎便,铜雀春深锁二乔。"此用"铜雀春情"指元军虏宋室嫔妃北去。金人秋泪,据传汉武帝在长安建章宫前铸铜人,手托承露盘。李贺《金铜仙人辞汉歌》序云:"魏明帝青龙元年八月,诏宫官牵车西取汉孝武捧露盘仙人,欲立置前殿。宫官既拆盘,仙人临载,乃潸然泪下。"此用"金人秋泪"指宋宫文物宝器被元军劫掠。　⑤堂堂,壮盛貌。剑气、斗牛,见辛弃疾《水龙吟·过南剑双溪楼》词注③。此句实谓斗牛之间的剑气。奇杰,指文天祥。二句意谓剑气堂堂,却辜负了这一代英杰。⑥那信,哪能想到。江海馀生,文天祥在抗元斗争中,历尽艰难,漂流江海,故称江海馀生。不放扁舟发,言哪能想到,文天祥本系江海馀生,经过南行万里,如今又被俘虏,无法扁舟远走。此句一本作"属扁舟齐发"。("不放扁舟发"或"属扁舟齐发",句意都不甚畅。)　⑦鸥盟,与鸥鸟结盟,指隐处江湖自由地生活。黄庭坚《登快阁》诗:"万里归舟弄长笛,此心吾与白鸥盟。"辛弃疾有《水调歌头·盟鸥》词。此暗喻希望获得自由。涛生云灭,喻时局变幻不定,处境险恶。"生"与"灭"互文。　⑧睨柱吞嬴,战国时赵得和氏璧,秦王欲诈取之。蔺相如奉赵王命携璧入秦。在秦廷发现秦王无意以城换璧,乃赚回原璧,"因持璧却立,倚柱,怒发上冲冠",斥责秦王,"睨柱,欲以击柱。秦王恐其破璧,乃辞谢。"后相如终以完璧归赵。见《史记·廉颇蔺相如列传》。睨,斜视。嬴,指秦王,秦王姓嬴。回旗走懿,蜀汉诸葛亮死在军中,魏司马懿闻讯前来追赶。姜维乃反旗鸣鼓,冲向司马懿,魏司马懿惧而后退。百姓为之谚曰:"死诸葛,走生仲达。"见《三国志·诸葛亮传》裴松之注。仲达,司马懿字。三句谓文天祥忠义奋发,能气压敌人。　⑨秦淮,秦淮河。秦淮应是孤月,即应是秦淮孤月。

【点评】　本词对文天祥作了崇高的评价,感情亦颇真挚。词写倾危局面,却依然气势蓬勃。"水天空阔"四字,足可与东坡"大江东去"媲美。然邓光荐并非造诣很深的词人,用典过多,且相当勉强,表述过于曲折。强步东坡原韵,使有些词句表意不甚明畅。

附:文天祥《念奴娇》

乾坤能大,算蛟龙,元不是池中物。风雨牢愁无著处,那更寒虫四壁。横槊题诗,登楼作赋,万事空中雪。江流如此,方来还有英杰。　　堪笑一叶飘零,重来淮水,正凉风新发。镜里朱颜都变尽,只有丹心难灭。去去龙沙,江山回首,一线青如发。故人应念,杜鹃枝上残月。

文天祥(1236—1283),字宋瑞,号文山,吉州庐陵(今江西省吉安市)人。宋理宗宝祐四年(1256)举进士第一。恭帝德祐元年(1275),元军长驱南下。天祥自江西起兵勤王。次年,临安被围,除右丞相兼枢密使,赴元营议和,被扣留,后得以脱逃,转战于闽赣岭南等地,历尽艰辛,兵败被执,坚贞不屈,元世祖至元十九年十二月初九(1283年1月9日)就义于大都(今北京)。有《文山先生全集》。

徐君宝妻

徐君宝妻,姓名、生卒年不详,岳阳人。陶宗仪《辍耕录》载其"被虏来杭,居韩蕲王府。自岳至杭,相从数千里,其主者数欲犯之,而终以计脱。盖某氏有令姿,主者弗忍杀之也。一日主者怒甚,将即强焉。因告曰:'俟妾祭谢先夫,然后乃为君妇不迟也,君奚用怒哉?'主者喜诺。即严妆焚香,再拜默祝,南向饮泣,题《满庭芳》词一阕于壁上,已,投大池中以死"。

满庭芳

汉上繁华,江南人物,尚遗宣政风流①。绿窗朱户,十里烂银钩②。一旦刀兵齐举,旌旗拥、百万貔貅③。长驱入,歌台舞榭,风卷落花愁。　　清平三百载,典章人物,扫地都休④。幸此身未北,犹客南州。破鉴徐郎何在,空惆怅、相见无由⑤。从今后,断魂千里,夜夜岳阳楼⑥!

【注释】　①宣政,宋徽宗宣和、政和。尚遗宣政风流,谓江南都会,还保有北宋时流风馀韵。　②烂银钩,灿烂的银制帘钩。十里烂银钩,即十里珠帘。"绿窗朱户"二句形容都市繁华。③刀兵齐举,指元军南侵。貔貅(pí xiū),猛兽名,喻勇猛的军士。④清平三百载,自宋太祖建国至南宋之亡,凡三百一十九年,此举其成数。典章,制度法令,此实指整个南宋政权。人物,一本作"文物"。　⑤破鉴徐郎,见朱敦儒《临江仙》词注①。徐郎,此以徐德言喻指徐君宝。　⑥岳阳楼,见张舜民《卖花声》词注①。

蒋 捷

蒋捷(生卒年不详),字胜欲。阳羡(今江苏省宜兴市)人。宋度宗咸淳十年(1274)进士。宋亡后隐居太湖中的竹山,学者称竹山先生。竹山词题材丰富,风格多样,语言亦多创获,然缺乏有宋大家那样的气象和力量。有《竹山词》。

一剪梅　舟过吴江①

一片春愁待酒浇,江上舟摇,楼上帘招。秋娘渡与泰娘桥②,风又飘飘,雨又萧萧。　　何日归家洗客袍,银字笙调,心字香烧③。流光容易把人抛,红了樱桃,绿了芭蕉。

【注释】 ①吴江,今江苏县名,在苏州南面,太湖东畔。②秋娘渡与泰娘桥,原作"秋娘度与泰娘娇",近人据作者《行香子·舟宿兰湾》词中"过窈娘堤,秋娘渡,泰娘桥"校改,知二处均吴江地名。　　③银字笙,笙上用银作字,标示音色高低。白居易《南园试小乐》诗:"高调管色吹银字,慢拽歌词唱渭城。"调,调音。心字香烧,褚人获《坚瓠集》:"心字香,外国以花酿香,作心字焚之。"杨慎《词品》:"所谓心字香者,以香末萦篆成心字也。""银字笙调,心字香烧",是设想归家后之乐趣。

【点评】 纯用白描,自由活泼,亦饶有生活情趣。

金

吴 激

吴激(1090—1142),字彦高,自号东山,建州(今福建省建瓯市)人,宋宰相吴栻之子,书画家米芾之婿。宋靖康末使金被留,官翰林待制。金熙宗皇统二年(1142)出知深州,到官三日卒。彦高工诗文,词作尤为时望所重。今存词仅八首。他以很少的作品在词史上取得一席之地,是金代词坛灼目的明星。

人月圆 宴北人张侍御家有感

南朝千古伤心事,犹唱后庭花①。旧时王谢,堂前燕子,飞向谁家②? 恍然一梦,仙肌胜雪,宫髻堆鸦③。江州司马,青衫泪湿,同是天涯④!

【注释】 ①南朝,东晋之后,宋齐梁陈并都于建业,史称南朝。词中代指已亡于金的北宋。后庭花,即《玉树后庭花》,陈后主所作之艳曲。杜牧《泊秦淮》诗:"商女不知亡国恨,隔江犹唱后庭花。"此袭用杜诗词面,并无不知亡国恨之意。②"旧时王谢"三句,活用刘禹锡《乌衣巷》诗句。"旧时王谢堂前燕,飞入寻常百姓家。"　③髻(jì),妇女挽在头顶的头发。堆鸦,指其发型。　④"江州司马"三句,活用白居易《琵琶行》诗句:"座中泣下谁最多,江州司马青衫湿。""同是天涯沦落人,相逢何必曾相识。"

【点评】　洪迈《容斋题跋》记此词本事:"先公(洪皓)在燕山,赴北人张总侍御家集,出侍儿佐酒,中有一人,意状摧抑可怜。叩其故,乃宣和殿小宫姬也。坐客翰林直学士吴激赋长短句纪之,闻者挥涕。"元好问《中州乐府》注:"彦高北迁后,为故宫人赋此。时宇文叔通亦赋念奴娇,先成而颇近鄙俚。及见彦高此作,茫然自失。是后人有求作乐府者,叔通即批云:吴郎近以乐府名天下,可往求之。"刘祁《归潜志》所记更详:"国初宇文太学叔通主文盟,时吴深州彦高视宇文为后进,宇文止呼为小吴。因会饮酒间,有一妇人,宋宗室子,流落,诸公感叹,皆作乐章一阕。宇文作《念奴娇》,有'宗室家姬,陈王幼女,曾嫁钦慈族。干戈浩荡,事随天地翻覆'之语。次及彦高,作人月圆云云。宇文览之大惊。自是,人乞词,辄曰:当诣彦高也。"词题曰"有感",即感于宋故宫姬也。

吴彦高此词,巧妙地剪裁前人诗中成句而自然妥帖。其故国之思,流落之感,一一自肺腑中倾吐,乃成为有金第一名作。

宇文虚中(1079—1146),字叔通,成都华阳(今四川成都)人,宋徽宗大观三年(1109)进士,使金被留,官翰林学士知制诰,后被杀害。虚中为金前期著名诗人。其所作《念奴娇》词云:"疏眉秀目,看来依旧是,宣和妆束。飞步盈盈姿媚巧,举世知非凡俗。宋室宗姬,陈王幼女,曾嫁钦慈族。干戈浩荡,事随天地翻覆。　　一笑邂逅相逢,劝人满饮,旋旋吹横竹。流落天涯俱是客,何必平生相熟。旧日黄花,如今憔悴,付予杯中醁。兴亡休问,为伊且尽船玉。"

春从天上来

会宁府遇老姬,善鼓瑟,自言梨园旧籍,因感而赋此。①

海角飘零。叹汉苑秦宫,堕露飞萤。梦里天上,金屋银屏。歌吹竞举青冥②。问当时遗谱,有绝艺,鼓瑟湘灵③。促哀弹,似林莺呖呖,山溜泠泠④。　　梨园太平乐府,醉几度春风,鬓变星星⑤。舞破中原,尘飞沧海,风雪万里龙庭⑥。写胡笳幽怨,人憔悴,不似丹青⑦。酒微醒,对一窗凉月,灯火青荧。

【注释】　①会宁府,金早期都城,地在今黑龙江阿城南白城,金熙宗天眷元年(1138)加号上京。瑟,弦乐器名。梨园,唐玄宗教练宫廷歌舞之地,玄宗曾选乐工三百人,宫女数百人,教授乐曲,称皇帝梨园弟子。此代指北宋宫廷教坊。词中"汉苑秦宫",均代指汴京宫禁。　②歌吹,歌唱与奏乐。青冥,天空。　③湘灵,湘水之神。《楚辞·远游》:"使湘灵鼓瑟兮,令海若舞冯夷。"唐钱起有《省试湘灵鼓瑟》诗。此代指鼓瑟姬人。　④哀弹,哀伤的弦声。潘岳《笙赋》:"辍张女之哀弹。"林莺呖呖,山溜泠泠,均形容瑟声之美。　⑤鬓,一作"鬒",黑发。星星,代指白发,左思《白发赋》:"星星白发,生于鬓垂。"　⑥"舞破中原"三句,谓北宋王朝在统治者沉酣歌舞中沦亡,世事发生重大变迁。杜牧《过华清宫》绝句:

"霓裳一曲千峰上,舞破中原始下来。"龙庭,汉代匈奴祭天之所。班固《封燕然山铭》:"蹑冒顿之区落,焚老上之龙庭。"风雪万里龙庭,谓汴梁姬人流落金国都城。　　⑦胡笳,管乐器名,因产生于胡地,故曰胡笳。亦琴曲名,传蔡文姬有《胡笳十八拍》,写其被掠入匈奴的痛苦经历。(今存《胡笳十八拍》实唐人所作。)丹青,图画,指画像。此暗用王昭君故事。据传汉元帝后宫美人甚多,乃使画工图其形貌,按图召幸。宫人皆赂画工,独昭君不与。画工故意丑化她的形象。后以昭君赐匈奴单于,临行召见,貌为后宫第一。见《西京杂记》。人憔悴,不似丹青,谓人流落天涯年华老去因而憔悴,不像画图可以保持往日容颜。

【点评】 此与《人月圆》同一机杼,借鼓瑟姬人事以寓其故国之思、流落之感。题写姬人鼓瑟,而杂用琵琶笳琴故实,此取其意而已,不必拘泥。元好问《中州乐府》论及此词云:"曾见王防御公玉,说彦高此词,句句用琵琶故实,引据甚明,今忘之矣。"其说未必的确,此词并非句句有故实,更非句句用琵琶故实。

风流子

书剑忆游梁①。当时事,底处不堪伤②。念兰楫嫩漪,向吴南浦;杏花微雨,窥宋东墙③。凤城外,燕随青步障,丝惹紫游缰④。曲水古今,禁烟前后,暮云楼阁,春草池塘⑤。　　回首断人肠。年芳但如雾,镜发成霜。独有蚁尊陶写,蝶梦悠扬⑥。听出塞琵琶,风沙淅沥;寄书鸿雁,烟月微茫⑦。不似海门潮信,能到浔阳⑧。

【注释】 ①书剑忆游梁,《史记·司马相如列传》:司马相如"少时好读书,学击剑……客游梁"。梁,此指北宋都城汴梁,今河南开封。 ②底处,何处。底处不堪伤,即处处堪伤。处,一作事,非是。 ③兰楫,桨之美称。嫩漪,春水微波。浦,水边。"南浦"一词出江淹《别赋》:"春草碧色,春水绿波,送君南浦,伤如之何?"窥宋东墙,宋玉《登徒子好色赋》:"天下之佳人,莫若楚国,楚国之丽者莫若臣里,臣里之美者莫若臣东家之子。""然此女登墙窥臣三年,至今未许也。"此四句写当年青春游冶,为美人所垂青。 ④凤城,京城。杜甫《夜》诗:"步蟾倚杖看牛斗,银汉遥应接凤城。"步障,立竹张幕为屏障,用以障蔽尘土。《晋书·石崇传》:"崇作锦步障五十里。"紫游缰,紫色马缰。温庭筠《江南曲》:"傍岸骑马郎,乌帽紫游缰。" ⑤曲水,王羲之《兰亭集序》记永和九年兰亭修禊事,"引以为流觞曲水,列坐其次。虽无丝竹管弦之盛,一觞一咏,亦足以畅叙幽情"。吴自牧《梦粱录》卷二:"三月三日上巳之辰,曲水流觞故事,起于晋时。唐朝赐宴曲江,倾都禊饮踏青,亦是此意。"禁烟,清明前一日为寒食节,禁烟火。宗懔《荆楚岁时记》:"介之推三月三日为火所焚,国人哀之,每岁暮春不举火,谓之禁烟。"春草池塘,谢灵运《登池上楼》诗:"池塘生春草,园柳变鸣禽。" ⑥镜发成霜,镜中照见白发如霜。蚁尊,酒杯。蝶梦,《庄子·齐物论》:"昔者庄周梦为蝴蝶,栩栩然蝴蝶也。""年芳但如雾"四句,一本作"流年去如电,双鬓如霜。欲遣从来遗恨,频近清觞。" ⑦出塞琵琶,据传王昭君出塞,马上弹琵琶。杜甫《咏怀古迹》诗:"千载琵琶作胡语,分明怨恨曲中论。"寄书鸿雁,汉昭帝时,苏武在匈奴,后汉与匈奴和亲,求苏武,匈奴诡言武死。原苏武出使随从常惠夜见汉使,教使者言"天子射上林中,得雁,足有系帛书,言武等在某泽中。"匈奴大惊,因放还苏武。见《汉书·苏建传》。后衍为鸿雁传书故实。"听出塞琵琶"四句,谓自己羁旅异乡,闻边塞的音乐而感慨伤怀,听南翔的鸿雁而思念故国。 ⑧浔阳,长江江西九江附近一段谓之浔阳江,海门潮水,定期来往,谓之潮信。句意谓自己不似海门潮水,能够定期远上浔阳。

蔡松年

蔡松年(1107—1159),字伯坚。宋徽宗宣和末,随其父蔡靖以燕山府降金,初为行台尚书省令史,除真定(今河北正定)判官,遂为真定人。金熙宗天眷三年(1140)随宗弼伐宋,升任刑部员外郎。完颜亮天德初(1150)谋伐宋,以松年家世仕宋,欲耸南宋臣民观听,乃擢以显位,以为贺宋正旦使。使还,任吏部尚书,寻拜参知政事。官至右丞相,封卫国公。正隆四年卒,年五十三。蔡松年为金前期重要诗人,其词在当时亦颇受称赏,甚至与吴激齐名,称"吴蔡体"。其实吴明快而蔡曲晦,吴情真而蔡情伪,词风完全不同。其词曰《明秀集》。

大江东去

还都后,诸公见追和赤壁词,用韵者凡六人,亦复重赋。①

离骚痛饮,笑人生佳处,能消何物②!夷甫当年成底事,空想岩岩青壁③。五亩苍烟,一邱寒碧,岁晚忧风雪④。西州扶病,至今悲感前杰⑤。　　我梦卜筑萧闲⑥,觉来岩桂,十里幽香发。鬼魅胸中冰与炭,一酹春风都灭⑦。胜日神游,悠然得意,遗恨无毫发⑧。古今同致,永和徒记年月⑨。

【注释】　①金太宗天会十五年(1137),金黜伪齐刘豫,于东京置行台尚书省,都元帅宗弼领行台事,蔡松年为行台刑部郎中。金熙宗天眷三年(1140),金背盟伐宋,蔡松年随宗弼南下,兼总军中六部事。临行,诸亲友用苏东坡赤壁词韵作《念奴娇》词送别。蔡松年后有和作。熙宗皇统元年(1141),金与宋再度议和,宋增加岁币,向金称臣。蔡松年因此"还都","诸公见追和赤壁词",又纷纷和作,"用韵者凡六人",蔡"亦复重赋"。词序所云,原委如此。元好问《中州乐府》引蔡氏本词自序云:"王夷甫神情高秀,宅心物外,为天下称首,言少无宦情。使其雅咏玄虚,不经世务,超然遂终其身,则亦何必减嵇阮辈。而当衰世颓俗,力不可为之时,不能远引高蹈,颠危之祸,卒与晋俱,为千古名士之恨。又尝读《山阴诗引》,考其论古今感慨事物之变,既言修短随化,期于共尽,而世殊事异,兴怀一致,则死生终始,物理之常,正当乘化归尽,何足深叹?乃区区列叙一时述作,刊纪岁月,岂逸少之清真简裁,亦未尽忘情于此耶?故因作歌,并及之。"序文即发明全词作意。　②离骚痛饮,《世说新语·任诞》:"王孝伯言:名士不必须奇才,但使常得无事,痛饮酒,熟读《离骚》,便可称名士。"东晋王恭,字孝伯。能消何物,句意谓,笑人生佳处,除了离骚痛饮,还能消何物?亦即除了读《离骚》,痛饮酒,人生没有更好的消受。　③夷甫,即王衍(256—311),字夷甫,琅琊临沂人。西晋惠帝怀帝朝历仕中书令、尚书令、司徒、司空、太尉等要职,然崇尚清谈,"不论世事,唯雅咏玄虚而已","妙善玄言,唯谈老庄为事"。永嘉五年(311)为石勒俘获,被杀。临终,乃曰:"呜呼!吾曹虽不如古人,向若不祖尚浮虚,勠力以匡天下,犹可不至今日。"见《晋书·王衍传》。岩岩青壁,《世说新语·赏誉》:"王公目太尉:岩岩清峙,壁立千仞。"王公,即王导。太尉,即王衍。"夷甫当年",一本作"江左诸人。"江左,指东晋。古以江东为江左,东晋建都建康(今南京),在江之东,故以江左代指东晋。 ④"五亩苍烟"以下五句,用谢安事。谢安(320—385),字安石,陈郡阳夏(今河南太康)人。年四十馀始出仕。晋孝武帝时位至宰相。太元八年(383),前秦苻坚率百万大军南侵东晋,谢安使弟谢石、侄谢玄等率晋军八万,大败苻坚于淝水,并乘机收复洛阳及青、兖、徐、豫等州,保障了江南的安全。见《晋书·谢安传》。五亩苍烟,一邱寒碧,指谢安隐居之地。谢安曾隐居会稽东山,"与王羲之及高阳许询、桑门支遁游处,出则渔弋山水,入则言咏属文,无处世意"。后"安虽受朝寄,然东山之志,始末不渝,每形于言色"。见《谢安传》。岁晚忧风雪,谓谢安晚年为孝武帝所忌。见叶梦得《八声甘州》词注⑨。 ⑤西州,指建康西州门。西州扶病,谢安始终未忘东山之志,及出镇广陵,尽室而行,拟经略粗定,即由海道东还。"雅志未就,遂遇疾笃"。奉诏还都,"闻当舆入西州门,自以本志不遂,深自慨失"。未几即去世。见《谢安传》。前杰,即指谢安。上片写晋代名士的悲哀:失败者如王衍,身败名裂,无所成事,"空想岩岩青壁";成功者如谢安,亦雅志未遂,遂遇疾笃,只留得后人"悲感前杰"。无论失败者与成功者都是悲剧,最足以说明,除却离骚痛饮,人生佳处能消何物。(这是泯灭人生的是非本质,王衍清谈误国导致杀身之祸,与谢安本志不遂而深为慨叹,有本质的不同。) ⑥卜筑萧闲,蔡松年在家乡镇阳有萧闲堂,并自号萧闲老人。 ⑦嵬隗(wéi wěi),犹嵬磊,一本即作"磈磊",不平貌,常用以指胸中郁积。《世说新语·任诞》:东晋王忱谓"阮籍胸中垒块,故须以酒浇之"。垒块,犹魂垒、魂磊。冰与炭,《韩非子·显学》:"冰炭不同器而久。"冰冷炭热,二者不相容,喻胸中矛盾激烈。韩愈《听颖师弹琴》诗:"颖乎尔诚能,无以冰炭置我肠!"一酌,指饮酒。句意谓只有杯酒落肚,乃可以消释胸中魂磊。蔡松年另一首《大江东去》云:"感时怀古,酒前一笑都释。"可为此处注脚。 ⑧胜日神游,即神游萧闲,与过片"我梦"相应。遗恨无毫发,谓神往故山,悠然自得,无毫发遗恨。 ⑨"古今同致"二句:致,有旨趣之义,又有归宿之义。古今同致,谓古往今来,人们有同样的旨趣,同样的归宿。永和,东晋穆帝年号。王羲之《兰亭集序》开头即记述"永和九年,岁在癸丑,暮春之初,会于会稽山阴之兰亭,修禊事也"。徒记,空记,谓没有必要。按,《兰亭集序》云:"夫人之相与俯仰一世,或取诸怀抱,晤言一室之内;或因寄所托,放浪形骸之外。虽取舍万殊,静躁不同,当其欣于所遇,暂得于己,快然自足,曾不知老之将至。及其所之既倦,情随事迁,感慨系之矣。向之所欣,俯仰之间,已为陈迹,犹不能不以之兴怀。况修短随化,终期于尽。古人云:死生亦大矣,岂不痛哉!每览昔人兴感之由,若合一契,未尝不临文嗟悼,不能喻之于怀。故知一死生为虚诞,齐彭殇为妄作。后之视今,亦犹今之视昔,悲夫!故列叙时人,录其所述,虽世殊事异,所以兴怀,其致一也。后之览者,亦将有感于斯文。"王羲之原意,是说人生短促,最后都同归于尽,令人悲叹,故应该把握现实,珍惜人生的价值。全文思想前后一致。蔡松年曲解原文,他认为王羲之既然认识到修短随化,期于共尽,"则死生终始,物理之常",不值得深叹。但王羲之竟然郑重其事地叙述这次聚会,并要列叙时人,录其所述,可见王羲之并未忘情人事,精神上并未超脱。所以词中说,既然古今都同一旨趣,同一归宿,修短随化,同归于尽,则王羲之郑重地记述永和修禊的年月是没有意义的。(王羲之本来就崇尚实务,关心国家民族,反对虚谈浮议。他明说"故知一死生为虚诞,齐彭殇为妄作"。曾批评谢安说:"今四郊多垒,宜人人自效,而虚谈废务,浮文妨要,恐非当今所宜。"这种精神极其宝贵,蔡松年的指责毫无道理。)下片表述词人追求"萧闲"的梦想,只有优游山水,才能消释胸中的冰炭,委婉地表达其厌倦官场的意向。

【点评】《大江东去·离骚痛饮》是蔡松年的代表作,元好问《中州乐府》取以压卷,谓此为"公乐府中最得意者,读之则其平生自处,为可见矣"。其实此词有很大的缺陷,堆砌如此之多的典故,上下句之间跳跃过大,词旨句意曲折晦涩。唯其如此,所以解说者言人人殊,而且往往不得要领。

蔡松年以降顺之臣,忝仕异国,而且极力攀附,热衷仕进,战战兢兢地爬上金国朝臣的最高地位。他在诗词中不断高唱归隐故山的调子,表白自己"自幼刻意林壑,不耐俗事,懒慢之僻,殆与性成"(《雨中花》词序),而真正的用心却是"晚被宠荣,叨陪国论,上恩未报,未敢遽言乞骸。"(《水龙吟》词序)他卜筑萧闲别业,自号萧闲老人,其实并没有一日"萧闲"过。蔡松年不是不知道自己的行为有违传统的道德,所以他在诗词中涉及有关的行动,总是使用"远行""有事"之类扑朔迷离的词语,而不明说到底远向何处,究竟有何贵干,对行动的内容讳莫如深。他之所以要不断念叨着归隐萧闲的经文,不过是借以掩饰内心的愧赧,同宇文虚中、吴激等人自恨平生思怀乡国的感情不能同日而语。他的词作之所以意旨隐晦,根本原因即在于此。

月华清

楼倚明河①,山蟠乔木,故国秋光如水。常记别时,月冷半山环佩②。到而今,桂影寻人,端好在,竹西歌吹,如醉③。望白蘋风里,关山无际。　　可惜琼瑶千里④,有年少玉人,吟啸天外。脂粉清辉,冷射藕花冰蕊⑤。念老去,镜里流年,空解道,人生适意,谁会⑥?更微云疏雨,空庭鹤唳。

【注释】　①明河,天河。楼倚明河,形容其高。　②环佩,女子衣带上所系佩玉。《礼记·经解》:"行步则有环佩之声。"二句写往昔送别情景,月光下异常清静,只有半山环佩之声。环佩,既指伊人佩玉,又比喻送行路上,晚风轻摇树叶。③桂影,传月上有仙桂,桂影即代指月光。端好在,存问之词,犹言应该好吧。竹西歌吹,杜牧《题扬州禅智寺》诗:"谁知竹西路,歌吹是扬州。"此处借用,不必指扬州。"到而今"以下,设想伊人今夕,恍惚月光也在寻人,伊人应该好吧,或许仍在竹西歌吹,令人如醉。　④琼瑶,美玉,喻皎洁的月光。⑤脂粉,胭脂香粉,女子化妆用品,此即代指玉人。清辉,指月光。藕花冰蕊,都指荷花,此处喻玉人美丽的容颜。　⑥流年,流逝的年光。"念老去"以下,叹息年光老去,空说人生适意即可,不用追求富贵,然谁能做到,谁能理解?

刘 著

刘著(生卒年不详),字鹏南,晚号玉照老人,舒州皖城(今安徽潜山)人。宋徽宗政宣间进士,入金历仕州县,年六十馀始入翰林,充修撰,后出守武遂,终忻州刺史。善诗,时与吴激相赠答。《中州乐府》存其词仅一首。

鹧鸪天

雪照山城玉指寒,一声羌管怨楼间①。江南几度梅花发②,人在天涯鬓已斑。　星点点,月团团,倒流河汉入杯盘③。翰林风月三千首,寄与吴姬忍泪看④。

【注释】　①羌管,即笛。　②"江南"句,因笛有《梅花落》曲,故闻笛而想到江南故国的梅花。刘著,皖城人,江南系泛指南方。　③河汉,银河,句意谓月夜饮酒,河汉倒映入杯盘之中。　④"翰林"以下二句,用欧阳修《赠王安石》诗中成句,翰林,欧诗原指李白,并以喻王安石,作者借以自指。吴姬,词中所思之伊人。

刘 迎

刘迎(？—1180)，字无党，自号无诤居士，东莱(今山东莱州)人。金世宗大定十四年(1174)进士，任豳王府记室，改太子司经。大定二十年(1180)从驾凉陉，以疾卒。刘迎为金大定时重要诗人，词见于《中州乐府》者仅二首。

乌夜啼

离恨远萦杨柳，梦魂长绕梨花。青衫记得章台路①，归路玉鞭斜。　　翠镜啼痕印袖，红墙醉墨笼纱②。相逢不尽平生事，春思入琵琶。

【注释】　①青衫，一般士人和低级官吏所著衣服。唐制，官八九品服青。此作者表明当时地位低微。章台路，汉代长安章台下街名，诗词中常用以指妓女所居之地。周邦彦《瑞龙吟》词："章台路，还见褪粉梅梢，试花桃树。"　②醉墨笼纱，唐王播少孤贫，尝客扬州惠昭寺木兰院，每闻斋饭钟声，即随僧斋飧，僧颇厌之，后故意将鸣钟开饭改为饭后鸣钟，播至，斋饭已过。后二纪，播自重位镇是邦，因访旧游，往日所题诗已用碧纱笼之。播因题二绝句。其一云："上堂已了各西东，惭愧阇黎饭后钟。二十年来尘扑面，而今始得碧纱笼。"见王定保《唐摭言》。又，宋魏野与寇准同游陕郭僧寺，一起题诗。后复同游，寇准诗已用碧纱笼着，而野诗尘昏满壁，从行官伎以袖拂之。野题诗云："但得时将红袖拂，也应胜似碧纱笼。"

见吴处厚《青箱杂记》。刘迎词系借用典实中词面,含意与原典完全不同。只是谓伊人珍惜往日题诗,故以纱笼着。

【点评】"相逢不尽平生事,春思入琵琶",与晏几道"记得小蘋初见,两重心字罗衣,琵琶弦上说相思",手法相似而内容不同。晏词所写,为最初相会,以琵琶表达当时爱慕之意。刘词所云,乃久别重逢,用琵琶述说往日相思之情。

赵　可

赵可,字献之,金高平(今山西高平)人。海陵王贞元二年(1154)进士。金世宗大定二十七年(1187)以翰林待制出使高丽。官至翰林直学士。

蓦山溪

赋崇福荷花,崇福在太原晋溪。①

云房西下②,天共沧波远。走马记狂游,正芙蕖③,平铺镜面。浮空栏槛,招我倒芳尊。看花醉,把花归,扶路清香满④。

水枫旧曲,应逐歌尘散。时节又新凉,料开遍横湖清浅。冰姿好在,莫道总无情,残月下,晓风前,有恨何人见⑤!

【注释】　①崇福,寺名,北齐天保二年(551)僧永安建,唐大历二年(767)重修,尔后代有兴替。故址在今太原市晋溪镇南五里许大寺村,距晋祠约二里。"大寺荷花"为晋祠胜景之一,至明清犹然。(崇福兴替,蒙友人牛贵琥先生见示颇详,略述如此。)晋溪,即晋水,源出山西太原西南悬瓮山,分北中南三派,并东流入汾水。　②云房,常指僧寺道观,此即指崇福寺。　③芙蕖,即荷花。　④扶路,沿路。⑤冰姿,指荷花。好在,应该好吧,怀想之词。"莫道总无情"四句,化用陆龟蒙《白莲》诗:"无情有恨何人觉,月晓风清欲堕时。"

折元礼

折元礼(？—1222)，字安上，父定远，侨居于忻(今山西忻县)，遂为忻人。金章宗明昌五年(1194)两科擢第，仕至延安治中。《中州乐府》谓元礼死于葭州之难。金宣宗元光元年(1222)蒙古军入葭州，元礼之死当在其时。

望海潮 从军舟中作

地雄河岳，疆分韩晋，重关高压秦头①。山倚断霞，江吞绝壁，野烟萦带沧洲。虎旆拥貔貅②。看阵云截岸，霜气横秋。千雉严城③，五更残角月如钩。　　西风晓入貂裘。恨儒冠误我，却羡兜鍪④。六郡少年，三明老将，贺兰烽火新收⑤。天外岳莲楼⑥。想断云横晓，谁识归舟⑦？剩着黄金换酒，羯鼓醉凉州⑧。

【注释】　①河，黄河。岳，指华山。韩，今山西东南、河南中部，古韩国境。晋，今山西全省、河南北部，古晋国境。重关，似指潼关，在今陕西潼关县北，古为桃林塞，东汉末设关，当陕西、山西、河南三省要冲。　②虎旆，绣有虎形的军旗。貔貅，传为猛兽之名，喻指骁勇的军队。　③雉，古代计算城墙面积，长三丈高一丈为一雉。千雉，言其多。　④儒冠误我，杜甫《奉赠韦左丞丈》诗："纨绔不饿死，儒冠多误身。"兜鍪(dōu móu)，头盔。　⑤六郡，《汉书·地理志》："汉兴，六郡良家子，选给羽林期门，以材力为官，良将多出焉。"

颜师古注:"六郡,谓陇西、天水、安定、北地、上郡、西河。"三明,东汉段颎,字纪明,与皇甫威明、张然明并知名,被称为凉州三明。见《后汉书·段颎传》。苏轼《和梅户曹会猎铁沟》诗:"山西从古说三明,谁信儒冠也捍城。"一作"三关"。贺兰,山名,在宁夏和内蒙古接界处。此代指边境。烽火,指战争。　⑥岳莲,指华山莲花峰。　⑦"想断云横晓,谁识归舟?"一作"挂几行雁字,指引归舟"。　⑧剩着,一作"正好"。羯鼓,鼓名,由羯族传入,故名。击用两杖,又名两杖鼓。凉州,汉置,在今甘肃张掖、酒泉等地。凉州,亦曲名,又指凉州产美酒,此处双关。

【点评】 此词遣词造句,有未尽妥当处,然颇豪迈,与邓千江《望海潮》为金代豪词双璧。

邓千江

邓千江(生卒年不详),临洮(今甘肃临洮)人。刘祁《归潜志》:"金国初,有张六太尉,镇西边。有一士人邓千江者,献一乐章《望海潮》云云。太尉赠以白金百星。"邓千江之名,仅见于此与元好问《中州乐府》。

望海潮　献张六太尉①

云雷天堑,金汤地险,名藩自古皋兰②。营屯绣错,山形米聚,襟喉百二秦关③。鏖战血犹殷④。见阵云冷落,时有雕盘⑤。静塞楼头,晓月依旧玉弓弯⑥。　　看看定远西还⑦。有元戎阃命,上将斋坛⑧。区脱昼空,兜零夕举,甘泉又报平安⑨。吹笛虎牙间⑩。且宴陪珠履,歌按云鬟⑪。招取英灵毅魄,长绕贺兰山⑫。

【注释】①献张六太尉,《中州乐府》作"上兰州守"。张六太尉,《金史·张行信传》:张行信(1163—1231),字信甫,日照(今山东日照)人。金世宗大定二十八年(1188)进士,历官监察御史、山东西路转运使、武安军节度使、礼部尚书,拜太子少傅。金宣宗兴定元年(1217)拜参知政事,二年出为彰化军节度使兼泾州管内观察使,元光元年(1222)迁保大军节度使兼鄜州管内观察使。二月,改静难军节度使兼邠州管内观察使。金哀宗正大八年(1231)卒,年六十九。又《宣宗纪》,贞祐四年(1216)十月,"命张行信摄太尉"。其人两登相位,颇有政绩,刚直敢言,于政事多所陈述。张六太尉当即张行信。邓千江此词之作,当在兴定元光间(1217—1223)。《中州乐府》录有张信甫《蓦山溪》一首,《全金元词》作张中孚。按,张中孚(1097—1155),亦字信甫,在宋官镇戎军兼安抚使,金太宗天会八年(1130)降金,为镇洮军节度使知渭州,又仕于伪齐。金熙宗天眷初,金以地入宋,中孚随地入官于宋。宗弼再定河南陕西,中孚又复入金。在金官行台兵部尚书,拜参知政事。贞元元年(1153)迁尚书左丞,封南阳郡王。贞元三年(1155)以疾告老。张中孚人格卑下,史未称其为太尉。注家或以张六太尉为张中孚,似误。　②云雷,形容军威之盛。任昉《禅梁玺书》:"烽驿交驰,振灵武以遐略;云雷方扇,鞠义旅以勤王。"天堑,天然壕堑,通常指长江,此指黄河。金汤,即金城汤池。金,实指钢铁。谓城如铁铸,池如汤沸,形容城池巩固。《汉书·蒯通传》:"边地之城,必将婴城固守,皆为金城汤池,不可攻也。"名藩,重要藩镇。皋兰,山名,在甘肃兰州市东南,汉武帝元狩二年(121)骠骑将军霍去病出陇西,鏖战皋兰下,即此。隋开皇元年(581)立兰州,即由皋兰得名。此即指兰州。名藩自古皋兰,即皋兰自古名藩。　③营屯绣错,军营如锦绣错置。柳宗元《茅亭记》:"苍翠诡状,绮绾绣错。"山形米聚,《后汉书·马援传》:"(援)又于帝前聚米为山谷,指画形势,开示众军所从道径往来,分析曲折,昭然可晓。"此用以形容山的形势。襟喉,胸襟咽喉,喻指要塞。百二秦关,《史记·高祖本纪》:"秦形胜之国,带山河之险,悬隔千里,持戟百万,秦得百二焉。"集解引苏林曰:"秦地险固,二万人足当诸侯百万人也。"("百二"解释颇难,姑引注如此。)三句谓兰州为百二秦关的要冲。　　④鏖(áo)战,激烈战斗。殷(yān),黑红色。　　⑤雕盘,雕在天空盘旋。　　⑥玉弓,指弦月。李贺《南园》诗:"晓月当帘挂玉弓。"二句实写城头晓月,又暗喻塞尘虽静,将士犹警惕备敌之意。　　⑦定远,东汉班超建功西域,为西域都护,封定远侯。此用以比张六太尉。　　⑧元戎,统帅。阃(kǔn)命,语本《史记·张释之冯唐列传》:"阃以内者,寡人制之;阃以外者,将军制之。"阃,城郭门槛,实代指城门。阃命,犹阃外之命,实即全权托付之意。斋坛,斋戒设坛。《史记·淮阴侯列传》:萧何劝刘邦拜韩信为大将,曰:"王必欲拜之,择良日,斋戒,设坛场,具礼,乃可耳。"句谓张六太尉受朝廷信任,寄元戎阃外之命,斋坛以拜大将。　　⑨区(ōu)脱,匈奴语音译,为边界戍守伺望的土堡。边境平静,故区脱昼空。兜零,烽火台上举烽之器。《汉书·贾谊传》注引文颖曰:"边方备胡寇,作高土橹,橹上作桔皋,桔皋头兜零,以薪草置其中,常低之,有寇即火燃举之以相告,曰烽。又多积薪,寇至即燃之,以望其烟,曰燧。"甘泉,汉宫名,故址在今陕西淳化甘泉山上。此代指朝廷。又报平安,举烽以报警,亦报平安。唐制,每夜初放烟一炬,曰平安火。兜零夕举,即夕举平安火。三句谓战争平息,边境平安。　　⑩虎牙,绣有虎形的牙旗,为军中旗帜。吹笛虎牙间,亦谓边尘平静,故军中作乐。　　⑪珠履,鞋上嵌有珍珠。《史记·春申君列传》:"客三千馀人,其上客皆蹑珠履。"云鬟,妇女鬟髻如云,此代指歌舞伎女。　　⑫英灵毅魄,指往日战争中阵亡将士之魂。《楚辞·国殇》:"魂魄毅兮为鬼雄。"贺兰山,在宁夏与内蒙古交界处。二句谓张六太尉功成富贵,不忘往日阵亡将士。末二句《全金元词》作"未拓兴灵,醉魂长绕贺兰山"。

【点评】 此为献赠之词,自有颂扬之意,然无谀媚逢迎之态。用典如此之多,仍觉自然妥帖,无饾饤堆砌之嫌。颇挟伊凉豪侠之气,勃郁于字里行间。金代词中上乘。邓千江,不知何如人也,词作仅留此一首,未得窥其人全貌,殊为可惜。

高　永

高永(1186—1231),字信卿;初名夔,字舜卿;又名揆,字应庵;渔阳(今天津市蓟州区)人,贞祐南迁后居嵩州。游李纯甫门下,累举不第,金哀宗正大末卒于汴京,年四十六。

大江东去　滕王阁①

闲登高阁,叹兴亡,满目风烟尘土。画栋珠帘当日事,不见朝云暮雨。秋水长天,落霞孤鹜②,千载名如故。长空澹澹,去鸿嘹唳谁数③?　　遥忆才子当年,如椽健笔,坐上题佳句④。物换星移知几度,遗恨西山南浦⑤。往事悠悠,昔人安在,何处寻歌舞。长江东注,为谁流尽今古⑥?

【注释】①滕王阁,故址在江西南昌章江门上,西临赣江,为唐高祖之子李元婴官洪州刺史时所建,后李元婴封滕王,因称滕王阁。代有兴废,后焚毁,1949年后重建。唐高宗咸亨间,阎伯屿为洪州都督,九月九日,大宴宾僚于滕王阁。时青年诗人王勃省父交趾,过南昌,因预宴,作《秋日登洪府滕王阁饯别序》,为唐代骈文名作。序文后有诗云:"滕王高阁临江渚,佩玉鸣鸾罢歌舞。画栋朝飞南浦云,珠帘暮卷西山雨。闲云潭影日悠悠,物换星移几度秋。阁中帝子今何在,槛外长江空自流!"高永此词,多隐括序与诗中名句。　②"秋水长天"二句,用《滕王阁序》中名句"落霞与孤鹜齐飞,秋水共长天一色"。　③"长空澹澹"二句,杜牧《登乐游原》诗:"长空澹澹孤鸟没,万古销沉向此中。" ④才子,指王勃。如椽健笔,谓其笔力雄健。《晋书·王珣传》:"梦人以大笔如椽与之。既觉,语人曰:'此当有大手笔事。'"《新唐书·王勃传》:"初,道出钟陵。九月九日,都督大宴滕王阁,宿命其婿作序以夸客。因出纸笔遍请客,莫敢当,至勃沉然不辞。都督怒,起更衣,遣吏伺其文辄报,一再报,语益奇,乃矍然曰:'天才也。'请遂成文,极欢罢。" ⑤"物换星移"二句,用王勃诗句意。 ⑥"长江东注"二句,既含王勃诗"阁中帝子今何在,槛外长江空自流"句意,又暗用苏轼《念奴娇·赤壁怀古》词"大江东去,浪淘尽,千古风流人物"句意。长江,一作"大江",指赣江。赣江北流,并非"东注",诗人就势用词,不较方位。"今古"一作"千古"。

王 渥

王渥(1186—1232),字仲泽,太原(今山西太原)人。金宣宗兴定二年(1218)进士。居军中十年,连任三府经历官,后为宁陵县令,入为尚书省掾。金哀宗正大七年(1230)出使南宋,应对敏捷,被称为"中州豪士"。归为大学助教,充枢密院经历官,迁右司都事。天兴元年(1232),从赤盏合喜出援武仙,阵亡。《中州乐府》录其词仅《水龙吟》一阕。

水龙吟 从商帅国器猎,同裕之赋①

短衣匹马清秋,惯曾射虎南山下②。西风白水,石鲸鳞甲③,山川图画。千古神州,一时胜事,宾僚儒雅。快长堤万弩,平冈千骑,波涛卷、鱼龙夜④。　　落日孤城鼓角,笑归来,长围初罢⑤。风云惨澹,貔狼得意,旌旗闲暇⑥。万里天河,更须一洗,中原兵马⑦。看鞬櫜鸣咽,咸阳道左,拜西还驾⑧。

【注释】 ①商帅国器,即完颜斜烈,名鼎,字国器,以善战知名,自寿泗元帅转安平都尉,镇商州。见《金史·完颜斜烈传》。裕之,即元好问。　②"短衣匹马"二句,西汉李广尝屏居蓝田南山中射猎。见《史记·李将军列传》。杜甫《曲江三章》:"故将移住南山边。短衣匹马随李广,看射猛虎终残年。"南山,即终南山。词作于商州,故用李广射猎南山典。③石鲸鳞甲,《三辅黄图》:"昆明池中有豫章台及石鲸,刻石为鲸鱼,长三丈,每至雷雨,常鸣吼,鬣尾皆动。"杜甫《秋兴八首》:"石鲸鳞甲动秋风。"此处似用以形容山川形势。　④快,快意,以此为快。鱼龙夜,杜甫《秋兴八首》"鱼龙寂寞秋江冷",仇注引《水经注》"鱼龙以秋日为夜"。杜诗谓秋江鱼龙寂寞,此处"鱼龙夜"谓如鱼龙之欢跃,与杜诗取意不同。波涛卷,鱼龙夜,形容射猎部伍之壮。　⑤长围,即指围猎。⑥惨澹,阴暗貌。风云惨澹,谓风云变色。貔貅,猛兽之士,用以喻军士。　⑦"万里天河"三句,杜甫《洗兵马》诗:"安得壮士挽天河,净洗甲兵长不用。"甲兵、兵马,都代指战争。词意系希望止息战争,时金国已受到蒙古的严重威胁。　⑧鞬櫜(jiān gāo),弓囊箭袋。《左传》僖公二十三年"右属櫜鞬"杜预注:"櫜以受箭,鞬以受弓。"鸣咽,此指行军时鞬櫜发出的琐细声音。鞬櫜鸣咽,表示军行整肃。咸阳,在今陕西长安区东。拜西还驾,谓道旁百姓拜迎主帅胜利回师。末三句紧承前三句来,仍然是一种希望和祝愿。

王渥

元好问

元好问(1190—1257),字裕之,号遗山,太原秀容(今山西忻县)人。祖系出北魏拓跋氏。少作《箕山》《琴台》等诗,甚得赵秉文推重。金宣宗兴定五年(1221)进士,正大元年(1224)中博学宏词科,历官镇平、内乡、南阳县令,为时都甚短。天兴初擢尚书省掾,除左司都事。金亡,隐居秀容,建野史亭,致力于金代史料的收集和诗词的编纂,编成《壬辰杂稿》(已佚)和《中州集》。元好问是有金一代最为杰出的诗人,其词作亦颇有成就。有《遗山先生全集》。

水调歌头　赋三门津①

黄河九天上,人鬼瞰重关。长风怒卷高浪,飞洒日光寒。峻似吕梁千仞,壮似钱塘八月②,直下洗尘寰。万象入横溃,依旧一峰闲③。　　仰危巢,双鹄过,杳难攀。人间此险何用,万古秘神奸④。不用燃犀下照,未必佽飞强射⑤,有力障狂澜。唤取骑鲸客,挝鼓过银山⑥。

【注释】　①三门津,即三门峡,黄河中游著名峡谷,在山西平陆和河南陕县之间,河中岩岛将河水分成三股,称人门、神门、鬼门,合称三门。山岩险峻,水势湍急,成为奇观。现建有三门峡水利工程枢纽。　②吕梁,水名,指吕梁洪,在今江苏省徐州市东南。《列子·黄帝》:"孔子观于吕梁,悬水三十仞,流沫三十里,鼋鼍鱼鳖之所不能游也。"钱塘,即浙江,江口潮水为天下壮观。　　③一峰,指三门峡中的砥柱山,山岩坚挺,屹峙河中。闲,安详,指其面对横流而岿然不动。(砥柱山今已炸毁)　　④秘神奸,隐藏着鬼神的秘密。　　⑤燃犀下照,详见辛弃疾《水龙吟·过南剑双溪楼》词注④。须臾见水族覆火,奇形异状,或乘马车著赤衣者"。伙飞,古勇士,汉代以为武官名。《汉书·宣帝纪》有"伙飞射士",注引服虔曰"周时渡江,越人在船下负船,将覆之,伙飞入水杀之,汉因以材力名官"。又引如淳曰:"《吕氏春秋》荆有兹非,得宝剑于干将。渡江中流,两蛟绕舟,兹非拔宝剑,赴江刺两蛟杀之。荆王闻之,任以执圭。后世以为勇力之官。兹、伙音相近。"　　⑥骑鲸客,指李白,李白曾自署海上骑鲸客。挝鼓,击鼓。银山,指波涛。

迈陂塘

泰和五年乙丑岁,赴试并州,道逢捕雁者云:"今日获一雁,杀之矣。其脱网者悲鸣不能去,竟自投于地而死。"予因买得之,葬之汾水之上,累石为识,号曰雁丘。时同行者多为赋诗,予亦有《雁丘词》。旧所作无宫商,今改定之。①

问世间,情是何物,直教生死相许②?天南地北双飞客,老翅几回寒暑。欢乐趣,离别苦,就中更有痴儿女。君应有语:渺万里层云,千山暮雪,只影向谁去③?　　横汾路,寂寞当年箫鼓④。荒烟依旧平楚⑤。招魂楚些何嗟及,山鬼暗啼风雨⑥。天也妒,未信与,莺儿燕子俱黄土。千秋万古,为留待骚人,狂歌痛饮,来访雁丘处。

【注释】①泰和,金章宗年号。泰和五年乙丑,为1205年,时元好问十六岁。本词为后来改定之作。并州,今山西太原。汾水,黄河第二大支流,源出宁武县管涔山,东北西南向流贯山西中部,至河津市注入黄河。 ②问世间,一作"恨人间"。直,竟。 ③君,指脱网之雁。谁,何。"渺万里层云"三句,拟孤雁向先死之雁悲悼之词。 ④箫鼓,代指音乐。汉武帝《秋风辞》:"箫鼓鸣兮发棹歌,欢乐极兮哀情多。"句意谓当年箫鼓已经寂寞。 ⑤楚,丛木。 ⑥招魂楚些,《楚辞·招魂》句末多用"些"字,故称"楚些"。"山鬼"句化用《楚辞·九歌·山鬼》"杳冥冥兮羌昼晦,东风飘兮神灵雨"句意,此用以写凄悲景象。

迈陂塘

泰和中,大名民家小儿女,有以私情不如意赴水者,官为踪迹之,无见也。其后踏藕者得二尸水中,衣服仍可验,其事乃白。是岁此陂荷花开无不并蒂者。沁水梁国用时为录事判官,为李用章内翰言如此。此曲以乐府《双蕖怨》命篇。咀五色之灵芝,香生九窍;咽三清之瑞露,春动七情。韩偓《香奁集》中自叙语。①

问莲根,有丝多少,莲心知为谁苦②?双花脉脉娇相向,只是旧家儿女。天已许,甚不教,白头生死鸳鸯浦?夕阳无语。算谢客烟中,湘妃江上,未是断肠处③。　　香奁梦,好在灵芝瑞露④。人间俯仰今古。海枯石烂情缘在,幽恨不埋黄土。相思树⑤,流年度,无端又被西风误。兰舟少住⑥。怕载酒重来,红衣半落,狼藉卧风雨⑦。

【注释】 ①大名,今属河北省。陂,池沼。并蒂,一干两花。双蕖怨,即迈陂塘。韩偓,唐末诗人,字致尧,小字冬郎,其诗多写艳情,词藻华丽,所著曰《香奁集》。 ②丝,莲丝。莲心,莲子胚芽,味苦。南朝乐府《子夜》《读曲》等歌中,常以"丝"与情思之"思","莲"与怜爱之"怜"谐音双关,此词亦然。 ③谢客,南朝刘宋诗人谢灵运,小字客儿,因称谢客。谢灵运得罪宋文帝,于广州弃市。临刑作诗,有"恨我君子志,不获岩下泯"之语。(按,谢客事与艳情无涉,又无"烟中"词语,似嫌不伦,未知别有典实否。)湘妃,舜之二妃娥皇、女英。传舜死于苍梧,二妃闻讯悲哭,自投湘水以死。 ④香奁,本妇女妆饰用香匣,引申为香艳之意。词中"香奁梦",代指爱情的梦想。灵芝瑞露,即用序所引《香奁集》自叙中词语。 ⑤相思树,此即指并蒂荷花。 ⑥兰舟,舟之美称。 ⑦红衣,指荷花瓣。狼藉,凋零散乱。唐赵嘏《长安秋夕》诗:"紫艳半开篱菊静,红衣落尽渚莲愁。"宋姜夔《惜红衣》咏吴兴荷花词:"鱼浪吹香,红衣半狼藉。"

水龙吟

从商帅国器猎于南阳,同仲泽鼎玉赋此。①

少年射虎名豪,等闲赤羽千夫膳②。金铃锦领,平原千骑,星流电转③。路断飞潜,雾随腾沸,长围高卷④。看川空谷静,旌旗动色,得意似,平生战。　　城月迢迢鼓角,夜如何,军中高宴⑤。江淮草木，中原狐兔，先声自远⑥。盖世韩彭，可能只办，寻常鹰犬⑦！问元戎早晚，鸣鞭径去，解天山箭⑧。

【注释】 ①商帅国器，见王渥《水龙吟》词注①。仲泽，即王渥。鼎玉，据施国祁《元遗山乐府笺注》谓为燕人王铉。②射虎，《史记·李将军列传》："广出猎，见草中石，以为虎而射之，中石没镞，视之石也。因复再射之，终不能复入石矣。广所居郡闻有虎，尝自射之。及居右北平射虎，虎腾伤广，广亦竟射杀之。"等闲，言其容易。赤羽，指箭，此处指射箭。千夫，言其多。膳，食物。杜甫《武卫将军歌》："赤羽千夫膳，黄河十月冰。" ③金铃，车马的铃铛。锦领，将士华丽的服饰。金铃则有声，锦领则著色。星流电转，言其行动之迅速。④路，所经过的路。飞潜，飞鸟与游鱼。雾，尘雾。长围，打猎时竖起的帷幕以困野兽。 ⑤"城月"三句，写猎后回城宴饮。 ⑥"江淮草木，中原狐兔"，即江淮原野草木中的狐兔，喻指敌人。先声自远，闻到声势自然远避。 ⑦韩彭，西汉初名将韩信、彭越。可能，难道。办，成为。寻常，普通。鹰犬，飞鹰猎犬。"盖世韩彭"三句，慨叹韩彭亦是平常，反衬商帅将大有作为。 ⑧元戎，主帅，大将，指商帅。解天山箭，唐大将薛仁贵平定九姓突厥，三箭定天山。军中歌曰："将军三箭定天山，战士长歌入汉关。"见《旧唐书·薛仁贵传》。

【点评】 诗词须开拓境界，立意高远，"称文小而指极大，举类迩而见义远"，方成佳作。如写校猎只是校猎，描绘再好，也会局促。金末国势倾危，既要同南方宋室较量，更要抵御北方蒙古的巨大威胁。王仲泽、元裕之从商帅出猎,他们都身在猎围而心忧天下。故王词于"貔狖得意,旌旗闲暇"之际,高歌"万里天河,更须一洗,中原兵马";元裕之写"军中高宴"之后,想到"江淮草木,中原狐兔",更希望"元戎早晚,鸣鞭径去,解天山箭"。如此立意,方为高远,似是对主帅的歌颂,而实为鼓励与鞭策。登临华岳,一小天下,非寻常局促辕下者所可比拟。

临江仙　自洛阳往孟津道中作①

今古北邙山下路②,黄尘老尽英雄。人生长恨水长东③。幽怀谁共语,远目送归鸿④。　　盖世功名将底用⑤,从前错怨天公。浩歌一曲酒千钟。男儿行处是,未要论穷通⑥。

【注释】　①孟津,金孟津县在今县东,北临黄河,因黄河渡口孟津得名。　②北邙山,在洛阳城东北,汉魏以来王侯公卿多葬于此,致使"北邙"成为墓地的代称。元好问《北邙》诗云:"贤愚同一尽,感极增悲歔。"　③人生长恨水长东,李煜《乌夜啼》词中成句。　④目送归鸿,嵇康《赠秀才入军》诗:"目送归鸿,手挥五弦。"　⑤底用,何用。　⑥行处是,行处皆是,随遇而安。未要论穷通,无所谓穷通得失。

清平乐

离肠宛转,瘦觉妆痕浅。飞去飞来双语燕,消息知郎近远?　　楼前小雨珊珊,海棠帘幕轻寒。杜宇一声春去,树头无数青山。

元

⊕ 白 朴

白朴(1226—1306),字太素,初名恒、字仁甫,号兰谷,真定(今河北正定)人。生于金哀宗正大三年(1226),父白华仕金枢密院判官。天兴元年(1232),元军入汴,白氏父子相失,时白朴八岁,依父执元好问长成。入元后终身不仕,徙居金陵,放情山水,卒于元成宗大德十年(1306),年八十一。白朴是元代著名杂剧作家,著有《墙头马上》《梧桐雨》等名剧,与马致远、关汉卿、郑光祖并称"元曲四大家"。词亦清隽秀逸。词集名《天籁集》。

夺锦标　得友人王仲常李文蔚书

孤影长嗟,凭高眺远,落日新亭西北。幸有山河在眼,风景留人,楚囚何泣①!尽纷争蜗角②,算都输,林泉闲适。澹悠悠,流水行云,任我平生踪迹。　　谁念江州司马,沦落天涯,青衫未免沾湿③。梦里封龙旧隐④,经卷琴囊,酒樽诗笔。对中天凉月,且高歌,徘徊今夕。陇头人,应也相思,万里梅花消息⑤。

【注释】 ①新亭,亭名,三国时吴建,故址在今南京市南。详见辛弃疾《水龙吟·甲辰岁寿韩南涧尚书》词注③。东晋初,北来士人到新亭聚会,哀叹西晋沦亡,相对流涕。白词故意反言之,其实正是更为深沉的悲哀。 ②纷争蜗角,《庄子·则阳》:"有国于蜗之左角者,曰触氏。有国于蜗之右角者,曰蛮氏。时相与争地而战,伏尸数万,逐北,旬有五日而后反。"蜗,蜗牛。 ③"谁念"三句,用白居易《琵琶行》"座中泣下谁最多,江州司马青衫湿"句意。江州司马,词人自喻。谁念,实暗示只有王、李等友人念我。 ④封龙,山名,在今河北鹿泉市境。 ⑤"陇头人"三句,用南朝陆凯《寄范晔》"折梅逢驿使,寄与陇头人。江南无所有,聊赠一枝春"诗意。陇头人,指王仲常、李文蔚,其时二人当在西北。

沁园春 金陵凤凰台眺望①

独上遗台,目断清秋,凤兮不还。怅吴宫幽径,埋深花草;晋时高冢,销尽衣冠②。横吹声沉,骑鲸人去③,月满空江雁影寒。登临处,且摩挲石刻,徙倚阑干④。　　青天半落三山,更白鹭洲横二水间⑤。问谁能心比,秋来水静,渐教身似,岭上云闲。扰扰人生,纷纷世事,就里何常不强颜⑥。重回首,怕浮云蔽日,不见长安。

【注释】 ①凤凰台,在南京凤凰山上,传南朝宋时有凤凰集台上,因以名山,并筑台其上。李白《登金陵凤凰台》诗云:"凤凰台上凤凰游,凤去台空江自流。吴宫花草埋幽径,晋代衣冠成古丘。三山半落青天外,二水中分白鹭洲。总为浮云能蔽日,长安不见使人愁。"本词多隐括李诗字句。　　②吴宫、晋时,三国吴、东晋并建都金陵。衣冠,代指封建社会上层人物。　　③横吹,笛。骑鲸人,指李白。王琦《李太白年谱》引《二老堂杂志》曰:"世传太白因醉溺江,故有捉月台。梅圣俞诗云:'采石月下逢谪仙,夜披锦袍坐钓船。醉中爱月江底悬,以手弄月身翻然。不应暴落饥蛟涎,便当骑鲸上青天。'盖信此而为之说也。"　　④石刻,指凤凰台石刻王荆公(王安石)诗,见点评。徙倚,犹徘徊。　　⑤三山,在南京城西南长江边上,三峰并列,南北相连,故名三山。白鹭洲,南京城西门外江中沙洲,洲分江为二水。后江流西移,遂与陆地相连。⑥就里,这里面。

【点评】　唐圭璋编《全金元词》,本篇后有另一篇《沁园春》,题下注云:"保宁佛殿即凤凰台,太白留题在焉。宋高宗南渡,尝驻跸寺中。有石刻御书王荆公赠僧诗云:'纷纷扰扰十年间,世事何尝不强颜。亦欲心如秋水静,应须身似岭云闲。'意者,当时南北扰攘,国家荡析,磨盾鞍马间,有经营之志,百未一遂,此诗若有深契于心者以自况。予暇日来游,因演太白荆公诗意,亦犹稼轩《水龙吟》用李延年、淳于髡语也。"

按,此注编者误植于下一阕题下,实本篇作者自注,以说明本篇作法,当在本篇题后。词中"怅吴宫幽径""青天半落三山"等句,即演太白诗意,而"问谁能心比,秋来水静,渐教身似,岭上云闲"等句,即演荆公诗语,其为注本篇者甚明。故而与下一阕邈然无涉。

白氏下一阕《沁园春》亦佳,兹附隶于此:"我望山形,虎踞龙盘,壮哉建康!忆黄旗紫盖,中兴东晋;雕栏玉砌,下逮南唐。步步金莲,朝朝琼树,宫殿吴时花草香。今何日,尚寺留萧姓,人做梅妆。　　长江不管兴亡,漫流尽,英雄泪万行。问乌衣旧宅,谁家作主,白头老子,今日还乡。吊古愁浓,题诗人去,寂寞高楼无凤凰。斜阳外,正渔舟唱晚,一片鸣榔。"

王　恽

王恽(1228—1304),字仲谋,号秋涧,卫辉汲(今属河南卫辉市)人。曾师事元好问。元世祖中统元年(1260),姚枢宣抚东平,辟为评议官。累官至中奉大夫,赠翰林学士承旨。元成宗大德八年(1304)卒,年七十七。有《秋涧集》。

点绛唇　送董彦才西上

杨柳青青,玉门关外三千里①。秦山渭水,未是销魂地。坦卧东床②,恐减风云气。功名际,愿君着意,莫揾春闺泪。

【注释】　①杨柳青青,王之涣《凉州词》:"羌笛何须怨杨柳,春风不度玉门关。"此反用其意,谓玉门关外,亦复杨柳青青。　②坦卧东床,东晋初太尉郗鉴遣门生到王家选女婿,丞相王导叫他到东厢自选,门生归告郗鉴曰:"王家诸郎亦皆可嘉,闻来觅婿,咸自矜持,唯有一郎东床上坦腹卧,如不闻。"郗公云:"正此好。"访之,乃王羲之。见《世说新语·雅量》。此借用其词面,坦卧东床,喻安适的生活,然用典似欠妥。

刘　因

刘因(1249—1293),字梦吉,号静修,容城(今河北容城)人。元世祖至元十九年(1282)征授承德郎、右赞善大夫,不久以母病辞归。至元二十八年(1291)再召为集贤学士,以疾固辞。元世祖称之为"不召之臣"。至元三十年(1293)卒,年四十五。刘因以理学家而工诗词,为元代杰出诗人。诗中表现出强烈的遗民思想,感情真挚而沉痛。其词亦有特色。清末况周颐引王鹏运语称刘因词"朴厚深醇中有真趣洋溢,是性情语,无道学气"。有《静修集》,其中《樵庵词》一卷。

鹊桥仙

悠悠万古,茫茫天宇,自笑平生豪举。元龙尽意卧床高①,浑占得,乾坤几许？　　公家租赋,私家鸡黍,学种东皋烟雨②。有时抱膝看青山,却不是,高吟梁甫③。

【注释】　①元龙,汉末陈登,字元龙。典见辛弃疾《水龙吟·登建康赏心亭》词注⑤。　②东皋,东边田地,实泛指田地。潘岳《秋兴赋》:"耕东皋之沃壤兮。"李善注:"水田曰皋。东者,取其春意。"　③梁甫,即《梁甫吟》,乐府题名。《三国志·诸葛亮传》:"亮躬耕陇亩,好为《梁父吟》,身长八尺,每自比于管仲乐毅。"裴松之注引《魏略》:"(诸葛亮)每晨夜从容,常抱膝长啸。"

【点评】　陆游《鹊桥仙》"时人错把比严光,我自是无名渔父",于刘因或不无启发。然陆词直白,刘词宛转,青有出于蓝者。

人月圆

自从谢病修花史①,天意不容闲。今年新授,平章风月,检校云山②。　门前报道,曲生来谒,子墨相看③。老子正尔,天张翠幕,山拥云鬟。

【注释】 ①谢病,因病谢绝礼聘或任命,往往只是借口。元世祖至元二十八年(1291),征聘刘因为集贤学士,刘因称病固辞。修花史,为花修史,指品评花草。　②平章,评论商讨。检校,检阅查核。平章、检校,都是官名。金元有平章政事,位次于丞相。元代行中书省置平章政事,为地方行政长官。元代中书省有检校官。刘因诙谐仿用。　③曲生,即酒。唐郑綮《开天传信记》载:叶法善会朝客数十人于玄真观,思酒饮。忽一人傲睨而入,自云曲秀才。与诸人论难,词锋敏锐。法善疑魍魅为惑,阴以小剑刺之,坠阶下,视之乃盈瓶醁醑。皆大笑,饮之味甚嘉。因揖其瓶曰:"曲生风味,不可忘也。"苏轼《泗州除夜雪中黄师是送酥酒》诗:"欲从元放觅拄杖,忽有曲生来座隅。"子墨,即墨,自亦代指笔墨。汉扬雄《长杨赋》借子墨客卿与翰林主人问答以成文。其序云:"聊因笔墨之成文章,故藉翰林以为主人,子墨为客卿以风。"

西江月　饮山亭留饮①

看竹何须问主,寻村遥认松萝。小车到处是行窝②,门外云山属我。　　张叟腊醅藏久,王家红药开多③。相留一醉意如何,老子掀髯曰可。

【注释】　①饮山亭,梦吉友人王丈利夫所建亭名。集中涉王丈利夫及饮山亭词凡七阕。　②行窝,临时的住所。③腊醅,冬天酿的未滤的酒。红药,红芍药花。

【点评】　辛稼轩《西江月·遣兴》词下片:"昨夜松边醉倒,问松我醉何如。只疑松动要来扶,以手推松曰去。"梦吉此词与稼轩之作,自有神韵相通之处。

南乡子　张彦通寿

窗下络车声,窗畔儿童课六经①。自种墙东新菜荚,青青,随分杯盘老幼情。　　千古董生行,鸡犬升平画不成②。应笑东家刘季子,无能,纵饮狂歌不治生③。

【注释】　①络车,纺纱工具。此指蟋蟀,以其鸣声似纺织,故又名络纬、络丝娘。六经,儒家以诗、书、易、礼、乐、春秋为六经,此泛指儒家经典。　②"千古董生行"二句:韩愈《嗟哉董生行》写董召南隐居寿州安丰,耕田读书,"刺史不能荐,天子不闻名声,爵禄不及门"。诗中写董生家中祥瑞,鸡犬相助,故词中称"鸡犬升平画不成"。　③"应笑东家"三句:汉高祖刘邦,字季,少时不事家人生产作业。见《史记·高祖本纪》。宋张安道《高祖庙》诗有"纵酒疏狂不治生"之句。见叶梦得《石林诗话》。

念奴娇　忆仲良①

中原形势,东南壮,梦里谯城秋色②。万水千山收拾就,一片空梁落月③。烟雨松楸④,风尘泪眼,滴尽青青血。平生不信,人间更有离别。　　旧约把臂燕南,乘槎天上,曾对河山说⑤。前日后期今日近,怅望转添愁绝。双阙红云,三江白浪,应负肝肠铁⑥。旧游新恨,一生都付长铗⑦。

【注释】①仲良,即王庭钰,字仲良,江西上饶人,善画,为刘因挚友。　②谯城,今安徽亳州市,此当为仲良所在之地。　③空梁落月,杜甫《梦李白》诗:"落月满屋梁,犹疑照颜色。"　④松楸,两种乔木名。　⑤把臂,握住手臂,表示亲密或相互誓约。《后汉书·吕布传》:"太守张邈遣使迎之,相待甚厚。临别,把臂言誓。"槎,木筏。乘槎天上,张华《博物志·杂说下》:"天河与海通。近世有人居海渚者,年年八月有浮槎去来不失期。人有奇志,立飞阁于槎上,多赍粮乘槎而去……至一处,有城郭状,居舍甚严,遥望宫中有织妇。见一丈夫牵牛渚次饮之。牵牛人乃惊问曰:'何由至此?'此人具说来意,并问:'此是何处?'答曰:'君还至蜀郡,访严君平则知之。'……后至蜀,问君平,曰:'某年月日有客星犯牵牛宿。'计年月,正是此人到天河时也。"又,《荆楚岁时记》载汉武帝令张骞使大夏,寻河源,乘槎至天河云。词中谓曾与仲良誓约,乘槎远游,或别有寄托。　　⑥肝肠铁,谓为人刚直,肝肠如铁。唐皮日休《桃花赋序》云:"余尝慕宋广平之为相,贞姿劲质,刚态毅状,疑其铁肠与石心,不解吐婉媚辞。"双阙红云,指在朝;三江白浪,指在野。三句谓无论在朝在野,都辜负其平生铁石心肠。　　⑦铗,剑把,长铗,即指长剑。战国时齐人冯谖客孟尝君,初不得志。食无鱼,即歌"长铗归来乎,食无鱼!"出无车,即歌"长铗归来乎,出无车!"后又因无以养家,即歌"长铗归来乎,无以为家!"见《战国策·齐策》。一生都付长铗,即一生都郁郁不得志。

【点评】　樵庵词多写其田园淡泊,富贵浮云,貌似坦然,读此《念奴娇》一阕,深沉悲壮,见出刘梦吉骨髓中本色。

赵孟頫

赵孟頫(1254—1322),字子昂,号松雪道人。宋太祖赵匡胤第十一世孙,其四世祖于宋孝宗时赐第湖州(今浙江湖州吴兴),遂为湖州人。年十四,以父荫补官,任真州司户参军。宋亡,家居力学。元世祖至元二十三年(1286),侍御史程钜夫奉诏至江南搜访遗贤,以孟頫入见,授兵部郎中,迁集贤直学士。元仁宗延祐三年(1316),累官至翰林学士承旨。延祐六年(1319)南归,英宗至治二年(1322)卒,年六十九。赵孟頫是有元一代最有才华的诗人和艺术家,书画冠绝当时,诗歌清逸圆润,其词作亦典雅清丽。有《松雪斋集》。

虞美人　浙江舟中作①

潮生潮落何时了,断送行人老。消沉万古意无穷,尽在长空澹澹鸟飞中②。　　海门几点青山小③,望极烟波渺。何当驾我以长风,便欲乘槎浮到日华东④。

【注释】　①浙江,即钱塘江。　②"消沉"二句,用杜牧《登乐游原》诗意。杜诗云:"长空澹澹孤鸟没,万古销沉向此中。看取汉家何似业,五陵无树起秋风。"汉末大乱,汉室诸陵多被发掘,故杜牧有"五陵无树起秋风"之叹。南宋都于临安(今杭州),元初宋诸帝陵墓亦多被发,松雪用杜牧诗,实有歇后的用意,委婉地表示对宋室亡国的哀痛。　③海门,钱塘江入海处。　④何当,何时能够。驾我以长风,南朝宋宗悫少时言志,谓"愿乘长风破万里浪"。见《宋书·宗悫传》。桴,木筏。《论语·公冶长》:"子曰:'道不行,乘桴浮于海。'"

渔父词①

渺渺烟波一叶舟,西风木落五湖秋②。盟鸥鹭③,傲王侯,管甚鲈鱼不上钩!

【注释】 ①渔父词,即渔歌子。《历代词话》引《太平清话》:"松雪夫人管仲姬……工诗,善画竹,亦能小词。尝题《渔父图》云:'人生贵极是王侯,浮利浮名不自由。争得似,一扁舟,弄月吟风归去休。'"松雪和之云云。 ②五湖,古籍中五湖所指不一,一说为太湖之别名,此处即泛指湖。 ③盟鸥鹭,与鸥鹭结盟为友。黄庭坚《登快阁》诗:"万里归船弄长笛,此心吾与白鸥盟。"辛弃疾《水调歌头·盟鸥》词:"凡我同盟鸥鹭,今日既盟之后,来往莫相猜。"

马致远

马致远(？—1321以后)，字千里，号东篱，大都(今北京)人。曾任江浙省务提举。元代杰出戏曲家，著有《汉宫秋》等名剧多种。

天净沙　秋思

枯藤老树昏鸦，小桥流水人家，古道西风瘦马：夕阳西下，断肠人在天涯！

【点评】　此马东篱著名小曲，所谓"枯藤老树写秋思，不许他人赘一词"者也。元代词多近小曲，而雅曲又颇似小词，故此不妨亦作小词看。连排九个名词词组，构成一幅画图，语言流丽而境界优美，自是小令中秋思绝唱。

虞 集

虞集(1272—1348),字伯生,号道园,人称邵庵先生。祖籍仁寿(今四川仁寿),侨居崇仁(今江西崇仁)。集少从吴澄游,元成宗大德初,荐授大都路儒学教授,历国子助教博士,迁秘书少监,翰林直学士兼国子祭酒,拜奎章阁侍书学士;命修《经世大典》,进侍讲学士。晚年告归江西。元惠宗至正八年(1348)卒,年七十七。虞集与杨载、范梈、揭傒斯称"延祐四大家"。虞氏更享大名,为当时文坛领袖。有《道园学古录》。

风入松 寄柯敬仲①

画堂红袖倚清酣②,华发不胜簪。几回晚直金銮殿,东风软、花里停骖③。书诏许传宫烛,轻罗初试朝衫。　　御沟冰泮水挼蓝,飞燕语呢喃④。重重帘幕寒犹在,凭谁寄银字泥缄⑤:为报先生归也,杏花春雨江南。

【注释】　①柯敬仲,即柯九思(1290—1343),字敬仲,台州仙居(今浙江仙居)人。官奎章阁鉴书博士,鉴定元文宗所藏书画。后寓居松江(今属上海)。元代著名书画家,亦工诗能文。　②画堂,指学士院。红袖,代指年青女子,此指侍女。清酣,清雅酣畅。红袖倚清酣,实即倚红袖清酣。　③金銮殿,皇帝宝殿。《文献通考·学士院》:"故事,学士掌内庭书诏……故学士院常在金銮殿侧。"骖,四匹马驾车,两边的马叫骖,此即代指马。　④泮,解冻。水挼蓝,黄庭坚《诉衷情》词:"山泼黛,水挼蓝,翠相挽。"呢喃,燕子叫声。 ⑤银字泥械,指书信。《宋书·礼志》:"皇太子夜开诸门,墨令银字,棨传令信。"梁简文帝《蒙华林园戒诗》:"昔日书银字,久自忝宗英。"泥械,即泥封,古人寄书用木函,用绳系住,结绳处用泥封后,上盖印章。

附:说虞道园《风入松》词

《风入松·寄柯敬仲》是虞道园的名作。词中"杏花春雨江南",三个名词串在一起,展现出一幅优美的画图,成为千秋佳句。

元陶宗仪《辍耕录》云:"吾乡柯敬仲先生际遇文宗,起家为奎章阁鉴书博士,以避言路居吴下。时虞邵庵先生在馆阁,赋《风入松》长短句寄博士……词翰兼美,一时争相传刻,而此曲遂遍满海内矣。"明瞿祐《归田诗话》云:"虞邵庵在翰林,有诗云:'屏风围坐鬓毵毵,银烛烧残照暮酣。京国多年情尽改,忽听春雨忆江南。'又作《风入松》词云云,盖即诗意也,但繁简不同尔。"清沈雄《古今词话》云:"元文宗御奎章阁,伯生侍从,日以讨论法书名画为事。柯敬仲退居吴下,伯生赋《风入松》寄之。"

其实道园《腊日偶题》诗与词下片更为相似。诗云:"旧时燕子尾毵毵,重觅新巢冷未堪。为报道人归去也,杏花春雨在江南。"

现代学者解说此词,我所看到的有限的资料中,无一例外都认为词中所写系作者"自况",即谓词中写的是作者自己的生活和心情。一种代表性的解说云："上片写作者在馆阁的生活,下片抒发其怀乡思友之情",那"为报先生归也"的先生指虞道园自己。表面上看,这种解释理由实在充足,一则陶宗仪、沈雄都说词是道园在翰林寄柯敬仲吴下者,瞿祐更明说是道园在翰林自抒胸臆,二则内容语句与《听雨》《腊日偶题》二诗雷同,三则所写生活与道园相符。

但细加琢磨就会发现问题。如果上述解说不错,词的格调就过于低下,似作者在向他的朋友炫耀自己的富贵,仿佛其春风得意之状溢于言表,而且用一种居高临下的口吻通知对方,我"先生"将要"归也"。如此寄友,态度似太倨傲。寄友人的词,词中却一点不涉及对方,似亦不近情理。

如果我们摆脱前人笔记的羁绊,直接从词本身去寻绎其内涵,也许会得到另外一种理解。我们不妨设想,这词是在柯九思将要离京南归的时候虞道园寄给他的,词所显示的内涵就会完全不同。我们会发现,"画堂红袖倚清酣,华发不胜簪。几回晚直金銮殿,东风软、花里停骖。书诏许传宫烛,轻罗初试朝衫",写的是柯敬仲的际遇,而不是虞道园自我炫耀。歌颂他人的富贵风流,不失为一种高华的境界。若是炫耀自己,则格调未免低卑。下片"凭谁寄银字泥械"云云,系为柯敬仲设词。时柯将南归,作者谓凭谁传语,"为报先生归也",而先生归也,万里江南将是一片春光。此等境界,何等优美。没有用一个颂扬的词语,却进行了高度的颂扬。

这样理解,就词本身诠释是毫无问题的;问题在于,怎样去解释前面所述那三条充分的理由。

我认为可以解释。尽管陶宗仪、沈雄都说此词是道园寄柯敬仲吴下者,但他们也只是记述一种传闻。如果他们的说法对理解词的内涵有碍,我们完全可以不相信它。关于词的下片与道园《听雨》《腊日偶题》词句相同(主要是后者)也好解释。以虞集为代表的元代馆阁诗人写诗都是"做"诗,一个句子不一定那么一而不二。同样的词句,只要用上去适合,就既可以安在这里,也可以放在那里。在《腊日偶题》诗里,诗人对燕子说,你能否"为报道人归去也",这道人是虞道园道人。而在《风入松》词里,则是为柯敬仲设想"为报先生归去也",这先生是柯敬仲先生。对燕子说为我虞先生去传报吧,口吻相当幽默,而如果寄给友人的词里也说谁为我虞先生去传报吧,就未免失礼。顺便说一下,因虞集是"做"诗,往往有违真实。就如《腊日偶题》诗,岁暮冬寒的腊日,元代大都是不会有燕子尾毿毿的。就是在《风入松》词中,御沟冰泮的时候,也还不会有燕子呢喃。他都只要凑合得"精巧"就行了。因此"为报先生归去也",上次为自己说,这次就柯敬仲说,也就不足为奇了。至于词反映的生活更不成问题,因为柯九思也在馆阁,馆阁清酣同样是他的经历。际遇文宗的书画大师柯敬仲,"书诏"也正是他的本职。

我认为《风入松》写的是柯敬仲的生活而不是作者写他自己,还可以提一条佐证。张仲举(翥)有一首《摸鱼儿》词,题为"元夕,吴门姚子章席上同柯敬仲赋。"并注云:"敬仲以虞学士书《风入松》于罗帕作轴,故末语及之。"词下片云:

繁华梦,唤起燕娇莺姹,肯教辜负元夜。楚芳玉润吴兰媚,一曲夕阳西下。沉醉罢,君试问人生,谁是无情者?先生归也,但留意江南,杏花春雨,和泪在罗帕。

词是和柯敬仲的,词中的"先生"必指柯敬仲,而绝不能拉上虞集。把两首词联系起来,意思非常明白连贯。虞道园说,凭谁传语,"为报先生归也,杏花春雨江南"。张仲举说,如今"先生归也,但留意江南,杏花春雨,和泪在罗帕"。张翥是虞、柯的朋友,写词是对面酬唱,他对虞词的了解,无疑比陶宗仪、瞿祐、沈雄等据传闻者可靠。这样解释《风入松》词,应较"自况"说稳妥确切。

张 埜

张埜(生卒年不详),字野夫,邯郸(今河北邯郸)人,仕至翰林学士。有《古山乐府》。

水龙吟 酹辛稼轩墓①

岭头一片青山,可能埋得凌云气!遐方异域,当年滴尽,英雄清泪。星斗撑肠,云烟盈纸,纵横游戏②。漫人间留得,阳春白雪③。千载下,无人继。　　不见戟门华第,见萧萧竹枯松悴。问谁料理,带湖烟景,瓢泉风味④?万里中原,不堪回首,人生如寄⑤。且临风高唱,逍遥旧曲,为先生酹⑥。

【注释】 ①辛稼轩,即辛弃疾,南宋伟大词人。稼轩墓在江西铅山县南分水岭下。　②星斗撑肠,喻内心蕴有光辉的思想,热烈的感情。云烟盈纸,喻纸上写有华丽的词章。③漫,徒然。阳春白雪,战国时代楚国歌曲之名,宋玉《对楚王问》:"客有歌于郢中者,其始曰下里巴人,国中属而和者数千人。其为阳阿薤露,国中属而和者数百人。其为阳春白雪,国中属而和者不过数十人。""是其曲弥高,其和弥寡。"后因以"阳春白雪"喻高级艺术。此指辛稼轩的词。　④带湖,在江西上饶西北,宋孝宗淳熙八年(1181)辛稼轩在此营建新居,宋孝宗淳熙九年(1182)至光宗绍熙二年(1191),在此寓居达十年之久。瓢泉,在江西铅山县东北,辛稼轩最后十年大部分时间家居于此。　⑤"万里中原"三句,辛稼轩自绍兴三十二年(1162)渡江南下以后,四十多年间极力主张抵御金人,恢复中原,向南宋朝廷上《美芹十论》《九议》等奏疏,陈述自己的抗敌方略,并在词中慷慨激昂,大声疾呼,但未被南宋统治者所接受,终衔恨以殁。稼轩去世之后七十余年,南宋终为蒙元所灭。所以张野夫慨叹,"万里中原,不堪回首,人生如寄"。　　⑥酹(lèi),浇酒祭奠。

萨都剌

萨都剌(1272—1355)①,字天锡,号直斋,本答失蛮氏,其祖萨拉布哈、父傲拉齐,世镇云代,遂居雁门(今山西代县)。元泰定四年(1327)进士,应奉翰林文字,历闽海廉访司知事、河北廉访司经历等职。晚年寓居武林(今浙江杭州)。萨都剌是元代后期重要诗人,也是少数民族诗人的杰出代表,词尤为元代重要作手。有《雁门集》。

①萨都剌生卒年据萨龙光《雁门集编注》,参见拙著《金元诗选》萨都剌小传附注。

满江红 金陵怀古①

六代繁华,春去也,更无消息②。空怅望,山川形胜,已非畴昔。王谢堂前双燕子,乌衣巷口曾相识③。听夜深寂寞打孤城,春潮急④。　思往事,愁如织;怀故国,空陈迹,但荒烟衰草,乱鸦斜日⑤。玉树歌残秋露冷,胭脂井坏寒螀泣⑥。到如今,只有蒋山青,秦淮碧⑦。

【注释】 ①金陵,楚威王灭越后置金陵邑,后以称南京。详见欧阳炯《江城子》词注②。　②六代,三国吴,东晋,南朝宋、齐、梁、陈并都金陵,史称六朝,亦曰六代。句意暗用五代蜀欧阳炯《江城子》"六代繁华,暗逐逝波声"。繁,一作"豪"。　③"王谢"二句,化用刘禹锡《乌衣巷》诗:"朱雀桥边野草花,乌衣巷口夕阳斜。旧时王谢堂前燕,飞入寻常百姓家。"　　④"听夜深"二句,化用刘禹锡《石头城》诗:"山围故国周遭在,潮打空城寂寞回。淮水东边旧时月,夜深还过女墙来。"　　⑤荒烟衰草,王安石《桂枝香·金陵怀古》词:"六朝旧事随流水,但寒烟芳草凝绿。"乱鸦斜日,李商隐《隋宫》诗:"终古垂杨有暮鸦。"　　⑥玉树歌残,陈后主荒淫腐败,不理国政,惟与妃嫔便嬖作乐,终致亡国,身为俘虏。曾作艳曲《玉树后庭花》,被认为是亡国之音。许浑《金陵怀古》诗:"玉树歌残王气终。"胭脂井,即景阳井,在今南京鸡鸣山畔台城内。祯明三年(589)隋兵攻入建康,陈后主带张丽华、孔贵嫔躲入景阳井内,终被俘获,南朝至此终结。寒螀(jiāng),寒蝉。　　⑦蒋山,即南京钟山。秦淮,秦淮河,流经南京城内。

百字令　登石头城①

石头城上,望天低吴楚,眼空无物②。指点六朝形胜地③,唯有青山如壁。蔽日旌旗,连云樯橹,白骨纷如雪。一江南北,消磨多少豪杰。　　寂寞避暑离宫,东风辇路,芳草年年发④。落日无人松径里,鬼火高低明灭。歌舞尊前,繁华镜里,暗换青青发。伤心千古,秦淮一片明月。

【注释】　①石头城,故址在今南京清凉山西麓。楚威王七年(前333)在此筑金陵城。东汉建安十七年(212)孙权重建,改名石头城。六朝时江流紧迫山麓,石头城负山临江,成为军事重地。　　②眼空,一本作"眼中"。　　③六朝形胜地,六朝均都于金陵,其地形势险要。《太平御览》卷一五六引晋张勃《吴录》:"刘备曾使诸葛亮至京,因睹秣陵山阜,叹曰:'钟山龙盘,石头虎踞,此帝王之宅。'" ④避暑离宫,五代十国时吴顺义年间在石头山东麓建兴教寺,南唐改石头山为清凉山,作避暑胜地。辇路,帝王车驾所经之路。

木兰花慢 彭城怀古①

古徐州形胜,消磨尽,几英雄!想铁甲重瞳,乌骓汗血,玉帐连空②。楚歌八千兵散,料梦魂,应不到江东③。空有黄河如带,乱山起伏如龙。　　汉家陵阙动秋风,禾黍满关中④。更戏马台荒,画眉人远,燕子楼空⑤。人生百年如寄,且开怀,一饮尽千钟。回首荒城斜日,倚栏目送飞鸿!

【注释】 ①彭城,即今江苏徐州。传帝尧封彭祖于此,因号彭城。春秋为宋邑,秦置县。秦末项羽建西楚即都于此。汉末曹操迁徐州治所于彭城,自此彭城始称徐州。　　②"想铁甲"以下六句写项羽事。项羽(前232—前202),楚将项燕之后,楚亡以后避乱江东。秦二世元年(前209),从叔父项梁起兵反秦,率江东八千子弟渡江西进,成为抗秦主力。秦亡后大封天下诸侯,自称西楚霸王。后与刘邦争天下失败,垓下之战全军崩溃,项羽突围至乌江自杀。重瞳,眼睛中双瞳仁,据传项羽为"重瞳子"。乌骓(zhuī),项羽所骑马名。汗血,亦名马之名,此处即指乌骓,或用其字面汗而至血。玉帐,将帅所居的帐篷。连空,极言其多。　　③"楚歌"三句:汉高祖五年(前202),项羽被汉军围困于垓下(今安徽灵璧县南沱河北岸),夜闻汉军四面皆楚歌,项王乃大惊曰:"汉皆已得楚乎,是何楚人之多也?"乃夜突围,至乌江,乌江亭长舣船待,劝项羽渡江。项羽曰:"天之亡我,我何渡为?且籍与江东子弟八千人渡江而西,今无一人还,纵江东父兄怜而王我,我何面目见之!"乃以乌骓赠亭长,与汉军力战后自杀。见《史记·项羽本纪》。　④汉家陵阙,西汉皇帝诸陵都在长安附近。杜牧《登乐游原》诗:"看取汉家何似业,五陵无树起秋风。"禾黍,《史记·宋微子世家》记殷亡之后,箕子朝周,过殷故墟,感宫室毁坏,尽生禾黍。箕子伤之,为作《麦秀之歌》。此由项羽的败亡而联想到胜利的汉王建立了汉朝,如今亦不复存在。⑤戏马台,徐州古迹,传为项羽所筑。"画眉人远"写关盼盼事。唐代徐州歌妓关盼盼为武宁军节度使张愔宠妾。张愔卒后,盼盼念旧爱而不嫁,独居燕子楼十馀年。白居易有《燕子楼》诗记其事。燕子楼遂成为徐州名胜。苏轼《永遇乐·彭城夜宿燕子楼》词:"燕子楼空,佳人何在,空锁楼中燕。"戏马台荒,写英雄寂寞,燕子楼空,谓美人黄土。

曾允元

曾允元(生卒年不详),字鸥江,西昌(今江西泰和)人。词作见《元草堂诗馀》。

点绛唇

一夜东风,枕边吹散愁多少!数声啼鸟,梦转纱窗晓。

来是春初,去是春将老。长亭道,一般芳草,只有归时好。

许有壬

许有壬(1287—1364),字可用,汤阴(今河南汤阴)人。元仁宗延祐二年(1315)进士。累官集贤殿大学士,太子谕德,拜中书左丞。历仕仁宗至惠宗七朝,垂五十年。惠宗至正二十四年(1364)卒,年七十八。有《圭塘小稿》。

鹊桥仙　赠可行弟

花香满院,花阴满地,夜静月明风细。南坡一室小如舟,都敛尽,山林清致①。　　竹帘半卷,柴门不闭,好个暮春天气。长安多少晓鸡声,管不到,江南春睡②。

【注释】　①都,全部。敛,收。清致,清雅的情致。　②长安,汉唐的京城,因而代指京城。京城鸡唱,则百官入朝,唯隐者远处江湖,不受任何拘束,尽可以"江南春睡"。

【点评】　此等词极似散曲,为元词特色之一。

张 翥

张翥(1287—1368),字仲举,世称蜕庵先生,晋宁(今云南晋宁)人。早年居杭州,受学于理学家李存,又从仇远学诗。元惠宗至正初,以隐逸荐,召为国子助教,寻退居淮东。会修宋辽金史,起为翰林国史院编修官。官至翰林学士承旨,加河南行省平章政事。元惠宗至正二十八年(1368)卒,年八十二。张翥是元末有名词人。有《蜕庵集》,词集号《蜕岩词》。

多 丽

西湖泛舟夕归,施成大席上,以"晚山青"为起句,各赋一词。

晚山青,一川云树冥冥。正参差,烟凝紫翠,斜阳画出南屏①。馆娃归,吴台游鹿②;铜仙去,汉苑飘萤③,怀古情多,凭高望极,且将尊酒慰飘零。自湖上,爱梅仙远,鹤梦几时醒④?空留得,六朝烟柳,孤屿危亭。　　待苏堤,歌声散尽,更须携妓西泠⑤。藕花深,雨凉翡翠;菰蒲软,风弄蜻蜓。澄碧生秋,闹红驻景,采菱新唱最堪听。见一片,水天无际,渔火两三星。多情月,为人留照,未过前汀。

【注释】　①南屏,山名,山麓有净慈寺。南屏晚钟为西湖十景之一。　　②馆娃,指西施。《文选·吴都赋》刘良注:"吴俗谓好女为娃。"春秋时,吴王夫差宠幸西施,为筑馆娃宫、姑苏台,后夫差为越王勾践攻灭。吴台游鹿,吴王曾打败勾践,却许越行成,伍子胥谏阻不听,子胥曰:"臣必见越之破吴,麇鹿游于姑胥之台,荆榛蔓于宫阙。"见《吴越春秋》。　③铜仙去,汉武帝在长安建章宫造神明台,铸铜仙人,手托承露盘以接露水,欲和玉屑服之以求长生。见《三辅黄图》。魏明帝青龙元年(233)八月,诏宫官取捧露盘仙人。唐李贺为作《金铜仙人辞汉歌》。张仲举所用馆娃、铜仙故事,都与西湖无关。④"爱梅仙远"二句,用林逋事。北宋诗人林逋(967—1028)隐居西湖孤山,赏梅养鹤,终身不仕,也不婚娶,当时称其"梅妻鹤子"。　⑤苏堤,苏轼守杭时在西湖所筑湖堤。西泠,桥名,为西湖孤山下名胜。

摸鱼儿　春日西湖泛舟

涨西湖,半篙新雨,曲尘波外风软①。兰舟同上鸳鸯浦,天气嫩寒轻暖。帘半卷,度一缕,歌云不碍桃花扇②。莺娇燕婉③。任狂客无肠,王孙有恨,莫放酒杯浅④。　垂杨岸,何处红亭翠馆。如今游兴全懒。山容水态依然好,惟有绮罗云散⑤。君不见,歌舞地,青芜满目成秋苑。斜阳又晚。正落絮飞花,将春欲去,目送水天远。

【注释】　①曲尘,酒曲上所长的黄色霉菌,此用以状水色。　②桃花扇,歌女所执宫扇。晏几道《鹧鸪天》词:"舞低杨柳楼心月,歌尽桃花扇底风。"　③莺娇燕婉,喻青年歌女的妖娆娇媚。　④上片回忆往日泛舟西湖的欢乐。由下片"如今游兴全懒"句可知,下片转入眼前现实。　⑤绮罗,指往日相识的歌儿舞女。

百字令　芜城晚望①

碧天向晚,远云开,疑是江南山色。渺渺孤鸿残照外,独上高城望极。鸡散台空,萤沉苑废,龙去沟无迹②。英雄安在,千秋恨血凝碧③。　　我欲携酒重来,佛狸祠下,字暗苍苔石。社鼓神鸦浑不见,一片青青荞麦④。夜月琼枝,春风水调,肯慰淹留客⑤?翩然归去,天风扶下双舄⑥。

【注释】①芜城,即广陵,故城在今江苏省扬州市江都区境。南朝宋文帝元嘉二十七年(450)冬,北魏太武帝南犯,兵至瓜步山,广陵太守刘怀之,逆烧城府船乘,尽帅其民渡江。南朝宋孝武帝大明三年(459)四月,竟陵王刘诞据广陵反,七月沈庆之讨平之,杀三千馀口。是十年之间,广陵两遭兵祸,城因此残破。鲍照为作《芜城赋》。　②"鸡散台空"三句:大业末,隋炀帝游江都,昏湎滋深,"尝游吴公宅鸡台,恍惚间与陈后主相遇"。见《隋遗录》。鸡台,即斗鸡台,为统治者斗鸡游戏之所。炀帝又向民间"征求萤火,得数斛,夜出游山,放之,光遍岩谷"。见《隋书·炀帝纪》。江都有放萤院遗迹。龙,喻帝王。③恨血凝碧,《庄子·外物》:"苌弘死于蜀,藏其血,三年而化为碧。"碧,碧玉。　④佛狸,北魏太武帝拓跋焘小名。南朝宋文帝元嘉二十七年(450)太武帝南侵,进驻瓜步山,设立行宫,后称为佛狸祠。瓜步山在江苏省南京市六合区南,古代濒临大江,与金陵隔江相对。辛弃疾《永遇乐》词:"元嘉草草,封狼居胥,赢得仓皇北顾。四十三年,望中犹记,烽火扬州路。可堪回首,佛狸祠下,一片神鸦社鼓。"词用其语。青青荞麦,用姜夔《扬州慢》词"过春风十里,尽荠麦青青"句中词语。⑤夜月,张祜《纵游淮南》诗:"十里长街市井连,月明桥上看神仙。"徐凝《忆扬州》诗:"天下三分明月夜,二分无赖是扬州。"琼枝,《忆楚辞·离骚》"折琼枝以继佩",此玉树之枝。此由琼花联想而来。扬州产琼花,为名贵花卉。据传隋炀帝游江都是为看琼花。春风,杜牧《赠别》诗:"春风十里扬州路,卷上珠帘总不如。"水调,隋炀帝所制歌曲名。杜牧《扬州》诗:"炀帝雷塘上,迷藏有旧楼。谁家唱水调,明月满扬州。"⑥舄(xì),鞋。东汉王乔有神术,为叶令。每自县诣朝,汉明帝"怪其来数,而不见车骑,密令太史伺望之。言其临至,辄有双凫从东南飞来。于是候凫至,举罗张之,但得一只舄焉。"见《后汉书·方术列传》。句意谓欲乘双舄归去。如此用典,实甚拙劣。

踏莎行 江上送客

芳草平沙,斜阳远树,无情桃叶江头渡①。醉来扶上木兰舟,将愁不去将人去②。　　薄劣东风,夭斜落絮,明朝重觅吹笙路。碧云红雨小楼空③,春光已到销魂处。

【注释】 ①桃叶渡,在今南京秦淮河畔,传为晋王献之送其爱妾桃叶处。《隋书·五行志》:"陈时江南盛歌王献之《桃叶》之词曰:'桃叶复桃叶,度江不用楫。但度无所苦,我自迎接汝。'"词中泛指送别渡口。　　②木兰舟,舟之美称。将愁不去将人去,唐李群玉《汉阳太白楼》诗:"青枫绿草将愁去,远入吴云暝不还。"此反用其意。　　③红雨,指落花。

明

刘 基

刘基(1311—1375),字伯温,青田(今浙江青田)人。元至顺四年(1333)进士。曾任江西高安县丞、江浙儒学提举,不久弃官归隐。元至正二十年(1360),与宋濂同受朱元璋征聘,成为朱元璋的重要谋臣,官至御史中丞。洪武元年(1368)八月告老还乡,不久又被召回。洪武三年(1370)授弘文馆学士,封诚意伯。刘基秉性刚正,疾恶如仇,为胡惟庸所谗害,洪武八年(1375)卒,传为胡惟庸所毒死。刘基为明初三大作家之一,诗与高启齐名,文与宋濂并驾。有《诚意伯文集》。

水龙吟①

鸡鸣风雨潇潇,侧身天地无刘表②。啼鹃迸泪,落花飘恨,断魂飞绕。月暗云霄,星沉烟水,角声清袅。问登楼王粲③,镜中白发,今宵又添多少? 极目乡关何处,渺青山、髻螺低小。几回好梦,随风归去,被渠遮了。宝瑟弦僵,玉笙簧冷,冥鸿天杪。但侵阶莎草,满庭绿树,不知昏晓!

【注释】 ①本词有题"和东坡韵",全词步苏轼《水龙吟·赠吹笛侍儿》词原韵。 ②"鸡鸣"句,语本《诗经·郑风·风雨》"风雨潇潇,鸡鸣胶胶"。诗序谓"风雨,思君子也,乱世则思君子,不改其度焉",词用其意。侧身,置身。刘表,字景升,山阳高平(今山东省济宁市鱼台县东北)人。东汉献帝时任荆州刺史。时中原军阀混战,荆州相对安定,北方士人多来避难。《后汉书》《三国志》并有传。按,刘表在汉末群雄中只是庸才,并非英主,诗人用作值得思慕的人物,殊未为得。 ③王粲,字仲宣,山阳高平(今山东省济宁市微山县)人,汉末文学家,建安七子之一。董卓之乱,粲南奔荆州,依附刘表十五年,后投奔曹操。王粲在荆州并不得志,曾作《登楼赋》以抒发其伤怀丧乱思念故国之情。

【点评】 明陈霆《渚山堂词话》云:"刘未遇时,尝避难江湖间,往见有《水龙吟》一阕云云。此词当是无聊中作。风雨潇潇,不知昏晓,则有感于时代之昏浊,而世无刘表。登楼王粲,则自伤于身世之羁孤。"陈氏之说,对本词的内涵作了很好的阐述。

沁园春

万里封侯,八珍鼎食①,何如故乡!奈狐狸夜啸,腥风满地;蛟螭昼舞,平陆成江②。中泽哀鸿,苞荆隼鹗③,软尽平生铁石肠。凭栏看,但云霓明灭,烟草苍茫④。　　不须踽踽凉凉⑤,盖世功名百战场。看扬雄寂寞,刘伶沉湎,嵇生纵诞,贺老清狂⑥。江左夷吾,隆中诸葛⑦,济弱扶危计甚长。桑榆外,有轻阴乍起,未是斜阳⑧。

【注释】 ①八珍,八种珍稀肴馔。《周礼·天官·膳夫》"珍用八物"。八物,注家有各种解释,此泛指各种珍贵食物。鼎食,古代王侯列鼎而食。 ②蛟螭,传说中的两种龙属动物。狐狸、蛟螭,比喻凶残的统治者和各种蠹贼。平陆成江,陶渊明《停云》诗:"八表同昏,平陆成江。" ③中泽,湖泽之中。哀鸿,《诗经·小雅·鸿雁》:"鸿雁于飞,哀鸣嗷嗷。"后常用哀鸿喻指流离失所的人民。苞荆,丛生的荆棘。隼,鸷鸟名。鸨,鸟名,似雁而大。《诗经·唐风·鸨羽》:"肃肃鸨翼,集于苞棘。王事靡盬,不能蓺黍稷,父母何食。悠悠苍天。曷其有极。"诗序谓是"君子下从征役,不得养其父母"而作此诗。词人用以比喻有志之士困于各种桎梏。 ④"但云霓明灭"二句,喻社会混乱之景象。上片揭露元末社会的惨状,统治者凶横作恶,人民流离失所,志士窜匿荒莽,词人为此愤懑填膺。但"云霓明灭"中亦微寓希望,以此过渡到下片抒发自己的壮志。 ⑤踽踽(jǔ)凉凉,孤独寂寞踽躅不进之貌。语本《孟子·尽心下》"行何为踽踽凉凉"。 ⑥扬雄,字子云,蜀郡成都人,西汉文学家和哲学家。《汉书·扬雄传》称其"不汲汲于富贵,不戚戚于贫贱,不修廉隅以徼名当世。家产不过十金,乏无儋石之储"。左思《咏史》:"寂寂扬子宅,门无卿相舆。寥寥空宇内,所讲在玄虚。"刘伶,字伯伦,沛国(今安徽亳州)人,魏晋之际著名隐者,竹林七贤之一,以放旷嗜酒闻名。见《晋书·刘伶传》。沉湎,犹沉溺,常指嗜酒无度。嵇生,即嵇康,字叔夜,谯郡铚(今安徽宿州西南)人,三国魏文学家、思想家,崇尚老庄,鄙薄礼教,性放纵豁达,后为司马昭所杀。见《晋书·嵇康传》。贺老,即贺知章,字季真,越州永兴(今浙江萧山)人,唐代诗人、书法家,自号四明狂客,玄宗时官至秘书监,天宝初回故乡终老。杜甫《饮中八仙歌》,贺知章为八仙之一。　⑦江左夷吾,王导,字茂弘,琅琊临沂(今山东临沂)人,东晋大臣,辅佐晋元帝安定江东。《世说新语·言语》载,东晋初建,温峤为刘琨过江,见朝廷纲纪未举,甚以为忧,及见王导,既出,欢言曰:"江左自有管夷吾,此复何忧。"夷吾,管仲字,此以王导为江东管仲。隆中诸葛,诸葛亮,字孔明,琅琊阳都(今山东沂南)人。汉末隐居襄阳隆中,刘备三顾草庐,他隆中决策,提出统一天下的方略。后辅佐刘备安定西蜀,为三国有名政治家。《三国志》有传。　⑧桑榆,《太平御览》引《淮南子》:"日西垂景在树端,谓之桑榆。"注:"言其光在桑榆树上。"后常以桑榆代指晚景。《后汉书·冯异传》:"始虽垂翅回溪,终能奋翼渑池。可谓失之东隅,收之桑榆。"谓先败后胜。三句谓虽日已西斜,尚未到日暮。此刘基元末辞官归隐青田自抒怀抱之作。言天下丧乱,生民涂炭,自己并不想寂寞隐居,而要如王导、诸葛亮,辅佐明主,安定天下。自己虽已年近桑榆,然"轻阴乍起,未是斜阳",还大有可为。

【点评】 高启《念奴娇·自述》词与刘基之作,风格内容都极为相似,附录于此:

策勋万里,笑书生,骨相有谁曾许?壮志平生还自负,羞比纷纷儿女。酒发雄谈,剑增奇气,诗吐惊人语。风云无便,未容黄鹄轻举。　　何事匹马尘埃,东西南北,十载犹羁旅!只恐陈登容易笑,负却故园鸡黍。笛里关山,樽前日月,回首空凝伫。吾今未老,不须清泪如雨。

高启(1336—1374),字季迪,长洲(今江苏苏州)人,明初诗人中首屈一指,三十九岁为朱元璋杀害。

眼儿媚　秋思

萋萋芳草小楼西,云压雁声低。两行疏柳,一丝残照,万点鸦栖。　　春山碧树秋重绿,人在武陵溪。无情明月,有情归梦,同到幽闺。

杨 基

杨基(1326—1381),字孟载,号眉庵,祖籍嘉定州(今四川乐山市),后迁吴中(今江苏苏州吴中区),遂为吴人。明初任荥阳知县,历官兵部员外郎,迁山西副使,进按察使。因事被谮,卒于工所,年五十六。杨基与高启、张羽、徐贲并称"吴中四杰"。有《眉庵集》。

夏初临

瘦绿添肥,病红催老①,园林昨夜春归。深院东风,轻罗试著单衣。雨馀门掩斜晖,看梅梁②,乳燕初飞。荷钱犹小,芭蕉新长,新竹成围。　　何郎粉淡,荀令香消,紫鸾梦远,青鸟书稀③。新愁旧恨,在他红药栏西。记得当时,水晶帘,一架蔷薇④。有谁知,千山杜鹃,无数莺啼⑤。

【注释】　①"瘦绿添肥"二句,由李清照名句"绿肥红瘦"脱化而来。　②梅梁,梁之美称。《绍兴府志》:"禹庙,梁时修,忽夜风雨飘一梅梁至,乃大梅山所产也。"按,梅字又作楳,楳字即古楠字,非梅杏之梅。《尔雅·释木》"梅楠",孙炎曰:"荆州曰梅,扬州曰楠"。《绍兴府志》误解梅字,因附会为大梅山所产,诗词中多沿误称梁为梅梁。　③何郎,三国时魏人何晏,字平叔。《世说新语·容止》:"何平叔美姿仪,面至白,魏明帝疑其傅粉。"荀令,东汉末荀彧,字文若,尝为尚书令。《襄阳记》:"季和曰:'荀令君至人家,坐处三日香。'"紫鸾,传说中之神鸟。青鸟,传为西王母使者。见《汉武故事》。四句中"粉淡、香消、梦远、书稀"即写情人日远,梦杳音稀,又关合夏令风光。　　④他,犹言那。"新愁旧恨"五句,均写在当时聚会离别之地,睹物思人。红药蔷薇都在夏初开花。　　⑤末三句问此时心绪"有谁知",回答是,只有"千山杜鹃,无数莺啼"。暗含有伊人不在之意。杜鹃与莺都在夏初啼鸣。

【点评】《夏初临》为杨基名作。清陈维崧有和作。描写夏初风物,极为真切。写闺中人春去夏来,思念远人,又处处与夏初风物关合,颇见工力。此等词源于东坡《贺新郎·乳燕飞华屋》《水龙吟·似花还似非花》。然苏词人与物契合,天衣无缝,杨作终嫌显露,所谓取法乎上,得乎其中,毕竟相差一着。

文征明

文征明(1470—1559),字征仲,长洲(今江苏苏州)人,明代著名书画家,少与祝允明、唐寅、徐祯卿称"吴中四才子"。五十四岁以岁贡生荐试吏部,任翰林待诏,三年后辞归。画艺与沈周、唐寅、仇英并称"明四大家"。亦善诗词。嘉靖三十八年(1559)卒,年九十。有《甫田集》。

满江红①

拂拭残碑,敕飞字,依稀堪读②。慨当初,倚飞何重,后来何酷?果是功成身合死③,可怜事去言难赎。最无辜,堪恨又堪悲,风波狱④! 岂不念,封疆蹙;岂不念,徽钦辱⑤?念徽钦既返,此身何属?千载休谈南渡错,当时自怕中原复。笑区区,一桧亦何能,逢其欲⑥。

【注释】 ①此评论岳飞冤狱之作。岳飞(1103—1142),字鹏举,相州汤阴(今河南汤阴)人,南宋抗金名将,曾屡败金兵,坚决反对和议。绍兴十年(1140),金兀术进犯河南,岳飞出兵反击,大败金兵于郾城,收复郑州洛阳等地。宋高宗、秦桧一意议和,以十二道金牌召岳飞撤兵。绍兴十一年十二月二十九日(1142年1月27日)以"莫须有"罪名被杀害。岳飞有名作《满江红》词,文征明评议岳飞冤案,亦用《满江红》词。 ②残碑,《词苑丛谈》引《古今词统》卷十二:"夏侯桥沈润卿掘地,得宋高宗赐岳侯手敕刻石,文征明待诏题《满江红》词云云。"绍兴三年(1133),宋高宗曾手书"精忠岳飞"四字赐岳飞,残碑所刻疑即此四字。敕(chì),皇帝诏令。③果是功成身合死,春秋时范蠡、文种佐越王勾践灭吴,功成以后,范蠡遂去,自齐遗大夫文种书曰:"蜚鸟尽,良弓藏;狡兔死,走狗烹……子何不去?"后勾践果逼文种自杀。见《史记·越王勾践世家》。汉初韩信佐刘邦定天下,后为吕后所杀。临刑韩信曰:"狡兔死,良狗烹;高鸟尽,良弓藏;敌国破,谋臣亡。天下已定,我固当烹!"见《史记·淮阴侯列传》。此进一层说,如果确实是功成身合死,犹有可说,大功尚未告成即被诛杀更为可恨。果是,一作"岂是"。　　④风波狱,岳飞冤死于临安大理寺风波亭狱。　　⑤蹙,减缩。封疆蹙,国土削减。徽钦,北宋徽宗赵佶和钦宗赵桓,靖康二年(1127),金兵围汴京,徽钦二帝出降,被俘北去,先后死于金五国城(今黑龙江依兰)。　　⑥桧(huì),秦桧,南宋贼臣,北宋末官御史中丞,曾降金,成为金太宗弟挞赖亲信。后放回,在南宋高宗朝两任宰相,前后执政十九年,其间杀害岳飞,贬逐张浚、赵鼎等人,力主和议,让宋向金称臣纳贡,为历史上有名奸相。

【点评】　元明两代吊念岳武穆之诗词极多,大多鞭挞贼臣秦桧。文征明此词却直捣罪魁宋高宗赵构,揭发其卑鄙自私心理,为了一己之私欲,置国家民族祖宗奇耻大辱于不顾,见解极为卓越,为千古不易之诛心名作。诗词议论,以含蓄为佳,此词却以彻底直露取胜。盖诗人愤恨填膺,不能自已,故能真切感人。

陈 霆

陈霆(生卒年不详),字声伯,德清(今浙江德清)人。弘治十五年(1502)进士,授刑部给事中。后作山西提学佥事。有《水南稿》《渚山堂词话》。

踏莎行 晚景

流水孤村,荒城古道,槎枒老木乌鸢噪①。夕阳倒影射疏林,江边一带芙蓉老②。　风暝寒烟,天低衰草,登楼望极群峰小。欲将归信问行人,青山尽处行人少③。

【注释】　①流水孤村,语出秦观《满庭芳》词:"斜阳外,寒鸦数点,流水绕孤村。"下片"天低衰草"亦因袭秦词"天粘衰草"。　②江边一带芙蓉老,李贺《江楼曲》:"鲤鱼风起芙蓉老。"芙蓉,荷花。　③"欲将归信问行人"二句,仿欧阳修《踏莎行》词:"平芜尽处是春山,行人更在春山外。"

【点评】　因袭前人词中语句太多,为此词一病。但安置得尚算自然工致,录此一首,聊备一格。

杨 慎

杨慎(1488—1559),字用修,号升庵,新都(今属四川成都)人。明武宗正德六年(1511)进士,授翰林修撰。明世宗立,充经筵讲官。嘉靖三年(1524)因谏阻世宗尊生父为皇帝,即所谓议大礼案,被贬戍云南永昌卫,永远充军。嘉靖三十八年(1559)卒于贬所,年七十二。升庵学问渊博,著述极丰,被推为明代第一。有《升庵集》。

临江仙

滚滚长江东逝水,浪花淘尽英雄①。是非成败转头空。青山依旧在,几度夕阳红。　　白发渔樵江渚上②,惯看春月秋风。一壶浊酒喜相逢。古今多少事,都付笑谈中。

【注释】　①"滚滚长江"二句,化用苏轼《念奴娇·赤壁怀古》词"大江东去,浪淘尽,千古风流人物"句。　②渚,水中的小块陆地。

【点评】　这是杨慎《廿一史弹词》秦汉段的开场词,通俗流畅,具有说唱艺术的特点。明代无词,这首词艺平平、词意庸庸的小令,却因毛宗岗用以置于《三国演义》的卷首而得到许多前代名作也未能得到的殊荣。

王世贞

王世贞(1526—1590),字元美,号凤洲,又号弇州山人,太仓(今江苏太仓)人。明世宗嘉靖二十六年(1547)进士,除刑部主事,历郎中,出为青州兵备副使。父王忬官蓟辽总督,为严嵩构害论斩西市。穆宗隆庆元年(1567),世贞与弟世懋伏阙上书,申雪父冤。世贞补大名兵备副使,历官浙江参政、山西按察使、太仆卿等职,终南京刑部尚书。万历十八年(1590)卒,年六十五。王世贞与李攀龙并为后七子首领,攀龙死后,独操文柄二十馀年。著书极丰,有《弇州山人四部稿》。

望江南

歌起处,斜日半江红①。柔绿篙添梅子雨,淡黄衫耐藕丝风,家在五湖东②。

【注释】 ①斜日半江红,白居易《暮江吟》:"一道残阳铺水中,半江瑟瑟半江红。" ②梅子雨,即梅雨,南方初夏的连阴雨,值梅子熟,故名。藕丝风,细细的和风,藕丝,取其柔弱。五湖,此指太湖,王世贞故乡太仓在太湖之东;然此实亦泛指。

陈子龙

陈子龙(1608—1647),字卧子,号大樽,松江华亭(今上海松江)人。崇祯十年(1637)进士。曾与夏允彝等组织几社。南明弘光帝时任兵部给事中,见朝政败坏,辞归乡里。清兵破南京,陈子龙在松江起兵,称监军。事败避匿山中,结太湖兵抗清。事露,在苏州被捕,乘间投水死。陈子龙注重经世致用之学,曾主编《皇明经世文编》,在明末声望甚高。其文学主张承"七子"传统,与公安、竟陵对抗,编有《明诗选》。清兵南下,他坚持抗击,所作诗歌,感时伤事,悲壮苍凉,被誉为"殿残明一代诗,当首屈一指"。其词具北宋风格,以婉约为宗,词艺为明代第一。有《陈忠裕公全集》。

诉衷情 春游

小桃枝下试罗裳,蝶粉斗遗香。玉轮碾平芳草,半面恼红妆。　风乍暖,日初长,袅垂杨。一双舞燕,万点飞花,满地斜阳。

画堂春 雨中杏花

轻阴池馆水平桥,一番弄雨花梢。微寒著处不胜娇,此际魂销[1]。　忆昔青门堤外[2],粉香零乱朝朝。玉颜寂寞淡红飘,无那今宵!

【注释】 ①魂销,即销魂,感情激动得不能自已的状态,仿佛魂灵亦被销融。　②青门,汉长安城东南门,本名霸城门,俗呼为青门,此系泛指。

【点评】 状杏花如摹写美人,嫣然欲绝。

醉桃源　题画

朱阑清影下帘时,泠泠修竹低。满园空翠拂人衣,流莺无限啼。　莲叶小,荇花齐,雨馀双燕归。红泉一带过桥西,香销午梦馀。

点绛唇　春日风雨有感

满眼韶华①,东风惯是吹红去。几番烟雾,只有花难护。梦里相思,故国王孙路②。春无主,杜鹃啼处,泪染胭脂雨。

①韶华,春光。　②王孙,古代对贵族子弟的通称,亦用作泛泛的尊称,此处或有所指。

山花子　春恨

杨柳迷离晓雾中,杏花零落五更钟。寂寞景阳宫外月,照残红①。　蝶化彩衣金缕尽,虫衔画粉小楼空②。惟有无情双燕子,舞东风!

【注释】 ①景阳宫,南朝宫殿名,故址在今南京玄武湖畔。景阳宫是南朝几度兴亡的历史见证。陈后主亡国时曾同张丽华、孔贵嫔藏匿景阳宫井中,终被隋军俘获。点出景阳宫的凄凉寂寞,南朝的亡国悲剧自在言外。　②蝶化彩衣,《罗浮山志》:"山有蝴蝶洞,在云峰岩下,古木丛生,四时出彩蝶,世传葛仙遗衣所化。"虫衔画粉,指宫殿楼台已被虫蛀蚀颓败。二句指南明已经倾覆,繁华消歇,楼殿荒凉。

【点评】 抒其亡国之恨,而词语依然凄婉清丽。能如此乃知填词三昧。

李雯

李雯(1608—1647),字舒章,华亭(今上海松江)人。少与陈子龙、宋征舆齐名,并称"云间三子"。顺治初以廷臣荐授弘文院撰文、中书舍人,充顺天乡试同考官。以父丧归。顺治四年(1647)卒。有《蓼斋集》。

月中行 采莲

新丝轻染石榴红,虹挂小窗东。淡烟深柳晚来风,结伴采芙蓉。　　縠纹细浪牵花桨,双鹭下,绿水摇空。藕花裙湿鬓云松,人在落霞中。

【点评】 晚天新霁,湖上风轻,闺中少女,结伴采莲,风光明丽如画,欢乐之状可掬。

"虹挂小窗东"若改为"虹挂小桥东",把整个场面都放在湖上,似更完美。

菩萨蛮　忆未来人

蔷薇未洗胭脂雨,东风不合催人去。心事两朦胧,玉箫春梦中。　　斜阳芳草隔,满目伤心碧。不语问青山,青山响杜鹃。

【点评】 李舒章被迫仕于清室,实不无故国之思。此词虽加了一个"忆未来人"的题目,无非假闺中情事,写胸中抑郁,所谓"亡国之音哀以思"也。

吴伟业

吴伟业(1609—1671),字骏公,号梅村,江苏太仓人。明崇祯四年(1631)会试第一,廷试第二。官至少詹事。明亡,隐居十年。清世祖(顺治)闻其名,力迫入都,官国子监祭酒,次年即以病乞归。康熙十年(1671)卒,年六十三。吴伟业是清初著名诗人,与钱谦益齐名。著有《梅村家藏稿》《梅村诗馀》等。

临江仙　逢旧①

落拓江湖常载酒,十年重见云英②。依然绰约掌中轻③。灯前才一笑,偷解砑罗裙④。　　薄幸萧郎憔悴甚⑤,此生终负卿卿。姑苏城上月黄昏⑥。绿窗人去住,红粉泪纵横⑦。

【注释】　①逢旧,重逢旧日的歌妓。　②落拓,放浪不羁。杜牧《遣怀》诗:"落魄江湖载酒行,楚腰纤细掌中轻。十年一觉扬州梦,赢得青楼薄幸名。"云英,唐代钟陵妓女。罗隐少游钟陵,识妓云英。十二年后,罗隐下第,重见云英。云英曰:"罗秀才犹未脱白耶?"罗隐赠诗曰:"钟陵醉别十馀春,重见云英掌上身。我未成名君未嫁,可能俱是不如人?"见何光远《鉴戒录》,又见《唐诗纪事·罗隐》。　③绰约,姿态轻盈柔美。掌中轻,汉成帝后赵飞燕善歌舞,据传其体轻,能为掌上舞。见《赵飞燕别传》。　④砑罗,经过砑石碾压闪射光辉的绫罗。　⑤薄幸,犹薄情、负心。萧郎,本指萧姓的男子,诗词中常用指女子所恋的男人。唐崔郊《赠去婢》诗:"侯门一入深如海,从此萧郎是路人。"词中作者自指。 ⑥姑苏,今江苏苏州。所赠必为苏州妓。 ⑦绿窗,指妓女所居之地。红粉,代指美女,此指所赠之妓。

满江红 蒜山怀古①

沽酒南徐②,听夜雨,江声千尺。记当年,阿童东下,佛狸深入③。白面书生成底用,萧郎裙屐偏轻敌④。笑风流北府好谈兵,参军客⑤。 人事改,寒云白;旧垒废,神鸦集。尽沙沉浪洗,断戈残戟⑥。落日楼船鸣铁锁,西风吹尽王侯宅。任黄芦苦竹打寒潮,渔樵笛!

【注释】 ①蒜山,在江苏镇江市南,一作算山。镇江古称京口,蒜山怀古,实即京口怀古。 ②南徐,东晋曾侨置徐州于京口,称南徐州。 ③阿童,西晋龙骧将军王濬小名阿童。晋武帝太康元年(280)王濬以益州水师东下伐吴,吴主孙皓出降。佛狸,北魏太武帝拓跋焘小名佛狸。南朝宋文帝刘义隆元嘉二十七年(450),拓跋焘率兵南侵,进至京口对江瓜步山。 ④白面书生,《宋书·沈庆之传》:"上使(徐)湛之等难庆之,庆之曰:'治国譬如治家,耕当问奴,织当访婢。陛下今欲伐国,而与白面书生辈谋之,事何由济?'"成底用,成何用。萧郎,南朝有几个姓萧的都被称萧郎,此不必实指。裙屐,南朝文士日常穿着。《魏书·邢峦传》峦上表云:"萧渊藻是裙屐少年,未洽治务。"词中白面书生、萧郎裙屐,都指只尚虚浮、不谙实务的风流文士,致贻误国家大事,不能拘泥于典故中具体人物。　⑤北府,东晋"谢玄北镇广陵,时苻坚方盛,玄多募劲勇,牢之与东海何谦、琅邪诸葛侃、乐安高衡、东平刘轨、西河田洛及晋陵孙无终等以骁猛应选。玄以牢之为参军,领精锐为前锋,百战百胜,号为北府兵。"见《晋书·刘牢之传》。词上片谓东晋南朝孱弱不振,始终受到北方敌国的威胁。虽谢玄北府谈兵,参军骁勇,然终未能消除强敌,统一神州,所以用"笑"。　⑥"尽沙沉浪洗"二句,用杜牧《赤壁》诗"折戟沉沙铁未销"句意。

【点评】　蒜山京口,自东吴以至南朝,皆为军事重地,江左偏安,多次受到北来强敌的威胁。"阿童东下,佛狸深入",六朝旧事,悲恨相续。吴梅村顺治十六年(1659)秋至京口,上蒜山,北望江国,无数往古的兴亡涌上心头,其内心深处,实有感于南明的倾覆。十多年前,南明统治者当国家危殆之际,马士英、阮大铖之流,把持朝政,怠荒国事,终至不可收拾。吴梅村虽曾出仕新朝,实不无故国之思。但吴梅村不似屈大均等人那样愤激,而以含蓄委婉出之。然在其"听夜雨,江声千尺",任寒潮打苦竹、黄芦的后面,实隐含着无限的悲怆。

贺新郎　病中有感

万事催华发!论龚生,天年竟夭,高名难没①。吾病难将医药治,耿耿胸中热血。待洒向西风残月。剖却心肝今置地,问华佗解我肠千结②。追往恨,倍凄咽。　　故人慷慨多奇节③。为当年,沉吟不断④,草间偷活。艾灸眉头瓜喷鼻⑤,今日须难决绝。早患苦,重来千叠。脱屣妻孥非易事⑥,竟一钱不值何须说!人世事,几完缺!

【注释】 ①龚生,西汉龚胜,字君宾。在汉哀帝朝历仕谏大夫、光禄大夫等职。曾多次向哀帝上书,"言百姓贫,盗贼多,吏不良,风俗薄,灾异数见,不可不忧。制度泰奢,刑罚泰深,赋敛泰重,宜以俭约先下"。王莽专政时,胜归老于乡里。及王莽篡位,复征召龚胜,胜坚不肯出,并申言"吾受汉家厚恩,亡以报,今年老矣,旦暮入地,谊岂以一身事二姓下见故主哉"!遂死,时年七十九。死后有老父来吊,哭甚哀,既而曰:"嗟乎!薰以香自烧,膏以明自销,龚生竟夭天年,非吾徒也!"见《汉书·龚胜传》。天年竟夭,谓其年已老而竟不得善终。此梅村以自己与龚胜相比,胜虽天年竟夭,然高名难灭,自己却因一着之失,出仕新朝,遗终身之恨。 ②华佗,汉末名医,已能施麻醉行解剖手术。 ③"故人慷慨"句,梅村家乡太仓周边,明末志士英雄辈出,如陈子龙,夏允彝、夏完淳父子,侯岐曾、侯峒曾兄弟,皆为国赴义,慷慨捐躯,其中多有梅村故友。 ④沉吟不断,谓自己软弱贪生、踌躇不决。 ⑤艾灸,用艾绒搓成艾炷燃灸治病。瓜喷鼻,患黄热病,将瓜蒂放鼻端,吸之以通气。隋代麦铁杖骁勇,辽东之役,自请为前锋。谓医者曰:"大丈夫性命自有所在,岂能艾炷灸颏、瓜蒂喷鼻,治黄不差,而卧死儿女子手中乎?"见《隋书·麦铁杖传》。 ⑥屣(xǐ),鞋。妻孥,妻子儿女。脱屣妻孥,谓丢掉妻子儿女像脱鞋一样容易。语本《汉书·郊祀志》。汉武帝欲求神仙,方士言黄帝成仙上天。武帝曰:"诚得如黄帝,吾视去妻子如脱屣耳!"非易事,则谓真要做到脱屣妻孥并不容易。此吴梅村自悔不能死节之语。

【点评】 此是梅村自恨平生之作。明亡以后,梅村隐居十年,无意仕进,后被迫在清廷做了近一年的国子监祭酒,自觉大节有亏而终天抱憾。这首词吐露自己的悔恨,坦诚直率,可以洞见诗人流血的心灵,实亦足令读者哀怜。

宋 琬

宋琬(1614—1673),字玉叔,号荔裳,山东莱阳人,顺治四年(1647)进士,授户部主事。累迁陇西兵备道、永平兵备道、宁绍台道。顺治十八年(1661),擢浙江按察使。同年山东登州于七起事,族子诬告琬与于七勾通,被捕入狱,三年得白。获释后,流寓吴越。晚年补四川按察使。康熙十二年(1673)病逝。宋琬诗宗杜韩,与施闰章齐名,称"南施北宋"。有《安雅堂集》《二乡亭词》。

破阵子 关山道中[①]

拔地千盘深黑,插天一线青冥。行旅远从鱼贯入,樵牧深穿虎穴行,高高秋月明。　　半紫半红山树,如歌如哭泉声。六月阴崖残雪在,千骑宵征画角清。丹青似李成[②]。

【注释】 ①关山道中,顺治十年(1653)宋琬赴秦州(今甘肃天水)任陇西兵备道。词写秦陇关山景色。　②李成(919—967),五代宋初画家,字咸熙,原籍长安,后迁青州益都(今山东益都),居营丘山,世称李营丘,擅画山水。原注:"李营丘有《关山图》。"

宋征舆

宋征舆(1618—1667),字直方,一字辕文,华亭(今上海松江区)人。少与同里陈子龙、李雯倡几社,称"云间三子"。顺治四年(1647)进士,历刑部主事、员外郎中、福建布政使,终左副都御史。康熙六年(1667)卒。年五十。著有《林屋诗文稿》《海闾香词》。

玉楼春 燕

雕梁画栋原无数,不问主人随意住。红襟惹尽百花香。翠尾扫开三月雨。　　半年别我归何处？相见如将离恨诉。海棠枝上立多时,飞向小桥西畔去。

【点评】 此纯咏燕词。除此别无寄托,更不道"天涯芳信",亦自有天然情趣。

王夫之

王夫之(1619—1692),字而农,号姜斋,湖南衡阳人。明崇祯十五年(1642)举人,瞿式耜荐于桂王,授行人。明亡,隐居石船山,筑土室曰"观生居",窜伏穷山四十馀年。学者称船山先生。康熙三十一年(1692)卒,年七十四。王船山学识渊博,精于经史文学,天文地理历法数学无所不览,著作极丰,后人辑成《船山遗书》《王船山诗文集》。

青玉案 忆旧①

桃花春水湘江渡,纵一艇,迢迢去。落日赪光摇远浦②。风中飞絮,云边归雁,尽指天涯路。　　故人知我年华暮,唱彻灞陵回首句③。花落风狂春不住。如今更老,佳期逾杳,谁倩啼鹃诉!

【注释】 ①忆旧,忆往日友朋送别。本词上片写送别情景,下片自"花落风狂春不住"以下则写现时心境。　②赪(chēng),红色。　③灞陵回首,王粲《七哀》诗:"南登灞陵岸,回首望长安。"

【点评】 似只是忆旧,实别有寄托。"故人知我年华暮,唱彻灞陵回首句",年华老去,旧国故都已不复存在。"花落风狂春不住。如今更老,佳期逾杳,谁倩啼鹃诉!"南明已毫无希望,故国之思,有无限依依者在。以婉丽之词,写深沉之痛,是姜斋词一大特色。

徐　灿

徐灿(生卒年不详),字湘蘋,江苏长洲(今属江苏苏州)人,海宁陈之遴妻。陈之遴为明末崇祯进士,官中允;入清,累官弘文院大学士,加少保,坐结党营私,以原官发辽阳居住,寻召还,以贿结内监吴良辅论斩,免死流徙,卒于徙所。湘蘋是清初杰出女诗人,兼工书画,填词具北宋风格。有《拙政园诗馀》。

踏莎行

芳草才芽,梨花未雨,春魂已作天涯絮,晶帘宛转为谁垂,金衣飞上樱桃树①。　故国茫茫,扁舟何许?夕阳一片江流去。碧云犹叠旧山河,月痕休到深深处!

【注释】　①金衣,黄莺。《开元天宝遗事》:"明皇每于禁苑中见黄莺,常呼之为金衣公子。"

唐多令　感怀

玉笛擪清秋①,红蕉露未收。晚香残,莫倚高楼。寒月多情怜远客,长伴我,滞幽州②。　小苑入边愁,金戈满旧游③。问五湖,那有扁舟?梦里江声和泪咽,频洒向,故园流。

【注释】　①擪(yè),用指按,此指按孔吹笛。　②幽州,古幽州在今北京、河北、辽宁一带。此徐灿随陈之遴发辽阳时所作。　③小苑入边愁,用杜甫《秋兴》"芙蓉小苑入边愁"成句。金戈,代指战争。旧游,指旧游之地。时清军还在镇压江南各地的抗清义军。

毛奇龄

毛奇龄(1623—1716),字大可,又名甡,字初晴,学者称西河先生,浙江萧山人。康熙十七年(1678)举博学宏词,授翰林院检讨,预修《明史》。告归,康熙五十五年(1716)卒,年九十四。著有《西河全集》,其词集号《毛检讨词》。

南柯子

淮西客舍接得陈敬止书,有寄。①

驿馆吹芦叶,都亭舞柘枝②。相逢风雪满淮西,记得去年残烛照征衣。　曲水东流浅,盘山北望迷③。长安书远寄来稀,又是一年秋色到天涯④。

【注释】 ①淮西,淮河上游一带,安徽西北。　②柘枝,舞曲名。　③曲水,当是水名。盘山,在今天津市蓟州区境,又名东五台。曲水为作者所在之地,盘山则友人所在之处。④长安,代指京师,此指北京。涯,此处读如宜(yí),支韵。

陈维崧

陈维崧(1625—1682),字其年,号迦陵,江苏宜兴人。父陈贞慧,明末以气节称。其年少负才名,康熙十八年(1679)召试宏词科,由诸生授检讨,纂修《明史》,时年五十四,越四年(1682)卒于官。陈其年是有清第一豪放派词人,才力雄富,创作极丰,尝与朱彝尊合刻《朱陈村词》,有《湖海楼诗文词全集》。

点绛唇　夜宿临洺驿①

晴髻离离,太行山势如蝌蚪②。稗花盈亩,一寸霜皮厚③。赵魏燕韩④,历历堪回首。悲风吼,临洺驿口,黄叶中原走。

【注释】　①临洺,今河北省邯郸市永年区,以临洺水得名。②髻,发髻,此用以状山。离离,密聚之貌。太行山,纵贯河北西南与山西界的大山脉。　③亩,田地。盈亩,铺满了田野。稗花盈亩是视觉,一寸霜皮是实在。看似铺满田野的稗花,其实是厚厚的浓霜。　④赵魏燕韩,战国时赵在今河北西南,都邯郸。魏在今山西和河南东北,先都安邑,后都大梁。燕在今北京、河北北部和辽宁西部,都蓟。韩在今河南中部,都阳翟(今河南属州)。

【点评】　陈维崧善于抓住对象的特点,附上丰富的想象。巍峨的太行山,而曰晴髻离离,而曰如蝌蚪。赵魏燕韩,涵盖万里山河,而曰历历堪回首。这就无形中高大了创作主体的形象。风卷黄叶,加上"中原"二字,便觉境界无比宽阔。蕞尔小词,而觉气象恢宏。

卜算子　阻风瓜步[①]

风急楚天秋,日落吴山暮。乌桕红梨树树霜,船在霜中住。　极目落帆亭,侧听催船鼓。闻道长江日夜流,何不流侬去!

【注释】　①瓜步,地名,在今江苏省南京市六合区南,清初犹濒临大江。

好事近

夏日史蘧庵先生招饮,即用先生喜余归自吴阊过访原韵。[①] 分手柳花天,雪向晴窗飘落[②]。转眼葵肌初绣,又红鼓栏角[③]。　别来世事一番新,只吾徒犹昨。话到英雄失路,忽凉风索索!

【注释】　①史蘧庵,史可程,字蘧庵,史可法之弟。吴阊,即苏州,春秋时吴国都城,古有阊门。　②雪,指柳花,亦即柳絮。　③葵,此指蜀葵,红花绚丽。

清平乐

夜饮友人别馆,听年少弹三弦[①]。
檐前雨罢,一阵凄凉话。城上老乌啼哑哑,街鼓已经三打[②]。
漫劳醉墨纱笼,且娱别院歌钟[③]。怪底烛花怒裂,小楼吼起霜风④。

【注释】 ①三弦,弦乐器名,有三弦。 ②哑哑(yā),乌鸦啼声。街鼓已经三打,即已经鼓打三更。 ③漫劳,犹莫劳,不用劳。醉墨纱笼,题诗壁上,以纱笼就。参见刘迎《乌夜啼》词注②。歌钟,指演奏音乐。鲍照《数诗》:"七盘起长袖,庭下列歌钟。" ④吼起霜风,指三弦所奏。

南乡子 邢州道上作①

秋色冷并刀,一派酸风卷怒涛②。并马三河年少客③,粗豪,皂栎林中醉射雕。　残酒忆荆高④,燕赵悲歌事未消。忆昨车声寒易水,今朝,慷慨还过豫让桥⑤。

【注释】 ①邢州,今河北邢台。 ②并刀,古代并州(今山西太原)刀剑以锋利著称,此是比喻,谓秋风割面,冷于并刀。酸风,凌厉的寒风。语本李贺《金铜仙人辞汉歌》"东关酸风射眸子"。 ③三河,汉代以河内、河南、河东为三河。见《史记·货殖列传》。此泛指燕赵。 ④荆高,荆轲与高渐离,皆战国末豪侠之士。荆轲,卫人,至燕,爱燕之狗屠及善击筑者高渐离,日饮于燕市,击筑歌唱,旁若无人。燕太子丹欲报秦仇,谋刺秦王政,因礼请荆轲。荆轲赴秦,太子丹及宾客送至易水之上,高渐离击筑,荆轲和而歌。歌曰:"风萧萧兮易水寒,壮士一去兮不复还!"荆轲刺秦王不中,被杀。后秦灭赵,并天下,秦王政立号为皇帝,即秦始皇。高渐离击筑入秦,得见始皇,以铅置筑中,乘机以筑击始皇,不中,亦被害。见《史记·刺客列传》。　　⑤易水,在河北西部,为大清河上游支流,有北、中、南三支,均发源于易县,汇合后注入南拒马河。豫让桥,豫让,战国初晋人。为晋卿智伯家臣。后赵、韩、魏三家共灭智伯。"赵襄子最怨智伯,漆其头以为饮器"。豫让决心为智伯报仇,一再行刺赵襄子不成。乃"漆身为厉,吞炭为哑,使形状不可知,行乞于市"。伏于赵襄子所过桥下。襄子发觉,以兵围之。豫让乃求襄子衣服,拔剑击之,然后自杀。见《史记·刺客列传》。豫让所伏之桥,乃名豫让桥,其地当在邯郸,或传闻尚在。自易水,过邢州,至邯郸,三百馀公里,非古代行车一二日可到,诗人为创境需要,不必过于拘泥。

虞美人　无聊

无聊笑捻花枝说,处处鹃啼血。好花须映好楼台,休傍秦关蜀栈战场开。　　倚楼极目添愁绪,更对东风语:好风休簸战旗红,早送鲥鱼如雪过江东!

【点评】　无聊,无所依托,此处有莫可奈何之意。题曰"无聊",表面上只是取首句开头二字,其实委婉地点出了题旨,而且也实际上表现了诗人的心态。清朝建都北京以后,镇压南方各地的抗清斗争,差不多花了四十年。久经战乱,人民祈望太平。陈其年这首小词,正反映这种普遍的心理。"处处鹃啼血",决不是单纯对一种暮春景物的描写,而有着更为深厚的内涵。"啼血"的不只是传说中那位蜀帝的精灵,而是饱经战乱的人民。希望好花休傍战场开,希望"好风休簸战旗红",意思非常明白,正是针对秦关蜀栈远及江东说的。然而诗人把一个这样严肃的主题,写得如此轻淡。原来陈其年既没有屈翁山们思怀故国的悲愤,也不存在吴梅村辈忝事异姓的愧赧;他只是对无所底止的战争感到厌倦,所以他的心理状态恰恰只是"无聊"。

醉落魄　咏鹰

寒山几堵,风低削碎中原路。秋空一碧无今古。醉袒貂裘,略记寻呼处。　　男儿身手和谁赌,老来猛气还轩举。人间多少闲狐兔,月黑沙黄,此际偏思汝。

【点评】　结构极为奇特。上片只是写出一个鹰盘大野的环境,更无一字及鹰,而展翅雄鹰似正在长空掠过。下片倾吐诗人自己的胸臆,一种压抑不住的"猛气",如觉呼吸扑面。结尾点出"此际偏思汝",真不啻一笔千钧。"多少闲狐兔"前面加上"人间"二字,立即把笔锋切入现实,会使彼人间狐兔惨然变色!

满江红　秋日经信陵君祠①

席帽聊萧②,偶经过信陵祠下。正满目,荒台败叶,东京客舍③。九月惊风将落帽,半廊细雨时飘瓦。柏初红,偏向坏墙边,离披打④。　　今古事,堪悲诧;身世恨,从牵惹。倘君而尚在,定怜余也。我讵不如毛薛辈,君宁甘与原尝亚⑤?叹侯嬴老泪苦无多,如铅泻⑥。

【注释】 ①信陵君(?—前243),即魏无忌,战国魏安釐王异母弟,以善养士著名,有食客三千,魏有隐士曰侯嬴,为大梁夷门监者(守门人),信陵君知其贤,重为礼敬。魏安釐王二十年(前257),秦军围赵邯郸,赵求救于魏,魏王不敢出兵。侯嬴为信陵君划策,盗得魏王兵符,击杀将军晋鄙,引兵救赵,大败秦兵。见《史记·魏公子列传》。此信陵君祠必在河南开封。 ②席帽,席草编织的轻便帽,类似后来的草帽。聊萧,放旷之貌。 ③东京,今河南开封。魏惠王三十一年(前339)自安邑迁都大梁。其地北周时改为汴州,五代晋天福三年(938)迁都于此,改汴州为开封府,建号东京,历汉、周至北宋均称东京。 ④离披,散乱之貌。 ⑤讵,岂。毛薛,毛公和薛公。信陵君救赵后留居赵国。闻赵有处士毛公藏于博徒,薛公藏于卖浆家,乃与交厚。十年之后,秦兵攻魏,魏王使使请信陵君,信陵君怒,不肯回魏,乃诫门下:"有敢为魏王使通者死!"宾客皆莫敢劝。毛公与薛公见信陵君曰:"公子所以重于赵,名闻诸侯者,徒以有魏也。今秦攻魏,魏急而公子不恤,使秦破大梁而夷先王之宗庙,公子当何面目立天下乎?"信陵君立即趋驾救魏。魏安釐王三十年(前247),信陵君率齐楚韩赵魏五国之兵破秦军于河外,逐之至函谷关,秦兵不敢出。见《史记·魏公子列传》。原尝,战国赵平原君赵胜,齐孟尝君田文。当信陵君在赵与毛公薛公交厚,平原君不以为然。信陵君以平原君爱士,"徒豪举耳,不求士也"。平原君门下之客闻之,半去平原归信陵。见《史记·魏公子列传》。此处主要讲平原君,连类而及孟尝。亚,同辈,同类。　　⑥侯嬴,见前注①。此处词人以侯嬴自比。

贺新郎　纤夫词①

战舰排江口。正天边,真王拜印,蛟螭蟠钮②。征发棹船郎十万,列郡风驰雨骤,叹闾左骚然鸡狗③。里正前团催后保,尽累累锁系空仓后,捽头去,敢摇手④?　　稻花恰称霜天秀⑤。有丁男,临歧诀绝,草间病妇:"此去三江牵百丈,雪浪排樯夜吼。背耐得土牛鞭否?好倚后园枫树下,向丛祠,亟倩巫浇酒。神祐我,归田亩⑥!"

【注释】　①纤(qiàn),拉船前进的绳索。纤夫,拉纤的船夫。清初用兵江南,征用大量民夫拉纤。　　②真王,汉初韩信定齐,借口齐人难以制驭,要求以假王名义以镇服齐人。汉王刘邦大怒,张良、陈平以足蹑汉王足,提醒他不要开罪韩信。刘邦醒悟,因复骂曰:"大丈夫定诸侯即为真王耳,何以假为!"因遣张良往立韩信为齐王。见《史记·淮阴侯列传》。此指清初领兵的亲王。蛟螭蟠钮,指印钮上铸有蛟螭形象。③棹船郎,驾船的水手,包括纤夫。闾(lú),里巷大门。闾左,秦代居民贫苦者居闾门之左。《史记·陈涉世家》:"发闾左适戍渔阳。"此处即代指贫民。　　④里正。古代基层行政官员。团、保,皆居民行政单位。前团催后保,实即前团也催,后保也催。累累,指抓来的民夫用绳索绑系成串。捽,揪。敢,岂敢,即不敢。　⑤秀,吐穗扬花。此句点明时令。　⑥"此去三江牵百丈"以下八句,是丁男对草间病妇临歧诀绝的话。三江,泛指长江中下游。百丈,指纤索。

贺新郎　秋夜呈芝麓先生①

掷帽悲歌发。正倚幌,孤秋独眺,凤城双阙②。一片玉河桥下水,宛转玲珑如雪③。其上有,秦时明月。我在京华沦落久,恨吴盐,只点离人发④。家何在?在天末。　凭高对景心俱折。关情处,燕昭乐毅⑤,一时人物。白雁横天如箭叫,叫尽古今豪杰。都只被,江山磨灭。明到无终山下去,拓弓弦,渴饮黄獐血⑥。长杨赋,竟何益⑦!

【注释】①芝麓先生,龚鼎孳(1615—1673),字孝升,一字芝麓,安徽合肥人。明崇祯七年(1634)进士,授兵科给事中。李自成入北京,授直指使,后又降清,以原官起用。康熙间官至礼部尚书。与钱谦益、吴伟业并称"江左三大家",创作实远在钱、吴之下。著有《香严词》,又名《定山堂诗馀》。②凤城,即指京城。双阙,宫殿前的高建筑物,左右各一,筑高台,台上起楼观两边相对,以其中有空缺,故曰阙或双阙。③玲珑,明澈貌,此指水色。　④吴盐,盐色白,指头上出现白发。　⑤燕昭乐毅:燕昭王(? — 前279)名职,战国燕国国君。其父燕王哙传位子之,职出外流亡。子之三年,齐攻破燕国,杀哙与子之。赵武灵王帮助职回国即位,广招贤才,立志报仇。乐毅等贤士络绎来燕。燕昭王二十八年(前

284),以乐毅为将,联五国之师伐齐,大败齐军,下齐七十馀城。见《史记·燕召公世家》。燕昭王招贤,成为千古佳话,乐毅也就成为贤才的典型。　⑥无终山,在今天津市蓟州区北,又名翁同山。拓弓弦,拉弓射箭。　⑦长杨赋,西汉成帝猎于长杨,扬雄因作《长杨赋》。扬雄虽多次献赋,然终不被重用。故曰"长杨赋,竟何益?"古代文人向统治者献赋者不乏其人,如李白、杜甫都曾向唐玄宗献赋,然都不被重视,此言《长杨赋》,只是取一个代表。

贺新郎　赠苏昆生①

吴苑春如绣②。笑野老,花颠酒恼③,百无不有。沦落半生知己少,除却吹箫屠狗;算此外,谁欤吾友④?忽听一声何满子,也非关泪湿青衫透⑤。是鹃血,凝罗袖。　武昌万叠戈船吼。记当日,征帆一片,乱遮樊口⑥。隐隐柂楼歌吹响,月下六军搔首。正乌鹊,南飞时候⑦。今日华清风景换,剩凄凉鹤发开元叟⑧。我亦是,中年后!

【注释】　①原注:"苏,固始人,南曲为当今第一。曾与说书叟柳敬亭同客左宁南幕下,梅村先生为赋《楚两生行》。"苏昆生,本姓周,名如松,后流寓江南,改名苏昆生,明末清初著名唱曲家。孔尚任《桃花扇》谓其曾为金陵名妓李香君之师,后为李香君寄扇与侯朝宗。柳敬亭,明末清初著名说书人,为苏昆生好友。左宁南,即左良玉(1599—1645),字昆山,山东临清人。明末以军功封宁南伯,进侯爵,驻军武昌。南明弘光帝即位,马士英执政,勾结魏忠贤馀党阮大铖,荒嬉朝政。弘光元年(1645)四月,左良玉传檄欲清君侧,自武昌率军东下。马士英调黄得功部堵截左兵。中途左良玉病卒,数十万众在九江溃散。未几清军渡淮,攻陷扬州,史可法殉难。五月弘光帝即逃出南京。左军东下时,苏昆生、柳敬亭均在军中,溃散后,二人浪迹各地,以说书唱曲抒其悲愤。梅村,即吴伟业。②吴苑,苏州,为春秋时吴国故都。 ③花颠酒恼,化用杜甫《江畔独步寻花》绝句:"江上被花恼不彻,无处告诉只颠狂。" ④吹箫,《史记·范雎蔡泽列传》:"伍子胥橐载而出昭关,夜行昼伏,至于陵水,无以糊其口,膝行蒲伏,稽首肉袒,鼓腹吹篪,乞食于吴市。"集解引徐广曰:"篪,一作箫。"屠狗,《史记·刺客列传》:"荆轲既至燕,爱燕之狗屠及善击筑高渐离。荆轲嗜酒,日与狗屠及高渐离饮于燕市。"此处吹箫屠狗代指沦落下层的奇才异士。吾,代苏昆生自指。 ⑤何满子,本人名。白居易《听歌六绝句·何满子》自注:"何满子,开元中沧州有歌者何满子,临刑进此曲以赎死,上竟不免。"后演为歌曲之名。沈雄《古今词话》:"人传文宗疾亟,目孟才人。孟请歌毕,指笙囊就缢。爱歌何满子,一声肠断而殒。"唐张祜《何满子》云:"故国三千里,深宫二十年。一声何满子,双泪落君前。"此代指苏昆生唱的歌曲。苏阅尽兴亡,江湖浪迹,其歌声必悲凉凄切。泪湿青衫透,化用白居易《琵琶行》"江州司马青衫湿"句。 ⑥"武昌万叠"以下四句,指左良玉当年率军东下事。樊口,在今湖北省鄂州市鄂城区西长江岸畔。 ⑦"正乌鹊"二句,用曹操《短歌行》"月明星稀,乌鹊南飞。绕树三匝,无枝可依"诗意。 ⑧华清,唐代骊山华清池,为唐玄宗与杨贵妃避暑处,极尽繁华,后安禄山陷长安,玄宗西走,至马嵬坡兵变,贵妃被迫自缢。唐代也从此由盛入衰。华清风景换,指南明倾覆。开元,唐玄宗年号。开元时代为唐代最盛之时。鹤发开元叟,当指玄宗时李龟年。李龟年为开元天宝时著名歌手,安史之乱后流落江南。杜甫有《江南逢李龟年》诗。此代指苏昆生。

朱彝尊

朱彝尊(1629—1709),字锡鬯,号竹垞,又号金风亭长、小长芦钓鱼师,秀水(今浙江嘉兴)人。康熙十八年(1679)举博学宏词,授检讨,寻入直南书房,出典江南省试,罢归后,殚心著述,工诗,与王士禛齐名,称"南朱北王"。其词宗姜夔、张炎,风格醇雅清空,为浙西词派创始者。曾与陈维崧合刻《朱陈村词》,并称"朱陈"。康熙四十八年(1709)卒,年八十一。著有《曝书亭集》《日下旧闻》《经义考》等。

桂殿秋

思往事,渡江干,青蛾低映越山看①。共眠一舸听秋雨②,小簟轻衾各自寒。

【注释】 ①江干,江岸,此处犹言江那一边。青蛾,喻女子的秀眉。越山看,实即看越山。蛾眉有如越山,越山有似蛾眉,前后相互双关。 ②舸,船。

【点评】 这首小令是词人对一段特殊往事、特定恋情的回忆。冒广生《小三吾亭词话》云:"世传竹垞《风怀二百韵》为其妻妹作,其实《静志居琴趣》一卷,皆《风怀》注脚也。竹垞年十七,娶于冯,冯孺人名福贞,字海媛,少竹垞一岁。冯夫人之妹,名寿常,字静志,少竹垞七岁。曩闻外祖周季贶先生言:十五六年前,曾见太仓某家藏一簪,簪刻'寿常'二字。因悟《洞仙歌》词云:'金簪二寸短,留结殷勤,铸就偏名有谁认?'盖真有本事也。"《风怀二百韵》《静志居琴趣》亦正可作此词注脚。词中作者与伊人,既有机会"共眠一舸",却又只能"各自"孤栖,若是怀思其妻妹,则正适合。

谭献《箧中词》谓竹垞"单调小令,近世名家,复振五代、北宋之绪。"况周颐《蕙风词话》云:"或问国初词人,当以谁氏为最?再三审度,举金风亭长对。问佳构奚若,举《捣练子》(即《桂殿秋》)云云。"区区二十七字,竟被抬举到有清第一名作的高度。盖此词风格符合清人词论审美标准之故。此词确为竹垞集中佳作。本系情词,却绝无纤艳之嫌,感情表达深沉而含蓄。"共眠一舸听秋雨,小簟轻衾各自寒",遣词极有斟酌。"听秋雨"、"各自寒",字面极其平常,实有发掘不完的相思内蕴。小词风格,代表了竹垞词醇雅清空的特色。诗词本事,自然都有其特殊性,但特殊必须是普遍中的特殊,读者才易于领会。如此词,若不了解个中原委则颇觉迷离,此亦是其不足。

少年游

清溪一曲板桥斜,杨柳暗藏鸦①。旧事巫山,朝云赋罢,梦里是生涯②。　　而今追忆曾游地,无数断肠花。塘上鸳鸯,梁间燕子,飞去入谁家?

【注释】　①杨柳暗藏鸦,语本《乐府诗集·读曲歌》:"暂出白门前,杨柳可藏乌。"　②"旧事巫山"三句,用宋玉《高唐赋》楚王梦遇巫山神女故事:"昔者,先王尝游高唐,怠而昼寝。梦见一妇人,曰:'妾巫山之女也,为高唐之客,闻君游高唐,愿荐枕席。'王因幸之。去而辞曰:'妾在巫山之阳,高丘之阻,旦为朝云,暮为行雨。朝朝暮暮,阳台之下。'"此用巫山神女代指其艳遇。

卖花声　雨花台①

衰柳白门湾,潮打城还②。小长干接大长干③。歌板酒旗零落尽,剩有渔竿。　　秋草六朝寒,花雨空坛。更无人处一凭阑。燕子斜阳来又去,如此江山④!

【注释】　①雨花台,在南京城南,三国时称为石子岗,又称聚宝山,相传梁武帝时,云光法师在此讲经,天落花如雨,由此得名。题标为"雨花台",实系金陵怀古词。　②白门,南朝宋建康城西门,西方属金,其色白,故曰白门。白门湾,白门外大江江岸。潮打城还,用刘禹锡《石头城》诗"潮打空城寂寞回"句。　③小长干,大长干,皆南京地名。《文选·吴都赋》"长干延属"注:"建业南五里有山冈,其间平地,吏民杂居。东长干中有大长干、小长干,皆相连。大长干在越城东,小长干在越城西。地有长短,故号大、小长干。"　④燕子斜阳来又去,暗用刘禹锡《乌衣巷》"朱雀桥边野草花,乌衣巷口夕阳斜。旧时王谢堂前燕,飞入寻常百姓家"诗意。

解佩令　自题词集

十年磨剑,五陵结客①,把平生涕泪都飘尽。老去填词,一半是空中传恨,几曾围,燕钗蝉鬓②。　　不师秦七,不师黄九,倚新声玉田差近③。落拓江湖,且分付歌筵红粉,料封侯,白头无分④!

【注释】 ①十年磨剑,贾岛《剑客》诗:"十年磨一剑,霜刃未曾试。"五陵,西汉高祖长陵、惠帝安陵、景帝阳陵、武帝茂陵、昭帝平陵,皆在渭水北岸今陕西咸阳附近,合称五陵。五陵附近多住殷富豪侠之士,为京郊繁华之地。词中代指京师,亦可泛指繁华城市。 ②空中传恨,竹垞多有艳词,此自作解释,谓词中别有寄托。《冷斋夜话》:"(法云)师尝谓鲁直曰:'诗多作无害,艳歌小词可罢之。'鲁直笑曰:'空中语耳,非杀非偷,终不至坐此堕恶道。'""空中语""空中传恨",都谓词是凭空造作,自抒怀抱,写艳词不一定真有艳事。燕钗,妇女首饰,蝉鬓,妇女发式,此即代指美人。"几曾围,燕钗蝉鬓",谓虽写艳丽之词,并非真有珠围翠绕。 ③秦七,即北宋词人秦观。黄九,即北宋诗人亦词人黄庭坚。玉田,南宋词人张炎。秦词多写婉丽恋情,黄词奇崛而偏于格拗。张炎属南宋格律派,琢炼字句,追求醇雅。朱彝尊自谓不师法秦少游之婉丽,不师法黄庭坚之奇崛,而与张炎风格差近。 ④落拓,犹落泊、落魄,有放荡不羁、困穷潦倒二义,然两者常兼而有之。落拓江湖,用杜牧《遣怀》诗"落魄江湖载酒行"句意。结束四句,与柳永《鹤冲天》词"何须论得丧,才子词人,自是白衣卿相","忍把浮名,换了浅斟低唱"含意相近。

高阳台

吴江叶元礼①,少日过流虹桥,有女子在楼上,见而慕之,竟至病死。气方绝,适元礼复过其门。女之母以女临终之言告叶。叶入哭,女目始瞑。友人为作传,余记以词。

桥影流虹,湖光映雪,翠帘不卷春深。一寸横波,断肠人在楼阴②。游丝不系羊车住,倩何人,传语青禽③?最难禁,倚遍雕阑,梦遍罗衾④。　　重来已是朝云散⑤。怅明珠佩冷,紫玉烟沉⑥。前度桃花,依然开满江浔⑦。钟情怕到相思路,盼长堤,草尽红心⑧。动愁吟,碧落黄泉,两处难寻⑨!

【注释】　①叶元礼,即叶舒崇,字元礼,吴江人。少负隽才,美丰姿。康熙十五年(1676)进士,曾官内阁中书。②一寸横波,指少女的眼睛,此处犹言一眼望见。断肠人,指叶元礼。楼阴,楼下。　　③游丝,空中游动的飞丝,亦喻情丝。羊车,古代一种制作精美的车,"络带门帘,皆绣瑞羊"。见《宋史·舆服志》。亦指羊拉的车。晋武帝"常乘羊车,恣其所之,至便宴寝"。见《晋书·胡贵嫔传》。此代指叶元礼的车马。或亦只是比喻,不一定真有车马。倩,请。青禽,即青鸟,神话中西王母使者。见《汉武故事》。后用以指传递爱情的信使。　　④上片写女子铭心刻骨的相思。　　⑤朝云散,宋玉《高唐赋》写楚王游高唐,梦遇巫山神女。神女自言"妾在巫山之阳,高丘之阻,旦为朝云,暮为行雨"。又,白居易《简简吟》:"大都好物不坚牢,彩云易散琉璃脆。"二典参合使用。⑥明珠佩冷,传说谓郑交甫于汉皋之下见二女,二女以所佩明珠遗交甫,转瞬二女不见,明珠亦失。见《列仙传》。紫玉烟沉,传吴王夫差小女名紫玉,悦童子韩重,私许夫妻。吴王不与,紫玉气结而死。后重往玉墓哀吊,玉形现,重欲抱之,玉如烟而没。见《搜神记》。　⑦前度桃花,唐崔护于清明日游长安城南,向一村求饮。有女子以杯水饮之,倚小桃伫立。明年清明,护复往其处,则庭户依然,而门扃无人,因题诗门上曰:"去年今日此门中,人面桃花相映红。人面不知何处去,桃花依旧笑春风。"见孟棨《本事诗》,此用其词面,谓桃花依旧,而物在人亡。浔,江边。　⑧草尽红心,谓精诚所感,草亦红心。语本《异闻录》:"王生梦侍吴王,闻葬西施,生应教为诗曰:'满地红心草,三层碧玉阶。春风无处所,凄恨不胜怀。'"　⑨"碧落黄泉"二句:碧落,指天上。黄泉,指地下。欲觅精魂,上天入地亦难寻找。语本白居易《长恨歌》:"为感君王展转思,遂教方士殷勤觅。排空驭气奔如电,升天入地求之遍。上穷碧落下黄泉,两处茫茫皆不见。"下片写叶元礼销魂落魄的哀悼。

水龙吟　谒张子房祠①

当年博浪金椎,惜乎不中秦皇帝②！咸阳大索,下邳亡命,全身非易③。纵汉当兴,使韩成在,肯臣刘季④？算论功三杰,封留万户⑤,都未是,平生意。　遗庙彭城旧里⑥,有苍苔,断碑横地。千盘驿路,满山枫叶,一湾河水。沧海人归,圯桥石杳⑦,古墙空闭。怅萧萧白发,经过揽涕,向斜阳里。

【注释】 ①张子房,即张良。其祖、父五世相韩。韩为秦所灭,良散家财求力士,为韩报仇。秦始皇东游,良与客狙击始皇于博浪沙,误中副车。始皇大怒,大索天下。良乃更姓名,亡匿下邳。后佐刘邦定天下,多出奇谋,为兴汉三杰之一。见《史记·留侯世家》。 ②博浪,即博浪沙,为张良狙击秦始皇处,地在今河南原阳县。金椎,铁铸的捶击工具。 ③咸阳,秦都城,此即代指秦。下邳,秦县名,在今江苏睢宁西北,张良曾亡命于此。 ④韩成,韩国贵族,封横阳君,张良请项梁立为韩王。秦亡后,项羽不遣韩成归国,降以为侯,又杀之彭城,使张良复韩无望。刘季,即汉高祖刘邦。 ⑤三杰,佐刘邦亡秦灭项的三名人杰——萧何、韩信与张良。张良始遇刘邦于留(今江苏沛县东),后刘邦封张良为留侯。⑥彭城,秦郡名,今江苏徐州。《江南通志》卷四十:"(徐州府)留城中有张良庙。" ⑦圯(yí),《史记·留侯世家》集解引徐广曰:"圯,桥也,东楚谓之圯,音怡。"张良亡匿下邳,游下邳圯上,遇一老父,经反复考验,以张良"孺子可教",授以《太公兵法》,曰:"读此则为王者师矣。后十年兴,十三年孺子见我,济北谷城山下黄石,即我矣。"见《史记·留侯世家》。后因称此老父为黄石公。

【点评】 怀古实亦咏怀。朱彝尊祖上官于明代,身世与张良颇有相似之处。明亡时,彝尊年十七,尚未及仕,后与顾炎武、屈大均相过从,也曾一度参与抗清活动。故词中寄托,实不无家国兴亡之恨。

屈大均

屈大均（1630—1696），初名绍隆，字介子，广东番禺人。明末诸生。顺治三年（1646），清兵陷广州，参与老师陈邦彦义师抗清。陈邦彦死难后，大均谒永历帝于肇庆。顺治七年（1650），清军再陷广州，遂削发为僧，名今种，字一灵。三十二岁时以事母蓄发还俗，改名大均，字翁山，继续抗清活动。远走西北，复返东南，都无结果，遂回故里隐居著书。康熙三十五年（1696）病逝，年六十七。屈大均是清初重要诗人，与陈恭尹、梁佩兰并称"岭南三大家"，屈自是其中冠冕。词亦有特色。有《道援堂集》。

念奴娇　秣陵吊古[①]

萧条如此，更何须，苦忆江南佳丽[②]。花柳何曾迷六代，只为春光能醉。玉笛风朝，金笳霜夕，吹得天憔悴[③]！秦淮波浅，忍含如许清泪。　　任尔燕子无情，飞归旧国，又怎忘兴替[④]？虎踞龙蟠那得久，莫又苍苍王气[⑤]！灵谷梅花，蒋山松树[⑥]，未识何年岁。石人犹在，问君多少能记[⑦]？

【注释】①秣陵，即南京。楚金陵邑，秦始皇改名秣陵。参见欧阳炯《江城子》词注②。明太祖建都南京，死后葬于钟山。明成祖迁都北京。终有明之世，南京一直保存一套内阁。明末弘光帝又在南京建立一个短命的小朝廷，故晚明诗人多在此伤怀故国。　②佳丽，谢朓《入朝曲》："江南佳丽地，金陵帝王州。"周邦彦《西河·金陵怀古》词："佳丽地,南朝盛事谁记。"顺治十六年(1659),屈大均过金陵谒明孝陵,词即作于此时。　③"玉笛"三句:笛、笳原皆北方少数民族乐器,"玉笛风朝,金笳霜夕",即暗喻清军遍布江南,明朝已经灭亡,所以说"吹得天憔悴"。造语亦甚奇崛。　④"任尔燕子"三句,翻用刘禹锡《乌衣巷》"旧时王谢堂前燕,飞入寻常百姓家"句意。兴替,即兴废。　⑤虎踞龙蟠,指南京山川形胜。《太平御览》卷一五六引晋张勃《吴录》:"刘备曾使诸葛亮至京,因睹秣陵山阜,叹曰:'钟山龙盘,石头虎踞,此帝王之宅!'"王气,古人迷信,形胜之地将有帝王出,则地有祥瑞之气。金陵王气之说尤多。诗人谓江山形胜,哪能恃以长久,叫"莫又苍苍王气"。言外之意,关键还在于人事。　⑥灵谷,寺名。梁武帝始建于钟山南麓独龙阜,名曰开善寺。明初建孝陵,迁于山东南坡,改名灵谷寺。屈大均过南京即寓于此。蒋山,即钟山。　⑦石人,钟山明孝陵前多有石人石马。"问君多少能记",与开头"更何须,苦忆江南佳丽"呼应。

【点评】　名曰吊古,实有明一代哀歌。

长亭怨　与李天生冬夜宿雁门关作①

记烧烛,雁门高处,积雪封城,冻云迷路。添尽香煤②,紫貂相拥夜深语。苦寒如许!难和尔,凄凉句。一片望乡愁,饮不醉,垆头驼乳③。　无处,问长城旧主,但见武灵遗墓④。沙飞似箭,乱穿向,草中狐兔。那能使,口北关南,更重作并州门户?且莫吊沙场,收拾秦弓归去⑤!

【注释】 ①李天生,即李因笃,富平人,明末诸生。康熙五年(1666),屈大均至山西,在太原与李天生、朱彝尊等游,复出雁门关,会顾炎武,词即作于此时。雁门关,在山西代县西北雁门山上,山势陡峭,中有路盘旋而上,关即置于顶上。②香煤,煤之美称。 ③垆,安放酒坛的土台。 ④武灵,指赵武灵王(?—前295),战国时赵国英主,名雍,周显王四十四年至周赧王十六年(前325—前299)在位。武灵王二十四年(前302)进行军事改革,着胡服,习骑射,先后灭中山,破林胡、楼烦,赵由此强盛,前句"长城旧主"亦指武灵。⑤口北关南,即指雁门关地区。并州,古代并州包括今河北西北、山西北部地区,汉代并州治晋阳,即今山西太原。诗词中并州即指太原。"那能使"以下五句,意思含蓄而又明白。雁门关自古为并州门户,如今故国既已覆亡,这门户自然已无意义,故诗人问,怎样才能使口北关南更重作并州门户,也即故国何时才能恢复。下文立即以"且莫吊沙场,收拾秦弓归去"作结,似乎是收拾秦弓归去算了,实暗含无须徒然伤情,还要准备再干之意。

【点评】 词作于雁门关严寒之夜,句亦挟幽并豪侠之气。虽一而曰"苦寒如许",再而曰"一片望乡愁",却绝无哀飒消靡之感,而只觉纵横排荡,英气逼人。盖诗人满腔忠愤,喷薄而出,自非他人故作激昂者所可同日而语。

彭孙遹

彭孙遹(1631—1700),字骏孙,号羡门,又号金粟山人,浙江海盐人。顺治十六年(1659)进士,康熙十八年(1679)召试博学宏词,以第一人授编修,历官吏部左侍郎,兼掌院学士。工诗善词,为王士禛所推重。康熙三十九年(1700)卒,年七十。其词多艳体,特工小令。著有《松桂堂集》《延露词》《金粟词话》等。

少年游　席上有赠①

花底新声,尊前旧侣,一醉尽生平。司马无家,文鸳未嫁,赢得是虚名②。　　当时顾曲朱楼上③,烟月十年更。老我青袍,误人红粉④,相对不胜情!

【注释】　①席上有赠,为席上赠妓之作。　②"司马无家"三句:司马,西汉司马相如。家,指妻室。文鸳,指女子。司马相如回蜀,客临邛。临邛卓王孙女文君新寡。相如以琴挑之,文君夜奔相如。见《汉书·司马相如传》。梁铉《天门街西观荣王聘妃》诗:"交颈文鸳合,和鸣彩凤连。"又,罗隐《嘲钟陵妓云英》诗:"我未成名君未嫁,可能俱是不如人!"参见吴伟业《临江仙》词注②。词中参合二典,但只取"无家""未嫁"而已。　③顾曲,汉末周瑜精于音乐,听人弹琴有误,"瑜必知之,知之必顾。故时人谣曰:曲有误,周郎顾"。见《三国志·周瑜传》。顾曲朱楼,指当年相聚。　④青袍,古代未官儒士的衣着。红粉,代指美人年轻容貌。

王士禛

王士禛(1634—1711),字贻上,号阮亭,别号渔洋山人,新城(今山东桓台)人。中顺治八年(1651)乡试,十五年(1658)举会试,选扬州推官,由礼部主事累迁少詹事,奉命祭告南海,官至刑部尚书。康熙五十年(1711)卒,年七十八。渔洋是康熙朝诗坛盟主,诗主神韵,以写景抒情小诗见长,风格清新明丽,语言流畅,音韵谐调。其词特工小令,与其诗特工绝句正相一致。有《带经堂集》《池北偶谈》《渔洋诗话》等书,词集称《衍波词》。

浣溪沙

其 一

红桥同籜庵、茶村、伯玑、其年、秋崖赋。①

北郭青溪一带流②,红桥风物眼中秋,绿杨城郭是扬州。

西望雷塘何处是③?香魂零落使人愁,澹烟芳草旧迷楼。

【注释】 ①红桥,亦名虹桥,在扬州城西北小秦淮河上,为扬州名胜。籜庵,袁于令,号籜庵,江苏吴县(今属苏州)人,明末清初剧作家,有《西楼记》等传奇多种。茶村,杜濬,字于皇,号茶村,湖北黄冈人,明末诗人,入清隐居金陵,有《变雅堂集》。伯玑,陈允衡,字伯玑,江西建昌人,明末避乱,流寓芜江,杜门著述,有《宝琴馆集》。其年,即陈维崧。秋崖,方钧,字范斯,号秋崖,青浦人,工画山水墨竹。康熙元年(1662)夏二月十五日,王士禛与友人袁于令等游红桥,为一时盛事,士禛曾作《红桥游记》,并作此小词。　②北郭,指扬州城北郭。青溪,指小秦淮河。　③雷塘,又称雷陂,在扬州城西北。隋炀帝下扬州,在此建迷楼。杜牧《扬州》诗:"炀帝雷塘上,迷藏有旧楼。谁家唱水调,明月满扬州。"唐高祖武德五年(622)改葬炀帝于雷陂南平冈上。至宋代,雷塘即已堙废。

其　二

白鸟朱荷引画桡①,垂杨影里见红桥,欲寻往事已魂消。
遥指平山山外路,断鸿无数水迢迢,新愁分付广陵潮②。

【注释】　①白鸟,白鹭。朱荷,红色荷花。桡,桨,此代指船。　②平山,指平山堂,在扬州城西北蜀冈上,北宋欧阳修建。欧阳修曾作《朝中措》词云:"平山阑槛倚晴空,山色有无中。"广陵,即扬州。古代广陵濒临大江,故广陵可以观潮。汉代枚乘《七发》对广陵潮有精彩的描写。其后大江南移,王士禛所写已属想象。

曹贞吉

曹贞吉(1634—？),字升阶,又字升六,号实庵,山东安丘人。康熙三年(1664)进士,官礼部郎中。有《珂雪诗词集》。

留客住 鹧鸪①

瘴云苦,遍五溪沙明水碧②,声声不断,只劝行人休去。行人今古如织,正复何事关卿？频寄语。空祠废驿,便征衫湿尽,马蹄难驻。　　风更雨,一发中原③,杳无望处。万里炎荒,遮莫摧残毛羽④。记否越王春殿,宫女如花,只今惟剩汝⑤。子规声续,想江深月黑,低头臣甫⑥。

【注释】　①鹧鸪,鸟名,长约三十厘米,其羽毛黑白相杂,我国南方多有。其鸣声有似"行不得也哥哥,行不得也哥哥",声音厚重深沉,故词中有"声声不断,只劝行人休去"之句。　②五溪,指雄溪、樠溪、无溪、酉溪、辰溪,称为武陵五溪。见《水经注·沅水》。一说指辰溪、酉溪、巫溪、武溪、沅溪。见《通典》,并在湖南西部。此系泛指。　③一发中原,苏轼《澄迈驿通潮阁》诗:"杳杳天低鹘没处,青山一发是中原。"　④遮莫,犹言尽教,尽管。　⑤"记否越王"三句,用李白《越中览古》诗:"越王勾践破吴归,义士还家尽锦衣。宫女如花满春殿,至今惟有鹧鸪飞！"　⑥"子规声续"三句,用杜甫《杜鹃》诗:"我昔游锦城,结庐锦水边。有竹一顷馀,乔木上参天。杜鹃暮春至,哀哀叫其间。我见常再拜,重是古帝魂。"

满庭芳　和人潼关①

太华垂旒,黄河喷雪,咸秦百二重城②。危楼千尺,刁斗静无声。落日红旗半卷,秋风急,牧马悲鸣。闲凭吊,兴亡满眼,衰草汉诸陵③。　　泥丸封未得,渔阳鼙鼓,响入华清④。早平安烽火,不到西京⑤。自古王公设险,终难恃,带砺之形⑥。何年月,铲平斥堠⑦,如掌看春耕？

【注释】　①潼关,在今陕西潼关县北,古为桃林塞,东汉末设关,地当陕西、山西、河南三省要冲。　②太华,即西岳华山,在陕西华阴市南。旒,旌旗下垂的饰物。《礼记·明堂位》:"旂十有二旒。"咸秦,泛指关中盆地。秦都咸阳,汉都长安,皆在其地。百二重城,谓险固的城关。参见邓千江《望海潮·献张六太尉》词注③。此百二重城即指潼关。　③汉诸陵,西汉诸帝陵墓都在关中长安附近。　④泥丸封未得,《后汉书·隗嚣传》:嚣将王元说嚣,谓"元请以一丸泥为大王东封函谷关"。意谓函谷关有险可守,若用一丸泥即可以封住。此指潼关。泥丸封未得,指天宝末安禄山反,唐军未能守住潼关。渔阳,郡名,在今河北省境。鼙鼓,军用鼓,代指战争。华清,指唐明皇所建骊山之华清池,为明皇与杨贵妃避暑之地。天宝十四载(755),安禄山自渔阳起兵作乱,下河北诸郡,陷洛阳,破潼关,致使长安失陷。白居易《长恨歌》:"渔阳鼙鼓动地来,惊破霓裳羽衣曲。"　⑤早,犹早已、早是。西京,即长安,今西安市。古代用烽火报警,亦用烽火报平安,只是发出的信号不同。参见邓千江《望海潮·献张六太尉》词注⑨。　⑥带砺之形,《史记·高祖功臣侯者年表》:"使河如带,泰山若厉,国以永宁,爰及苗裔。"带,衣带。厉,同"砺",砥石。大河而至如衣带,泰山而至如砥石,都必须经历极长的时间,换言之即永远牢固之意。故带砺之形,意即永远牢固的地理形势。终难恃带砺之形,即险固的地理形势并不足恃。言外之意,谓还有更重要者在,如统治者的德行、政治措施等等。　⑦斥堠,侦察瞭望敌人的土堡,引申为军事设施。

贺新凉　再赠柳敬亭①

咄汝青衫叟! 阅浮生, 繁华萧瑟, 白衣苍狗②。六代风流归抵掌③, 舌下涛飞山走。似易水, 歌声听久④。试问于今真姓字, 但回头, 笑指芜城柳。休暂住, 谭天口。　当年处仲东来后, 断江流, 楼船铁锁, 落星如斗⑤。七十九年尘土梦, 才向青门沽酒⑥。更谁是, 嘉荣旧友? 天宝琵琶宫监在⑦, 诉江潭, 憔悴人知否? 今昔恨, 一搔首。

【注释】　①柳敬亭,明末秦州人,本姓曹,避仇流落江湖,改姓柳,以善说书著名,曾与苏昆生同客明宁南侯左良玉幕下,颇受礼遇。南明弘光元年(1645)四月,左良玉率军东进,中途病卒,大军在九江溃散,柳敬亭又浪迹各地。终老病以死,钱谦益为之募葬。黄宗羲有《柳敬亭传》。参见陈维崧《贺新郎·赠苏昆生》词注①。　②白衣苍狗,喻世事变幻无常。语本杜甫《可叹》诗:"天上浮云如白衣,斯须改变为苍狗。" ③六代,既指东晋南朝,又隐喻南明政权。抵掌,抵掌而谈,指一手指着另一手掌,用手势帮助谈话,此指柳敬亭说书。 ④易水歌声,详见辛弃疾《贺新郎·绿树听鹈鴂》注⑧。 ⑤处仲,东晋王敦(266—324),字处仲,琅琊临沂人。西晋亡,与从弟王导拥立司马睿,建立东晋。任大将军,驻武昌。晋明帝太宁二年(324)进兵建康,中途病死。见《晋书·王敦传》。此代指左良玉。楼船铁锁,据传西晋初龙骧将军王濬率大军乘楼船东下伐吴,吴于大江要害处置铁锁横江,试图拦住晋军。刘禹锡《西塞山怀古》诗:"王濬楼船下益州,金陵王气黯然收。千寻铁锁沉江底,一片降幡出石头。"此指马士英调黄得功部拦截左军。落星如斗,据传诸葛亮在军中病殁,"有星赤而芒角,自东北西南流,投于亮营"。见《三国志·诸葛亮传》引《晋阳秋》。此指左良玉在进军途中病殁。⑥青门,秦末东陵侯召平,于秦亡后种瓜于长安城东青门外。阮籍《咏怀》其六:"昔闻东陵瓜,近在东门外。" ⑦天宝,唐玄宗年号。琵琶宫监,指唐玄宗宫中善弹琵琶者贺怀智。元稹《连昌宫词》:"夜半月高弦索鸣,贺老琵琶定场屋。"辛弃疾《贺新郎·赋琵琶》:"贺老定场无消息,想沉香亭北繁华歇。"此用以代指柳敬亭。

【点评】 本词龚鼎孳有和作《贺新郎·和曹实庵舍人赠柳敬亭》,亦颇精警,附录于此:

鹤发开元叟,也来看,荆高市上,卖浆屠狗。万里风霜吹短褐,游戏侯门趋走。卿与我,周旋良久。

绿鬓红颜今尽改,叹婆娑,人似桓公柳。空击碎,唾壶口。　　江东折戟沉沙后,过青溪,笛床烟月,泪珠盈斗。老矣耐烦如许事,且坐旗亭呼酒。拚残腊,消磨红友。花压城南韦杜曲,问球场马稍还能否?斜日外,一回首。

顾贞观

顾贞观(1637—1714),字华峰,号梁汾,江苏无锡人。康熙五年(1666)顺天举人,授秘书院典籍。以父丧归。康熙十五年(1676)再度入京,馆纳兰相国家,与相国长子纳兰性德交厚。其求助纳兰救好友吴汉槎,为文坛千古佳话。康熙二十三年(1684)还乡里,构积书岩,读书写作凡三十年。康熙五十三年(1714)卒,年七十八。善填词,苦心孤诣,独辟蹊径,自言"吾词独不落宋人圈襀,可信必传"。著有《积书岩集》《弹指词》等。

青玉案

天然一帧荆关画①,谁打稿,斜阳下。历历水残山剩也②!乱鸦千点,落鸿孤咽,中有渔樵话。　　登临我亦悲秋者,向蔓草平原泪盈把③。自古有情终不化。青娥冢上,东风野火,烧出鸳鸯瓦④。

【注释】　①帧(zhèng),幅。荆关,荆浩、关仝,并五代后梁时代画家,擅画山水。荆浩,字浩然,沁水(今山西沁水)人,隐居太行山。关仝,长安(今陕西西安)人,师法荆浩,有青出于蓝之誉。　②历历,分明貌。顾氏生当明清易代之际,饱经战祸兵燹之后,目睹山河残破,故有水残山剩之叹。③悲秋,宋玉《九辩》:"悲哉秋之为气也,萧瑟兮草木摇落而变衰!""皇天平分四时兮,窃独悲此凛秋。"蔓草平原,江淹

《恨赋》:"试望平原,蔓草萦骨,拱木敛魂。人生到此,天道宁论!于是仆本恨人,心惊不已,直念古者,伏恨而死。"词用其意。 ④青娥,泛指年青女子。温庭筠《懊恼曲》:"悠悠楚水流如马,恨紫愁红满平野。野土千年怨不平,至今烧作鸳鸯瓦。"词意重在"自古有情终不化",故有情人即使含恨而死也不会湮灭,东风野火中又烧作鸳鸯瓦。

【点评】 直是一篇《恨赋》。

金缕曲 秋暮登雨花台①

此恨君知否:问何年,香消南国,美人黄土②?结绮新妆看未竟,莫报诸军飞渡,待领略倾城一顾。若使金瓯常怕缺,纵繁华千载成虚负。琼树曲,倩谁谱③?　　重来庾信哀难诉④。是耶非,乌衣朱雀,旧时门户⑤?如此江山刚换得,才子几篇词赋!吊不尽人间今古。古试上雨花台上望,但寒烟衰草秋无数⑥。听嘹唳,雁行度⑦。

【注释】 ①雨花台,参见朱彝尊《卖花声·雨花台》词注①。　　②"问何年"三句:金陵(今南京)为六朝都城,自孙吴至陈代,转瞬兴亡,悲恨相续。本词上片所述用陈亡故事。陈后主陈叔宝奢侈腐败,荒于国政,宠幸张丽华、孔贵嫔,建结绮阁,日与妃嫔淫乐于其中。隋文帝开皇九年(589),隋将贺若弼、韩擒虎攻下建康,俘虏陈后主,陈朝灭亡,南朝至此结束。"香消南国,美人黄土",即指其事。　　③未竟,未尽。倾城,代指美人。出《汉书·外戚传》李延年歌:"北方有佳人,绝世而独立。一顾倾人城,再顾倾人国。宁不知倾城与倾国,佳人难再得?"金瓯,金制酒器,常用以喻国家。琼树曲,指陈后主所制艳曲《玉树后庭花》。"结绮新妆看未竟"以下诸句,虚拟陈后主语气,揭发其卑污的心理,只贪欢乐,不惜"金瓯"破碎。　④庾信,南北朝杰出诗人,本梁臣,被羁留北方,作《哀江南赋》等诗赋哀伤梁国的覆亡。庾信后来并未重返建康,"重来"的是顾贞观而不是庾子山。　⑤乌衣,巷名,在建康城南。朱雀,建康城南门。都是东晋南朝贵族豪门聚居之地。此用刘禹锡《乌衣巷》诗"朱雀桥边野草花,乌衣巷口夕阳斜"句意。是耶非,是说国亡之后,京城残破,旧日豪门已不可辨识。　⑥"但寒烟衰草"句,用王安石《桂枝香·金陵怀古》词"六朝旧事随流水,但寒烟芳草凝绿"句意。　⑦雁行度,雁行飞过。

【点评】　此金陵怀古词,词意深沉,感情激越。顾贞观于南朝覆亡之后一千多年登雨花台,回望金陵,似已没有必要对那个亡国的荒淫君主如此愤恨。此实痛南明之亡。清军已入北京,弘光帝朱由崧在南京仓促即位,清廷大军南下,国家危在旦夕。然而朱由崧、马士英、阮大铖等南明君臣,当此国家危急存亡之秋,却一味贪图享乐,忙于搜索民间女子,选取嫔妃,致国事不可收拾。莫要说偏安江左,连苟延时日也未可得。顾梁汾痛故国的覆灭,恨昏君之荒嬉,对陈后主的嘲讽实是对弘光帝的鞭挞。词锋所及,声色俱厉。

夜行船　郁孤台①

为问郁然孤峙者,有谁来,雪天月夜?五岭南横,七闽东距②,终古江山如画。　百感茫茫交集也!憺忘归③,夕阳西挂。尔许雄心,无端客泪,一十八滩流下④!

【注释】　①郁孤台,在今江西赣县西南,下临赣江,隆阜郁然孤峙,故名。　②五岭,即越城岭、都庞岭、萌渚岭、骑田岭、大庾岭,五岭相连,横亘于广东与江西、湖南、广西边境。此泛指赣南群山。词人为取势需要,不必一一坐实。七闽,指福建,此亦泛指闽赣一带山地。　③憺忘归,《楚辞·九歌·东君》"观者憺兮忘归"。王逸注:"憺,安也。"《淮南子·俶真训》"神不能憺"。高诱注:"憺,定也。"此处有伫立凝思之意。　④一十八滩,赣江自赣县至万安一段的险滩。

【点评】　要在辛稼轩高唱过"郁孤台下清江水,中间多少行人泪"的郁孤台下,再谱一曲小词而同样能震撼山河,真是谈何容易。顾贞观就有这种勇气,敢于濡染大笔,无意与古人争胜而自足与古人比肩。词写得如此苍凉激越,若长啸,若愤呼,"五岭南横,七闽东距",仿佛南国峰峦也欲奋臂而起;然而又相当含蓄,似不涉多少具体内容。盖赣南群山,明末抗清志士曾在此顽强搏斗,隆武帝朱聿键曾一度驻跸赣州。然而曾几何时,便全都失败。梁汾南来时,早已火灭烟消,山河沉寂。诗人"百感茫茫",实饱含家国兴亡之恨,希望破灭之悲。"雄心"固是"尔许","客泪"却并非"无端"。词有着深刻的现实内容,非只是吊古伤怀而已也。

金缕曲

其 一

寄吴汉槎宁古塔,以词代书,丙辰冬寓京师千佛寺冰雪中作。①

季子平安否②?便归来,平生万事,那堪回首!行路悠悠谁慰藉,母老家贫子幼③。记不起从前杯酒。魑魅搏人应见惯,总输他,覆雨翻云手④。冰与雪,周旋久⑤。　　泪痕莫滴牛衣透⑥。数天涯,依然骨肉,几家能彀?比似红颜多命薄;更不如今还有。只绝塞苦寒难受。廿载包胥承一诺,盼乌头马角终相救⑦。置此札,君怀袖。

【注释】①吴汉槎,即吴兆骞(1631—1684),字汉槎,江苏吴县(今属苏州)人。顺治十四年(1657)举人,与顾贞观交情深笃。顺治十六年(1659)因江南乡试科场案,被人诬陷,遣戍宁古塔。康熙十五年丙辰(1676),顾贞观为救吴汉槎,求助于纳兰性德,作此《金缕曲》二阕,纳兰见之感泣,为求之于其父明珠,吴兆骞乃得生还。词后顾贞观原注:"二词容若见之,为泣下数行,曰:'河梁生别之诗,山阳死友之传,得此而三。此事三千六百日中,弟当以身任之,不俟兄再嘱也。'余曰:'人寿几何,请以五载为期。'恳之太傅,亦蒙见许,而汉槎果以辛酉入关矣。附书志感,兼志痛云。"辛酉为康熙二十年(1681),上距汉槎之谪凡二十三年。三年以后,吴汉槎去世,顾贞观即南回故里,不再出仕。宁古塔,今黑龙江宁安市。　②季子,即吴兆骞,兆骞上有二兄。　③母老家贫子幼,吴汉槎老母在家乡,谪戍时身边有一子三女,风霜北国,极为困苦。　④魑魅(chī mèi),鬼怪。覆雨翻云手,指善于颠倒是非玩弄阴谋诡计的人。此写吴汉槎被小人陷害。⑤"冰与雪"二句,谓吴汉槎在北地长期与冰雪周旋,也用以喻受人陷害凌辱,饱历人间的冰雪。　⑥牛衣,给牛御寒的覆盖物,又称牛被、牛襄衣。西汉王章为诸生时极其贫困。"学长安,独与妻居。章疾病,无被,卧牛衣中,与妻诀,涕泣。"见《汉书·王章传》。　⑦包胥,春秋楚大夫申包胥。伍子胥为报父仇,逃奔吴国。行前对申包胥曰:"我必覆楚!"申包胥回答:"我必存之!"后伍子胥引吴军攻陷郢都。申包胥赴秦求救,痛哭秦廷,七日七夜至于泪尽流血,秦哀公被感动,出师救楚。见《史记·伍子胥列传》。乌头马角,战国燕太子丹为质于秦,求归燕国,秦王曰:"乌头白,马生角,乃许尔!"见《史记·刺客列传》。乌头不白,马不生角,欲乌头白马生角乃许,实即永远不许。此反用其意,即使等到乌头白马生角也一定相救。

其　二

我亦飘零久。十年来,深恩负尽,死生师友。宿昔齐名非忝窃,试看杜陵消瘦,曾不减夜郎僝僽①。薄命长辞知己别②,问人生,到此凄凉否!千万恨,从君剖。　兄生辛未吾丁丑③。共些时,冰霜摧折④,早衰蒲柳。词赋从今须少作,留取心魂相守,但愿得河清人寿。归日急翻行戍稿,把空名料理传身后。言不尽,观顿首。

【注释】 ①杜陵,即杜甫。夜郎,在今贵州省境,李白于唐肃宗乾元元年(758)因入永王璘幕获罪,长流夜郎,此处即代指李白。僝僽(chán zhòu),憔悴貌。杜甫与李白交情深厚,李白被流放,杜甫在《梦李白二首》《天末怀李白》等诗中深表同情。此自比杜甫,以汉槎喻李白。 ②薄命长辞,指作者夫人去世。知己别,指汉槎远谪。 ③辛未,明崇祯四年(1631)。丁丑,明崇祯十年(1637)。是吴汉槎年长顾贞观六岁。 ④冰霜摧折,喻当时丧乱频年,饱经磨难。

【点评】 以诗词传达友谊,古来常有,而"以词代书",且全词采取书札语言格式,则是顾贞观所独创。两首词组成一封完整的书信,词语如家常叙旧,而字字句句,一一自肺腑中流出,那种命运与共、生死不渝的倾诉,安能不真挚感人,无怪多情的纳兰容若为之泣下数行。陈廷焯囿于他的词学成见,认为并"非正声",也不得不承认为"千秋绝调"。

孔尚任

孔尚任(1648—1718),字聘之,号云亭山人,山东曲阜人,孔子六十四代孙。康熙二十三年(1684)清圣祖南巡曲阜,被召讲经,授国子监博士,累迁户部员外郎。康熙五十七年(1718)卒,年七十一。有《湖海诗集》。所作《桃花扇》传奇,"借离合之情,写兴亡之感",为中国戏剧史上的丰碑。

鹧鸪天

院静厨寒睡起迟,秣陵人老看花时①。城连晓雨枯陵树,江带春潮坏殿基②。　伤往事,属新词,客愁乡梦乱如丝。不知烟水西村舍,燕子今年宿傍谁③!

【注释】　①厨,纱厨。秣陵,即南京。参见欧阳炯《江城子》词注②。　②枯陵,指南京明孝陵。殿,明太祖原都南京,成祖北迁后,南京仍有一套馆阁班子。后南明弘光帝又即位于南京,此指明故宫。陵树已枯,殿基已坏,凄怆满目,无限伤怀。　③"不知"二句,暗用刘禹锡《乌衣巷》诗句意。参见吴激《人月圆》词注②。

【点评】　此《桃花扇》第一出侯方域出场词,实是孔尚任自己的心境。时明亡已五十馀年,而其故国之思犹无任深沉,故谭献谓其"哀于麦秀"。

纳兰性德

纳兰性德(1655—1685),原名成德,后改性德,字容若,太傅明珠长子,满洲正黄旗人。康熙十五年(1676)进士,官一等侍卫。好读书,善骑射。与当时词坛俊彦多有交谊,同严绳孙、顾贞观、陈维崧尤为交厚。词宗五代北宋诸家,以小令见长,多感伤情调,间亦有雄豪之作。曾与徐乾学编刻唐以来解经诸书为《通志堂经解》。康熙二十四年(1685)卒,年仅三十一岁。有《通志堂集》,词集号《纳兰词》。

长相思

山一程,水一程,身向榆关那畔行①,夜深千帐灯。　　风一更,雪一更。聒碎乡心梦不成,故园无此声。

【注释】①榆关,即山海关。在河北省秦皇岛北,北倚角山,东临渤海,为河北交通东北重要关塞,长城东起于此。

【点评】"夜深千帐灯",与杜甫"落日照大旗,马鸣风萧萧。平沙列万幕,部伍各见招。中天悬明月,令严夜寂寥"可以媲美。

蝶恋花　出塞

今古河山无定据,画角声中,牧马频来去。满目荒凉谁可语,西风吹老丹枫树。　　从前幽怨应无数,铁马金戈,青冢黄昏路①。一往情深深几许?深山夕照深秋雨。

【注释】 ①青冢,汉王昭君墓,在内蒙古呼和浩特南。据传当塞草枯黄,冢草独青。杜甫《咏怀古迹》诗:"一去紫台连朔漠,独留青冢向黄昏。"

【点评】 纳兰边塞词,于婉丽中见豪放,如花木兰,娇姿绰约,亦可以横戈马上。

"一往情深深几许,深山夕照深秋雨",远胜于"若问闲愁都几许?一川烟草,满城风絮,梅子黄时雨"此等句法,不许他人染指。

蝶恋花

其 一

辛苦最怜天上月,一昔如环,昔昔都成玦①。若似月轮终皎洁,不辞冰雪为卿热。　　无那尘缘容易绝,燕子依然,软踏帘钩说。唱罢秋坟愁未歇②,春丛认取双栖蝶。

【注释】 ①一昔,一夕,一夜。环,圆形玉璧。玦,半环玉佩。月亮只在月中圆满如环,其他每夜都缺如玦;然而却永远皎洁。　　②秋坟,李贺《秋来》诗:"秋坟鬼唱鲍家诗,恨血千年土中碧。"

其 二

眼底风光留不住,和暖和香,又上雕鞍去。欲倩烟丝遮别路,垂杨那是相思树。　　惆怅玉颜成间阻,何事东风,不作繁华主?断带依然留乞句,斑骓一系无寻处。

其 三

又到绿杨曾折处,不语垂鞭,踏遍清秋路。衰草连天无意绪,雁声远向萧关去①。　　不恨天涯行役苦,只恨西风,吹梦成今古。明日客程还几许,沾衣况是新寒雨。

【注释】 ①萧关,古关名,故址在今宁夏固原东南,此系泛指朔方。

其 四

萧瑟兰成看老去①,为怕多情,不作怜花句。阁泪倚花愁不语,暗香飘尽知何处?　　重到旧时明月路,袖口香寒,心比秋莲苦。休说生生花里住,惜花人去花无主。

【注释】 ①兰成,即庾信,信小名兰成。《哀江南赋》有"兰成射策之年"句。此诗人自喻。

菩萨蛮

问君何事轻离别,一年能几团圆月?杨柳乍如丝,故园春尽时。　　春归归不得,两桨松花隔。旧梦逐寒潮,啼鹃恨未消。

南乡子　为亡妇题照①

泪咽却无声,只向从前悔薄情。凭仗丹青重省识,盈盈②,一片伤心画不成。　　别语忒分明,午夜鹣鹣梦早醒③。卿自早醒侬自梦,更更,泣尽风檐夜雨铃。

【注释】 ①亡妇,纳兰性德妻卢氏(1657—1677),兵部尚书都察院右都御史卢兴祖之女,康熙十三年(1674)归性德,时年十八。康熙十六年(1677)五月三十卒,年二十一。性德与卢氏感情甚笃,卢氏年轻夭折,性德极为悲痛,悼亡之作在其集中占很大比重。照,画像。 ②丹青,图画,此指画像。盈盈,仪态美好之貌。 ③忒分明,太分明,如此分明。别语忒分明,是醒后记得梦中别语。鹣鹣,传说中的比翼鸟,雌雄亲爱,常比翼双飞。此用为恩爱相亲之意。

沈 雄

沈雄(生卒年不详),字偶僧,江苏吴县(今属苏州)人。著有《柳塘词》与《古今词话》。

金明池 秣陵怀古①

山上围棋,渡头麾扇,那怯寒潮夜雨②。重借问繁华六代,又荒堞断碑如许!愿官家③,世世生来,莫应似,衰草斜阳垂暮。叹幕府频移,銮舆潜幸,一任晚风吹去④。　　江左夷吾在何处⑤?便星散云驰,此身无主。问满目虎旅鸳行,还讲得旧时门户⑥?最伤心烟柳台城,尽巷口乌衣,兴亡难诉⑦。但万里长江,未销离恨,一派涛声犹怒。

【注释】　①秣陵,今南京。参见欧阳炯《江城子》词注②。　②山上围棋,东晋孝武帝太元八年(383)前秦苻坚率大军九十万南下伐晋,晋相谢安遣弟谢石、侄谢玄等御敌。玄入问计,安夷然无惧色,命驾出山墅,与玄围棋。至夜方还,指授将帅,各当其任。"玄等既破坚,有驿书至,安方对客围棋。看书既竟,便摄放床上,了无喜色,棋如故。"见《晋书·谢安传》。渡头麾扇,西晋怀帝永嘉元年(307),广陵相陈敏反,周玘与顾荣、甘卓等谋攻敏。"敏率万馀人将与卓战,未获济,荣以白羽扇麾之,敏众溃散。"见《晋书》之《陈敏传》《顾荣传》。《金陵志》:"麾扇渡,一名毛翁渡。晋陈敏据建业,军临大航岸,顾荣以白羽扇麾之,军遂溃。"山上围棋为御外敌,渡头麈扇为平内乱。首三句谓有如谢安、顾荣辈佐命之才,则不怕处境危殆,国家乃不致衰微。言外之意谓六朝此等干才实在太少。 ③官家,指王朝统治者。 ④幕府,军旅出征,以幕帐为府署。东晋建国之初,王导即置幕府于金陵西北山上,故名其山为幕府山。銮舆,皇帝车驾。幕府频移,指国家未曾安定。銮舆潜幸,指亡国之君或逃出京城,或投降外敌。如吴主孙皓曾被俘至洛阳,陈后主陈叔宝曾被迁至长安。 ⑤江左夷吾,指东晋王导。西晋亡,晋元帝即位建康,王导悉心辅导,国家得以稍安,刘琨遣桓彝过江,桓彝见朝廷微弱,甚以为忧,及见王导,与谈世事,还谓周颉曰:"向见管夷吾,无复忧矣。"见《晋书·王导传》。故王导有江左夷吾之称。 ⑥虎旅,指军队。张衡《西京赋》:"陈虎旅于飞廉。"此指武将。鸳行(háng),杜甫《秦州杂诗》:"为报鸳行旧,鹪鹩在一枝。"此指文臣。意谓王谢大家都已成过去,满目武将文臣,已毫无能为。 ⑦台城,三国吴后苑城,东晋成帝时改建,为东晋南朝台省和宫殿所在地。梁侯景乱时,梁武帝饿死于此。故址在今南京市鸡鸣山南。韦庄《金陵图》诗:"无情最是台城柳,依旧烟笼十里堤。"巷口乌衣,建康乌衣巷,东晋王导卜宅于此,后王谢大族多住于此。刘禹锡《乌衣巷》诗:"朱雀桥边野草花,乌衣巷口夕阳斜。旧时王谢堂前燕,飞入寻常百姓家。"

厉鹗

厉鹗(1692—1752),字太鸿,号樊榭,钱塘(今浙江杭州)人。康熙五十九年(1720)举人。将入都,道经天津,查为仁留同撰周密《绝妙好词》笺。乾隆元年(1736)应博学鸿词科,报罢,遂无意仕进,潜心著述。词宗南宋姜、张诸家,是浙西词派继朱彝尊后之中坚人物。著有《宋诗纪事》《樊榭山房集》等。

百字令

月夜过七里滩,光景奇绝,歌此调,几令众山皆响。①

秋光今夜,向桐江,为写当年高躅②。风露皆非人世有,自坐船头吹竹③。万籁生山④,一星在水,鹤梦疑重续。挐音遥去,西岩渔父初宿⑤。　　心忆汐社沉埋⑥,清狂不见,使我形容独。寂寂冷萤三四点,穿过前湾茅屋。林净藏烟,峰危限月,帆影摇空绿⑦。随风飘荡,白云还卧深谷。

【注释】 ①七里滩,在浙江桐庐县严陵山西,两岸群峰夹峙,山水清幽,上有严子陵钓鱼台,为东汉严光隐居垂钓之所。　②桐江,钱塘江自建德市梅城至桐庐一段别称桐江,沿江两岸风光秀丽。躅(zhú),迹也。高躅,高人的遗迹。此指严子陵钓鱼台。东汉严光,字子陵,会稽馀姚(今浙江馀姚)人。少与刘秀同学,后刘秀即位,即光武帝,严光变姓名隐居不出。后被光武召入洛阳,欲以为谏议大夫,光不肯受,归隐于富春山,为古代不事王侯、高尚其志的典范。　③竹,代指笛。　④万籁,各种自然音响谓之籁。语本《庄子·齐物论》。此指笛声在山壑中引起的回响。　⑤挐(ráo),通"桡",船桨。挐音,桨声。语出《庄子·渔父》。挐音遥去,指江上的渔舟归去。西岩渔父初宿,用柳宗元《渔翁》诗"渔翁夜傍西岩宿"句。　⑥汐社,南宋遗民谢翱组织的诗社。谢翱(1249—1295),字皋羽,福安(今福建福安)人。曾参谋文天祥军务抵抗元军。失败后隐处山林。元世祖至元十九年十二月初九(1283年1月9日)文天祥在大都(今北京)就义。八年后,即至元二十七年(1290),谢翱与友人吴思齐、冯桂芳等于西台(东台为严子陵台)设天祥灵位,恸哭遥祭,并作《登西台恸哭记》纪其事。又组织汐社,后吴思齐编有《汐社诗集》。谢翱死后,吴思齐葬之于钓台。西台恸哭,距樊榭作此词时已四百馀年。　⑦摇空绿,《乐府诗集·西洲曲》:"卷帘天自高,海水摇空绿。"

郑 燮

郑燮(1693—1765),字克柔,号理庵,又号板桥,扬州兴化人。乾隆元年(1736)进士,任范县知县,转潍县,并有政绩,因赈济饥民得罪豪绅去职。清代著名书画家,尤善画竹,书法独具一格,为"扬州八怪"之一。有《郑板桥全集》。

满江红(过桥新格)① 田家四时苦乐歌

其 一

细雨轻雷,惊蛰后②,和风动土。正父老催人早作,东畬南圃③。夜月荷锄村犬吠,晨星叱犊山沉雾。到五更惊起是荒鸡,田家苦。　　疏篱外,桃花灼;池塘上,杨丝弱。渐茅檐日暖,小姑衣薄。春韭满园随意剪,腊醅半瓮邀人酌④。喜白头人醉白头扶,田家乐。

【注释】①过桥新格,《满江红》上下片同韵,用仄韵,而且多用入声韵。南宋姜夔创平韵《满江红》,从之者甚少。郑板桥《田家四时苦乐歌》自创新格,上片用上声麌姥韵,下片用入声药铎韵(郑氏用韵不甚严格,中亦错用他韵)。每阕上片言苦,下片说乐。自名曰"过桥新格"。　　②惊蛰,二十四节气之一,阴历二月节,阳历在3月6日前后。时始有春雷,入冬蛰伏的虫类惊而出动,故曰惊蛰。惊蛰后农村进入大忙。③畬(yú),开垦三年的熟田,此泛指田地。圃,菜园。畬、圃,耕田种圃。　　④醅,未经过滤的酒,此即指酒。

其 二

麦浪翻风,又早是,秧针半吐。看垄上鸣榾滑滑,倾银泼乳①。脱笠雨梳头顶发,耘苗汗滴禾根土②。更养蚕忙杀采桑娘,田家苦。 风荡荡,摇新箬;声浙浙,飘新箨③。正青蒲水面,红榴屋角。原上摘瓜童子笑,池边濯足斜阳落。晚风前个个说荒唐④,田家乐。

【注释】 ①鸣榾,水车。滑滑(gǔ),水流声。银、乳,都指水。 ②"耘苗"句,语本李绅《悯农》诗:"锄禾日当午,汗滴禾下土。" ③箬、箨,都指笋壳。 ④荒唐,指各种荒诞无稽的故事。

其 三

云淡风高,送鸿雁,一声凄楚。最怕是打场天气,秋阴秋雨。霜穗未储终岁食,县符已索逃租户。更爪牙常例急于官①,田家苦。 紫蟹熟,红菱剥;桄桔响②,村歌作。听喧填社鼓③,漫山动郭。挟瑟灵巫传吉兆,扶藜老子持康爵④。祝年年多似此丰穰⑤,田家乐。

【注释】 ①常例,统治者爪牙于租赋之外勒索的费用。②桄桔(guàng jú),疑为连枷之类农具。连枷给谷物脱粒的击打声有节奏,如同打击乐声。 ③社鼓,祭祀社神的鼓声。社,土地神。祭祀土地神的节日称社日,分春社、秋社,分别在立春和立秋之后第五个戊日。 ④康爵,大酒杯。

⑤穰(ráng),庄稼丰收。

其 四

老树槎枒,撼四壁,寒声正怒。扫不尽牛溲满地,粪渣当户。茅舍日斜云酿雪,长堤路断风吹雨。尽村春夜火到天明,田家苦。　　草为榻,芦为幕;土为铛①,瓢为杓。砍松枝带雪,烹葵煮藿。秫酒酿成欢里舍②,官租完了离城郭。笑山妻涂粉过新年,田家乐。

【注释】 ①铛(cuò),小锅。土为铛,指一种陶锅。杜甫《闻斛斯六官未归》诗:"荆扉深蔓草,土铛冷疏烟。" ②秫(shú),黏高粱。

【点评】 这是郑板桥的四时田园乐府,真实地反映了农民的苦乐,具有浓郁的泥土气息。郑氏自创新声,本帙选录,聊备一格。

左 辅

左辅(1751—1833),字仲甫,一字蘅友,号杏庄,江苏阳湖(今属常州)人。以进士分发安徽,任知县,深得民心。嘉庆间官至湖南巡抚。道光十三年(1833)卒,年八十三。著有念宛斋诗、词、文、书牍等五种。

浪淘沙

曹溪驿折桃花一枝,数日零落,裹花片投之涪江,歌此送之。①

水软橹声柔,草绿芳洲。碧桃几树隐红楼。者是春山魂一片②,招入孤舟。　乡梦不曾休,惹甚闲愁?忠州过了又涪州③。掷与巴江流到海④,切莫回头!

【注释】　①曹溪驿,其地待考。涪江,嘉陵江支流,在四川中部。然此似指涪陵附近大江,由下片"忠州过了又涪州""掷与巴江"等语可知。　②者是,这是。　③忠州,今重庆市忠县。涪州,今重庆市涪陵。忠州过了又涪州,叙溯江西上的路程。　④巴江,长江流经四川东部、重庆的一段。

南　浦　夜寻琵琶亭①

浔阳江上②,恰三更霜月共潮生。断岸高低向我,渔火一星星。何处离声刮起,拨琵琶千载剩空亭。是江湖倦客,飘零商妇,于此荡精灵③。　且自移船相近,绕回阑百折觅愁魂④。

我是无家张俭⑤,万里走江城。一例苍茫吊古,向荻花枫叶又伤心⑥。只琵琶响断,鱼龙寂寞不曾醒⑦!

【注释】 ①琵琶亭,在江西九江市西大江滨。唐宪宗元和十年(815),白居易左迁九江郡司马,明年秋,送客湓浦口,闻舟中夜弹琵琶者。问其人,本长安倡女,年长色衰,委身为商人妇,遂漂泊江湖间。白居易作《琵琶行》以赠之,有"同是天涯沦落人,相逢何必曾相识"之句。 ②浔阳江,九江唐代称为浔阳,大江流经浔阳一段称为浔阳江。 ③江湖倦客,指白居易。飘零商妇,指《琵琶行》中的商人妇。词意谓不知何处响起离声(此或诗人由想象引起的错觉),然白居易遇琵琶女,事经千载,而今已只剩有空亭。或许是"江湖倦客,飘零商归",精灵还在此游荡。 ④移船相近,用《琵琶行》"移船相近邀相见"句中词语。回阑,指琵琶亭回廊的栏杆。 ⑤张俭,东汉人,汉桓帝时举劾宦官侯览残害百姓,侯览指使人诬俭与同郡二十四人为党,俭被迫亡命,困迫遁走,望门投止,所过无不重其名行,破家相容。见《后汉书·党锢列传·张俭传》。 ⑥荻花枫叶,用《琵琶行》"枫叶荻花秋瑟瑟"句中词语。 ⑦只琵琶响断,与上片"何处离声刮起"呼应。鱼龙寂寞不曾醒,既是夜深江潭寂寞的实写,又有世事沉沦,不胜凄凉孤独之感。词本杜甫《秋兴八首》"鱼龙寂寞秋江冷,故国平居有所思"。

张惠言

张惠言(1761—1802),字皋文,江苏武进(今属常州)人。嘉庆四年(1799)进士,官编修,三年后即去世,年仅四十二岁。惠言与其弟张琦辑《词选》,成为常州词派的开山,其词论词风对乾嘉以后词坛影响极大。著有《茗柯文集》,词集号《茗柯词》。

木兰花慢 杨花

尽飘零尽了,何人解当花看?正风避重帘,雨回深幕,云护轻幡。寻他一春伴侣,只断红,相识夕阳间。未忍无声委地,将低重又飞还①。 疏狂情性,算凄凉耐得到春阑②。便月地和梅,花天伴雪,合称清寒。收将十分春恨,做一天,愁影绕云山。看取青青池畔,泪痕点点凝斑③。

【注释】 ①"未忍"二句,显受章楶《水龙吟·杨花》词"傍珠帘散漫,垂垂欲下,依前被,风扶起"句启发。 ②春阑,春末,春尽。 ③"看取青青池畔"二句,古人有杨花入水化为浮萍的说法,"泪痕点点凝斑",即指浮萍。句意原于苏轼《水龙吟·杨花》词"细看来,不是杨花,点点是,离人泪"。

【点评】 此有意与章质夫、苏子瞻争胜,亦差可争胜。

水调歌头　春日赋示杨生子掞

其　二

百年复几许,慷慨一何多①!子当为我击筑,我为子高歌②。招手海边鸥鸟,看我胸中云梦,蒂芥近如何③?楚越等闲耳,肝胆有风波④。　　生平事,天付与,且婆娑⑤。几人尘外相视,一笑醉颜酡⑥。看到浮云过了,又恐堂堂岁月,一掷去如梭⑦。劝子且秉烛,为驻好春过⑧。

【注释】　①"百年复几许"二句,用曹操《短歌行》"对酒当歌,人生几何?譬如朝露,去日苦多。慨当以慷,忧思难忘"诗意。　②"子当为我击筑"二句,借用荆轲典故。"荆轲既至燕,爱燕之狗屠及善击筑者高渐离。荆轲嗜酒,日与狗屠及高渐离饮于燕市。酒酣以往,高渐离击筑,荆轲和而歌于市中,相乐也,已而相泣,旁若无人者。"见《史记•刺客列传》。筑(zhú),一种击弦乐器。　③海边鸥鸟,《列子•黄帝》:"海上之人有好沤鸟者。每旦之海上,从沤鸟游,沤鸟之至者百,住而不止。其父曰:'吾闻沤鸟皆从汝游,汝取来,吾玩之。'明日之海上,沤鸟舞而不下也。"沤,通鸥。胸中云梦,司马相如《子虚赋》言楚使子虚使于齐,向齐夸耀楚云梦之大。齐乌有先生谓之曰:齐国"吞若云梦者八九于其胸中曾不蒂芥"。蒂芥,极细小之物。三句故作旷达之语,谓心无杂念,招手海边鸥鸟嬉游,把胸中无边的郁积看得微不足道。　④"楚越"二句,语本《庄子•德充符》"自其异者视之,肝胆楚越也;自其同者视之,万物皆一也"。庄子之意,谓世间万物,千差万别,但都是"道"的体现。故如果只看到事物的差别,则肝胆有如楚越(肝胆极近,而楚越极远),若从同一的方面看,即从"道"的方面看,万物都是同一的。词即用其意。谓楚越虽远,实很切近;肝胆虽近,却可以泛起风波。此貌似旷达,实恰好说明,内心充满不平。　⑤天付与,实付与天,即听其自然。婆娑,犹悠游。三句意为,生平境遇,不必过于执着,不如听其自然,姑且悠游徘徊,坦然处之。　⑥尘外,世俗之外。相视,与下文"一笑"相连。用《庄子·大宗师》:子祀、子舆、子犁、子来"四人相视而笑,莫逆于心,遂相与为友"。相视而笑,意谓彼此理解,心心相印,超脱于尘俗之外。醉颜酡,脸色如醉后发红。《楚辞·招魂》:"美人既醉,朱颜酡些!"此用其词面。　⑦浮云,《论语·述而》孔子谓"不义而富且贵,于我如浮云"。堂堂,壮伟之貌,美好之貌。堂堂岁月,犹峥嵘岁月。一掷去如梭,言时光过去极为迅速。三句意谓,看到世俗的荣华如浮云掠过,无足介怀,然又恐美好的年华匆匆过去,殊为可惜。　⑧秉烛,古诗"昼短苦夜长,何不秉烛游"。曹丕《与吴质书》:"少壮真当努力,年一过往,何可攀援!古人思秉烛夜游,良有以也。"驻,留住。

风流子　出关见桃花

海风吹瘦骨,单衣冷,四月出榆关①。看地尽塞垣,惊沙北走,山侵溟渤,叠嶂东还②。人何在③,柳柔摇不定,草短绿应难。一树桃花,向人独笑,颓垣短短,曲水弯弯。　东风知多少,帝城三月暮,芳思都删④。不为寻春较远,辜负春阑⑤。

念玉容寂寞⑥,更无人处,经他风雨,能几多番?欲附西来驿使,寄与春看⑦。

【注释】 ①榆关,即山海关。 ②地尽塞垣,谓出关即到了长城以北。山侵溟渤,谓山直抵海滨。 ③人,此指诗人自己。人何在,自问我于今到了何处。 ④帝城,指北京。芳思,犹春意。删,消除。句意谓三月过后,春光已消逝。 ⑤阑,尽。句意谓自己不是为了寻春,与春较量远近,而辜负了帝城的暮春。(这是由于在塞外看到了桃花而假定春天到了这里,因谓自己原来并非来此寻春。) ⑥玉容,指桃花。 ⑦驿使,传递官府文书的使者。借用陆凯《赠范晔》诗意。陆诗云:"折花逢驿使,寄与陇头人。江南无所有,聊赠一枝春。"二句意谓欲托西来驿使,将桃花带到京城,寄与京城故人一枝春色。寄与春看,一作"寄与人看",非是,此用"聊赠一枝春"句意,"春"字不误,而且甚佳。

张 琦

张琦(1764—1833),字翰风,初名翊,字宛邻,江苏武进(今属常州)人,张惠言之弟。嘉庆十八年(1813)举人,历邹平、章丘、馆陶知县,所至有政声。词与兄惠言齐名,称"毗陵二张"。兄弟同编《宛邻词选》(通称《词选》),成为常州词派主臬。道光十三年(1833)卒,年七十。著有《宛邻文集》《立山词》等。

南 浦

惊回残梦,又起来,清夜正三更。花影一枝枝瘦,明月满中庭。道是江南绮陌,却依然小阁倚银屏①。怅海棠已老,心期难问,何处望高城②? 忍记当时欢聚,到花时,长此托春酲③。别恨而今谁诉,梁燕不曾醒。帘外依依香絮,算东风吹到几时停? 向鸳衾无奈,啼鹃又作断肠声!

【注释】 ①江南绮陌,江南锦绣般的田野。"道是江南绮陌",必是梦中情景,"却依然小阁倚银屏",则是醒后现实。②何处望高城,当系由《诗经·氓》"乘彼垝垣,以望复关。不见复关,泣涕涟涟"联想而来。 ③忍记,哪忍记。酲,酒醒后的疲困状态,此即指醉酒。

董士锡

董士锡(1775—1846),字晋卿,一字损甫,江苏武进(今属常州)人。嘉庆副贡生,候选直隶州州判。士锡是张惠言外甥,其词被认为是惠言嫡派。有《齐物论斋词》。

虞美人

韶华争肯偎人住,已是滔滔去。西风无赖过江来,历尽千山万水几时回? 秋声带叶萧萧落,莫响城头角。浮云遮月不分明,谁挽长江一洗放天青?

周 济

周济(1781—1839),字保绪,一字介存,晚号止庵,江苏荆溪(今宜兴)人。嘉庆十年(1805)进士,官淮安府学教授。后隐居金陵春水园,潜心著述。著有《晋略》八十卷。周济词承张惠言馀绪,又曾从惠言甥董士锡共商词学。所辑《宋四家词选》及所作《词辨》,是继张氏兄弟《词选》之后宣扬常州派词论的重要著作。道光十九年(1839)卒,年五十九。有《味隽斋词》。

蝶恋花

柳絮年年三月暮,断送莺花,十里湖边路。万转千回无落处,随侬只恁低低去①。　　满眼颓垣敧病树,纵有馀英,不直封姨妒②。烟里黄沙遮不住,河流日夜东南注。

【注释】　①侬,他,此用拟人手法,指落花飘絮。恁(nèn),如此,那样。　　②封姨,传说中风神。见《博异志·崔玄微》。

蝶恋花

络纬啼秋啼不已①,一种秋声,万种秋心里。残月似嫌人未起,斜光直透罗帏底。　　唤起闲庭看露洗②,薄翠疏红,毕竟能馀几?记得春花真似绮,谁将片片随流水?

【注释】　①络纬,虫名,即蟋蟀。崔豹《古今注》:"莎鸡,一名络纬,一名蟋蟀,谓其鸣如纺纬也。"　　②露洗,指月光。

周之琦

周之琦(1782—1862),字稚圭,号退庵,河南祥符(今属开封)人。嘉庆十三年(1808)进士,由翰林院编修,累官广西巡抚,以病乞归。同治元年(1862)卒,年八十一。著有《心日斋词》。

好事近

其 二

舆中杂书所见,得四阕。

诗句夕阳山,扇底故人曾说。好是固关西去,看万山红叶①。

翠蛟潭上认题名,屐齿为君折。蓦地藓花浓处,出一双胡蝶。

【注释】 ①作者原注:"陈受笙画扇赠行,题诗有'好山都在固关西'之句。"固关,即井陉故关,在河北井陉县西,自山西道出井陉,此为重要隘口。汉初韩信、张耳出井陉击赵,即此。

惜红衣 访姜白石葬处①

汉渚羁愁,苕溪浪迹,野云谁识②?旧说西塍,吟魂寄幽宅③。斜阳蔓草,空怅望、春风词笔④。凄忆,香暗影疏,掩梅花仙魄⑤。

漂零楚客,抔土长留⑥,湖山恣游历。繁华梦去,故国已无觅⑦。好嘱小红珠泪⑧,莫向冷枫啼湿。怕洞箫清怨,吹咽六陵秋色⑨。

【注释】①姜白石,即姜夔,字尧章,号白石道人,南宋著名词人,对南宋后期词坛影响甚深,清代浙西词派多以为宗。"惜红衣"即白石自度曲之一。葬处,姜白石葬杭州北郊西马塍。　②汉渚,指汉阳,白石父姜噩官于汉阳,其姐嫁于此,故白石自幼年随官往来汉阳二十馀年。羁愁,羁旅愁怀。苕溪,姜白石中年以后寓居湖州,常泛苕溪,诗词亦多涉苕溪风物。野云,张炎称姜白石词如"野云孤飞,去留无迹"。　③西塍(chéng),即西马塍,白石晚年寓居杭州,死后葬于此。幽宅,坟墓。　④春风词笔,白石《暗香》词"何逊而今渐老,都忘却春风词笔"。　⑤香暗影疏,姜白石咏梅词自度曲有《暗香》《疏影》,其词语原于林逋咏梅诗"疏影横斜水清浅,暗香浮动月黄昏"。　⑥楚客,指姜白石。抔土,指坟墓。⑦故国,杭州即南宋京城临安,姜白石卒后约六十年南宋灭亡。　⑧小红,白石妾名。宋光宗绍熙二年(1191)白石访范石湖(成大)于苏州,作咏梅词《暗香》《疏影》二阕,为石湖所激赏。白石归吴兴,石湖以家妓小红相赠。大雪过垂虹,白石赋诗曰:"自琢新词韵最娇,小红低唱我吹箫。曲终过尽松陵路,回首烟波十四桥。"　⑨六陵,南宋诸帝陵墓,在浙江绍兴。

庄盘珠

庄盘珠(1796？—1820？),字莲佩,阳湖(今江苏武进)人。庄关和女,举人吴轼妻。嘉庆间卒,年仅二十五岁。有《秋水轩词》。

踏莎行　春柳

晓月离亭,斜阳古渡,有时遮断行人路。桃花作伴过清明,谁家池馆藏烟雨。　　拂岸千丝,萦桥万缕,影随流水何曾去。笑他无计绾东风,东风吹起漫天絮。

【点评】"有时"二字,改"无端"更好。

龚自珍

龚自珍(1792—1841),字璱人,号定庵,仁和(今属浙江杭州)人。道光九年(1829)进士,授内阁中书,升宗人府主事,寻改礼部,后告归不复出。定庵为朴学大师段玉裁外孙,治学得其家传,讲求经世之学,为晚清著名思想家和具有革新精神的诗人。著述甚丰。道光二十一年(1841)卒,年五十。有《定庵全集》。

鹊踏枝　过人家废园作

漠漠春芜春不住,藤刺牵衣,碍却行人路。偏是无情偏解舞,濛濛扑面皆飞絮。　　绣院深沉谁是主?一朵孤花,墙角明如许。莫怨无人来折取,花开不合阳春暮。

减字木兰花

偶检丛纸中,得花瓣一包,纸背细书辛幼安"更能消几番风雨"一阕,乃是京师悯忠寺海棠花,戊辰暮春所戏为也,泫然得句。

人天无据,被侬留得香魂住。如梦如烟,枝上花开又十年!　　十年千里,风痕雨点斓斑里。莫怪怜他,身世依然是落花!

人月圆

绿珠不爱珊瑚树,情愿故侯家①。青门何有②,几堆竹素,二顷梅花。　　急须料理,成都贳酒,阳羡栽茶③。甘心费尽,三生慧业④,万古才华!

【注释】　①绿珠,西晋石崇宠妾,美而艳,善吹笛。石崇,字季伦,功臣石苞子。为荆州刺史时,劫掠客商,成为西晋豪富。赵王伦臣孙秀欲夺绿珠,石崇不与,秀因谗害石崇,矫诏收崇。"崇正宴于楼上,介士到门,崇谓绿珠曰:'我今为尔得罪!'绿珠泣曰:'当效死于官前!'因自投于楼下而死。"珊瑚树,西晋贵戚王恺与石崇斗富,武帝助恺,"尝以珊瑚树赐之,高二尺许,枝柯扶疏,世所罕比。恺以示崇,崇便以铁如意击之,应手而碎。恺既惋惜,又以为疾己之宝,声色方厉。崇曰:'不足多恨,今还卿!'乃命左右悉取珊瑚树,有高三四尺者六七株,条干绝俗,光彩曜日,如恺比者甚众。"并见《晋书·石崇传》。按,绿珠之死虽甚壮烈,然所以效死者乃贪鄙富豪石崇,用作忠于爱情的典型似欠妥当。若绿珠为寒士之爱则美不可言。　　②青门,秦汉时长安城东南门。秦末东陵侯召平种瓜于此,瓜美,称为东陵瓜或青门瓜。见《史记·萧相国世家》《三辅黄图·都城十二门》。此用以代指落魄之士所居之地。　　③成都贳酒,汉司马相如为梁孝王客,梁孝王卒,相如归成都,家贫无以为业。后至临邛,以琴挑临邛富人卓王孙之女文君,文君夜奔相如。驰归成都,家居徒四壁立。乃复至临邛,"买一酒舍酤酒,而令文君当炉。相如身自著犊鼻裈,与保庸杂作,涤器于市中"。见《史记·司马相如列传》。贳(shì),赊欠。按,司马相如酤酒临邛,无成都贳酒事。词人用典,不必拘泥。阳羡,秦县名,今江苏宜兴。苏轼《菩萨蛮》词:"买田阳羡吾将老,从来只为溪山好。" ④三生,佛家谓前生、今生、来生为三生,此用作前生之意。三生慧业,犹言前生的宿慧。

【点评】 在豪宕旷达甚至不无消沉的外表下,暗寓着极度的自负,也深含着无恨的愤懑。

项廷纪

项廷纪(1798—1835),原名鸿祚,字莲生,钱塘(今属浙江杭州)人。道光十二年(1832)举人,其后两试礼部,均未及第。原富有资财,后连遭变故,致困顿不堪。道光十五年(1835)卒,年三十八岁。其词崇尚花间,托之绮罗芗泽以泄其悲沉郁闷之思。有《忆云词》甲乙丙丁稿。

绮罗香 感旧

帘影移香,池痕浸渌,重到藏春朱户。小立墙阴,犹认旧题诗句。记西园扑蝶归来,又南浦片帆初去。料如今尘满窗纱,佳期回首碧云暮。　　华年浑似流水,还怕啼鹃催老,乱莺无主。一样东风,吹送两边愁绪。正画阑红药飘残,是前度玉人凭处。剩空庭烟草凄迷,黄昏吹暗雨。

陈 澧

陈澧(1810—1882),字兰甫,广东番禺人。道光十二年(1832)举人,六应会试不中。官河源县学训导,先后主讲学海堂及菊坡精舍。泛览群籍,经术词章,无不精究。光绪八年(1882)卒,年七十三。著有《汉儒通义》《东塾读书记》,词集号《忆江南馆词》。

百字令

夏日过七里泷,飞雨忽来,凉沁肌骨,推篷看山,新黛如沐,岚影入水,扁舟如行绿颇黎中。临流洗笔,赋成此阕。傥与樊榭老仙倚笛歌之,当令众山皆响也。①

江流千里,是山痕寸寸,染成浓碧。两岸画眉声不断,催送蒲帆风急。叠石皴烟,明波蘸树,小李将军笔②。飞来山雨,满船凉翠吹入。　　便欲舣棹芦花③,渔翁借我,一领闲蓑笠。不为鲈香兼酒美,只爱岚光呼吸。野水投竿,高台啸月,何代无狂客④。晚来新霁,一星云外犹湿。

【注释】 ①七里泷,即七里滩,为富春江滩名。其上有严子陵钓鱼台,为东汉严光渔钓隐居之所。参见厉鹗《百字令·月夜过七里滩》词注①。樊榭老仙,即厉鹗。　②皴(cūn),山水画中用以表现山石峰峦纹理脉络的一种技法。叠石皴烟,实即烟皴叠石。此写山上烟云。蘸(zhàn),沾染,明波蘸树,实即树蘸明波。此写水中倒影。小李将军,唐代李思训、李昭道父子,皆擅画山水。思训曾官左武卫大将军,人称大李将军,称昭道为小李将军。 ③舣(yǐ)棹,以桨荡船。④狂客,此由光武称严光为狂奴联想而来。严子陵曾与刘秀同游学,及光武即帝位,严乃变姓名隐身不见。后被光武访得,遣使聘至京师。司徒侯霸与子陵有旧,遣使致词而颇居傲。子陵投札与之,曰:"君房足下:位至鼎足,甚善。怀仁辅义天下悦,阿谀顺旨要领绝。"(侯霸,字君房)霸得之,封奏光武。光武笑曰:"狂奴故态也。"见《后汉书·严光传》。何代无狂客,隐然以严子陵自比。

【点评】 陈兰甫显欲与厉樊榭争胜,词艺各有千秋。然就整体而论,陈词似仍不如厉作。此阕上片描摹富春江上水色山光,至为精彩。然下片勉强凑合,了无诗意,惟末二句极为出色。

蒋春霖

蒋春霖(1818—1868),字鹿潭,江苏江阴人。少负隽才,然连举不中,遂弃举业,就两淮盐官。咸丰二年(1852)权富安场大使。咸丰七年(1857)遭母丧,遂去官,家于扬州之东台。同治七年冬(1868)访友衢州,道吴江,卒于垂虹桥,年五十一。鹿潭工诗,中年弃去,专致力于词。有《水云楼词》。

唐多令

枫老树流丹,芦花吹又残。系扁舟,同倚朱阑。还似少年歌舞地,听落叶,忆长安①。　　哀角起重关,霜深楚水寒,背西风,归雁声酸。一片石头城上月②,浑怕照,旧江山。

【注释】 ①长安,代指北京。　②石头城,指南京。句暗用刘禹锡《石头城》诗:"淮水东边旧时月,夜深还过女墙来。"

琵琶仙

五湖之志久矣,羁累江北,苦不得去。岁乙丑,偕婉君泛舟黄桥,望见烟水,益念乡土,谱白石自度曲一章,以空侯按之。婉君曾经丧乱,歌声甚哀。①

天际归舟,悔轻与、故国梅花为约②。归雁啼入空侯,沙洲共飘泊。寒未减,东风又急,问谁管,沈腰愁削③!一舸青琴④,乘涛载雪,聊共斟酌。　　更休怨,伤别伤春,怕垂老心情渐非昨。弹指十年幽恨,损萧娘眉萼⑤。今夜冷,篷窗倦倚,为月明强起梳掠。怎奈银甲秋声,暗回清角⑥。

【注释】 ①五湖之志,即归隐江湖之志。乙丑,同治四年(1865),三年后,鹿潭即下世。婉君,姓黄,鹿潭爱妾。周梦庄《水云楼词话》:"鹿潭善评箫,每得新词,即命婉君歌之。"鹿潭身世,颇似姜白石,鹿潭之有婉君,亦若白石之有小红。词调用白石自度曲,实亦隐以自比。鹿潭卒后,黄婉君以身殉情。黄桥在江苏泰兴市东北。空侯,即箜篌,弦乐器名。 ②天际归舟,谢朓《之宣城出新林浦向板桥》诗:"天际识归舟,云中辨江树。"与,许诺。 ③沈腰,齐梁沈约腰瘦,"百日数旬,革带常应移孔"。见《梁书·沈约传》。 ④舸,船。青琴,古神女名。司马相如《上林赋》:"若夫青琴宓妃之徒,绝殊离俗。"此指婉君。 ⑤萧娘,唐宋人诗词中常用以代指美女,此亦指婉君。眉萼,犹眉宇。 ⑥银甲,银制假指甲,用以拨弦弹琴。清角,音乐曲调中声最悲切。《韩非子·十过》:晋平公问师旷:"清商固最悲乎?"师旷曰:"不如清徵。"又问"音莫悲于清徵乎?"师旷曰:"不如清角。"暗回清角,谓不知不觉之间声音愈益悲凄。

张景祁

张景祁(1827—1887以后),字蘩甫,一字韵梅,钱塘(今属浙江杭州)人。为薛时雨门下士,光绪间成进士,以庶常改知县。晚岁由福建渡台湾,宦游淡水、基隆等地。著有《新蘅词》。

曲江秋　马江秋感①

寒潮怒激,看战垒萧萧,都成沙碛。挥扇渡江,围棋赌墅,诧纶巾标格②。烽火照水驿。问谁洗,鲸波赤③?指点鏖兵处,墟烟暗生,更无渔笛。　　嗟惜!平台献策,顿消尽,楼船画鹢④。凄然猿鹤怨,旌旗何在,血泪沾筹笔⑤。回望一角天河,星辉高拥乘槎客⑥。算只有鸥边,疏荇断蓼,向人红泣。

【注释】①马江,一名马头江,又号马尾。为福建闽江下游之别称。江有巨石如马,潮退则现,为福建重要军港。光绪十年(1884),法国侵略军突然袭击福建马尾军港,清会办海疆大臣张佩纶仓皇失措,致使福建水师全军覆没。史称"马江之役"。张词"秋感"即感此事。　②挥扇渡江,西晋末广陵相陈敏反,顾荣与周玘、甘卓、纪瞻潜谋攻敏。两军隔横江,"荣废桥敛舟于南岸,敏率万馀人出,不获济。荣麾以羽扇,其众溃散。"见《晋书·顾荣传》。围棋赌墅,东晋时前秦苻坚率百万众南侵,次于淮淝,晋孝武帝加谢安征讨大都督,抵御秦军。时谢玄在前线,"入问计,安夷然无惧色,答曰:'已别有旨。'既而寂然。玄不敢复言,乃令张玄重请。安遂命驾出山墅,亲朋毕集,方与玄围棋赌别墅。安常棋劣于玄,是日玄惧,便为敌手而又不胜。安顾谓其甥羊昙曰:'以墅乞汝。'安遂游涉,至夜乃还,指授将帅,各当其任。"见《晋书·谢安传》。诧,令人惊讶。纶(guān)巾,魏晋时儒士常用的丝带头巾,一些风雅儒将亦著纶巾。此用以讽刺张佩纶。挥扇渡江,围棋赌墅,本是古代儒将镇静自若的佳话,张佩纶却是冒牌货色,着一"诧"字,讽刺之意即突现出来。张佩纶曾多次向清廷上奏,力主抵抗法军。清廷遂命以三品衔会办福建海疆事务。但他并不知兵,又刚愎自用。至马尾,环十一艘兵舰自卫。各管带白以非计,均遭斥责。及法舰至,各管带又请备战,仍被斥出。致使马尾海军全军覆没。　③"烽火照水驿"三句:马江之役,福建水师,十一艘舰艇均被击沉,官兵几乎全部牺牲,马尾船厂亦被法军炮击化为废墟。　④嗟惜,叹词。平台献策,指张佩纶连上奏章主张抗法事。平台在紫禁城内,此代指朝廷。"顿消尽,楼船画鹢",指福建海军惨败,军舰全被击沉。鹢(yì),一种水鸟,古代常画于船上,因而代指船。此处画鹢亦即楼船,均指军舰。　⑤猿鹤怨,谓舰艇官兵全作无谓牺牲。《太平御览》卷九一六引《抱朴子》:"周穆王南征,一军尽化,君子为猿为鹤;小人为虫为沙。"筹笔,筹划御敌策略之笔,实作者自指。　⑥"回望一角天河"二句,天河,参见刘因《念奴娇·忆仲良》词注⑤。槎(chá),竹木筏。光绪十一年(1885)六月,清廷派李鸿章在天津与法国公使巴德诺签订《中法新约》,再次丧权辱国。天河,喻天津。乘槎客,喻李鸿章。星辉高拥,皆讽刺语。

秋 霁 基隆秋感①

盘岛浮螺,痛万里胡尘,海上吹落②。锁甲烟销,大旗云掩,燕巢自惊危幕③。乍闻唳鹤,健儿罢唱从军乐④。念卫霍,谁是汉家图画壮麟阁⑤。　　遥望故垒,毳帐凌霜,月华当天,空想横槊⑥。卷西风,寒鸦阵黑,青林凋尽怎栖托⑦?归计未成情味恶。最断魂处,惟见莽莽神州⑧,暮山衔照,数声哀角。

【注释】　①基隆,在台湾省北部,为重要海港。光绪十年(1884),法国侵略者在马尾全歼清福建水师之后,旋即进攻基隆。福建巡抚刘铭传督率守军,艰苦奋战,然终于失守。本词即咏此事。时张鬘甫正官于淡水,目睹清军惨败。　②盘岛浮螺,词本刘禹锡《望洞庭》诗:"遥望洞庭山水翠,白银盘里一青螺。"此指台湾。胡尘,指法国侵略军。　③"锁甲烟销"二句,指清军失败。燕巢自惊危幕,喻清室惊慌之状。语本丘迟《与陈伯之书》:"鱼游沸鼎之中,燕巢飞幕之上。"④唳鹤,鹤鸣。东晋时,前秦苻坚率大军百万南侵,至淝水为晋军所败,"闻风声鹤唳,皆以为王师已至"。见《晋书·谢玄传》。此用以喻清军已闻风丧胆。　⑤卫霍,汉武帝时抵御匈奴的名将卫青、霍去病。汉宣帝甘露三年(前51)曾图画功臣霍光等十一人于麒麟阁。(麒麟阁图像并无卫霍,词人用典,笔意所至,不必拘泥。)句意谓清廷没有能够抵御外侮的名将。　⑥毳(cuì)帐,即毡帐,此指军营。槊,即长矛。横槊,传曹操在军中横槊赋诗。苏轼《赤壁赋》谓曹操"酾酒临江,横槊赋诗,固一世之雄也"。句意谓时无英雄,空想而已。

⑦"卷西风"三句,用曹操《短歌行》"月明星稀,乌鹊南飞。绕树三匝,无枝可依"句意,喻当时清臣民的处境。 ⑧莽莽,壮阔之貌。神州,指中华大地。

【点评】 张蘩甫此等词切入现实,控诉帝国主义的侵略,揭露清政府的腐败,沉郁苍凉,无限悲愤,是词史上甚为珍贵之作。然造语艰涩,表意迂回曲折。觉词人捻笔濡墨已极为费力,而不详加诠释,读者更难以理解。故本帙亦未多选,聊备一二而已。

庄棫

庄棫(1830—1878),字中白,江苏丹徒人。先世系盐商,后家道中落,校书淮南、江宁各官办书局。光绪四年(1878)卒,年四十九。词与谭献齐名,并称"庄谭",其成就不如谭。有《蒿庵遗稿》。

蝶恋花

其 一

城上斜阳依绿树,门外斑骓①,见了还相顾。玉勒珠鞭何处住②,回头不觉天将暮。　　风里馀花都散去,不省分开,何日能重遇。凝睇窥君君莫误,几多心事从君诉。

【注释】 ①斑骓,毛色青白相杂的马。　②玉勒珠鞭,马络马鞭的美称。

其 二

百丈游丝牵别院,行到门前,忽见韦郎面①。欲待回身钗乍颤,近前却喜无人见。　　握手匆匆难久恋,还怕人知,但弄团团扇。强得分开心暗战②,归时莫把朱颜变。

【注释】 ①韦郎,唐范摅《云溪友议》载韦皋少游江夏,止于姜使君之馆。有小青衣曰玉箫,常令承待,因而有情。后皋归省,遂与玉箫言约,少则五载,多则七年来取。因留玉指环,并诗遗之。至八年春不至,玉箫叹曰:'韦家郎君一别七年,是不来矣!'遂绝食而死。韦皋,字城武,唐京兆万年人,官至西川节度使。诗词中常以韦郎代指情郎。姜夔《长亭怨慢》词:"韦郎去也,怎忘得玉环分付。" ②强,被迫。

【点评】 庄棫这组《蝶恋花》共四首。另二首如下。其三:"绿树阴阴晴昼午。过了残春,红萼谁为主?宛转花幡勤拥护,帘前错唤金鹦鹉。　　回首行云迷洞户。不道今朝,还比前朝苦。百草千花羞看取,相思只有侬和汝。"其四:"残梦初回新睡足。忽被东风,吹上横江曲。寄语归期休暗卜,归来梦亦难重续。　　隐约遥峰窗外绿。不许临行,私语频相属。过眼芳华真太促,从今望断横波目。"

陈廷焯《白雨斋词话》评这组词云:"蒿庵《蝶恋花》四章,所谓托志帷房,眷怀身世者。首章'回头'七字,感慨无恨;下半声情酸楚,却又哀而不伤。次章心事曲折传出;下半韬光匿采,忧谗畏讥,可为三叹。三章词殊怨慕。次章盖言所谋有可成之机,此则伤所遇之卒不合也。故下云:'回首行云迷洞户。不道今朝,还比前朝苦。'悲怨已极。结云:'百草千花羞看取,相思只有侬和汝。'怨慕之深,却又深信而不疑,想其中或有谂人间之,故无怨当局之语;然非深于风骚者,不能如此忠厚。四章决然舍去,中有怨情,故才欲说便咽住。下半天长地久之恨,海枯石烂之情,不难得其缠绵沉厚,而难得其温厚和平。"

以上是常州词派的典型作品与典型评论。从词面看,庄棫词只是纯粹的恋情,但陈廷焯可以分析出如此之深的"眷怀身世"的内容。(清朝人不敢碰"君"这个马蜂,他只说"眷怀身世",就其分析看,实在就是眷怀君上。)他分析得煞有介事,与恋情倒毫无关系。这就是他们所说的比兴寄托。如此迷离恍惚,谁又能够读懂,又谁不可以信口猜谜?如果诗词作品可以这样解释或者需要这样解释,那么一般读者又何从去领略它的艺术!

谭 献

谭献(1832—1901),初名廷献,字仲修,号复堂,仁和(今属浙江杭州)人。同治六年(1867)举人,纳资为县令,历歙县、全椒、合肥知县,后归隐家乡。光绪二十七年(1901)卒,年七十。谭献工骈体,于词学颇有功力,选清人词为《箧中词》,晚清词学界奉为圭臬。谭献被认为是常州词派的后劲,龙榆生誉之为"近代词坛之一大宗师"。

蝶恋花

其 一

庭院深深人悄悄,埋怨鹦哥,错报韦郎到①。压鬓钗梁金凤小②,低头只是闲烦恼。　　花发江南年正少,红袖高楼,争抵还乡好③?遮断行人西去道,轻躯愿化车前草④。

【注释】　①韦郎,代指情郎。参见庄棫《蝶恋花》词注①。　②金凤,即指钗,外露的一端作凤形。　③"花发"二句,韦庄《菩萨蛮》词:"如今却忆江南乐,当时年少春衫薄。骑马倚斜桥,满楼红袖招。"此用其词语。　④车前草,草名。陆玑《毛诗草木鸟兽虫鱼疏》:"车前,一名当道。"二句意谓愿化作车前草,以阻断行人西去。

其 二

玉颊妆台人道瘦,一日风尘,一日同禁受①。独掩疏栊如病酒,卷帘又是黄昏后。　　六曲屏前携素手,戏说分襟,真遣分襟骤②。书札平安君信否,梦中颜色浑非旧③。

【注释】　①玉颊,脸颊。玉,指其色白。"一日风尘"二句,谓只要你一日风尘羁旅,则我一日同禁受这种痛苦。　②"六曲屏前"三句所写,既是回忆分别前的情景,又是梦中所历场面。　③信,真实,二句意谓你在书札中说平安是否真实,梦中见到你的颜色全不同于往日。

金缕曲　江干待发①

又指离亭树。恁春来,消除愁病,鬓丝非故。草绿天涯浑未遍,谁道王孙迟暮②?肠断是,空楼微雨。云水荒荒人草草,听林禽只作伤心语③。行不得,总难住。　　今朝滞我江头路。近篷窗,岸花自发,向人低舞。裙衩芙蓉零落尽,逝水流年轻负。渐惯了,单寒羁旅。信是穷途文字贱,悔才华却受风尘误。留不得④,便须去!

【注释】　①江干,江岸,江边。　②"草绿"二句,王孙,古代对贵族子弟的通称,诗词中往往泛指。《楚辞·招隐士》:"王孙游兮不归,春草生兮萋萋。""王孙兮归来,山中兮不可以久留。"二句反用其意,谓芳草尚未绿遍天涯,没有人为栖迟异地的远人叹惋。　③荒荒,迷蒙貌。草草,仓促貌。林禽,指鹧鸪,其鸣声似云"行不得也哥哥",故下句云"行不得"。　④留不得,与上片"行不得"呼应。

王鹏运

王鹏运(1849—1904),字幼遐,号半塘老人,广西临桂人,原籍浙江山阴。同治九年(1870)举人,历官内阁侍读、监察御史、礼科给事中。庚子(1900)八国联军侵入北京,鹏运与朱祖谋等集宣武门外教场头条胡同,相约填词,成《庚子秋词》二卷。光绪二十八年(1902)南归,主讲扬州仪董学堂。三十年(1904)六月卒于苏州,年五十六。鹏运词承常州派馀绪而有所发展,能够较多地反映现实,不作恍惚迷离之语,是晚清成就较大的词人。有《半塘定稿》。

点绛唇　饯春①

抛尽榆钱②,依然难买春光驻。饯春无语,肠断春归路。　春去能来,人去能来否?长亭暮,乱山无数,只有鹃声苦。

【注释】①饯,送别。　②榆钱,榆荚的俗称。榆树的翅果,因其形似小铜钱,故称。

【点评】"春去能来,人去能来否?"唐人诗"年年岁岁花相似,岁岁年年人不同",词意似之。

念奴娇　登旸台山绝顶望明陵①

登临纵目,对川原绣错,如接襟袖②。指点十三陵树影,天寿低迷如阜③。一霎沧桑,四山风雨,王气销沉久④。涛生金粟,老松疑作龙吼⑤。　惟有沙草微茫,白狼终古,滚滚边墙走⑥。野老也知人世换,尚说山灵呵守。平楚苍凉,乱云合沓,欲酹无多酒⑦。出山回望,夕阳犹恋高岫⑧。

【注释】 ①旸台山,在北京西北,山麓有著名大觉寺。明陵,即明十三陵,在北京昌平天寿山南麓,明代自成祖至思宗十三个皇帝并葬于此。 ②纵目,放眼远望。川原,平川旷野。绣错,风光如锦绣参差错落。如接襟袖,言其甚近,如与襟袖相接。 ③低迷,迷蒙貌。阜,土堆。此指自旸台山绝顶望天寿诸陵,峰峦低矮。 ④一霎(shà),一下,言时间极短。沧桑,沧海桑田,喻世事变迁。《神仙传》:"麻姑自说云,接待以来,已见东海三为桑田。"王气,王朝气运。销沉,销亡沉寂。明代自成祖建都北京至崇祯甲申亡国二百四十二年,甲申至王鹏运作此词亦已二百四十馀年,然世事变迁,似不过一霎。 ⑤金粟,山名,在陕西蒲城东北。唐玄宗祭礼五陵,至桥陵,见金粟山冈有龙盘虎踞之势,遂选为陵墓之地,后玄宗泰陵即建于此。见《旧唐书·玄宗纪》。此代指天寿山明陵。涛,指山间松涛,下句即云"老松疑作龙吼"。 ⑥"沙草微茫,白狼终古",十三陵附近南有沙河,东北有沙峪,北有白河,西有狼山,词中"沙草""白狼"暗含这些地名。 ⑦平楚,犹平林。谢朓《宣城郡内登望》诗"寒城一以眺,平楚正苍然"。酹,浇酒祭奠。 ⑧岫,峰峦。

【点评】 词为凭吊明陵而作,实不啻为清王朝唱起挽歌。"夕阳犹恋高岫",无限依依,不胜人世沧桑之感。

八声甘州　送伯愚都护之任乌里雅苏台①

是男儿万里惯长征,临歧漫凄然②。只榆关东去,沙虫猿鹤,莽莽烽烟③。试问今谁健者,慷慨着先鞭④。且袖平戎策,乘传行边⑤。　　老去惊心鼙鼓,叹无多哀乐,换了华颠⑥。尽雄虺琐琐,呵壁问苍天⑦。认参差神京乔木,愿锋车归及中兴年⑧。休回首,算中宵月,犹照居延⑨。

【注释】　①伯愚,即志锐(1852—1912),姓他他拉氏,字伯愚,侍郎长叙之子,光绪妃子珍妃、瑾妃胞兄,自幼出嗣广州将军长善。光绪十六年(1890)进士,授编修。十八年(1892)由詹事擢礼部侍郎。甲午之战时,上疏主战,指斥李鸿章、叶志超等误国,被以副都统衔谪任乌里雅苏台参赞大臣。离京时王鹏运与盛昱、沈曾植、文廷式等并作《八声甘州》词以赠行。乌里雅苏台,义为多杨柳,雍正间筑城,为定边左副将军和乌里雅苏台参赞大臣驻所,地即今蒙古国扎布汗省首府。　②临歧,临当分别。漫,犹莫也,不要。　③榆关,即山海关,此泛指边关。沙虫猿鹤,典见张景祁《曲江秋》词注⑤,代指战死沙场,化为异物。　④着先鞭,犹言先占一着,先走一步,指建功立业。《晋书·刘琨传》:刘琨"与范阳祖逖为友,闻逖被用,与亲故书曰:'吾枕戈待旦,志枭逆虏,常恐祖生先吾着鞭。'"⑤袖,纳入袖内,动词,犹言怀着、带着。平戎策,平定敌国之策。唐王忠嗣曾上"平戎十八策"。见《新唐书·王忠嗣传》。乘传,乘驿站马车。行边,巡视边境。　⑥鼙鼓,军用小鼓,代指战争。时正当中日甲午之战。华颠,头发花白,谓年已老。时王鹏运四十六岁,志锐四十三岁,都并不老。故文廷式《八声甘州》送志锐词结句云:"还堪慰,男儿四十,不算华颠。" ⑦雄虺(huī),传说中毒蛇。《楚辞·天问》:"雄虺九首,倏忽焉在?"又《招魂》:"南方之害,雄虺九首,往来倏忽。"琐琐,卑微貌。雄虺九首,指朝廷中卑微的小人。呵壁问苍天,《楚辞·天问》王逸谓是屈原放逐,彷徨山泽,见楚先王之庙及公卿祠堂,图画天地山川神灵,琦玮谲佹,及古贤圣怪物行事,"因书其壁,呵而问之,以渫愤懑,舒泻愁思"。 ⑧参差(cēn cī),不齐貌。神京,指首都北京。乔木,高树。江淹《别赋》:"视乔木兮故里。"锋车,军车。 ⑨中宵,犹中天,高空。宵,通"霄"。居延,古边塞名。汉武帝太初三年(前102),使路博德于此筑塞,以防匈奴,又名遮虏障。故址在今甘肃省境,南起合黎山麓,北抵居延故城。此代指边塞。末二句意谓边塞虽远,中天明月一样照到,亦"千里共婵娟"之意。

【点评】 读此词令人想起宋代张元干送胡邦衡、李伯纪之《贺新郎》,深沉感慨似之,气势骨力则不如。

满江红 朱仙镇谒岳鄂王祠敬赋①

风帽尘衫,重拜倒,朱仙祠下②。尚仿佛,英灵接处,神游如乍③。往事低徊风雨疾,新愁黯淡江河下。更何堪雪涕读题诗,残碑打④。 黄龙指,金牌亚⑤。旌旆影,沧桑话。对苍烟落日,似闻悲咤。气慑蛟鼍澜欲挽,悲生笳鼓民犹社⑥。抚长松郁律认南枝,寒涛泻⑦。

【注释】 ①朱仙镇,在河南开封市西南。岳鄂王,即南宋抗金名将岳飞。绍兴十年(1140),岳飞大败金兵于郾城,进军朱仙镇,距北宋都城汴京仅四十五里,收复旧京指日可待。宰相秦桧与金议和,怂恿宋高宗以一日十二道金牌强令岳飞班师。两年以后,岳飞即以"莫须有"罪名被害。岳飞有名作《满江红》词,故王鹏运亦以《满江红》凭吊岳祠。此词王鹏运自注:"道光季年,河决开封,举镇唯岳祠无恙。壬午扶护南归,曾梦游祠下。"壬午为光绪八年(1882),下距光绪二十八年(1902)作此词已二十年。 ②重拜倒,谓二十年前已梦游,故此次算是重来拜谒。 ③神游,亦指往日梦游。乍,刚刚。 ④雪涕,洒泪。打,拓。残碑打,从残碑上拓下题诗。 ⑤黄龙,即黄龙府,为金军重镇,地在今吉林农安县。岳飞大破金兵后,曾对部下诸将说:"直抵黄龙府,与诸君痛饮耳。"亚,通"压"。金牌亚,指宋高宗以十二道金牌压岳飞撤兵。 ⑥慑(shè),震慑、慑服。蛟,传说中的无角龙。鼍,即扬子鳄。此代指敌人。句意谓岳飞威震敌国,欲挽狂澜。笳鼓,军乐,代指战争。社,社祭,此用作祭祀之意。前一句写当日,谓岳飞能威震敌国,欲挽狂澜。后一句写现在,谓时当战乱,人民犹祀奉岳飞。词作于庚子八国联军侵华之后,国家正面临列强侵略,战祸绵延,故云"悲生笳鼓"。 ⑦郁律,茂密深邃之貌。认南枝,据传岳祠松树亦枝向南指。寒涛,此指松涛。

【点评】 言涉英烈则情不能自已,故忠义愤发,喷薄而出,不期然而自入稼轩一路。

陈廷焯

陈廷焯(1853—1892),字亦烽,丹徒(今属江苏镇江)人。光绪十四年(1888)举人,其后颇不得志,饱历流离之苦。光绪十八年(1892)卒,年仅四十岁。为词初学朱彝尊,后经庄棫指点,转而推崇张惠言,成为常州词派的重要词论家。著有《白雨斋词话》《词则》。

蝶恋花

采采芙蓉秋已暮①,一夜西风,吹折江头树。欲寄相思怜尺素,雁声凄断衡阳浦②。　赠我明珠还记否,试拨鹍弦③,更欲从君诉。蝶雨梨云浑莫据,梦魂长绕南塘路。

【注释】　①芙蓉,荷花。《古诗十九首》:"涉江采芙蓉,兰泽多芳草。采之欲遗谁,所思在远道。"　②尺素,一尺长的帛,古人用以作书,因代指书笺。"雁声"句,王勃《滕王阁序》:"雁阵惊寒,声断衡阳之浦"。　③赠我明珠,张籍《节妇吟》:"君知妾有夫,赠妾双明珠。感君缠绵意,系在红罗襦。"鹍弦,宋玉《九辩》有"鹍鸡啁哳而悲鸣",洪兴祖注:"鹍鸡,似鸡,黄白色。"以鹍修饰弦,状弦声之悲。晏几道《蝶恋花》词:"却倚鹍弦歌别绪,断肠移破秦筝柱。"

【点评】　全词写女子对恋人的思慕。然作者原有序云:"中宵不寐,万感交集,赋《蝶恋花》一阕。天下后世见我词者,皆当兴起无穷哀怨,且养无限忠厚也。"可知本词所写,盖借恋情以寄托其人生失意而不已于追求者,此常州派词主寄托,写胸中悲怨而又语言含蓄,不失其温厚和平的典型作品。然欲天下后世读此词"皆当兴起无穷哀怨,且养无限忠厚"则未免期望太奢。

文廷式

文廷式(1856—1904),字道希,号芸阁,江西萍乡人。光绪八年(1882)举人,十六年(1890)进士,授编修,擢侍读学士。中日甲午战争,力主抗战,上疏请罢慈禧生日庆典,奏劾李鸿章丧心误国,被革职驱逐出京。回乡后鼓吹变法,戊戌政变,几遭不测,东走日本。归国后穷愁潦倒。光绪三十年(1904)卒,年四十九。文廷式在晚清词坛,独不受浙西、常州牢络,独树一帜,诋斥浙西尤力。有《云起轩词》。

鹧鸪天 赠友

万感中年不自由,角声吹彻古梁州①。荒苔满地成秋苑,细雨轻寒闭小楼。　　诗漫与,酒新刍,醉来世事一浮沤②。凭君莫过荆高市,滹水无情也解愁③。

【注释】 ①角,一种角制的军用乐器。梁州,曲名。原作凉州,唐代西凉所献,其音调苍凉悲壮。　　②漫与,随意。语本杜甫《江上值水如海势聊短述》诗"老去诗篇浑漫与"。刍,茅草,古人用以滤酒(滤去酒糟),此动词,即滤酒。酒至清代早已使用蒸馏,不再用茅草过滤,此用其意而已,犹言酒已酿熟。浮沤,水泡。　　③凭,请。荆高,荆轲与高渐离,战国时豪侠之士。滹水,滹沱河。解,懂得。

郑文焯

郑文焯(1856—1918),字小坡,一字叔问,号大鹤山人,又号冷红词客,奉天铁岭(今辽宁铁岭)人,隶汉军旗。光绪元年(1875)举人,官内阁中书。家于吴中,为苏州巡抚幕客三十余年。长于书画,尤精音律。晚景窘迫,以行医卖画为生。民国七年(1918)卒,年六十三。所著词集名甚多,后删存为《樵风乐府》。

玉楼春

梅花过了仍风雨,著意伤春天不许。西园词酒去年同,别是一番惆怅处①。　　一枝照水浑无语②,日见花飞随水去。断红还逐晚潮回,相映枝头红更苦。

【注释】　①"西园词酒"句:西园,北宋英宗驸马王诜园名,在汴京。王诜好文学之士,苏轼、黄庭坚、秦观、陈师道、张耒、晁补之等并相过从。宋李伯时绘有《西园雅集图》。秦观《望海潮》词:"西园夜饮鸣笳,有华灯碍月,飞盖妨花。兰苑未空,行人渐老,重来是事堪嗟。"郑词即用其意。　②浑无语,犹全无语。

朱孝臧

朱孝臧(1857—1931),一名祖谋,字古微,号沤尹,又号彊村,归安(今属浙江湖州)人。光绪八年(1882)举人,九年进士,改庶吉士,授编修,历侍讲学士、礼部侍郎。光绪三十年(1904),出为广东学政,与总督不和,引疾去。民国二十年(1931)卒,年七十五。祖谋始以诗名,官京师,交王鹏运,后专致力于词,时影响颇大。著有《彊村遗书》,词集《彊村语业》。

鹧鸪天

九日丰宜门外过裴村别业①。

野水斜桥又一时,愁心空诉故鸥知。凄迷南郭垂鞭过,清苦西峰侧帽窥②。　新雪涕,旧弦诗,愔愔门馆蝶来稀③。红萸白菊浑无恙④,只是风前有所思。

【注释】　①九日,农历九月九日重阳节。丰宜门,北京南城门之一。裴村,即刘光第(1859—1898),字裴村,四川富顺人。光绪进士。光绪九年(1883)任刑部主事,后参与康有为变法,失败后被杀害,为戊戌六君子之一。别业,即别墅。此哀悼刘光第之作。　②清苦西峰,姜夔《点绛唇》词:"数峰清苦,商略黄昏雨"。　③雪涕,拭泪。弦诗,弹琴赋诗。愔愔(yīn),寂静貌。　④"红萸"句:红萸,即茱萸,植物名,香气浓烈,古人重阳插茱萸以辟邪。浑,全。无恙,无忧,没有损坏。

【点评】　此在彊村集中已是涉预现实最为深切之作。然如此重大词题,却写得如此绵软无力,晚清词之孱弱可见一斑。

况周颐

况周颐(1859—1926),原名周仪,字夔笙,号蕙风,广西临桂人,原籍宝庆(今湖南邵阳)。光绪五年(1879)举人,官内阁中书。擅填词,在京与同里王鹏运共晨夕,于所作多所规诫。又与朱祖谋相切磋,亦受其影响。后南归,先后入张之洞、端方幕府。晚居上海。民国十五年(1926)卒,年六十八。有词九种,合刊为《第一生修梅花馆词》,后删定为《蕙风词》。其《蕙风词话》,为近代词坛所推许。

浣溪沙　听歌有感

惜起残红泪满衣,它生莫作有情痴,人天无地着相思。
花若再开非故树,云能暂驻亦哀丝,不成消遣只成悲。

梁启超

梁启超(1873—1929),字卓如,号任公,又称饮冰室主人,广东新会人。光绪十五年(1889)举人,为康有为弟子,世号"康梁"。光绪二十一年(1895),随康有为发动"公车上书",后在上海主编《时务报》,鼓吹变法。光绪二十四年(1898)入京,参与"百日维新"。戊戌政变后逃亡日本。辛亥革命后,先后出任北洋政府司法总长,财政总长。后漫游欧陆,晚年讲学清华。民国十八年(1929)卒,年五十七。梁任公是近代有名改良主义者和学者,著述甚丰,有《饮冰室全集》。

水调歌头①

拍碎双玉斗②,慷慨一何多!满腔都是血泪,无处著悲歌。三百年来王气③,满目山河依旧,人事竟如何?百户尚牛酒,四塞已干戈④。　千金剑,万言策,两蹉跎。醉中呵壁自语⑤,醒后一滂沱。不恨年华去也,只恐少年心事,强半为销磨。愿替众生病,稽首礼维摩⑥。

【注释】 ①光绪二十年(1894)六月,梁启超到京会试。七月,甲午战争爆发,中国陆海军均惨败,日本侵略者气焰嚣张。明年,李鸿章赴日签订《马关条约》,国家民族蒙受奇耻大辱。《水调歌头》即作于此时。　②拍碎双玉斗,汉初刘邦与项羽鸿门宴后,令张良以白璧一双献与项羽,玉斗一双奉与亚父范增。"亚父受玉斗,置之地,拔剑撞而破之。"见《史记·项羽本纪》。此用表其愤激,与原典无关。　③三百年,清代自太祖天命立国(1616)至德宗光绪甲午(1894),凡二百七十八年,自世祖顺治元年(1644)至德宗甲午,只二百五十年,三百概而言之。　④百户尚牛酒,汉代统治者凡有喜庆,常赐民百户牛酒。《史记·孝文本纪》载文帝即位,诏"赐民爵一级,女子百户牛酒"。集解引苏林曰:"男赐爵,女子赐牛酒。"《汉书·文帝纪》颜师古注:"赐爵者,谓一家之长得之也。女子,谓赐爵者之妻也。率百户共得牛若干头,酒若干石,无定数也。"《史记·封禅书》载武帝元封元年(前110)东封泰山,"赐民百户牛一,酒十石"。光绪甲午,当帝国主义列强日见侵逼,国家危难之际,慈禧太后却在准备她的六十"万寿"盛典,广收贡献,大肆搜刮,甚至挪用海军经费大修颐和园。诗人借用"百户尚牛酒",代指统治者的大庆,谴责这种醉生梦死、粉饰太平的罪恶统治。四塞,边境。干戈,代指战争,时帝国主义不断向中国发动侵略战争。　⑤呵壁,用屈原呵壁问天典。参见王鹏运《八声甘州》词注⑦。　⑥替,解除。众生,广大人民。病,苦难。稽首,跪拜以首至地。礼,礼拜。维摩,即维摩诘,佛教人名,和释迦牟尼同时,善于应机化导。尝称病,向释迦派来问讯的舍利佛和文殊师利宣扬大乘教义。此以维摩代指佛教,并代指解脱众生苦难的政治变革,非真欲信奉佛教。

金缕曲

丁未五月归国,旋复东渡,却寄沪上诸子。①

瀚海飘流燕②,乍归来,依依难认,旧家庭院。惟有年时芳俦在,一例差池双剪③。相对向斜阳凄怨。欲诉奇愁无可诉,算兴亡已惯司空见④。忍抛得,泪如线。　　故巢似与人留恋。最多情,欲黏还坠,落泥片片。我自殷勤衔来补,珍重断红犹软。又生恐,重帘不卷⑤。十二曲阑春寂寂,隔蓬山何处窥人面⑥?休更问,恨深浅。

【注释】　①丁未,光绪三十三年(1907)。旋,随即,没有多久。沪,上海。梁启超于戊戌政变后亡命日本,九年以后,于光绪三十三年回返祖国,见国事更为颓败,在此期间,八国联军进犯北京,庚子赔款,辛丑"和"约,帝国主义列强进一步侵凌中国,以慈禧为首的清廷统治者丧权辱国,中华大地满目疮痍。梁启超见国事不可为,回国后第二年,再次东渡日本,以此词寄沪上友人泄其悲愤。　②瀚海,浩瀚的海洋。与通常称沙漠为瀚海者异。　③差池,不齐貌。差池双剪,形容燕尾。《诗·邶风·燕燕》:"燕燕于飞,差池其羽。"　④已惯司空见,即司空见惯。谓事已常见,不以为奇。唐司空李绅,宴请苏州刺史刘禹锡,酒酣命妙妓歌唱。刘于席上赋诗云:"鬈鬈梳头宫样妆,春风一曲杜韦娘。司空见惯浑闲事,断尽江南刺史肠。"见孟棨《本事诗》。典取见惯一义,与本事实已无关。兴亡见惯,指帝国主义列强不断侵逼,清廷屡屡失败,统治者已习以为常。　⑤重帘不卷,谓无人接待。燕子要人家窗户卷帘才能进去,重帘不卷则无法进去。　⑥十二阑,常用以指宫禁。《费氏宫词》:"锁声金掣阁门环,帘卷真珠十二阑。"蓬山,蓬莱山,传为海上神山,亦用以代指禁闱。李商隐《无题》诗:"刘郎已恨蓬山远,更隔蓬山一万重!""十二曲阑"二句,喻德宗被禁闭。

【点评】 全词都写海燕归来情事,体察入微,而又句句与诗人感遇关合。热烈肝肠,幽忧心境,无不跃然纸上。"我自殷勤衔来补",形象地表现了改良主义者的政治心态。无奈这"旧巢"已破败不堪,"落泥片片",更无救药。咏物词至此,殆臻于极际。清代不少词人倡言寄托之作,均未免相形见绌。

王国维

王国维(1877—1927),字静安,一字伯隅,号观堂,浙江海宁人。曾留学日本。早岁治词曲,晚年专力经史。于戏曲、古代史料、文字音韵的研究均有贡献,对甲骨金文的考释,成绩尤为卓越。晚年主讲清华大学研究院。民国十六年(1927)自沉于北京昆明湖,年五十一。遗著汇刊为《观堂全书》。其《人间词话》为清代最为杰出的词论著作。

蝶恋花

昨夜梦中多少恨,细马香车,两两行相近①。对面似怜人瘦损,众中不惜搴帷问②。　　陌上轻雷听渐隐,梦里难从,觉后那堪讯③?蜡泪窗前堆一寸,人间只有相思分。

【注释】　①"细马香车"二句,写梦中与情人相遇。细马,男方所骑。香车,女方之车。　②搴帷,揭起车帷。　③轻雷,代指车声。司马相如《长门赋》:"雷殷殷而响起兮,声象君之车音。"陌上轻雷听渐隐,此写由梦初醒的境界。讯,问。

【点评】　词写梦与梦醒以后的境界。人生虚幻,只在梦中得到片刻的欢娱。梦醒以后,依然是一个凄凉的人间。

蝶恋花

百尺朱楼临大道,楼外轻雷①,不间昏和晓。独倚阑干人窈窕②,闲中数尽行人小。　　一霎车尘生树杪,陌上楼头,都向尘中老。薄晚西风吹雨到,明朝又是伤流潦③。

【注释】 ①轻雷,指大道上的车声。参见前篇词注③。②窈窕(yǎo tiǎo),美好貌。 ③流潦,雨后流水。

【点评】 人生是无尽的追求和期待,结果却是有意的"楼头",无情的"陌上","都向尘中老"! 问明朝又复如何,"明朝又是伤流潦"!

蝶恋花

阅尽天涯离别苦,不道归来,零落花如许! 花底相看无一语,绿窗春与天俱暮。　　待把相思灯下诉,一缕新欢,旧恨千千缕。最是人间留不住:朱颜辞镜花辞树!

图书在版编目（CIP）数据

历代词三百首 / 黄瑞云选注. -- 宁波：宁波出版社, 2025. 5. -- ISBN 978-7-5526-5695-4

Ⅰ. I222.82

中国国家版本馆 CIP 数据核字第 20252X0T82 号

历代词三百首
LIDAI CI SANBAI SHOU

黄瑞云　选注

封面题签	袁志坚
责任编辑	俞静娴
责任校对	叶呈圆
出版发行	宁波出版社
地址邮编	宁波市甬江大道 1 号宁波书城 8 号楼 6 楼　315040
装帧设计	金字斋
印　　刷	宁波白云印刷有限公司
开　　本	880 毫米 ×1230 毫米　1/32
印　　张	12.5
插　　页	2
字　　数	260 千
版　　次	2025 年 5 月第 1 版
印　　次	2025 年 5 月第 1 次印刷
标准书号	ISBN 978-7-5526-5695-4
定　　价	78.00 元

如发现缺页或倒装，影响阅读，请与出版社或印刷厂联系调换
电话：0574-87248279（出版社）
　　　0574-87328764（印刷厂）